근대 최초의 여성작가 김명순 등단 100주년 기념 연구

김명순에게 신여성의 길을 묻다

소설 : 송명희, 박산향, 이미화, 류진아, 정혜경
희곡 : 이상우, 김남석,
시 : 김영미, 배옥주, 김순아, 방정민, 정진경

지식과교양

발간사

소외된 자들을 위한 문학

김명순은 동갑내기 작가인 나혜석, 김일엽과 함께 가부장제 사회에 도전했던 선구적인 여성 작가다. 그녀는 1917년『청춘(青春)』지에 단편소설「의심의 소녀」가 당선되면서 문단에 데뷔하여 시, 소설, 수필, 희곡, 평론 등 다양한 장르의 작품을 남겼다. 그런데 대중은 김명순의 문학보다는 불행한 삶에 대해 관심이 더 많다. 근대를 살았던 여성에게 당시의 사회적 편견과 폭력적 시선은 견디기 힘든 일이었음에 틀림없다. 기생이었던 어머니의 나쁜 피를 물려받았다는 꼬리표, 데이트 강간을 당해 순결을 잃었다는 손가락질, 문인으로서 작품 활동보다는 연애만 한다는 소문 등은 김명순의 일생을 따라다니며 괴롭힌다. 그녀는 공부와 작품으로 신분적 한계를 극복하려고 애썼지만 결국 실패하고 만다. 고국으로 돌아오지도 못하고 디아스포라의 아픔을 간직한 채 김명순은 일본 땅에서 생을 마감하고 말았다.

올해로 김명순 탄생 121년, 등단 100년이 되었다. 작년, 김명순 기념사업회의 무산으로 아쉬움을 남겼지만 학계나 문단에서 김명순 문학에 대한 재조명의 필요성을 인식하고 있는 것은 참으로 다행스런 일이다. 김명순에게 신여성의 길은 힘들고 외로운 길이었지만 그녀가 있었기에 100년이 지난 후대 여성들은 변화와 희망을 경험하고 있는 것이리라.

남성작가에 비해 차별을 받았던 여성작가들을 알리고 그들의 작품을 연구하여 『페미니즘 정전 읽기』(푸른사상, 2002)를 출간하였던 부경대학교 송명희 교수님은 평소 김명순 연구에 상당한 열정을 가지고 계셨다. 『김명순 작품집』(지식을만드는지식, 2008)을 원문으로 출판하였고, 『김명순 소설집 외로운 사람들』(한국문화사, 2011)을 현대어로 번역 출간하여 후배 연구자들에게 유용한 자료로 활용되고 있다.

부경대학교 인문사회과학연구소는 전임 소장이자 핵심 연구원이었던 송명희 교수의 제안에 따라 이 연구서 저술 기획을 세우고 적극적으로 저술/출간 작업을 추진했다. '김명순'에 대한 다각적인 접근 작업은 소수자를 위한 문학에 연구의 힘을 쏟았던 송명희 교수가 평소에 가지고 있던 학문적 소신을 계승하면서도 그동안 누적된 연구 업적을 다지려는 노력과 모색의 일환이기도 했다. 송명희 교수는 오랫동안 소외된 '여성'의 '삶'과 '문학'에 관심을 가져왔고, '남성'이나 '집단' 혹은 '권력'이라는 이름으로 행해진 폭력의 실태를 주시해왔다. 부경대 인문사회과학연구소는 이러한 비판과 고발정신이 동시대를 살아가는 약자와 소수자, 버려진 자와 소외된 자들을 위한 자문과 옹호가 될 수 있다고 믿으며, 이 총서의 진정한 의미와 가치로 수용하고자 했다. 아울러 이 저작은 30년 넘게 강단에서 학생들을 가르치고, 연구에 매진해왔던 송명희 교수의 뜻 깊은 자리를 함께 한다는 축하의 염도 담고 있다. 인문사회과학연구소와 관련 연구자 일동은 그녀가 보여준 일관된 작업에 경의를 표하며 존중의 마음을 담아 김명순 작품 연구에 기꺼이 동참하였다.

1부는 소설연구로, 김명순 소설의 여성 혐오, 페미니즘, 트라우마와 치유의 관점으로 송명희 교수님의 「김명순, 여성 혐오를 혐오하다」와 박산향, 이미화, 류진아, 정혜경 선생님의 논문을 수록하였다. 김명순은 자신의 소설을 통해 부당한 여성 혐오에 침묵하지 않고, 혐오를 혐오로 되돌려주었다. 그녀는 「돌아다볼 때」, 「탄실이와 주영이」, 「꿈 묻는 날 밤」과 「모르는 사람같이」 등의 작품에서 가부장적 규율 사회의 여성 혐오를 비판하며, 가해자가 아니라 피해자를 비난하는 사회에 대한 혐오를 나타냈다. 그러나 가부장적 남성의 시선과 타자화된 여성 자신의 시선이 공존하고 있어 가부장적 사고를 완전히 탈피하지는 못하고 있다.

2부는 「김명순의 자전적 글쓰기와 연애의 사상」을 연구한 고려대 이상우 선생님과 「혼종의 남성상, 그 '증오'와 '의존'의 양가적 산물」의 부경대 김남석 선생님의 논문을 수록하였다. 이 두 편은 김명순의 희곡 「의붓자식」과 「두 애인」을 텍스트로 하고 있다. 김명순이 1920년대에 희곡을 창작했다는 것은 한국희곡사에 있어서 의미심장한 사건이라 할 수 있을 것이다. 1920년대에 여성작가에 의해 씌어진 희곡 자체가 매우 드문 현실에서 여성극작가가 직접 신여성 주인공을 통해 당대 신여성이 처한 연애와 결혼에 관한 담론을 극적 형상화하였다는 점에서 매우 중요한 의미를 갖는다. 김명순 희곡의 여성 캐릭터는 남성을 증오하고 폄하함으로써 여성 자신의 정통성을 생성하려고 했지만, 동시에 변덕과 혐오에도 불구하고 끝까지 여성을 돌볼 보호자를 갈구한다. '증오'와 '의존'의 양가적 속성을 가지고 있음을 규명하고 있다.

3부는 김명순의 시를 텍스트로 하고 있다. 공주대 김영미 선생님의 「근대와 환상을 통한 탈주」를 비롯해, 배옥주, 김순아, 방정민, 정진경 선생님의 논문을 통해 김명순이 자아 구원의 글쓰기를 끊임없이 추구했다는 사실을 고찰한다. 유교적 가치관과 남성적 질서가 전복되기를 간절히 희망했던 김명순은 남성이 절대적으로 지배하던 당시의 문단 상황에서도 결코 뒤지지 않았던 여성시인이자, 시대적 사명을 근간으로 한 주체의식이 뚜렷했던 시인이었음을 알 수 있다.

작가는 작품으로 말을 한다. 김명순이 작품을 발표할 당시는 사람들이 그녀의 말을 들어주지 않았다. 그러나 김명순 등단 100주년이 된 지금, 우리는 그녀의 말을 귀기우려 들으려고 한다. 신여성의 길은 기존의 틀을 벗어나 새로운 삶을 추구하는 진보의 길이었으며, 시행착오와 모험이 도사리고 있는 험난한 길이었다. 김명순과 같은 신여성의 노력과 희생이 있었기에 우리가 이 정도 양성평등의 시대를 살아가고 있음을 생각하면 머리를 숙여 인사를 하지 않을 수 없다.

2017년 5월

부경대 인문사회과학연구소를 대표하여 박산향 씀

머리말

김명순(1896 - 1951)은 1917년에 『청춘』을 통해 소설가로 등단한 근대 최초의 여성작가이다. 2017년인 올해는 김명순이 작가로 등단한 지 100주년이 되는 매우 의미 깊은 해이다.

동시대의 작가였던 나혜석, 김일엽과 같이 1896년에 태어난 김명순은 참으로 고난에 찬 삶의 역정을 살았던 작가이다. 나혜석이 소위 금수저로 태어나 영화를 누렸고, 이혼 후의 삶은 비록 가시밭길이었지만 2000년에는 문화인물로 지정되는 영광을 누렸고, 나혜석기념사업회를 비롯하여 나혜석학회까지 결성되어 수많은 연구가 이루어진 것과 비교한다면 김명순은 살아생전의 삶 자체도 고난의 역정이었다면 사후에도 연구와 평가에 있어서 소외되어 왔다.

김명순은 시, 소설, 희곡, 수필, 번역에 이르기까지 문학의 전 영역에서 걸쳐 그 누구보다도 활발한 창작활동을 했고, 1920년대의 주요 일간지인 『조선일보』와 『동아일보』는 김명순의 작품을 경쟁적으로 연재하기에 바빴다. 그리고 김명순은 1920년대에 『생명의 과실』과 『애인의 선물』이라는 두 권의 창작집을 발간하며 근대여성작가로서 뛰어난 문학적 업적을 산출했다. 그럼에도 불구하고 김명순기념사업회나 김명순학회와 같은 것은 아직 결성되지 않고 있다. 이처럼 김명순은 사후의 연구와 평가마저도 제대로 이루어지지 않고 있는 상황이다.

나는 금년 8월말에 40년이 넘도록 종사해왔던 교직을 떠난다. 몇 년 전부터 주위의 가까운 후배와 제자들이 퇴직을 기념할 수 있는 책을 펴내야 한다는 의견들을 피력해 왔다. 책 발간은 나에게는 일상적으로 늘 있는 일이므로 굳이 그럴 필요가 있을까라는 생각을 하다가 지난해에 이르러서 근대여성작가로서 제대로 학문적 평가를 받지 못하는 김명순 연구서를 내는 것으로 결정했다. 더욱이 올해는 김명순이 작가로서 등단한 지 100주년이 되는 해이니만큼 이제껏 연구서 하나 나오지 못한 김명순을 위해서라면 페미니즘 문학을 연구해온 나의 정년퇴직기념도서로서 발간의 의의가 있다고 생각하여 발간에 동의했다.

그리고 나부터 김명순을 재평가할 수 있는 글을 쓰기 시작했다. 그것이 「김명순, 여성 혐오를 혐오하다」이다. 이 글은 당대 신여성 혐오의 가장 대표적인 타깃이었던 김명순이 자신의 소설을 통해 여성 혐오에 어떻게 저항하였는지를 밝혀보고자 하는 의도에서 집필하였다. 박산향 교수의 「김명순 소설에 나타난 근대여성에 대한 시선」, 이미화 박사의 「김명순 소설의 탈식민적 페미니즘 연구 -「탄실이와 주영이」, 「손님」, 「나는 사랑한다」에 나타나는 제국주의 자본을 중심으로」, 류진아 박사의 「작품서사를 통한 성폭력 피해자 치유 방안 연구 -「탄실이와 주영이」를 중심으로 - 」, 정혜경 교수의 「문학에서의 박탈적 비탄과 실존의식 - 김명순 문학을 중심으로 - 」는 소설 텍스트를 중심으로 (탈식민주의)페미니즘, 트라우마와 치유라는 코드로 접근한 논문이다.

다른 장르보다도 김명순의 희곡에 대한 연구가 거의 없는 상황에서 고려대학교 이상우 교수의 「김명순의 자전적 글쓰기와 연애의 사상 - 김명순의 희곡 「의붓자식」과 「두 애인」을 중심으로」와 부경대학교 김남석 교수의 「혼종의 남성상, 그 '증오'와 '의존'의 양가적 산물」은 희곡작가로서 김명순을 제대로 자리매김할 수 있는 매우 뜻 깊은 연구이다.

시 장르에서는 5편의 글을 수록한다. 공주대학교 김영미 교수의 「근대와 환상을 통한 탈주 - 김명순의 시」, 배옥주 박사의 「김명순 시에 나타난 '말하는 주체'의 심리적 갈등양상 연구」, 김순아 박사의 「김명순 시에 나타난 여성의 욕망과 주체의식」, 방정민 교수의 「김명순 시의 신여성상 연구」, 정진경 박사의 「김명순 시에 나타난 '피'의 상징성 연구」는 김명순 시에 나타난 근대성과 환상, 신여성의 주체의식, 욕망, 신여성 이미지, 피의 상징성을 시를 텍스트로 하여 새롭게 조명한 글들이다.

이 책은 고난에 찬 인생 역정 속에서도 꿋꿋하게 근대여성문학을 개척한 선구자 김명순에게 헌정하는 최초의 연구서이다. 원고를 주신 모든 분들께 머리 숙여 감사드리며, 이번 발간을 계기로 김명순에 대한 연구가 활성화되어 김명순을 비롯한 근대여성문학 연구가 한 걸음 더 진척되기를 바란다. 출판을 적극 권유하여 주신 지식과교양의 윤석산 사장님과 편집진의 노고에 감사드린다.

2017년 5월

부경대학교 연구실에서 저자를 대표하여 송명희 씀.

차 례

제 1 부

김명순 소설의 여성 혐오, 페미니즘, 트라우마와 치유

김명순, 여성 혐오를 혐오하다

송 명 희

1. 김명순과 근대의 여성 혐오

최근 들어 '강남역 살인사건' 등 여성 혐오에 대한 사회적 관심이 매우 증대되고 있다. 하지만 이는 새삼스러운 현상이 아니다. 여성을 비하하고 차별하며 혐오하는 여성 혐오는 양성평등을 추구하는 현대보다는 오히려 근대에 더 만연되었던 사회적 현상이라 생각한다.

일본의 페미니스트 사회학자 우에노 치즈코는 여성 혐오(misogyny)를 여성에 대한 멸시를 나타내며 여성을 성적 도구로 생각하고 여성을 나타내는 기호에만 반응하는 것이라고 규정했다. 즉 여성을 남성과 대등한 성적 주체로 인정하지 않고 객체화하고 타자화하는 데서 여성을 멸시하는 여성 혐오가 나타났다는 것이다. 그녀에 의하면 여성 혐오는 근본적으로 여성에 대한 성차별주의(sexism)를 바탕으로 하여 발생한다.[1)]

이 글이 관심을 갖는 근대의 여성 혐오는 신여성에 대한 사회적 편견과 차별의식으로부터 나온 '신여성 혐오'라고 표현하는 것이 적확할 것이다. 근대 '신여성 혐오'의 가장 대표적인 표적은 작가 김명순이 아닐까 생각한다.

김명순이 일본에서 이응준에게 데이트강간을 당했을 때 『매일신보』는 실명(당시 이름 김기정)으로 기사를 보도함으로써 인권을 침해했다. 하지만 김명순은 데이트강간의 충격을 딛고 『청춘』지에 「의심의 소녀」가 당선됨으로써(1917. 11) 우리나라 최초의 여성작가가 된다.

그런데 문학활동을 함께해 온 문단의 동료남성들은 그녀를 격려하기는커녕 비난과 공격을 일삼았다. 염상섭은 김명순을 모델로 한 소설 「제야」(『개벽』, 1922. 2－6)에서 그녀를 남성 편력을 일삼는 자유연애주의자로 매도하는 한편 「감상과 기대」(『조선문단』, 1925. 7)에서는 자유연애의 진의를 왜곡하는 타락한 자유연애의 사도라고 비난했다. 김기진은 「김명순, 김원주 씨에 대한 공개장」(『신여성』, 1924. 11)을 통해 그녀들의 문학에 대한 진지한 비평이 아니라 개인적 인격에 대한 모독을 서슴지 않았다. 즉 김명순을 불순부정한 혈액을 지닌 히스테리로, 김원주(일엽)를 이성 간의 성욕 같은 것도 부끄럼 없이 말하는 부르주아 개인주의자로 공개적으로 매도하며 인격살인을 태

---

1) 우에노 치즈코, 나일등 옮김, 『여성 혐오를 혐오한다』, 은행나무, 2012, 12~13면.

연히 감행했다.

일본작가가 쓴 『너희들의 배후에서』(1923)가 발표되었을 때는 주인공 권주영이 김명순을 모델로 했다는 소문이 파다했고, 김동인은 「김연실전」(『문장』, 1939 - 1941)에서 김명순의 아명이자 필명인 '탄실'을 '연실'로 글자 하나만 바꾸어 조선 여류문사 1기생에 대해 작품도 없이 남성편력이나 일삼는 존재로 악의적으로 매도하며 신여성 혐오증을 나타냈다. 김명순을 『청춘』에 추천하며 칭찬했던 이광수마저도 뚜렷한 근거도 내세우지 않은 채 「의심의 소녀」가 표절작이라는 애매한 언사로[2] 그녀의 문학을 모독하였다.[3]

김명순에 대해 비난과 공격을 퍼부은 남성들은 그녀의 문학세계를 진지하게 비평하기보다는 하나같이 그녀의 혈통을 문제 삼고 그녀가 성적으로 정숙하지 못한 여성이라며 윤리적으로 비난했던 것이다. 더욱이 그들은 과장된 소문에다 허구를 첨가하여 신여성 혐오증을 확대 재생산했다.

당시 그녀에게 극도의 혐오 발언을 쏟아낸 사람들은 외국유학을 같이한 신남성이자 문단활동을 함께 해온 동료작가였다는 것은 대단히 아이러니컬한 일이다.

김명순에 대한 혐오를 나타낸 남성들은 그녀를 동료 문인으로 인정하지 않고 단지 성적 대상이자 타자로 비하하는 공통점을 보였다. 즉 성적 대상에 불과해야 할 여성이 감히 남성들의 전유물인 문학의 영역을 침범하는 지적이고 문학적인 능력을 갖추었다는 데 대한 멸시,

---

2) 이광수 · 주요한, 「춘원 · 요한 교담록」, 『신시대』, 1942. 2.
3) 송명희, 「김명순 시에 나타난 분노감정」, 『여성문학연구』 제39호, 한국여성문학학회, 2016, 155면.

편견, 혐오에서 김명순에 대한 여성 혐오가 발생했다고 생각한다.

남성들의 불안의 원천인 여성의 섹슈얼리티(sexuality)는 오직 자녀 출산을 위한 목적 이외에는 철저히 통제되어야 한다. 하지만 김명순을 비롯하여 근대의 신여성들은 가부장제 유지를 위한 출산 목적의 섹슈얼리티가 아니라 자신의 주체성 발현으로서의 자유로운 섹슈얼리티를 주장하였다. 나혜석은 '정조는 취미'라고 선언했고, 김일엽은 육체적 순결이데올로기를 비판하며 '정신적 순결'을 주장했으며, 김명순은 '애정 없는 부부생활은 매음'과 다를 바 없는 것으로 규정했다. 이처럼 신여성 작가들은 순결이데올로기를 비판하며 성적자기결정권과 성적 주체성, 그리고 자유로운 사랑을 주장했던 것이다.

신남성들이 신여성들에게 바랐던 것은 어디까지나 그들의 자유연애의 대상, 즉 대화가 통하는 성적 타자가 필요했을 뿐이다. 그들은 여성이 주체가 되는 자유롭고 평등한 섹슈얼리티를 원했던 것은 결코 아니었다. 그러니 그녀들이 주장하는 가부장제의 통제를 벗어나는 여성 주체적인 섹슈얼리티에 대한 불안이 여성 혐오로 나타났다고 할 수 있다.

그런데 나혜석과 김원주(일엽)보다 하필 남성들의 공격에 김명순이 가장 빈번하게 노출된 이유는 무엇일까? 그것은 첫째, 당시 그녀가 고아나 다름없는 사회적 약자였다는 것이다. 둘째, 김기진이 말했듯이 김명순이 기생첩의 딸, 즉 나쁜 피였다는 것이다.[4] 셋째, 그녀가

4) 1981년 10월 8일자 『동아일보』에는 드라마작가 구석봉이 김명순의 동생들과 가진 인터뷰의 내용이 실려 있다. 그에 따르면 세간에 알려진 것과 달리 김명순은 기생첩의 딸이 아니라 평안남도 참사를 지낸 김희경의 맏딸로 집안의 귀염을 받으며 당당하게 일본유학을 떠났으며, 김동인의 「김연실전」의 주인공과 다르다는 증언이 나와 있다.

데이트강간을 당한, 즉 순결을 상실한 여성이었다는 점이다. 이처럼 근대는 첩을 차별하고 비하하는 가부장제 사회였고, 강간의 가해자가 아니라 피해자를 비난하는 여성 폭력적인 사회였으며, 순결이데올로기가 지배하는 사회였다.

하지만 그 무엇보다도 당대에 문인으로서 가장 활발히 활동한 여성작가가 김명순이었다는 데서 여성 혐오가 집중되었다고 할 수 있다. 당시 김명순은 정식 등단절차를 거친 유일한 여성문인으로서 『조선일보』, 『동아일보』등의 일간지에 연속해서 작품을 연재하는 인기작가였고, 여러 문예지에서 작품활동을 가장 왕성히 하는 작가였다. 그녀는 『매일신보』 기자와 『창조』[5], 『폐허이후』의 동인으로도 활동했으며, 1920년대에 창작집 『생명의 과실』(1925)과 『애인의 선물』(1920년대 말 추정)을 발간하고, 10편의 외국작품을 번역하는 등 작가와 번역가로서 누구보다도 활발하게 활동했다. 즉 김명순이 당대 최고의 여성작가였기에 비난의 화살이 그녀에게 집중되었다고 생각한다. 남성들의 여성 혐오는 여성의 문학적 창조능력에 대한 그들의 두려움을 투사한 것으로 볼 수 있다. 특히 김명순처럼 두드러진 문학활동을 하는 여성에 대한 참을 수 없는 불안으로부터 그녀가 여성 혐오의 대표적 타깃이 되었다고 할 수 있다.

더욱이 김명순을 비롯해 나혜석과 김일엽의 문학이 추구하는 페미니즘의 도발적 주제들이야말로 근대의 신남성들로서도 받아들이기

---

5) 『창조』동인들은 제7호(1920. 7)에서 전영택의 추천으로 김명순을 동인으로 영입하였다가 제8호(1921. 1)에서 일방적으로 동인에서 배제하였다. 이에 대해서는 김명순과 불편한 관계에 있던 김찬영(유방)을 영입하기 위해서라는 설이 제기되어 있다(최명표, 「소문으로 구성된 김명순의 삶과 문학」, 『현대문학이론연구』 제30호, 현대문학이론학회, 2007, 233면).

어려운, 가부장제에 대한 공격을 담고 있느니만큼 그들의 비난과 공격은 그녀들의 문학에 대한 비평이 아니라 그녀들을 성적으로 대상화하며 인격살인으로 이어졌던 것이다

"여성 혐오는 타자 혹은 비체로 규정된 여성을 배제하고자 하는 충동과 연관되어 있다."[6)]

> 여성을 혐오하는 남성은 자신을 여성과 뚜렷이 구분되는 경계를 갖는 주체, 즉 남성으로 전제하고 있다. 따라서 그는 자신의 남성 정체성의 경계를 혼란시키고 위협한다고 여겨지는 여성을 오염되고 불순한 것, 즉 비체로 간주하여 혐오하게 되며, 자신의 경계를 고수하기 위해서는 공포의 그 대상을 배제할 수밖에 없다. 여기서 여성은 주체가 아니라 경계를 흐트러뜨리고 자신의 정체성을 위협하는 대상이기에 뚜렷한 경계를 갖는 주체와 동격이 될 수 없다. 또한 혐오하는 자는 대상에 대한 공포감으로 인해 대상 자체를 제대로 인식할 수 없다. 따라서 혐오의 감정 속에서 혐오하는 자는 대상에 거리를 두면서 미묘하게 거만한 태도로 그 대상을 낮추어 보거나 아예 이 대상을 제거하려는 행위를 하게 된다.[7)]

혐오는 주체와 공동체의 경계를 흩뜨려 놓겠다고 위협함으로써 거부의 대상이 되는 비체(abjcet, 卑/非體)적인 것들에 대한 반응이다. 크리스테바(Julia Cristeva)에 따르면 한 문화권 안에서 비체가 되는 것은 부적절하거나 건강하지 않은 것이라기보다 동일성이나 체계와

---

6) 이현재, 「도시적 감정으로서의 여성 혐오와 도시적 젠더정의의 토대로서의 공감의 가능성 모색」, 『한국여성철학』 제25호, 한국여성철학회, 2016. 5, 43면.
7) 이현재, 위의 논문, 46~47면.

질서를 교란시키는 것에 더 가깝다. 그것 자체가 지정된 한계나 장소나 규칙들을 인정하지 않는 데다가 어중간하고 모호한 혼합물인 까닭이다.[8] 그런 의미에서 혐오는 물리적인 위험과도 일치하지 않는다. 이처럼 실질적이거나 물질적으로 개인과 공동체에 해를 끼치거나 위험한 존재라기보다는 인식론적 차원에서 문화적 사회적으로 위험한 것, 불쾌한 것, 제거되어야 할 불순물로 여겨지는 것들이 혐오의 대상이 된다.[9] 근대 신남성들의 여성 혐오도 자신의 남성 정체성의 경계를 혼란시키고 위협한다고 여겨지는 신여성을 오염되고 불순한 것, 비체로 대상화하며 혐오를 표출하였다고 할 수 있다.

누스바움(Martha C. Nussbaum)은 배설물, 타액, 혈액, 체취, 벌레와 같은 우리가 실제로 혐오감을 느끼는 1차적 대상과 이를 다른 물체 또는 대상에게 투사하여 느끼는 투사적 혐오를 구분한다. 투사적 혐오(projective disgust)는 혐오의 1차적 대상물과 관련성이 없는 자들에 대해 혐오의 1차적 대상물의 성질을 투사함으로써 그들을 혐오하는 것을 말한다. 역사적으로 다수는 성소수자뿐만 아니라 여성, 유대인 등 다양한 소수자에 대한 비하 및 차별의 수단으로 혐오적 투사를 사용해 왔다.[10] 사회에는 소수자들을 낙인찍는 수많은 방식이 있으며, 혐오는 낙인을 찍는 강력하도고 중심적인 방식이다.[11] 혐오는 다른 사람의 완전한 인간성을 근본적으로 부정한다는 점에서 끔찍한

---

8) 줄리아 크리스테바, 서민원 옮김, 『공포의 권력』, 동문선, 2001, 25면.

9) 손희정, 「혐오의 시대 - 2015년, 혐오는 어떻게 문제적 정동이 되었는가」, 『여/성이론』 제32호, 도서출판 여이연, 2015, 31면.

10) 게이법조회, 「대한민국에서 성수자에 대한 인류애를 기대하며」, 마사 C. 누스바움, 강동혁 옮김, 『혐오에서 인류애로』, 뿌리와이파리, 2016, 292면.

11) 마사 C. 누스바움, 위의 책, 56면.

것이라고[12] 하지 않을 수 없다.

김명순에 대한 혐오도 사회적 약자인 여성에 대한 차별 수단으로서의 투사적 혐오에 해당되며, 문화적 사회적으로 타자 혹은 비체로 규정된 신여성을 배제하고자 하는 다수인 남성들의 여성 혐오와 관련되어 있다. 더욱이 그들은 나쁜 피, 정숙하지 못한 여자라는 낙인찍기 방식으로 김명순에 대한 혐오를 표출했다.

본고는 김명순의 「돌아다볼 때」(『조선일보』, 1924. 3. 29 - 1924. 4. 19), 「탄실이와 주영이」(『조선일보』, 1924. 6. 14 - 1924. 7. 15), 「꿈 묻는 날 밤」(『조선문단』8호, 1925. 5), 「모르는 사람같이」(『문예공론』1호, 1929. 5)에 나타난 여성 혐오 모티프와 이를 혐오하는 작가의 태도를 분석해 보고자 한다.

2. 여성 혐오를 혐오하다

1) 여성 혐오에 대한 저항으로서의 소설 쓰기

김명순은 1915년에 일본에서 이응준으로부터 데이트강간을 당한 후 결혼마저 거절당하자 자살 기도까지 한 것으로 전해진다. 그녀는 다니던 여학교에서 졸업장을 받지 못함으로써 귀국 후 1916년에 숙명여자고등보통학교에 편입하여 1917년 3월에 졸업한다. 그리고 동년 11월, 『청춘』지에 「의심의 소녀」가 3등으로 당선되어 정식으로 등

---

12) 마사 C. 누스바움, 위의 책, 22면.

단을 하게 된다.[13)]

김명순이 데이트강간을 당했을 때 그녀의 나이는 불과 20세였다. 『매일신보』가 세 차례에 걸쳐 이를 기사화하며 성폭력의 가해자가 아니라 피해자를 비난하는 2차적인 성폭력을 가하는 부당한 상황 속에서도 김명순은 침묵하지 않을 수 없었다. 왜냐하면 그때 그녀는 언론 매체의 부당한 폭력과 여성 혐오에 대항할 아무런 힘도 갖지 못한 불과 20세의 여성으로서 사회적 약자였기 때문이다.

하지만 일본작가 나카니시 이노스케(中西伊之助)[14)]가 쓴 『너희들의 배후에서』(1923)의 주인공 '권주영'이 자신을 모델로 하였다는 소문이 파다해졌을 뿐만 아니라 작품이 번역되어 『매일신보』(1924)에 연재되고, 김기진과 염상섭 등의 혐오 발언이 쏟아지자 그녀는 침묵을 깨고 남성들의 혐오 발언에 저항해 나가기 시작한다. 이제 그녀는 30세의 나이가 되었고, 작가로 등단하여 명성을 떨치기 시작했으며, 『매일신보』(1925)의 기자라는 사회적 타이틀도 생겼기 때문이다. 즉 부당한 여성 혐오에 대응할 사회적 힘이 다소라도 생겼기 때문이다.

김명순은 1924년에 김기진의 공개장에 대한 반박문을 써서 그의

---

13) 서정자 · 남은혜 편, 『김명순문학전집』, 푸른사상, 2010, 830~831면.

14) 나카니시 이노스케(1887~1958) : 일본 프롤레타리아 작가이자 사회운동가로서 여러 피억압자의 해방을 위해 노력했다. 조선으로 건너와 신문기자 생활을 하며 총독을 비판하고, 재벌에 의한 광산노동자들의 학대를 신문에 폭로하여 투옥되었다. 일본으로 돌아간 후에는 사회운동을 지도하는 한편으로, 조선에서의 경험을 바탕으로 쓴 장편소설 『붉은 흙에 싹트는 것』을 발표하고 『씨앗 뿌리는 사람』의 동인이 되어 작가로서도 활약했다. 태평양전쟁 중에도 반전, 반파시즘 입장을 일관되게 고수하여 전쟁에 협력하는 '붓'은 절대 쥐지 않았다. 식민지 조선을 배경으로 한 소설로는 『붉은 흙에 싹트는 것』, 『너희들의 배후에서』, 『불령선인』 등 3부작이 있다.

잘못을 바로잡고자 했지만 김기진의 글을 게재했던 『신여성』은 그녀의 글을 싣지 않는다.[15] 1927년에는 소위 '은파리 사건'으로 『개벽』지를 명예훼손으로 고소했다.[16] 그리고 소설 「해저문 때」(1938)를 보면 자신에 대한 악평을 쓴 잡지를 도쿄 사쿠라다 경시청에 고발했다고 한다.[17] 이처럼 그녀는 매체의 폭력에 반박문을 쓰고 고소 고발을 하는 등 공적 방식으로 직접 대항했다. 하지만 그녀는 원하는 결과를 하나도 얻지 못했으며, 여전히 그녀를 둘러싼 악의적인 소문은 계속되었다.

김명순은 자신이 표적이 되었던 여성 혐오에 반박문이나 고소 고발과 같은 공적 방식으로 지속적으로 문제를 제기하고 저항했지만 공적 영역은 아무런 조처를 취해주지 않았다. 때문에 "김명순은 자신에게 가해져오는, 성차별주의에 바탕을 둔 여성 혐오와 공개적으로 무시당하고 모욕을 당하는 부당한 상황 속에서 느끼는 분노 감정을 자신의 시를 통해 반복해서 표출"[18]하는 한편 소설에서는 여성 혐오 모티프를 그려내며 여성 혐오를 비판하고 혐오를 되돌려 주기 시작한다.

따라서 본고는 김명순의 소설에 나타난 여성 혐오 모티프의 분석을 통해서 김명순이 여성 혐오를 어떻게 되돌려 주었는지가 밝혀보고자

15) 1924년 11월 잡지 『신여성』에 실린 김기진의 「김명순 씨에 대한 공개장」에 대해서 김명순은 「김기진 씨의 공개장을 무시함」이라는 반박문을 준비한다. 하지만 『개벽』에 실린 『신여성』12월호의 광고문 목차에 나와 있던 글을 『신여성』12월호는 싣지 않는다.

16) 은파리 사건의 전말은 남은혜의 논문에서 잘 설명되어 있다(남은혜, 「김명순 문학연구」, 서울대학교 석사학위논문, 2008, 37~38면).

17) 김명순, 「해저문 때」(『동아일보』, 1938. 1. 15 - 16, 18), 송명희 편역, 『김명순 소설집 외로운 사람들』, 한국문화사, 2011, 358면.

18) 송명희, 앞의 논문, 156면.

한다.

2) '나쁜 피' 모티프와 여성의 여성 혐오 -「돌아다볼 때」

「돌아다볼 때」[19]를 살펴보면, 주인공 류소련에 대한 여성 혐오는 주로 그녀를 키워준 고모 류애덕과 적모에 의해서 발화된다. 고모 류애덕은 소련의 아버지 류경환보다 다섯 살 많은 손위로서 어린 나이에 불량성을 가진 병신인 이웃 이 주사 집으로 출가하였으나 남편이 가출해버림으로써 생과부가 된 여성이다. 그녀는 모친의 후원으로 공부를 하고 교회를 열심히 다님으로써 교인과 젊은 학생들로부터 존경받는 인물이 된다. 소련의 부친은 본처를 버리고 여러 여성을 전전하다가 소련의 어머니를 만나 소련을 낳고 재미를 붙이게 되었다. 하지만 소련의 모친은 평생 한숨으로 웃음 짓는 일이 드물고 눈물바람만하다가 소련이 11살이 되던 해에 세상을 하직한다. 그리고 부친마저 1년 후에 사망한다. 이에 고아가 된 소련이 고모 류애덕의 손에서 자라게 된 것이다.

> 가) 그때부터 소련은 그 고모의 보호 아래, 잔뼈가 굵어진 듯이 몸과 마음이 나날이 자라는 갔으나, 그의 마음속 맨 밑에 빗 박힌 얼음장을 녹여버릴 기회는 쉽게 다시 오지 않았다. 류애덕이 소련을 기름은 소련의 얼굴에 쓸쓸한 그림자를 남기도록 흠점이 있었다. 비록 의복과 학비를 군색하게 하지 않을지라도 병이 났을 때, 약을 늦추 써줌이 아

19) 여기서는 원작과 개작을 모두 살피되 개작을 중심으로 논의를 진행시키겠다.

닐지라도 어딘지 모르게 데면데면하고 쓸쓸스러웠다. 그 데면데면하고 쓸쓸스러움은 소련이가 공부를 마치게 되었을 때 좀 감해가는 듯했으나, 어떠한 노여운 말끝에든지 혹은 혼인 말끝에든지 반드시

"너의 어머니를 닮아서 그렇지, 그러기에 혈통이 있는 것이야."

하고 불쾌한 말을 들리었다.

이러한 말을 듣고도 소련은 그 고모의 역설인 줄만 믿고, 자기의 혈통을 생각지 않았으나 온정을 못 받은 그는 반드시 쾌활한 인물이 되지 못하고, 그 성격에 어두운 그늘을 많이 박히게 되어서 공연한 눈물까지 흔하였다.[20]

나) 여기에 이르러 소련의 운명은 그 갈 곳을 확실히 작정했다. 효순이가 와 있는 며칠 동안을 은순은 투기와 의심으로 날을 보내고 애덕 여사는 혹독한 감시(監視)를 게으르지 않았으며 그중에 소련의 적모는 서울 구경을 핑계하고 올라와서 이 여러 사람들에 눈치에 덩달아

"제 어멈을 닮아서 행실이 어떠할지 모르리라."[21]

인용문 가)와 나)에서 보듯이 소련은 따뜻한 온정 속에서 자라지 못했을 뿐만 아니라 고모와 적모의 혐오 발언에 상처를 입은 나머지 쾌활한 성격이 되지 못한다. 고모와 적모는 가부장적 가족에서 적어도 자신들은 첩이거나 첩의 자식이 아니라는 차별화된 특권의식을 갖고 소련을 타자화한다. 그녀들은 소련이 첩의 자식이라는 사실을 수시로 환기시키며 자신들을 특권화했다. 그녀들은 소련의 혈통을 비난

20) 김명순, 「돌아다볼 때」, 송명희 편역, 앞의 책, 75면.
21) 김명순, 「돌아다볼 때」, 위의 책, 94면.

하고 멸시할 뿐만 아니라 일어나지도 않은 미래의 행실마저 문제 삼는다.

결국 그녀들은 처와 첩을 차별하고 적서를 차별하는 가부장제 가족 이데올로기를 내면화함으로써 소련에게 혐오를 쏟아낸 것이다. 그녀들은 여성을 성녀와 창녀로 이분법적으로 구분하고 분할 지배하는 남성들의 가치관을 내면화함으로써 창녀(첩)과 그 딸인 소련에 대한 멸시를 드러냈다. 그녀들은 자신을 성녀(처)로 위치지우며, 적어도 남의 남자를 빼앗아 본 적이 없다는 도덕적 우월성을 갖고 첩 소생인 소련을 타자화했던 것이다.

소련을 혐오하는 그녀들의 내면에는 남편의 사랑을 빼앗아 간 예쁜 첩에 대한 질투와 소련처럼 얼굴이 예쁘고 더욱이 첩의 자식이란 나쁜 피를 가진 여성은 언제고 다른 여성, 즉 처의 위치를 불안하게 만들지도 모른다는 위기의식과 피해의식이 잠재되어 있다. 하지만 '남성들이 이분법적으로 여성을 구분하는 성녀와 창녀란 여성 억압의 두 가지 형태일 뿐이며, 양쪽 모두 허울 좋은 타자에 지나지 않는다.'[22)]

가부장제하에서 첩인 소련의 어머니나 어머니의 '나쁜 피'를 물려받은 딸 소련은 가부장적 가족체제와 질서를 교란시킬지도 모르는 위험한 여성으로 간주된다. 따라서 고모와 적모는 처의 위치를 교란시킬 위험이 있는 소련을 비체화하며 혐오를 표출한 것이다. 그야말로 '혐오란 여러 형태의 낙인과 위계질서를 감추고 있는, 신뢰할 수 없는 힘이다.'[23)] 소련은 송효순의 처인 구여성 은순의 위치를 위태롭게 만

22) 우에노 치즈코, 앞의 책, 57면.
23) 마사 C. 누스바움, 앞의 책, 278면.

드는 여성으로 의심받는다. 고모와 적모의 감시와 혐오 발언은 소련으로 하여금 정신적으로 소통되는 유부남 효순과의 관계를 발전시키지 못하게 만들 뿐만 아니라 고모와 적모가 강요하는 대로 마음에도 없는 남성인 최병서와 결혼하도록 영향을 미친다.

김명순은 『조선일보』에 발표된 원작 「돌아다볼 때」(1924)에서 '나쁜 피'에 대한 자기혐오에 빠져 소련을 자살하도록 결말을 지었다. 소련은 고모와 적모의 혐오 발언이 그녀에게 얼마나 큰 상처를 입혔는가를 자살로써 증명한 셈이다. 하지만 김명순은 『생명의 과실』(1925)에 수록된 개작본에서 결말을 수정한다. 즉 소련이 자살하는 대신 효순과의 미래를 꿈꾸며 현재를 견디는 것으로 결말을 바꾸었다. 결말에서 소련이 꿈꾸는 세계는 효순과의 결혼에 현실적 장애가 되는 구여성 은순(효순의 처), 소련을 학대하는 가부장적 남편 병서, 나쁜 피를 들먹이며 그녀를 반강제로 병서와 결혼시킨 고모 등이 없는 세계이다. 즉 효순과의 사랑에 아무런 방애가 없는 새로운 세계에 대한 욕망을 작가는 결말 수정을 통해서 나타냈다. 개작본의 수정된 결말에는 나쁜 피를 지녔다고 그녀를 혐오해 온 자들의 악의적 의도에 결코 굴복하지 않고 사랑의 성취를 위해 인내하겠다는 작가의식이 강하게 작용하였다고 할 수 있다. 「돌아다볼 때」는 나쁜 피라는 낙인찍기를 통한 여성 혐오를 비판하며, 이에 저항하는 작가의식이 산출한 작품으로 읽을 수 있다.

3) 가부장적 규율사회의 여성 혐오 비판과 나쁜 피 콤플렉스–「탄실이와 주영이」

(1) 왜곡된 소문과 데이트강간의 진실

「탄실이와 주영이」(『조선일보』, 1924. 6. 14 - 7. 15)는 김명순이 일본작가 나카니시 이노스케(中西伊之助)의 소설 『너희들의 등 뒤에서』(1923)의 주인공 권주영이 자신을 모델로 하였다는 세간의 오해와 왜곡된 소문을 바로잡으려는 의도에서 집필한 자전적 소설이다. 더욱이 『너희들의 등 뒤에서』가 『여등(汝等)의 배후(背後)로서』라는 제목으로 이익상에 의해 번역되어 『매일신보』(1924. 6. 27 - 11. 8)에 연재된다는 소식에 김명순은 「탄실이와 주영이」를 써서 그간 자신에게 쏟아진 소문과 여성 혐오에 적극 대응하려고 했다. 하지만 작품은 결말에 이르지 못한 채 중단되었으며, 작품의 중간 중간 자료가 유실되어 현재 작품의 전모를 파악할 수 없다.

주인공 '탄실'은 집필 당시의 김명순과 나이가 같고 10년 전에 데이트강간을 당한 것으로 설정되어 있으며, 『너희들의 등 뒤에서』로 인한 소문 때문에 곤란을 겪고 있는 것으로 설정되어 작품의 자전적 성격을 확연히 드러낸다.

작품에서 첫째, 탄실은 물리적 힘에 의해 데이트강간을 당한 피해자일 뿐 결코 불량한 여자가 아니라고 주장한다. 둘째, 일본작가의 소설에 등장하는 권주영과 김탄실은 다르다는 것이다. 셋째, 과거의 회상을 통해서 그녀가 지닌 '나쁜 피' 콤플렉스가 그녀의 인생에 끼친 영향을 분석한다. 이 세 가지가 김명순이 이 작품을 통해 밝히고 싶었던 핵심일 것이다.

작품은 전반부 현재(1 - 5장)와 후반부 과거(6장 - 27장)로 나누어 볼 수 있다. 김복순은 「탄실이와 주영이」를 일종의 액자소설로 파악하며 전반부를 외부이야기, 후반부를 내부이야기로 파악한다. 액자구성은 탄실의 출신과 문란한 사생활을 비웃고 있는 사람들에게 탄실의 결백을 입증해보이기 위한 소설기법이자 전략이라는 것이다.[24] 전반부 현재는 삼십 세의 탄실을 그려내는데, 그녀는 철저히 침묵하며 광제병원 의사인 이복오빠 김정택, 그리고 문학청년 이수정과 지학승이 발화의 주체가 된다. 당사자의 직접적인 발화보다 제삼자의 발화는 그만큼 발화 내용의 신뢰도를 높여주므로 적절한 서술전략이라고 할 수 있다. 정택은 그를 찾아온 문학청년 이수정과 지승학에게 탄실에 대한 세간의 오해를 다음과 같이 바로잡는다.

> (전략)그 애가 지금까지 세상에서 오해를 받은 것은 전부 허무한 일일 뿐 아니라 악한 남녀의 모함입디다그려. 그래서 노친은 반대하시는 것을 억지로 빌다시피 해서 데려왔더니 그런 착한 여자가 다시는 없을 것 같습니다. 그래서 나는 하루바삐 어디 좋은 곳에 심어주고 싶지만 당자가 극력으로 반대하니까 때를 기다리지요. 그 반대하는 말이 또 우습지요. 한 번 결혼 일 때문에 세상의 웃음거리가 된 이상에 그 웃음거리 된 몸을 다시 다른 사람과 결합하려고 하는 것은 신성한 자기를 더럽힌다지요.[25]

인용문에서 보듯 탄실을 둘러싼 소문은 전부 허무한 일일 뿐만 아

---

24) 김복순, 「신여자의 근대적 진정성의 형식」, 『페미니즘 미학과 보편성의 문제』, 소명출판, 2005, 70~71면.

25) 김명순, 「탄실이와 주영이」, 송명희 편역, 앞의 책, 229면.

니라 악한 남녀의 모함에서 비롯된 것이라는 것이다. 그리고 탄실은 지극히 착한 여자로서 오빠로서 결혼을 시키려 해도 본인의 결벽증, 즉 한 번 웃음거리가 된 몸으로 다른 남자와 결혼하려는 것은 신성한 자기를 더럽힌다고 생각함으로써 독신으로 살아간다고 정택은 적극 해명한다. 이어서 그는 두 청년에게 다음과 같이 10년 전에 일어난 데이트강간 사건의 진상을 밝힌다.

> 내 누이로 말하면 10년 전에 벌써 참 옛이야길세. 어떤 평범한 아무런 일에도 새로운 것을 찾아낼 힘이 없으면서, 그래도 구구히 사람들의 구린 입내를 없이하기 위해서 하는 칭찬 푼어치나 듣는 쥐 같은 작은 남자와 약혼하려다가 그 남자에게 절개까지 억지로 앗기우고, 그나마 그것이 세상에 알려졌을 때, 어리고 철없는 내 누이의 책임이 되어서 그보다 5, 6년이나 위 되는 쥐 같은 남자가 염복 있다는 헛 자랑을 얻고 또 내 누이와는 원수같이 되어서 현재 저와 꼭 같은 다른 계집하고 잘 산다 하세. 그러기로서니 어리고 철없던 사람이 자라지 말라는 법이야 어디 있나. 그동안에 내 누이가 자라고 철들었다고 할 것 같으면 그만이 아닌가. 그렇지만 세상은 그렇지 않고 기막힌 일이 많아. (중략) 그 애가 10년 전에 동정을 제 마음대로도 아니고 분명한 짐승 같은 것에게 팔 힘으로 앗기었다 하면, 시방도 바로 듣지 않고 내 누이만을 불량성을 가진 여자로 아니……. 저 『너희들의 등 뒤에서』란 책이 난 뒤에도, 탄실이는 얼마나 염려를 하는지. 그 꼴을 차마 눈으로 볼 수 없어서 말끝마다 오빠 내가 일본남자와 연애했던 줄 알겠구려. 그러면 내가 창부 같은 계집이라겠지.[26]

---

26) 김명순, 「탄실이와 주영이」, 위의 책, 230~231면.

즉 "쥐 같은 작은 남자와 약혼하려다가 그 남자에게 절개까지 억지로 앗기"었다나 "10년 전에 동정을 제 마음대로도 아니고 분명한 짐승 같은 것에게 팔 힘으로 앗기었다"를 통해 탄실이 약혼하려던 남자에게 강제로 순결을 빼앗겼다는 것, 즉 데이트강간을 당한 것이 사건의 진상임을 밝힌다. 데이트강간은 "데이트를 하는 상호간에 동의 없이 강제로 행해지는 성폭행을 말한다. 즉 데이트 중에 자신의 의사에 반해서 또는 강제적으로 성관계를 갖게 되는 경우"이다.[27] 최근에는 연인 간 성폭력이 강력 범죄로 규정되면서 사회적 이슈로 대두되고 있지만 근대 초기의 데이트강간은 당사자 간의 사적 문제로 간주되었으며, 가해자가 아니라 피해자를 정숙하지 못한 여자로 비난하는 분위기가 지배적이었다. 바로 그러한 이유로 탄실은 성폭력의 피해자이면서도 정숙하지 못한 여자라는 오명을 쓰고 비난받게 되었던 것이다. 더구나 세상은 가해자가 아니라 어리고 철없는 사회적 약자인 여성에게 책임을 묻고, 불량한 여자로 매도해 왔다고 정택은 비판한다.

작가는 오빠인 정택의 발화를 통해 탄실을 강간한 남자를 '쥐 같은 작은 남자', '짐승 같은 것'과 같이 표현함으로써 강간의 가해자인 태영세(실제로는 이응준)에 대한 혐오를 나타내고 있다. 뿐만 아니라 왜곡된 소문을 근거로 피해자를 불량한 여자로 매도하는 남성중심적인 세상에 대해서도 혐오를 표출한다. 성폭력의 가해자가 아니라 피해자를 비난하는 사회야말로 전형적인 여성 혐오의 사회라고 하지 않을 수 없다.

김명순이 작품에서 해명하고 싶었던 중요한 다른 하나는 탄실이

---

27) 박문각 시사상식편집부, 『시사상식사전』, 박문각, 2016.

『너희들의 등 뒤에서』의 주인공 권주영과 다르다는 것이다. 먼저 탄실은 일본남자와 연애한 여성이 아니며, 가해자도 일본남자가 아니라 조선의 친일파 남성이라는 것이다. 이는 이수정의 발화를 통해 밝혀진다.

뿐만 아니라 유학의 목적도 주영은 일본에서 법률을 배워 일본 사람에게 원수를 갚겠다는 것이지만 탄실이 일본에 간 이유는 일본 사람이 얼마만한 사람인지 알아보기 위해서라는 것이다. 따라서 탄실은 일본 사람을 숭배하지도 않았으며, 이리 새끼나 호랑이 새끼 같은 태도로 일본 사람을 대한 여성이라는 것이다. 여기서 김명순의 민족의식의 일단을 엿볼 수 있다.

더욱이 주영이와 탄실이는 출신성분 자체가 다르다고 주장한다. 즉 주영은 일부 사실이 탄실과 유사한 점은 있지만 그녀는 중류 이하의 가정에서 자랐고, 비교할 수 없이 육체가 더러워졌고, 어리석은 여성이다. 반면 탄실은 부자로 태어나 호화로운 집에서 자랐고, 어리석지도 않을 뿐만 아니라 교만함과 욕심스러움, 즉 자존감이 높은 여성이다. 그리고 정조를 잃을 때에도 지독하게 저항했던 피해자이다. 즉 탄실은 부유한 집안 출신의 자존감이 강한 여성으로서 권주영처럼 여러 남자들과의 난교로 육체가 더럽혀진 여성이 아니라는 것이다.

작품은 이수정과 지승학의 대화를 통해서 우리나라 제1기 여학생의 속물적 근성에 대해서도 비판을 가한다. 즉 제1기의 여학생 중에는 권주영과 같은 여성도 있을지 모르지만 당대 신여성들이 여성해방의 명제로 주장했던 '연애이고 무엇이고 염두'에 두지 않은 채 자신의 절개를 철저히 간직했다가 명예 있고 재산 있는 남자에게 시집가서 호강하려는 개인적 안일을 도모한 여성도 있었다는 것이다. 탄실은 권주영과 같은 더럽혀진 여성도, 개인적 안일을 도모한 속물적 여성도 아니라는 것이다.

"그럴 것 같으면 『너희들의 등 뒤에서』라는 책은 한 여성을 주인으로 쓴 것이 결코 아니고, 조선 전체를 동정해서 일본 사람인 ××가 일본 사람의 처지에서 반성하느라고 쓴 것일 것입니다."[28]

작가는 주영과 탄실이 다르다는 것을 증명하는 데서 더 나아가 『너희들의 등 뒤에서』라는 소설에 대해 평가를 가한다. 즉 이 작품은 한 여성을 주인공으로 삼은 소설이 아니라 조선 전체를 동정해서 일본인의 처지에서 반성하기 위해서 쓴 소설이라는 것이다. 주영과 탄실은 여러 면에서 다를 뿐만 아니라 『너희들의 등 뒤에서』는 조선 여성을 무시한 작품으로서 그리 잘 쓴 소설이 아니라는 평가를 내어놓고 있다.

이와 같은 『너희들의 등 뒤에서』에 대한 김명순의 독법은 "이익상, 김기진 등의 사회주의자들이 국제적 연대 차원에서"[29]에서 읽었던 것과는 상당한 거리가 있다. 신혜수는 이익상의 경우는 '수용'의 측면에서, 김명순의 경우는 '저항'의 측면에서 텍스트를 해석하였다며 「탄실이와 주영이」가 단순히 일본작가의 소설에 관련된 소문에 대한 대항, 즉 그것에 대한 반작용으로 쓴 소설만은 아니라고 주장한다.[30]

---

28) 김명순, 「탄실이와 주영이」, 송명희 편역, 앞의 책, 234면.

29) 이원동, 「汝等の背後より의 수용 · 번역과 제국적 상상력의 경계」, 『어문논총』 제68호, 한국문학언어학회, 2016, 317면.

30) 신혜수, 「中西伊之助의 『汝等の背後より』에 대한 1920년대 중반 조선 문학 장의 두 가지 반응」, 『차세대 인문사회연구』 제7호, 동서대학교 일본연구센터, 2011,

하지만 「탄실이와 주영이」가 신혜수의 주장대로 조선의 '식민지적 근대성' 즉 '내부 식민주의'를 고발하겠다는 의도가 부분적으로 있다고 하더라도 작품의 초점은 탄실과 주영의 차이에 맞추어졌다는 것은 부인할 수 없다. 즉 김명순의 관심사는 그녀를 두고 세간에 떠도는 소문(성적으로 문란한 여성)이 사실이 아니라는 것을 주장하려는 데 있었다. 즉 데이트강간을 당한 것은 사실이지만 그것은 남성의 일방적 성폭력일 뿐 그녀의 도덕적 성적 정숙과는 전혀 상관없는 일이었다는 것이다. 따라서 성폭력에 지독히 저항한 피해자로서 그녀가 비난받을 이유는 없다는 것이다.

(2) 규율사회의 권력과 나쁜 피 콤플렉스

「탄실이와 주영이」는 6회분부터 탄실이 자라온 과거에 대한 회상으로 시간을 역행한다. 작가가 과거 회상을 통해 밝히고자 한 것은 소위 '나쁜 피' 콤플렉스가 어떻게 형성되었으며, 그것이 그녀의 인생에 어떤 영향을 끼쳤는가이다. 현재 그녀에게 쏟아지는 혐오와 비난의 근거의 하나가 바로 기생첩 소생의 서녀란 혈통, 즉 '나쁜 피'의 문제였기 때문에 탄실의 과거와 소문에 시달리는 현재는 분리할 수 없이 연결되어 있다.

미셸 푸코(Michel Paul Foucault)는 『감시와 처벌: 감옥의 탄생』(1975)에서 근대 사회를 규율사회로 진단한다. 근대 사회는 여러 가지 규율을 통해 규범의 권력이 출현하게 되는 사회다.[31] 근대사회를

100면.

31) 미셸 푸코, 오생근 옮김, 『감시와 처벌』, 나남, 2016.

구성하고 유지하는 규율 권력은 감옥, 학교, 군대, 병원, 공장과 같은 폐쇄적인 공간뿐만 아니라 국가의 기구나 제도의 틀을 벗어나 탈제도화된 사회의 모든 영역에서 행사된다. 사람들은 자신의 내부에 권력을 새겨 넣고 스스로를 감시하며, 가시성의 영역에 갇힌 주체는 항상 응시의 대상이 된다고 느낌으로써 스스로를 감시하는 효과를 낳게 되므로, 주체는 권력에 종속되고 권력의 대상이 된다.[32)]

「탄실이와 주영이」에서는 가정, 학교, 교회라는 제도가 어떻게 가부장적 규율을 강제하는 장치로서 여성을 억압하는 권력으로 작용하며 여성 혐오를 나타내는가를 다양하게 보여준다. 즉 가족 내에서는 적모와 서녀 사이에, 학교에서는 교사와 학생 사이에, 교회에서는 교직자와 신도 사이에 규율, 훈육 또는 예수교적 율법라는 이름으로 어떻게 권력이 작동하는지가 드러난다. 가정, 학교, 교회는 가부장적 규율이 적용되는 권력 공간으로서 지속적이고 반복적으로 탄실에게 나쁜 피에 대한 수치심과 열등감을 주입시켜왔다. 그 결과 탄실은 어머니를 혐오하게 되는가 하면, 그녀 내부에 새겨진 규율에 의해 자신을 감시하게 된다. 따라서 일본 유학을 통해 실력을 기름으로써 뿌리 깊은 나쁜 피 콤플렉스를 벗어나 정숙한 여자가 되겠다고 결심을 하게 된다. 하지만 뜻하지 않았던 데이트강간은 김명순에게 '나쁜 피' 콤플렉스에다 그토록 혐오했던, '정숙하지 못한 여자'라는 치명적 낙인을 덮어씌우고 만다.

탄실의 모친 산월은 집안의 가난으로 기생이 되었다가 류지동이라

32) 양석원, 「미셸 푸코의 이론에서의 주체와 권력: 응시의 개념을 중심으로」, 『비평과 이론』 제8-1호, 한국비평이론학회, 2003, 48면.

는 부자의 첩이 되지만 도망쳐서 친정으로 돌아온 후에 무역상을 하는 탄실의 부친 김형우를 만나 그의 첩이 된 것으로 설정되었다. 즉 산월이 기생이 되고 첩이 된 것은 도덕성의 문제가 아니라 가난 때문이었다.

탄실은 어린 시절부터 집안에서부터 모 산월에 대한 적모의 혐오발언을 수시로 들으며 자라게 된다. 즉 "이리 같은 년, 그 년이 죽으면 무엇이 될꼬. 벼락을 맞아죽을 년."이라는 욕설을 수시로 듣고 자란다. 탄실은 학교에서도 "남의 첩 노릇을 해서는 못 쓴다든지 기생은 악마 같은 것이란 교훈을 듣게 된"다. 그리고 탄실이 신앙하며 어머니를 전도하려 했던 예수교회마저도 기생과 첩을 비난함으로써 기생첩인 어머니에 대한 혐오감을 심어주었을 뿐이다. 뿐만 아니라 동경군관학교를 나와 조선의 군인이 된 삼촌 시우는 탄실이 서울의 X명학교에 입학하자 학감을 찾아가 탄실이 기생의 딸이란 사실을 폭로함으로써 학교에서마저 그녀가 놀림감이 되도록 만든다. 이처럼 가족, 학교, 교회는 한결같이 욕설, 교훈, 율법이라는 규율을 통해 탄실에게 혈통에 대한 수치심과 자기혐오를 심어주었다.

즉 가족, 학교, 교회는 어린 탄실의 마음에 "부끄러운 아픔과 어렴풋한 의심에 싸여 있"도록 만들었으며, 심지어 어머니 산월이를 어머니라고 부르기조차 꺼리어지게 만들었다. 모친을 진심으로 싫어하는 것은 아니었으나 '첩의 딸', '기생의 딸'이란 말을 듣기를 극도로 싫어한 나머지 어머니마저 싫어하게 되었던 것이다. 즉 깨끗한 주체가 되기 위해서는 탄실은 어머니와 경계를 긋고 동일시를 포기해야만 했다. 그것은 어머니에 대한 아브젝트(abject)였다.[33] 그녀는 어릴 때부터 명예심 많은 처녀였지만 집안, 학교, 교회가 기생 출신의 첩인 어머니에 대한 수치심과 혐오감을 지속적으로 심어준 결과 그녀의 자존감은 손상되었으며, 나쁜 피 콤플렉스를 갖게 되었던 것이다. 나쁜 피 콤플렉스야말로 탄실의 내부에 규율권력이 새겨 넣은, 그녀 스스로 자신을 감시하게 만든 나머지 형성된 콤플렉스라고 할 수 있다.

김명순에게 덮어씌운 '나쁜 피'라는 오명과 낙인찍기는 기생첩 어머니와 그 딸을 더러운 몸을 지닌 여성, 함부로 대해도 되는 혐오스런 몸과 천한 지위를 지닌 여성으로 비체화하는 여성 혐오와 관련되어 있다. 결국 김명순에게 쏟아진 '나쁜 피'라는 비난은 남성들이 여성을 이분법적으로 처와 첩, 즉 '성녀'와 '창녀'로 구분함으로써 이루어지는 여성 억압의 형태로서, 양쪽 모두 여성을 타자화하고 도구화하는 방식이다.

(3) 아름다운 외모의 낙인과 일본 유학

가부장적 규율사회는 탄실로 하여금 자신의 예쁜 외모에 대해서마저 자존감이 아니라 수치심으로 받아들이도록 작용한다. 즉 예쁜 외모는 여염사람 같지 않은, 즉 기생의 딸이라는 낙인으로 그녀에게 다가온다.

"저 애는 우리 형님의 서자인데, 자기 외가라고는 죄다 기생 찌꺼기들뿐이니, 외출을 시키지 말고 의복도 지금껏 너무 사치하니, 만일 그

---

33) 노엘 맥아피, 이부순 옮김, 『경계에 선 줄리아 크리스테바』, 앨비, 2007, 95~99면.

런 의복이 올 것 같으면 입히지 말도록 해주시오."

하고 부탁한 말이 학교 안에 퍼져서 그가 미움을 바칠 때마다

"기생의 딸년."

"저 애 이모는 참 예뻐, 여염사람 같지 않아."

"나도 좀 그렇게 예뻐 보았으면 하하."

"그 애는 너두 ○○이 되어보렴 그래서 분 바르고 비단옷 입으면 예뻐진단다, 하하."[34)]

「꿈 묻는 날 밤」에서도 "놀랄 만치 아름답다"나 "곱다 그 몸매!"라고 떠들며 지나가는 청년들을 향해 주인공 남숙은 "놀리는 듯한 소리들이 불쾌해서 속으로 '못된 것들 사내들이 남의 얼굴만 보나!'"하고 불쾌감을 표현하는 것도 외모의 아름다움이 낙인처럼 나쁜 피 콤플렉스를 자극했기 때문이다.

부친 형우가 죽은 후 어머니 산월이 경성으로 이사 옴으로써 지옥 같은 학교 기숙사를 벗어나 어머니와 함께 살게 된 탄실은 부친이 남긴 빚을 받으러 온 사람들로부터 "탄실이를 기생이나 부치지오."라는 말을 듣게 되자 살기가 등등해서 대든다.

"나는 남만 못한 처지에서 나서 기생의 딸이니 첩년의 딸이니 하고 많은 업심을 받았다. 그리고 내가 생장하는 나라는 약하고 무식하므로 역사적으로 남에게 이겨 본 때가 별로 없었고, 늘 강한 나라의 업심을 받았다. 그러나 나는 이 경우에서 벗어나야 하겠다, 벗어나야 하겠다. 남의 나라 처녀가 다섯 자를 배우고 노는 동안에 나는 놀지 않고 열두

34) 김명순, 「탄실이와 주영이」, 송명희 편역, 앞의 책, 261면.

자를 배우고 생각하지 않으면 안 된다. 남이 겉으로 명예를 찾을 때 나는 속으로 실력을 기르지 않으면 안 되겠다. 지금의 한마디 욕, 한 치의 미움이 장차 내 영광이 되도록 나는 내 모든 정력으로 배우고 생각해서 무엇보다도 듣기 싫은 '첩'이란 이름을 듣지 않을, 정숙한 여자가 되어야 하겠다. 그러려면 나는 다른 집 처녀가 가지고 있는 정숙한 부인의 딸이란 팔자가 아니니 그 대신 공부만을 잘해서 그 결점을 감추지 않으면 안 되겠다."[35]

인용문은 탄실이 왜 일본 유학을 그토록 열망했는지를 보여준다. 일본 유학은 "산 같은 지식욕을 제어할 수가 없어서"라기보다도 "기생의 딸이니 첩년의 딸"이니 하는 업신여김으로부터 벗어나 "듣기 싫은 '첩'이란 이름을 듣지 않을, 정숙한 여자가 되"기 위함이요, 보통의 처녀들과 다른 팔자, 즉 나쁜 피 콤플렉스를 극복할 실력을 쌓기 위함이다. 그리고 국가적으로는 늘 강한 나라의 업심을 받은 압제상태에서 벗어나기 위한 실력을 쌓기 위함이다.

일본 시부야의 상반여학교에 들어간 탄실은 숙부의 소개로 만나게 된 태영세라는 남자, 키는 작고 얼굴은 납다데 한 쥐 같은 외모의 "냉정함과 침착함으로 사람을 이끌어 동댕이쳐 버릴 듯한 한없이 무서"운, 그러면서도 "말끝 돌릴 때마다 한마디씩 친함을 주"며 "눈웃음을 웃"는 남자와 타국에서의 정서적 외로움과 경제적 어려움이라는 현실적 문제가 겹쳐 맹목적으로 결혼하고 싶어 한다. 어쩌면 정상적인 결혼이야말로 그녀가 첩의 딸이라는 평생의 콤플렉스로부터 벗어날 수 있는 유일한 길이었기 때문이었을 것이다. 탄실은 조선에서의 경

35) 김명순, 「탄실이와 주영이」, 위의 책, 264면.

제적 지원이 끊긴 상태에서 공부와 결혼 사이에서 갈등하며 태영세와의 결혼에 대한 욕망이 자꾸만 커져 갔던 것이다.

하지만 그에게 데이트강간을 당함으로써 탄실은 일시에 정신이상까지 생기고, 신문에서 떠들고, 졸업생 명부에서도 지워지고 만다. 더욱이 태영세는 자신의 지식욕과 명망과 영화를 위해 탄실과의 약혼을 원하지 않는다. 뿐만 아니라 그는 탄실처럼 뼈마디가 눌진눌진한 여성이 아니라 키 작고 가는 연하의 여자를 원했던 것이다. 한마디로 그는 여성을 결혼 상대와 놀이 상대로 구분하며 탄실을 농락한 비열한 남성이었던 것이다.

(4) 정숙하지 못한 여자라는 오명

작품은 데이트강간 사건 이후 학교에서 졸업을 하지 못하고, 신문에서 떠드는 상황을 전할 뿐 데이트강간을 직접적으로 다루지 않은 채 중단되고 만다. 왜 그 지점에서 중단되었던 것일까?

다이아나 러셀(Diana Russell)은 『강간의 정치학』에서 "강간당했던 여성들은 고통과 맞거나 죽임을 당할 것에 대한 공포뿐만 아니라, 가해자에 의해 '불결한' 여자가 되었다는 오욕적 감정 또한 함께 상기"한다[36]라고 했다. 김명순은 강간사건이 일어난 지 10년의 세월이 흘렀음에도 그녀가 겪었던 공포와 오욕의 감정을 소설로 세세히 재현하기에는 그때 받았던 외상이 너무 치명적이어서 차마 직면하기 어려웠던 것 같다. 「탄실이와 주영이」와 『너희들의 등 뒤에서』의 동시 연재

---

36) 위니프레드 우드헐, 「섹슈얼리티, 권력, 그리고 강간의 문제」, 미셸 푸코 외, 황정미 편역, 『섹슈얼리티의 정치와 페미니즘』, 새물결, 1995, 180면.

로 인해 더욱 무성해진 소문도 소문이거니와 강간의 트라우마와 정면으로 마주하기 어려웠던 것이 작품 중단의 한 사유가 되었을 것이다.

이처럼 탄실은 그녀의 인생 초기과정에서 나쁜 피 콤플렉스에다 데이트강간의 상처와 슬픔을 어찌할 수 없었기 때문에 그녀의 감정은 수치심 중독[37]에서 벗어날 수 없었다. 수치심이란 누스바움에 의하면 어떤 이상적인 상태에 도달하지 못한다는 생각에 반응하는 고통스러운 감정이다.[38] 수치심 중독(toxic shame)은 흠집이 나서 위축되고 제대로 평가받지 못하는 감정으로서, 그것은 죄책감보다 훨씬 심각한 감정이다. 죄책감은 무엇인가 잘못했지만 그것을 다시 고치고, 그걸 위해 무엇인가 할 수 있다. 그러나 수치심 중독은 자신이 무엇인가 잘못된 존재라는 것이고, 그것에 대해 자신이 할 수 있는 것이란 아무것도 없다는 것이다. 그저 부족해보이고 불완전할 뿐이다.[39]

김명순이 일본작가의 소설에 등장하는 주영과 탄실이 다르다는 것을 주장한 부분보다 훨씬 많은 분량을 어린 시절의 성장과정에 할애하고 있는 이유는 바로 그녀의 내면을 가득 채운 나쁜 피에 대한 수치심, 일본에서 당한 데이트강간의 트라우마와 고통으로부터 벗어나기 위해서였을 것이다. 하지만 김명순은 결국 작품을 끝까지 완결하지 못하고 중단하는데, 그것은 김명순이 자기 치유에 실패했기 때문이다.

즉 '나쁜 피'라는 출생 콤플렉스는 그녀의 삶의 원죄로서 작용해왔다. 나쁜 피는 여태껏 그녀에 대한 비난의 근거가 되고 있을 뿐만 아

---

37) 존 브래드 쇼, 오제은 옮김, 『상처받은 내면아이 치유』, 학지사, 2004, 125면.
38) 마사 누스바움, 조계원 옮김, 『혐오와 수치심』, 민음사, 2015, 338면.
39) 마사 누스바움, 위의 책, 86~87면.

니라 어린 시절부터 그녀를 수치심 중독에 빠뜨려 현재의 불행에 이르게 만든 원천이다. 그녀는 실력을 길러 나쁜 피 콤플렉스로부터 벗어나고자 유학을 가지만 거기서 데이트강간을 당함으로써 콤플렉스로부터 벗어나기는커녕 '나쁜 피'에다 '정숙하지 못한 여자'라는 오명마저 더하게 된다. 즉 '순결하지 않은 여자'라는 또 하나의 오명을 얻게 된다.

순결이데올로기는 성을 통한 남성의 여성에 대한 지배의 또 다른 형태이다. 강간당한 여성, 즉 순결을 지키지 못한 여성은 여성으로서의 가치가 상실된 것으로 낙인찍힌다. 다시 씻기 어려운 불명예스럽고 욕된 낙인찍기는 지배집단의 취향과 견해를 반영할 뿐만 아니라 힘이 약한 집단이나 이방인으로 간주되는 집단의 특징들을 폄하함으로써 지배집단의 이상화된 자기묘사를 중립적이고, 정상적이며, 정당하고, 식별 가능한 것으로 강화한다.[40]

가부장제 사회는 순결이데올로기를 통해 여성을 순결한 성녀와 더러운 창녀로 이분법적으로 분할 지배한다. 따라서 강간 사건은 나쁜 피와 함께 그 후 그녀의 인생을 옭죄는 결정적인 트라우마이자 남성들로부터 혐오의 결정적 근거가 된다. 가부장제 사회는 매체와 소문을 통해 점점 더 그녀를 오명의 수렁 속으로 빠뜨린다.

그런데 데이트강간의 피해자를 성적으로 '정숙하지 못한 여자'로 비난하는 것 역시 여성을 '성녀'와 '창녀'로 이분법적으로 구분하며 여성을 타자화시키는 기제이다. 즉 데이트강간을 나쁜 피를 지닌 여성의 정숙하지 못한 태도가 유발한 행동으로 낙인찍는 것, 가해자가

---

40) 로즈메리 갈런트 톰슨, 손홍일 옮김, 『보통이 아닌 몸』, 그린비, 2015, 59면.

아니라 피해자를 비난하는 구조야말로 철저히 가해자의 논리구조이다.

김명순은 소설의 전반부에서 김정택과 이수정과 지승학이란 인물의 발화를 통해 혐오를 혐오로 되돌려주고자 했다. 하지만 작품의 중단으로 인해 자신에게 가해진 부당한 여성 혐오를 근원까지 파헤쳐 되돌려주는 결과에는 이르지 못하고 만다.

작품에 등장하는 이복오빠 정택은 부모 사망 후 세상에서 자신을 지지해줄 사람이 하나도 없는 외로운 상황에서 그라도 보호자로 나서서 방패막이가 되어주었으면 하는 욕망을 드러내 보인 것이라고 볼 수 있다. 이수정과 지승학과 같은 문학청년들도 소문에 휘둘리지 않고 그녀를 변명해준 남성들이다. 그때 김명순에게는 정택과 같은 보호자, 이수정과 지승학과 같은 문단의 지지자가 절실하게 필요했다고도 볼 수 있다.

하지만 나머지 남성들, 즉 아버지 김형우, 삼촌 시우, 태영세 등 세 남성 모두 부정적 인물로 그려냈다. 그들은 공통적으로 호색한이면서 여성 혐오적인 남성들이다. 이 세 명의 남성에 대해서 탄실은 정도의 차이가 있지만 한결같이 혐오를 표출했다. 아버지는 그녀를 경제적으로 어렵게 만든 의리 없는 인물이며, 삼촌은 학교에까지 탄실이 기생첩의 딸이란 소문을 낸 장본인이자 그녀와 결혼할 마음도 없는 태영세를 소개하여 결혼에 대한 헛된 욕망을 품게 한 인물이다. 태영세에 대한 탄실의 평가는 어떠한가? 그는 형편없는 외모에다 자신의 지식욕과 명망과 영화를 위하여 탄실과 결혼할 마음도 없으면서 그녀와 교제하며 강제로 성폭행을 가한 혐오스런 인물이다. 그야말로 기생의 딸, 첩의 딸을 차별하고 결혼할 여자와 연애할 여자를 분단 지배하는 여성 혐오적이고 성차별주의에 빠진 남성이라는 것을 김명순은 말하고 싶었을 것이다.

4) 소문에 대한 혐오와 남성 혐오 –「꿈 묻는 날 밤」, 「모르는 사람같이」

소문이란 진실성 여부에 관계없이 사람들 사이에 퍼져 있는 사실이나 정보를 말한다. 김명순이 소문에 얼마나 치명적 상처를 입었는가는 최명표의 논문 「소문으로 구성된 김명순의 삶과 문학」[41]에 잘 밝혀져 있다. 노이바우어(Hans J. Neubauer)에 의하면 소문(rumor)은 어원적으로 소식, 비명, 외침, 평판이라는 의미뿐만 아니라 카오스, 대참사, 범죄 등의 의미와도 관련을 맺고 있으며, 강간, 도둑질, 강도, 살인, 타실 등과도 유사한[42] 대체로 부정적인 의미를 가진다. 그는 소문을 전달된 비독립적인 말로서 인용의 인용이라고 했다.[43]

노이바우어가 소문을 인용의 인용이라고 정의했듯이 소문은 비공식적으로 전달되며, 인용의 인용이 거듭되면서 사실을 왜곡하고 진실 여부와 상관없이 악의적으로 확대 재생산된다. "여성에 대한 소문이 유통되고 소비되는 방식은 성별화된 위계질서를 지지하는 지식과 권력의 긴밀한 공조 속에서 이루어진다. 또한 소문과 같은 장치는 어떤 실체를 이미지화하여 통제하기 쉬운 대상으로 만드는 특성이 있

41) 최명표, 앞의 논문.

42) 한스 노이바우어, 박동자 · 황승환 옮김, 『소문의 역사』, 세종서적, 2001, 278~280면.

43) 한스 노이바우어, 위의 책, 17면.

다."[44] 신여성을 둘러싼 소문은 비단 근대 조선에서의 일만은 아니었던 듯하다. 중국에서도 "신여성의 삶은 소문에 연루되어서 맞서거나, 좌절하여 죽거나, 기존 질서에 순응하는 등의 행로를 걸었다. 특히 소문에 맞서거나 맞서다 못해 죽음을 맞이한 신여성의 삶은 고단하기 이를 데 없었다."[45]

김명순에 대한 소문들은 입에서 입으로 비공식적으로 전달되기보다는 신문과 잡지의 공적매체에서 생산됨으로써 그것이 마치 진실인 양 신속하고도 폭넓게 유포되며 그녀를 타자로, 희생자로 만들었다. 그만큼 근대는 여성에게 폭력적인 사회였다.

> 그녀를 둘러싼 소문들은 신문과 잡지 등 공식 매체에서 생산되어 사람들의 입소문을 통해 신속히 유포되었다. 소문은 소수자를 향한 다수의 테러로서 대상자의 인격을 파괴하고, 나아가 복원할 수 없을 정도의 상처를 각인시킨다. 소문은 사회로부터 당자를 격리시키고, 다수가 승인한 규범에 복종하기를 강요한다. 김명순은 '신'여성으로 사회의 지배적 질서에 도전했기 때문에, '구'여성을 비롯한 사회 구성원들로부터 배제되는 비운을 맞아야 했다. 다수는 그녀에게 온갖 소문의 진앙지라는 사실을 반복적으로 주입하였으며, 그녀는 다수의 횡포에 맞서 다방면에 걸친 활동으로 극복하려고 시도하였다.[46]

---

44) 이숙인, 「소문과 권력 - 16세기 한 사족 부인의 淫行 소문 재구성」, 『철학사상』 제40호, 서울대학교 철학사상연구소, 2011, 69면.
45) 박자영, 「소문과 서사; 장아이령 전기 다시 읽기」, 『여성문학연구』, 한국여성문학학회, 2008, 77면.
46) 최명표, 앞의 논문, 222면.

최명표는 김명순이 “지식의 축적을 통해 자신을 둘러싼 소문으로부터 자유”를 얻고자 했으나 “신여성의 학식은 남성 주도의 식민지 시대에 쓸모없는 사치품에 불과했다”고 평가했다.[47] 소문의 최대 피해자였던 김명순은 자신의 소설에서 소문 모티프를 형상화함으로써 소문에 대한 혐오와 이를 유포시키는 남성에 대한 혐오를 동시에 표출한다.

「꿈 묻는 날 밤」[48]에 등장하는 여주인공 남숙은 서 모(徐某)라는 남성에 대한 강한 혐오를 드러낸다. 남숙이 그를 싫어하는 이유는 그가 별로 신뢰할 수 없는 친구 박정순과 관계가 있는 인물이기 때문이다. 박정순은 그녀 자신은 정조 있는 체하지만 자신의 마력(魔力)인가 매력(魅力)인가를 시험하기 위해서인지 부질없이 게슴츠레한 눈치를 남자들에게 던지는가 하면 다른 사람들로부터는 “사랑한다는 남편이 있으면서…… 음험한 계집”이라는 비난을 듣는 인물이다.

서 모는 남숙이 해몽을 해달라고 정희철에게 꿈 이야기를 하자 둘 사이에 끼어들며 왜곡된 소문에 근거하여 “오 - Y씨, Y씨는 그 동경서 어떤 책사 하던 사람을 망쳐놓고 미국 가서 있다는 이은영이와 동거한다는 Y씨.”라고 아는 체를 함으로써 남숙의 혐오의 대상이 된다.

> “오 - Y씨, Y씨 그 동경서 그 어떤 책사 하던 사람을 망쳐놓고 미국 가서 있다는 이은영이와 동거한다는 Y씨.”
>
> 하고 사뭇 떠들었다. 남숙은 기가 막혀서 더 참을 수 없는 듯이 한번 힘껏 눈을 흘기고

47) 최명표, 위의 논문, 237면
48) 김명순, 「꿈 묻는 날 밤」, 송명희 편역, 앞의 책, 283~292면.

"그 이름이 Y씨가 아닐 뿐더러 그 여자와 같이 간 그 Y씨도 아닙니다. 그 사람이 아닙니다."

하고 일어섰다. 서 모는 그 눈 서슬에 황겁해서

"잘못했습니다."[49]

그가 "잘못했습니다"라고 사과를 했음에도 남숙은 그를 향해 다음과 같은 분노 감정을 표출한다.

"남숙의 온몸에는 피가 끓어올랐다. 앞이 새빨개졌다. 그 세포(細胞) 하나하나가

"이 괘씸한 것."

하고 무엇을 쳐 넘기려고 하는 노염의 명령에 따라서 바르르 떨며 무엇을 찾았다. 남숙은 빨개서 파래서 떨었다.

"이런 버르장머리를 어디서 가르칩니까."

하고 그 눈을 그 무섭게 빛나는 눈을 부릅떴다.[50]

남숙의 분노 감정은 "온몸에는 피가 끓어올랐다. 앞이 새빨개졌다."와 같은 표현, 그리고 "세포(細胞) 하나하나가", "바르르 떨며", "빨개서 파래서 떨었다.", "무섭게 빛나는 눈을 부릅떴다."와 같은 구체적 묘사에서 그 강도의 수위가 얼마나 강렬한지 드러난다. 서 모를 향해 남숙이 분노 감정을 그처럼 과민하게 표출한 이유는 그가 Y에 대해서 제대로 알지도 못한 채 헛소문에 근거하여 함부로 아는 체를 했기 때문

---

49) 김명순, 「꿈 묻는 날 밤」, 위의 책, 289면.
50) 김명순, 「꿈 묻는 날 밤」, 위의 책, 290~291면.

이다. 뿐만 아니라 "그 날의 모욕(侮辱)을 그 자신으로부터 얻은 그 못잊을 모욕을 두루 살폈다."와 같은 대목에서 추측컨대, 남숙은 왜곡된 헛소문의 피해자였던 경험을 가졌던 데서 더 예민하게 반응한 것 같다. 헛소문 때문에 남숙이 크게 모욕받았던 사건은 그녀가 정희철을 찾아가 해몽을 받고자 한 꿈의 내용과도 관련이 있는 것으로 보인다.

구체적 사건으로 드러나지는 않았지만 남숙은 세 아이의 아버지이자 한 여자의 남편인 유부남에 대해 사랑의 감정을 느끼고 있다. 하지만 그녀의 도덕률은 "그의 지성이 제삼자의 자리에 앉아서 그에게 심판을 내린다."에서 보듯이 그것을 용납하지 않는다. 그로 인한 심리적 갈등상태에서 그녀는 "Y씨가 무슨 강단에 올라서서 나를 아이고 그 무슨 변명인지 해주는데 사람들은 물 끓듯 떠들어요. 아마 나를 뭇 사람이 들입다 악인으로 모 - 는 것 같았어요."와 같은 꿈을 꾸고, 친구 남편인 정희철에게 꿈 해몽을 받으려고 찾아갔던 것이다. 이때 Y는 그녀를 악인으로 모는 사람들 앞에서 그녀를 변명해준 고마운 남성이다. 정희철을 찾아갈 때의 그녀의 마음의 교착상태는 다음과 같이 표현된다.

> 오고 가는 전차들이 겨우 보였다.
>
> '거친 서울아, 왜 이리 어두운고. 사람이 안 사는 것이 아닌데 생각 없는 마음이 아닌데 왜 이리 캄캄하냐, 네 어두움을 밝힐 도리가 없느냐.' 하고 남숙은 생각할 때 그 눈에 눈물이 맺히는 것을 깨닫고 돌아설까 앞으로 갈까 하고 망설거렸다.[51]

---

51) 김명순, 「꿈 묻는 날 밤」, 위의 책, 286면.

인용문은 유부남을 사랑하는 데 따른 마음의 갈등뿐만 아니라 그에 따른 소문과 비난을 받을지도 모른다는 데 대해 두려움을 느끼고 있는 남숙의 마음을 잘 보여준다. 그 밤에 정희철을 찾아간 진짜 이유도 꿈 해몽 때문이 아니고 사랑해서는 안 되는 남성을 사랑하는 데 따른 갈등을 호소하고 싶었기 때문일 것이다. 사랑하고 싶은 욕망과 그것을 억압하는 도덕률 사이에서, 특히 그로 인해 세상으로부터 받을 비난 때문에 그녀는 괴로워한다. 만약에 그녀가 자신의 욕망대로 행동하면 세상은 그녀를 비난할 것이고, 더욱이 상대방조차 그녀의 사랑을 받아들일지 확신할 수 없는 상태이다. "공연한 일이지 그 사람이 알면 웃음거리나 될 것을 그것이 정말이지."처럼 믿음이 서지 않는 것이다.

작품에서 남숙이 떠도는 헛소문을 믿고 함부로 떠벌리는 남성에 대해 극도로 혐오감을 표출하는 것을 보면 그녀가 소문으로부터 입은 마음의 상처가 얼마나 큰지 잘 알 수 있다. 작품의 결말에서 남숙은 금지된 대상을 사랑하는 마음의 갈등을 문학 창작을 통해 승화시키고자 한다.

이 작품도 김명순의 자전적 경험이 강하게 투사된 작품으로, 소문에 대한 극도의 혐오감과 헛소문을 믿고 이를 유포시키는 남성에 대한 강렬한 혐오를 나타냄으로써 그녀를 향한 소문과 소문을 퍼트리는 남성에 대한 혐오를 혐오로 되돌려 주고 있다.

「모르는 사람같이」(1929)에서도 여주인공 순실은 결혼을 앞두고 왜곡된 헛소문에 파혼을 한 창일을 절대 용서하지 않는다. 다른 여자와 결혼한 창일이 뒤늦게 소문이 거짓이라는 사실을 알게 되어 관계를 회복하고자 찾아와 매달리지만 순실은 그를 냉정히 거절한다. 그녀는 헛소문에 휘둘려 파혼한 창일을 절대 용서하지 않을 뿐만 아니라 그것을 남의 과실(過失)로 돌리며 변명하는 데 대해서도 혐오감을 표출한다.

> "아아 우리는 장차 어찌하여야 합니까? 남의 과실로 우리는 희생되어야 합니까?"
> "차라리 우리의 과실이라는 편이 낫지마는, 자연에 맡긴 셈 치죠."
> "당신은 너무도 냉정합니다. 당신의 물건이던 남자가 남에게 도적을 맞았다가 회복된 이때, 당신은 그처럼 냉정할 수가 있습니까?"
> "뭐예요?"[52)]

위의 두 작품은 공통으로 남녀관계에 대한 헛소문을 함부로 믿고 그에 휘둘리는 남성에 대한 여주인공의 혐오감을 나타냈다. 남녀관계에 얽힌 소문의 피해자였던 김명순은 소문을 함부로 믿고 떠벌리며, 여자를 배신한 남성에 대해 혐오를 나타내며, 혐오로 되돌려주었다. 하지만 이때 여성의 남성 혐오는 분노와 투쟁 속에서 나온 서사일 뿐 성차별을 실행하지 않는다.

3. 결론

본고는 김명순의 소설에 나타난 여성 혐오 모티프와 이를 혐오하는 작가의 태도를 분석하였다. 김명순은 자신의 소설을 통해 부당한

---

52) 김명순, 「모르는 사람같이」, 위의 책, 351면.

여성 혐오에 침묵하지 않고, 혐오를 혐오로 되돌려주었다. 「돌아다볼 때」에서는 여성의 여성 혐오에 대해 비판했다. 「탄실이와 주영이」에서는 가부장적 규율 사회의 여성 혐오를 비판하며, 가해자가 아니라 피해자를 비난하는 사회에 대한 혐오를 나타냈다. 「꿈 묻는 날 밤」과 「모르는 사람같이」에서는 소문과 그 소문에 휘둘리는 남성에 대한 혐오를 표출하였다.

인종차별 이론가인 마리 J. 마츠다(Mary J Matsuda)는 인종차별적 혐오 메시지[53]의 식별 기준을 김명순에 대한 남성들의 여성 혐오에 전유해 보면, 김명순을 향한 남성들의 무차별적인 혐오 메시지는 첫째, 그녀가 기생첩의 딸이라는, 즉 '나쁜 피'라는 열등성에 집중되었다. 둘째, 그녀가 보호해 줄 가족조차 없는 사회적 약자라는 데서 보다 용이하게 행해졌다. 셋째, 그 메시지가 그녀가 성적으로 정숙하지 않은 여성이라는 등 박해적이고, 증오로 가득 차 있으며, 비하적이었다. 즉 신남성들의 김명순에 대한 혐오 메시지는 자신의 남성 정체성의 경계를 혼란시키고 위협한다고 여겨지는 그녀를 오염되고 불순한 '나쁜 피'와 '정숙하지 않은 여성'이라는 비체로 낙인을 찍으며 혐오를 표출하였다고 할 수 있다.

김명순은 요즘 말하는 메갈리안(megalian)[54]으로 볼 수 있다. 메갈

---

53) 유민석, 「혐오 발언에 대한 저항은 가능한가?」, 주디스 버틀러, 유민석 옮김, 『혐오 발언』, 알렙, 2016, 308면.

54) 메갈리안은 '메르스(mers) 바이러스'와 '이갈리아의 딸들(Egalia's daughters)'의 합성어이다. 『이갈리아의 딸들(Egalia's daughters)』은 작가이자 여성운동을 펼치고 있는 노르웨이 출신 작가 브란튼베르그의 책으로 상상력과 재치가 넘치는 페미니즘과 유토피아 소설이다. 남성과 여성의 성역할 체계가 완전히 뒤바뀐 가상의 세계 이갈리아의 모습을 그린 작품. 영어로 번역되었을 당시 큰 논쟁을 불러일으켰으며, 유럽에서는 연극으로 공연되기도 했다.

리안은 여성 혐오에 침묵하지 않고 오히려 혐오를 혐오로 되돌려주는 여성을 지칭하는 신조어이다. 여성들에게 상처를 줬던 혐오 발언이 버틀러(Judith Butler)의 표현대로 '저항의 도구'가 되어 되돌려주는 여성을 메갈리안이라고 부른다.[55] 메갈리안의 미러링(mirroring)은 감히 그럴 권력을 소유하고 있지 못했던 여성들도 기존의 권력을 도용하고 전복시킬 수 있다는 것을 보여주는 하나의 방식이다. 혐오 발언에 대한 거울반사로 설명되는 미러링(mirroring) 스피치는 혐오 발언을 발화한 화자 자체가 그 혐오 발언에 의해 스스로 곤경에 처할 수 있다는 것을 보여준다.[56]

하지만 김명순이 자신의 문학을 통해 여성 혐오에 저항을 하게 된 것은 더 이상 참을 수 없는 여성 혐오로 인해 벼랑 끝에 몰린 나머지 자구책으로 나온 절규라고 할 수 있다. 여성 혐오에 침묵하지 않고 저항하는 메갈리안의 등장은 공적 영역이 여성 혐오에 대해 아무런 조처도 취해주지 않았기 때문이다. 그것은 여성들이 마지못해 행하게 된 사적 구제와도 같은 차원의 것이다.[57]

여성의 남성 혐오는 자신이 부당하게 대접받는 데 대한 분노와 투쟁 속에서 나온 서사의 하나일 뿐 남성 혐오가 존재한다 하더라도 그것은 성차별을 실행하지 않는다. 따라서 남성들의 여성 혐오와 동일한 혐오라고 간주할 수 없다. 메갈리안들의 반란의 발화는 여성 혐오의 효과들을 좌절시키고 불능으로 만들면서 많은 여성들에게 자긍심

---

55) 유민석, 『혐오발언에 기생하기 : 메갈리아의 반란적인 발화』, 『여/성이론』 제33호, 도서출판 여이연, 2015, 127~128면.

56) 유민석, 위의 논문 135면.

57) 유민석, 위의 논문, 133면.

을 되찾아 주고 용기를 북돋아준다. 김명순이 여성 혐오에 침묵하지 않고 혐오를 혐오로 되돌려주었다는 것은 그녀를 향한 여성 혐오가 부당한 것이므로 그것을 시정하라는 강력한 신호였다.

김명순의 소설이 여성 혐오 모티프를 집중적으로 그려내며 여성 혐오를 혐오로 되돌려주었다는 것은 여성 혐오의 피해자였던 수많은 여성들의 자존감을 회복시켜주고 살아갈 용기를 되찾아준다는 점에서 큰 의미를 지닌다.

참/고/문/헌

〈기본자료〉

- 송명희 편역, 『김명순 소설집 외로운 사람들』, 한국문화사, 2011.

〈연구논문〉

- 남은혜, 「김명순 문학연구」, 서울대학교 석사학위논문, 2008.
- 박자영, 「소문과 서사; 장아이령 전기 다시 읽기」, 『여성문학연구』, 한국여성문학학회, 2008.
- 신혜수, 「中西伊之助의 『汝等の背後より』에 대한 1920년대 중반 조선 문학 장의 두 가지 반응」, 『차세대 인문사회연구』 제7호, 동서대학교 일본연구센터, 2011.
- 손희정, 「혐오의 시대 – 2015년, 혐오는 어떻게 문제적 정동이 되었는가」, 『여/성이론』 제32호, 도서출판 여이연, 2015.
- 송명희, 「김명순 시에 나타난 분노감정」, 『여성문학연구』 제39호, 한국여성문학학회, 2016.
- 양석원, 「미셸 푸코의 이론에서의 주체와 권력: 응시의 개념을 중심으로」, 『비평과 이론』 제8-1호, 한국비평이론학회, 2003.
- 이광수 · 주요한, 「춘원 · 요한 교담록」, 『신시대』, 1942. 2.
- 이숙인, 「소문과 권력 – 16세기 한 사족 부인의 淫行 소문 재구성」, 『철학사상』 제40호, 서울대학교 철학사상연구소, 2011.
- 이원동, 「汝等の背後より의 수용 · 번역과 제국적 상상력의 경계」, 『어문논총』 제68호, 한국문학언어학회, 2016면.
- 이현재, 「도시적 감정으로서의 여성 혐오와 도시적 젠더정의의

토대로서의 공감의 가능성 모색」, 『한국여성철학』제25호, 한국여성철학회, 2016.
- 유민석, 「혐오발언에 기생하기 : 메갈리아의 반란적인 발화」, 『여/성이론』 제33호, 도서출판 여이연, 2015.
- 최명표, 「소문으로 구성된 김명순의 삶과 문학」, 『현대문학이론연구』 제30호, 현대문학이론학회, 2007.

〈단행본〉
- 김복순, 『페미니즘 미학과 보편성의 문제』, 소명출판, 2005.
- 서정자 · 남은혜 편, 『김명순문학전집』, 푸른사상, 2010.
- 우에노 치즈코, 나일등 옮김, 『여성혐오를 혐오한다』, 은행나무, 2012.
- 노엘 맥아피, 이부순 옮김, 『경계에 선 줄리아 크리스테바』, 앨비, 2007.
- 로즈메리 갈런트 톰슨, 손홍일 옮김, 『보통이 아닌 몸』, 그린비, 2015.
- 마사 C. 누스바움, 조계원 옮김, 『혐오와 수치심』, 민음사, 2015.
- 마사 C. 누스바움, 강동혁 옮김, 『혐오에서 인류애로』, 뿌리와 이파리, 2016.
- 미셸 푸코, 오생근 옮김, 『감시와 처벌』, 나남, 2011.
- 미셸 푸코 외, 황정미 편역, 『섹슈얼리티의 정치와 페미니즘』, 새물결, 1995.
- 시사상식편집부, 『시사상식사전』, 박문각, 2016.
- 존 브래드 쇼, 오제은 옮김, 『상처받은 내면아이 치유』, 학지사,

2004.
• 주디스 버틀러, 유민석 옮김, 『혐오 발언』, 알렙, 2016.
• 줄리아 크리스테바, 서민원 옮김, 『공포의 권력』, 동문선, 2001.
• 한스 노이바우어, 박동자 · 황승환 옮김, 『소문의 역사』, 세종서적, 2001.

(『인문사회과학연구』제18-1호, 부경대학교 인문사회과학연구소, 2017. 2)

김명순 소설에 나타난 근대여성에 대한 시선

박 산 향

1. 들어가며

한국의 1920년대는 여성이 근대성을 표방하고 근대적 영역에 들어가던 때였다. 여성운동이 집단적 사회운동으로 전개된 시기로서 여성의 학교 교육이 시작되었으며, 남녀평등의식이 제고되어 가부장적 남성사회에 도전하는 여성해방을 주장하기도 하였다. 다시 말하면 신문명에 대한 자각과 계몽활동을 활발히 전개된 시기였다. 당시 여성, 즉 '근대여성'[1)]이라 함은 '신여성'으로 규정되면서 대부분 일본 유학 경

1) 신여자, 또는 신여성이라는 말은 1910년대부터 쓰이기 시작하여 1920년대에는 도시의 지식인 사회에서는 대중적인 용어가 되었다. '신여성'은 단순히 새로운 개념으로 여겨진 것이 아니라 '새 시대의 유일한 선구자, 창작자'로서 숭배되고 찬미되었다. 나혜석, 김명순, 윤심덕, 김일엽 등 제1세대 신여성으로 일컫는 여성들은 봉건적 가족제도와 결혼제도에 대한 신랄한 비판과 도전을 통하여 사회전반에 걸친 개조와 개혁을 달성함으로써 여성의 개성과 평등에 기반을 둔 신이상과 신문명의 사회를 건설할 것을 주장하였다(김경일, 『여성의 근대, 근대의 여성』, 푸른역사, 2004, 17~48면 참조).

험이 있는 소수의 엘리트층으로, 전통사회의 여성들보다 훨씬 자유로운 삶을 누린다고 인식되었다. 신여성이 현실에서 추구한 쟁점은 봉건적 가부장제에서 벗어나는 것이었다. 그러나 조선의 신여성은 일본의 신여성과 모던걸이 혼합된 양상을 보였으며, '능력이 없으면서도 허영이 가득한 근대적 퇴폐군'이라는 부정적인 의미가 더 부각되었다. 그 당시 유행하던 트레머리, 우산, 숄, 구두, 양장, 화장, 향수 등은 신여성의 상징이 되었으며,[2] 초기 신여성들은 자신의 의상, 머리 모양, 화장 등을 통하여 개성을 당당히 표현하는 주체적이고 건강한 의식을 가지고 있었다. 그러나 신문과 잡지 등을 매개로 차츰 통속적이고 소비 지향적인 서구문물이 유입되면서 유행은 단순한 모방과 과시를 위한 수단으로 전락하고 만다. 이로써 신여성에 대한 부정적 이미지는 짙어지는데 근대적 소비문화를 주도하던 일본의 모던걸의 이미지가 우리의 신여성과 동일하게 취급된 영향이 크다. 어쨌든 일제강점기 여성의 사회진출이 매우 어려운 상황에 등장한 신여성은 세간의 관심을 끌지 않을 수 없었다.

제1세대 근대 여성 작가이자 동갑내기인 김명순(1896~1951)과 나혜석(1896~1948), 김일엽(1896~1971)은 모두 일본 유학생 출신으로 1920년대 전반기에 자타가 공인하는 신여성의 대표 주자였다. 특히 김명순[3]의 경우는 1917년 『청춘』지에 「의심(疑心)의 소녀(少女)」가 당선되어 문단에 데뷔하게 되었는데, 근대 최초의 현상문예 당선작가라는 이력을 가지게 된다. 그는 문학과 근대교육을 통해 '첩의 자

2) 김경일, 『여성의 근대, 근대의 여성』, 푸른역사, 2004, 52면.
3) 김명순이 남긴 작품은 시와 소설, 수필, 희곡 등 총 170여 편이 있다.

식'이라는 타고난 신분을 넘어서고자 노력하였다. 그러나 타고난 신분으로 인한 갈등은 신여성으로서의 자의식을 뛰어넘지 못하고 김명순의 성장을 가로막게 된다. 게다가 신교육을 받으면서 갖게 된 자유연애사상은 김명순에게 오히려 상처로 되돌아가는 결과를 가져오기까지 했다. 김명순이 여러 남자와 연애를 한 일은 기생의 딸이라 '나쁜 피'를 물려받았기 때문이라며 비난을 받았고, 개인적인 연애사는 김명순을 문단에서조차 배척하고 소외시키게 된다.[4] 결국 그는 사생활에 대한 비난과 방탕한 신여성이라는 소문에 휘둘려서 자신의 문제나 시대적 문제를 객관화시키지도 못하고 '실패한 신여성'의 이미지로 남을 수밖에 없었다.

그동안 김명순 소설 문학에 대한 연구를 살펴보면 첫째로 자전적 소설로 규정짓고, 두 번째는 작가의 개인적 서사와 관련지어 설명하려는 결과물이 주를 이루었다. 그러나 최근의 연구에서는 김명순 소설을 새롭게 보려는 움직임이 보이고 있다. 시, 소설, 희곡에 이르기까지 170여 편의 방대한 작품을 남긴 김명순의 작품을 객관적이고 다양한 연구방법으로 접근하기 시작하였다[5]는 점은 여성문학 연구에

---

4) 이상경, 「근대 여성 문학사와 신여성」, 서울대학교 여성연구소 엮음, 『경계의 여성들』, 한울, 2013, 309면.

5) 김영덕, 김복순, 정영자, 서정자, 송명희, 최혜실 등이 여성주의적 관점으로 김명순을 연구하였다. 대표적인 연구물을 보면 다음과 같다.
정영자, 「1920년대 여성문학 김명순편」, 『한국현대여성문학론』, 도서출판 지평, 1988.
김정자, 「김명순, 그 사랑과 어둠의 사변가」, 『월간문학』, 월간문학사, 1991. 1.
김복순, 「지배와 해방의 문학」, 한국여성소설연구회, 『페미니즘 소설비평 - 근대편』, 1995.
최혜실, 『신여성은 무엇을 꿈꾸었는가』, 생각의 나무, 2000.
이태숙, 「고백체문학과 여성주체 - 김명순을 중심으로」, 『우리말글』제26호, 우리말

상당히 고무적인 일이다. 앞으로도 김명순 작품의 성과와 한계가 더 면밀하게 연구되어 근대 여성문학의 재조명에 긍정적인 효과가 있길 기대하면서 본 논문에서는 김명순 소설을 통해서 근대여성에 대한 시선의 문제를 고찰해보려고 한다. 사랑과 결혼에 대한 여성 자신의 시선과 여성의 몸에 대한 남성의 시선은 김명순 소설 전반에 나타나는 타자의 시선과 맞닿는 지점이 될 것으로 생각된다. 주체적으로 자신을 바라보지 못하고 타자의 시선에서 자유로울 수 없었던 근대여성의 현실을 김명순의 소설로써 알아보고자 한다.

2. 사랑과 결혼에 대한 시선

가부장제 사회에서 여성은 오직 남성 주체에 대한 타자로 존재해왔다. 그 사회에서 남성이 규정하는 여성의 정체성은 두 가지로 정리된다. 하나는 남성에게 소속된 여성으로 성모 마리아처럼 순결하고 보호받아야 하는 대상이고, 다른 하나는 남성에게 속하지 않는 여성으로서 유린하고 폐기되어야 마땅한 대상이다. 신여성의 연애와 결혼의 상대자는 '신남성'들이었지만, 그들은 신여성을 결혼의 상대로 상정하고 동경하면서도 한편으로는 가부장제에서 남성이 누리는 특권을 위협할지도 모른다는 생각으로 두려워했고 조혼 등과 같은 기본의

글학회, 2002.
송명희, 「신여성의 사랑과 자유이혼 - 김명순의 「나는 사랑한다」, 『국어문학』제56호, 국어문학회, 2014.

관습에서 벗어나기도 쉽지 않았다.[6] 일제강점기에 식민지를 떠나 일본으로 유학을 간 젊은이들은 근대 사조의 하나로 자유연애사상을 받아들였다.[7] 자유연애는 전근대적 압력으로 괴로워하던 젊은이들에게 해방의 수단이었으며, 실재로 많은 남성들은 부모가 맺어준 조강지처를 버리고 신여성과 연애를 했다. 그러나 전통적 가부장제가 여전히 존재하는 상황에서 자유연애는 육체적인 관계를 연상시키면서 왜곡되어 '사랑'과는 다른 개념으로 받아들이게 된다.[8] 그런 분위기와 자유연애에 대한 부정적인 측면 때문에 행세하는 양반 집안에서는 딸에게 신교육을 잘 시키지 않았다고 하는 기록도 남아있다.[9]

이처럼 혼돈의 시대를 살았던 김명순은 진실한 사랑과 자유연애를 주장하며, '애정 없는 부부 생활은 매음'[10]이라고 비판하였다. 그는 이상적이고 관념적인 서구의 플라토닉 연애에 더 관심이 가졌던 것으로 보인다.[11] 「이상적 연애」라는 글에서 김명순은 '모든 남자와 여자는 같은 이상을 품고 결합하려는 친화한 상태, 또 미급한 동경'이 '사랑'이라는 낭만적 연애관을 피력하기도 한다. 그리고 연애에 대해서는 '동지 두 사람이 종교적으로 경건하며 같은 신념으로 공명하는 데

---

6) 이상경, 「근대 여성 문학사와 신여성」, 서울대학교 여성연구소 엮음, 『경계의 여성들』, 한울, 2013, 298면.

7) 송연옥, 「민족주의와 페미니즘의 불행한 결렬 – 1930년대의 한국 '신여성'」, 『페미니즘연구』창간호, 한국여성연구소, 2001 참조.

8) 김경일, 『여성의 근대, 근대의 여성』, 푸른역사, 2004, 124면.

9) 이상경, 앞의 책, 306면.

10) 김상배, 『김명순 자전 시와 소설 – 꾸밈없이 살았노라』, 춘추각, 1985, 257면.

11) 김명순과는 달리 나혜석은 "본부(本夫)나 본처를 어찌하지 않는 범위 내의 행동은 죄도 아니요 실수도 아니며 가장 진보된 사람에게 마땅히 있어야 할 감정"이라며, 사랑이 결혼과 일치할 필요는 없음을 말하였다(이구열, 『나혜석 일대기 – 에미는 선각자였느니라』, 동화출판공사, 1974, 184~185면).

기인해서 같은 목표를 향하고 전진하는 것'[12]이라며 연애를 이상화하고 신비화하기도 하였다.

또한 김명순은 육체적 사랑에 대한 혐오와 정신적 사랑에 대한 집착이 심해져서, 사랑에 대해 극단적이면서도 분열적 태도를 보이게 된다. 김명순의 이런 의식은 작품을 통해서도 나타난다. 즉 작품 곳곳에서 정신적 교감의 중요성을 지나치게 강조하거나, 관념적 사랑만을 강조하는 내용들이 드러나는데 이는 김명순이 지향하던 연애지상주의의 영향이라 할 수 있겠다. 이 지점에서 필자는 김명순의 사랑과 결혼에 대한 생각을 소설의 인물들과 서사를 통해 더 세밀하게 엿보려고 한다. 텍스트로 삼은 작품은 「돌아다볼 때」, 「꿈 묻는 날 밤」, 「나는 사랑한다」로, 당시 연애와 결혼, 사랑에 대한 작가의 의식을 고찰하였다.

먼저, 「돌아다볼 때」[13]라는 작품은 '류소련'이라는 여주인공이 배우자가 있는 남자 '송효순'을 사랑함으로써 벌어지는 비극을 그리고 있는 소설이다.[14] 교사인 소련은 인천측후소 수학여행에서 송효순을 만나 사랑의 감정을 갖게 되었지만 효순은 이미 윤은순과 결혼한 유부남이었다. 소련의 부친은 '본처를 버리고 몇 달에 한 번씩 계집을 갈다가' 소련을 낳았다. 소련이 11살 되던 해에 어머니가 세상을 떠났고, 그 즈음 가산을 탕진한 부친이 그 누이에게 소련을 맡겨버렸다.

12) 서정자 · 남은혜, 『김명순 문학전집』, 푸른사상, 2010, 654~655면.

13) 조선일보에 연재(1924. 3. 29 ~ 4. 19) 후 개작하여 작품집 『생명의 과실』(1925)에 담았다.

14) 조선일보에 연재한 원작에는 윤은순이 남편 송효순을 사랑하는 신여성 류소련을 질투하여 고모 류애덕을 속여서 유부남인 최병서와 소련을 결혼시킨다. 뒤늦게 음모를 알게 된 고모가 소련에게 사과하지만 소련은 자신이 기생에게서 태어난 나쁜 피를 가진 탓이라며 자살하게 된다. 그러나 개작하여 『생명의 과실』에 발표했을 때는 최병서가 유부남도 아니었고 소련이 자살하지도 않는다.

그렇게 해서 소련은 고모 류애덕의 집에서 자라게 되었으며, 그 즈음 소련의 부친은 옛날 부인을 찾아갔으나 1년도 못 되어 세상을 떠나버렸다. 불우한 어린 시절을 보낸 소련은 교사가 되었으며, 소풍에서 우연히 효순을 만나 연정을 품고 있었다. 한편 효순은 아내 은순과 '아무런 생각과 감정의 동화'도 없이 결혼생활을 유지하고 있었다. 남편인 효순은 배움이 짧아 언문밖에 모르는 아내 은순을 학교에 넣어 가르쳤지만 그것도 쉽지가 않았다. 그래서 효순이 소련의 고모 류애덕에게 은순의 개인지도를 부탁하게 되었고 효순과 소련 두 사람은 류애덕의 집에서 재회하게 된다. 아내 은순을 맡기고 그 아내를 보러 류애덕의 집으로 자주 찾아오던 효순은 소련과 지적, 영적으로 교감을 나눈다. 하우푸트만의 『외로운 사람들』[15]을 두고 지적인 토론까지 할 수 있던 두 사람은 감정적 일체감을 형성하게 된 것이다.

> 소련의 그 얼굴은 해쓱하게 변했다. 그는 입술까지 남빛으로 변했다. 은순은 가만히 앉았다가 차를 따라 탁자 앞으로 가서 그 앞에 걸린 거울 속을 들여다보다가 자기 눈에 독기가 띤 것을 못 보고, 효순이가 소련이와 숨결을 어르듯이 하던 이야기를 그치고 모 - 든 것이 괴로운 듯이 뜰 앞을 내려다보는 것을 보았다.[16]

---

15) 독일의 희곡작가 하우푸트만(1862 - 1946)의 『외로운 사람들』은 1891년 작품으로, 요한네스라는 내적으로 소심하고 예민한 주인공이 아무런 정신적 교감을 느끼지 못하는 아내 케네와 갈등을 느끼는데, 여대생 안나를 만남으로써 힘과 안정을 찾는다. 이를 보며 케네는 더욱 정신적 열등감에 빠져드는 내용을 담고 있다(노영돈, 「하우푸트만의 『외로운 사람들』에서의 여성상의 문제점」, 『뷔히너와 현대문학』제29호, 한국뷔히너학회, 2007, 285~304면).

16) 송명희 편역, 『김명순 소설집 외로운 사람들』, 한국문화사, 2011, 92면.

그러나 은순은 효순과 소련에게 질투와 의심을 품게 되고 '애덕 여사에게 자주 무엇'을 속삭였다. 고모는 소련을 혹독하게 감시하며, '너의 어머니를 닮아서 그렇지, 그러기에 혈통이 있는 것이야' 라고 하며 소련을 압박한다. 적모마저 '제 어멈을 닮아서 행실이 어떠할지 모르리라'며 행실타령을 하여 소련과 최병서의 결혼을 서두른다. 소련의 마음에는 효순이 자리하고 있었지만, '꿈과 같이 그리운 사람과 며칠 동안 기껍게 생활했지만 모-든 것은 꿈'이라 생각하며 효순을 포기한다. 그렇게 소련은 최병서와의 혼례를 허락하게 된다. 애정도 없이 최병서와 결혼은 하였지만 소련은 여전히 효순을 잊지 못한다. 더욱이 소련과 결혼하고 나자 최병서는 '마음 내키는 대로 계집을 상관하고 집을 비우며', 소련을 학대하기에 이른다.

> "소련 씨 사람은 절대로 누구와든지 꼭 육신으로 결합해야만 살겠다고는 말 못할 것입니다. 그것은 정을 유통시켜 보지 못하고 이 세상을 대항하여 발전이라는 것을 모르는 사람에게는 능할 것이지만 우리는 한 대상을 알므로 그 주위에 모-든 것까지 곱게 보지 않습니까. 단지 그 대상으로 인해 얻은 생활의식이 분명한 것만 다행하지요."[17)]

위의 인용문은 효순이 소련과 하우푸트만의 『외로운 사람들』을 토론하면서 한 말이다. 효순이 말하는 남녀의 이상적인 사랑은 곧 김명순 자신이 생각하는 사랑이기도 하다. 즉 '육신의 결합'이 아니라 '정'과 '생활의식'이 분명한 사랑, 올바른 정신세계를 갖추고 이에 대한

---

17) 송명희 편역, 위의 책, 91~92면.

교감을 나누는 이상적 연애는 김명순이 추구하는 낭만적 사랑관이다. 위 작품 속에서도 효순과 소련은 육체적 사랑이 아닌 정신적인 사랑을 확신하고 있으며, 두 사람은 결혼이라는 제도가 방해하고 있는 현실을 받아들이게 된다. 결혼을 서두르는 소련을 우유부단한 태도로 바라보며 떠나버린 효순, 첩의 자식이라는 출생의 트라우마를 극복하지 못하고 애정 없는 결혼을 하는 소련은 작품 말미에서 다시 영적인 결합을 시도한다.

> 그러고 힘써서 "때"를 기다리는 것은 생활해 나가는 사람의 본능이라 하겠다.
>
> 그들의 세상에는 은순이가 없고 병서가 없고 애덕 여사도 없을 것이 당연할 일이다.[18]

인용문을 보면 소련은 이학박사가 되어 돌아온 효순의 강연을 들을 생각이다. 은순과 병서 그리고 애덕 여사의 방해가 없는 '때'를 기다리며, 소련은 영적인 사랑을 이어가겠다고 말하고 있다.

이상과 같이 이 작품에서는 육체적 사랑의 거부와 정신적 사랑 지향이라는 사랑에 대한 이중적 태도를 드러내고 있는데, 결국은 결혼이라는 제도를 깨지 못하는 무기력한 신여성, 그리고 신남성의 가부장적 사고의 잔재를 확인한 셈이다. 효순은 사랑하지 않지만 첫째 부인을 버리지 못하고, 소련은 병서와 결혼을 하고서도 효순을 잊지 못하고 기다린다. 자유연애의 분위기와 가부장적 사고가 공존하는 시대

18) 송명희 편역, 위의 책, 99면.

적 상황에서 작가 자신도 어느 쪽만 편들 수 없었던 것 같다. 다만 원작에서 소련을 자살로 결말짓고, 개작에서는 후일을 기약하며 기다림으로 설정한 것 자체로도 작가의 사랑에 대한 이상주의적 사고관이 그대로 반영되었다고 할 수 있다.

다음으로 살펴볼 「꿈 묻는 날 밤」[19]은, 동경유학생 출신의 문학을 전공하는 '남숙'의 내적 갈등을 다루고 있는 작품이다. 남숙은 세 아이의 아버지이자 친구의 남편을 사랑하지만 '도덕률' 때문에 그 사랑을 상대에게 알리지는 못한다. 제도와 인습 속에서 참고 살자니 '몸이 씻기듯이 아픈' 남숙은 밤거리를 방황할 수밖에 없다.

> 그것도 없으면 영혼은 비었다 비었다. 모 - 든 것이 헛되다 하고 내 생활에서 내 이 지구에 행해 나가는 애착=이 나라 사회와 같이 발전해 나가자는 생활의식까지도 내 생활의 토대인 것을 전부 헐어버릴 것 아니랴. 젊지 않은 심정이면 알고 비겁한 행동을 왜 하랴. 나는 다만 모 - 든 것을 감추고 그것을 풀어서 내 형제와 동포에게 넓은 사랑을 베풀면 좋을 것인데….[20]

유부남을 사랑하는 남숙은 희망이 없고 사람이 아닌 듯이 살고 있다. 그래도 생활을 건전히 해 나갈 새로운 정신으로 시라도 쓰고자 다짐하고 분발하지만 여전히 고뇌에 빠져 있다. 사랑의 아픔을 문학적 고뇌를 통해 이겨보자고 했던 남숙은 봄밤의 산책을 통해 결국은 그 사랑을 '곱게곱게' 간직할 것을 다짐하게 된다는 줄거리다.

---

19) 『조선문단』제8호, 1925. 5월호에 수록된 짧은 소설이다.
20) 송명희 편역, 앞의 책, 286면.

이 작품에서도 작가는 연애 감정이 중요하고 필요하다고 생각하고 있다. 하지만 인습이나 제도의 벽을 허물지 못하고 현실에 안주해버리는 인물 '남숙'을 설정함으로써 그 벽을 깨지 못하고 있다. 「돌아다볼 때」의 '소련'과 「꿈 묻는 날 밤」의 '남숙'은 둘 다 신여성으로 신교육을 받았고 자유연애를 꿈꾸지만 사랑과 결혼을 분리시키는 단계까지는 나아가지 못하고 있는 것이다. 정신적인 사랑, 즉 심리적인 외도는 행할지라도 관습을 무너뜨리는 행위는 절제하고 있다.

「나는 사랑한다」[21]의 주인공 '박영옥'에게도 사랑과 결혼제도 사이에서 갈등을 겪는 소련과 남숙이 투영되고 있다. 영옥은 일반적으로 '아내'에게 요구되는 성역할을 거부하고 공부로 하루하루를 보내는 신여성이다. 영옥의 경우는 남편이 아닌 다른 사람을 사랑하며 고민하다가 결국은 죽음을 맞게 된다.

박영옥과 최종일은 7년 전 우연히 만나 사랑의 감정이 있었지만, 종일이 유학을 가게 되어 헤어지게 되었고, 영옥은 재산가인 서병호와 돈 때문에 사랑 없는 결혼을 하였다. 부부가 '평생 재미없이 사는' 것을 집안일을 봐주는 돌이 할아범도 눈치 채고 있었듯이 영옥과 병호는 행복한 부부생활을 하지 못하였다. 그러던 중 최종일이 유학을 마치고 돌아와 영옥과 재회하게 되었고, 영옥은 종일에 대한 자신의 사랑을 확인한다.

> 나는 할 수 있는 대로 그이를 모르는 체하려고 하는데 내 마음속 밑으로 솟아오르는 내 순정이 그이를 향하고 넘쳐흐르는 듯하다. 내가

---

21) 『동아일보』에 연재(1926. 8. 17 ~ 9. 3).

이후에 더 어찌하면 좋으랴? 나는 서병호 씨를 사랑하려고 힘을 써왔다. 하지만 더 이상 나를 학대할 수가 없어졌다.[22)]

서병호와는 돈으로 인연이 되었지만 영옥이 종일을 못 잊고 사랑한다는 사실을 친구인 순희도 알게 된다. 순희는 '너는 서씨에게서 나와야 한다. 애정 없는 부부생활은 매음이 아니냐'며 영옥에게 병호와 헤어질 것을 권유한다. 엘렌 케이는 연애론[23)]에서 법률적으로 합법적일지라도 사랑이 없는 결혼은 부도덕하다고 하였다. 즉 연애감정을 느끼는 상대와 결혼하는 것이 자유결혼의 이상이며, 연애가 없는 결혼은 부도덕한 것으로 간주한 것이다.[24)] 또한 사랑만이 결혼의 도덕성을 평가하는 기준이며 결혼의 도덕적 근거인 사랑이 사라졌을 때는 도덕적으로든 법률적으로든 이혼의 권리를 주어야 한다는 자유이혼론을 주장하였다. 당시 유행하던 엘렌 케이 사상이자 연애론의 영향을 받은 김명순의 생각은 '애정 없는 부부생활은 매음'이라는 친구 순희의 입을 통해 대신 전해지고 있다. 즉 영옥과 병호가 애정 없는 부부생활을 하고 있었으므로 두 사람이 이혼을 하는 것은 정당하다고 보는 것이다. 그러나 병호는 아내 영옥의 요구를 받아들일 수 없었으

---

22) 송명희 편역, 앞의 책, 325면.

23) 엘렌 케이(Ellen Key)는 연애론에서 영육일치의 연애관, 연애와 결혼의 일치론, 자유이혼론, 우생학적 연애관을 주장했다. 그에 의하면 연애지상주의(freedom of love)는 책임감, 남녀평등, 행복, 사랑에 기반을 둔 영육일치의 자유로운 사랑을 말하며, 자유연애주의(free love)는 매음과 여러 파트너와의 결합을 포함한 성적 방종을 의미하는 것으로 구분하였다(유연실, 「근대 한·중 연애 담론의 형성 – 엘렌 케이 연애관의 수용을 중심으로」, 『중국사연구』제79호, 중국사학회, 2012, 150면).

24) 송명희, 「김명순의 소설과 '외로운 사람들' 모티프 연구」, 『비평문학』제59호, 한국비평문학회, 2016, 115면.

며, 그렇다고 아내를 설득하지도 못하였다. 병호의 응징으로 보이는 큰불이 나서 종일의 산정을 태우는데 그 불더미 속에서 '나는 사랑한다!'라는 외침이 들려온다. 소설은 종일과 영옥이 불 속에 함께 있음을 암시하며 결말짓는다. 「돌아다볼 때」의 '소련'과 「꿈 묻는 날 밤」의 '남숙'은 사랑하는 남자를 가슴에만 두고 자신의 현실을 바꾸지 못하지만, 「나는 사랑한다」의 '영옥'은 남편에게 이혼을 요구하며 사랑하는 사람을 찾아간다. 그러나 영옥의 사랑이 행복한 결말을 얻지 못하고 죽음을 맞게 되는 설정은 사랑과 결혼, 그리고 이혼에 대한 가부장적 관습을 깨트리지 못하는 신여성의 현실을 고스란히 드러내고 있다고 할 수 있겠다.

살펴본 바와 같이 김명순 소설에서 결혼이라는 제도와 순수한 사랑은 늘 대치되면서 갈등을 일으키고, 가부장적 규범 속에서 여성 인물들은 사랑을 포기하고 만다. 신여성의 이상적 사랑과 여성의 정체성은 근대적 가치로 인식되었지만 '전통'적인 여성에 대한 요구는 여전히 강력했다. 자유연애를 주장하였으나 김명순의 현실이 자유연애를 통한 사랑을 이룰 수 없었던 것처럼 그의 작품 속에서도 사랑이 있는 결혼은 희망사항일 뿐이었다.

3. 여성의 몸에 대한 시선

때로는 개인의 영역이 되기도 하고 사회적, 정치적, 문화적 문제들이 서로 충돌하기도 하는 몸담론은 시대의 변화에 따라 새로운 설명과 해석이 요구되는 복합적인 영역이다. 현대 사회에서 몸은 젠더, 섹슈얼리티로 설명하거나 건강이나 자아의 문제로 접근하기도 하지만 여성주의 측면에서도 몸담론은 빼놓을 수 없는 키워드라고 하겠다. 특히 가부장제 사회에서 남성의 몸은 완전하고 규범적인 것으로 규정하지만, 여성의 몸은 불완전하기 때문에 남성보다 열등한 존재로 취급하여 여성을 사적인 영역으로 제한하였던 것도 사실이다. 그래서 페미니즘은 가부장제 사회에서 여성의 몸이 어떻게 왜곡되었는가의 문제에 천착하곤 하였다.

근대는 경제적으로는 발전의 시기였지만 여성에게는 폭력적이고 이중적 시선이 작용하는 시기였다. 이 시기 여성에 대한 편견을 김명순의 소설 「탄실이와 주영이」, 「모르는 사람같이」를 통해서 좀 더 깊게 알아보려고 한다. 김명순은 소설가로서보다 스캔들의 주인공으로 신문과 잡지에 이름이 오르내리는 여성이었다.[25] 늘 따라다녔던 소문이 그를 억압하고 병들게 했으며, 끝내 고국에 돌아오지 못하고 일본에서 생을 마감하게 한 원인도 그를 둘러싼 '소문' 때문이었다.

---

25) 동경에서 "붉은 연애사로 동경을 울니든 여시인 김명순양"이라는 기사가 먼저 났고, 1915년 7월 30일 『매일신보』에 "동경에 유학하는 여학생의 은적 어찌한 까닭인가"라는 제목으로 한 여학생의 행방불명 기사가 실린다. 이 사건으로 김명순은 이응준으로부터 공개적으로 외면을 당하고 강간당한 여자로 알려지게 된다. 1923년 나카니시 이노스케의 소설 『여등의 배후에서』의 모델이 김명순이라는 소문, 1924년에는 이익상이 『매일신문』에 이노스케의 소설을 번역하여 연재한다. 그해 11월 김기진은 「김명순씨에 대한 공개장」에서 어머니의 기생 핏줄을 폭로하며 김명순이 우울과 퇴폐의 히스테리를 지닌 여자가 된 것은 태생적으로 '나쁜 피'의 소유자이기 때문이라고 인식 공격한다. 1939년 김동인의 「김연실전」, 이명온의 『흘러간 여인상』(1956), 임종국 · 박노준의 『흘러간 성좌』(1966)가 잇달아 나와 김명순에 대한 오래는 돌이킬 수 없도록 고정되었다(서정자, 「축출, 지배의 고리와 대항서사 - 디아스포라 관점에서 본 김명순의 문학」, 『세계한국어문학』 제4호, 세계한국어문학회, 2010 ; 송명희, 『여성과 남성에 대해 생각한다』, 푸른사상, 2010 참조).

먼저 살펴 볼 「탄실이와 주영이」[26]는 자전적 소설이다. 이 작품은 김명순이 본인의 출신과 사생활을 두고 쏟아졌던 세간의 비난에 대해 결백을 입증하기 위해 의도적으로 창작한 것으로 알려져 있다. 아명인 '탄실'을 작품 속에서 주인공의 이름으로 사용하고 있으며, 실제로도 김명순은 당시 성적으로 문란한 여성문인으로 소문이 나 있었고, 정숙하지 못한 여성으로 거센 비난을 받고 있었다. '탄실'이와 '주영이'는 완전히 다른 인물이며, 다만 '탄실'이는 일본 사람의 생활과 감정에 동화된 조선 사람들에게 학대를 받았음을 고발하고자 하였다[27]고 작가는 창작 의도를 설명하였다. 이 작품은 액자소설의 형식으로 진행되고 있다.

탄실의 이복오빠인 김정택은 탄실이가 온갖 소문으로 비난받으며 힘들게 지내는 것을 안타까워하고 분노한다. 친구 이수정과 『너희들의 등 뒤에서』[28]라는 소설과 그 속의 인물 주영이에 대해 이야기를 나누면서, 주영이가 탄실이와 비슷하지만 조선인인 탄실이는 다르다며 이수정에게 탄실의 이야기를 소설로 써 볼 것을 권유하게 된다. 오빠 김정택은 '그 애가 지금까지 세상에서 오해를 받은 것은 전부 허무한 일일 뿐 아니라 악한 남녀의 모함'이라 말할 정도로 탄실이의 마음을 대변하고 있다. 정택과 친구들은 『너희들의 등 뒤에서』는 조선 여성

---

26) 조선일보에 연재(1924. 6. 14 ~ 7. 16) 하였으나, 갑작스런 연재 중단으로 소설은 마무리를 짓지 못하고 말았다.

27) 홍혜원, 「"나는 사랑한다" : 김명순론」, 『이화어문논집』제33호, 이화어문학회, 2014, 229면.

28) 나카니시 이노스케의 소설 『여등의 배후에서』이 김명순을 모델로 했다는 소문으로 김명순은 강간사건의 주인공으로 사람들의 입에 오르내리게 된다. 이에 김명순은 「탄실이와 주영이」를 연재하여 해명을 하려고 했으나 작품은 중단되고 만다. 1924년 이익상이 『여등의 배후에서』를 번역하여 『매일신문』에 연재한다.

에 대한 모욕으로 해석하기도 한다.

> 그 애가 10년 전에 동정을 제 마음대로도 아니고 분명한 짐승 같은 것에게 팔 힘으로 앗기었다 하면, 시방도 바로 듣지 않고 내 누이만을 불량성을 가진 여자로 아니……. 저 『너희들의 등 뒤에서』란 책이 난 뒤에도 탄실이는 얼마나 염려를 하는지.[29)]

인용문에서 알 수 있듯이 김정택은 동생 탄실이는 오히려 억울한 일을 당한 것이라며, 탄실을 향한 세상 사람들의 소문을 문제 삼고 있다. 즉 오빠는 탄실의 조력자가 되어 목소리를 높인다. 그러나 소문을 막아내는 완전한 보호자 역할을 해내지는 못하고 있다. 실제로 김명순은 자신의 이야기를 이 소설로 풀어냄으로써 오해를 풀고 싶었지만 소설은 미완으로 중단이 되어버렸고, 해명은커녕 의문과 소문을 키우는 결과를 가져왔을 뿐이다.

작품 속에서 탄실의 이야기 부분은 회상의 방법으로 서술된다. 탄실은 기생 산월의 딸로 태어났는데 여덟 살 되던 해에 자신의 어머니가 남에게 원망을 듣는 존재라는 사실을 알게 되었다. '큰집 마님'인 적모는 '이리 같은 년, 그 년이 죽으면 무엇이 될꼬. 벼락을 맞아죽을 년'이라며 탄실의 어머니인 산월에게 분노를 쏟아낸다. 당시의 사회적 분위기에서 '성 밖 마님'은 '큰집 마님'의 폭언과 학대를 참을 수밖에 없는 처지였다. 가부장제 사회에서 정실부인이 아닌 첩의 신분은 정숙하지 못한 여성을 의미했으며, 정실부인에 비해 약자의 위치

---

29) 송명희 편역, 앞의 책, 231면.

에 있었기 때문이었다. '나쁜 피'를 가진 기생 출신의 첩이라는 어머니의 신분은 그대로 딸인 탄실에게 이어진다. 탄실은 아버지가 살아계신 동안은 그나마 편하게 공부를 계속할 수 있었는데, '독종' 소리를 들을 정도로 열심히 공부를 했다. 공부에 매달렸던 것도 '나쁜 피'를 타고난 자신의 신분을 공부로서 뛰어넘을 수 있다고 생각했기 때문이다. 그러나 아버지마저 돌아가시자 큰집 작은집은 살림을 합치게 되고, 큰집의 구박과 차별은 탄실을 한층 더 주눅 들게 만든다. '같이 있지 못할 집이 돈이 없어 한데로 모이고 서로 불평'을 일으키는데, 작가는 이를 일본이 조선을 식민지로 만든 한일한방 시기로 설정하고 있다. 그는 '나라가 힘이 없어 합병을 했다'고 서술하고 있다. 그런 시대적 혼란 속에서 탄실은 조선인 출신의 일본사관학생 태영세를 소개받는다. 탄실은 태영세가 처음 다녀간 뒤 '복잡한 인상을 제치고' 반가운 생각도 있었고, 고향사람을 보는 듯한 감정이었다고 하였다. 태영세의 생김새는 마음에 들지 않았지만 탄실은 마음을 열고 태영세를 받아들이고 있음을 알 수 있다. 신분적 한계를 태영세와의 결혼을 통해 극복하려는 탄실을 욕망이 드러나는 지점이기도 하다.

처녀의, - 통히 남자를 보지 못하고 단지 혼인을 할 것 같으면 여러 곳에 이르지도 말고 꼭 마음에 맞는 한 곳에 일렀다가 되면 하고, 되지 않으면 평생을 독신으로 지내서 기생의 딸로서 난봉이 나기는 쉬우리라고 한 말대꾸를 하려고 생각하던 탄실의 마음이 다만 맹목적으로 키 작고 보잘 것 없는 태영세를 꽉 붙들고 싶었다. 하나 그 마음속 맨 밑에는 여전히 공부하고 싶었다. 모두 그것으로 온갖 일을 부탁하고 복수

하려고 죽도록 공부하고 싶었다.[30)]

탄실이가 사랑하지도 않는 남자 태영세를 받아들이는 것은 가부장제가 요구하는 여성의 모습이라 할 수 있다. 그러나 탄실 스스로도 '내가 게을러졌다. 내가 타락하여 간다'고 반성하기도 한다. 이는 기생의 딸이자 첩의 딸이라는 자신의 신분적 한계를 극복하지 못한 신여성으로써의 정체성 혼란을 드러내는 부분이기도 하다. 여성은 가부장제 권력체계에 의해 그 정체성마저 규제되고 있었음을 익히 아는 바와 같이 탄실은 첩의 딸로 태어났다는 자괴감으로 위축되고 죄책감을 갖고 있는 것이다. 이런 상황에서 태영세와 데이트 중 탄실이 강간을 당하고 정절을 빼앗기는 일이 벌어진다. 사건 후 탄실은 태영세에게 구혼을 하지만 태영세는 외면을 하고, 두 사람 사이에 있었던 일이 걷잡을 수 없는 소문으로 퍼지게 된다. 여기서 주목하지 않을 수 없는 점은 탄실과 태영세에 대한 세상의 시선이 다르다는 문제다. 탄실은 소문에 휩싸여 비난을 받고 고통스럽지만, 태영세에게는 아무런 일도 일어나지 않는다. '남성의 몸'과 '여성의 몸'은 그 범주 자체가 불평등하기 때문이다.

태영세와의 소문 때문에 탄실은 졸업식에도 나타나지 못하고 숨어 지내게 된 것이다. 사건이 발생한 지 십 년이 지났지만 탄실은 여전히 떳떳하게 세상 밖으로 나오지 못하고 소복차림으로 지내고 있다.

조선 사람은 내남직없이 다 허풍 치기를 좋아해서 조금이라도 다른

---

30) 송명희 편역, 위의 책, 277~278면.

> 사람이 꺼리는 것이면 자기도 꺼려보는 것이 큰 병이야. 가령 한 동리에 한 사람이 싫어하는 것을 다른 사람들도 다 싫어한다면 말이 너무 허황해서 듣는 사람은 좋은 감정을 안 가질 것이 예사로운 일이지.[31)]

인용문에서 확인할 수 있듯이 탄실의 이복오빠 정택은 탄실이 사람들의 소문에 희생되었다고 말한다. 즉 '짐승 같은 것'에게 당했지만 사람들은 탄실의 '불량성'만을 문제 삼는다. 정택이 좋은 사람과 인연을 맺어주려고 하자 탄실은 자기 스스로도 '다른 사람과 결합하는 것은 신성한 자기를 더럽힌다'고 거절한다. 류진아의 연구에서는 탄실이 입고 있는 '소복'의 의미를 저항으로 해석하고 있다.[32)] 자신은 음탕한 여자가 아니며, 죄가 없음, 그리고 순결함을 보여주기 위한 절규의 몸짓을 무채색의 옷으로 표현했다는 것이다. 다른 한편으로는 탄실의 정신적인 죽음을 의미해서 소복을 입은 것이라고 말하였다.

여성의 몸을 순결한 몸과 순결하지 않는 몸으로 이분화 시키는 가부장제 사회에서는 순결하지 못한 여성은 비난의 대상이 되었다. 근대 소설에서 자유연애나 여성의 욕망을 문제 삼고 있는 작품들은 남성의 시선과 심리가 적용되어 여성의 욕망을 곱지 않는 눈으로 본 게 사실이다. 근대시기는 자유연애가 유행을 하고 남녀 모두 자유연애를 받아들이는 분위기였지만 여성의 성적 자율권은 인정되지 않는 불합리함이 존재하고 있었으며, 정조를 지키지 않으면 방탕한 생활을 하는 여성으로 낙인찍혀 소문의 희생양이 될 수밖에 없었다. 특히 첩

---

31) 송명희 편역, 위의 책, 230면.

32) 류진아, 「근대 여성소설에 나타난 여성 폭력 연구」, 부경대학교 박사학위논문, 2016, 36~87면 참조.

의 자식으로 태어난 여성의 경우는 태생 자체가 '나쁜 피'를 물려받았다는 신분적 차별로 대를 이어 부당한 대우를 받았다. 김명순은 자신을 둘러싼 나쁜 소문에서 벗어나 보려고 부단히 애썼으나 소문의 늪을 빠져나오지 못한다. 작품으로, 또는 행동으로써 악습을 깨트리고자 노력했지만, 김명순 본인은 실패하고 말았다. 그러나 100여 년 전의 그 노력들이 쌓이고 쌓여서 후대 여성들은 여성의 몸에 대한 사회적 억압과 편견으로부터 한결 자유로울 수 있게 되었다.

「모르는 사람같이」[33]에서도 「탄실이와 주영이」의 탄실이 겪었던 것처럼 소문 때문에 희생양이 되는 '순실'이 주인공으로 등장한다.

'순실'과 '창일'은 결혼을 앞두고 있었지만 순실에 대한 나쁜 소문으로 두 사람은 파혼하게 된다. 그 후 다른 여자와 결혼한 창일이 순실에 대한 소문이 헛소문, 즉 거짓임을 알게 되고 순실과의 관계를 회복하고자 매달리지만 순실은 이를 냉정히 거절한다는 이야기다.

> "시방은 오해가 다 풀리었답니다. 당신을 훼방하던 R군, Y여사는 당신을 비평할 가지도 못 가지었던 것이랍니다. 현재의 내 여편네라는 것도 자기의 순결로 남의 사랑을 깨트릴 만치는 못 되건 것이랍니다."
>
> 느릿한 음성으로 호소하였다.
>
> "아니오, 저는 나면서부터 이 세상에 버려졌던 천한 여자랍니다."
>
> 쓸쓸히 대답하였다.[34]

파혼 후 1년이 지난 때에 만난 순실과 창일의 대화다. '흘러 내려가

33) 『문예공론』 제1호, 1929. 3월호 발표.
34) 송명희 편역, 앞의 책, 350면.

는 물결을 다시 붙잡지는 못 한다'며 순실은 창일의 손을 잡지 않고 외면해 버린다. 김명순의 소설에서는 유독 '나쁜 피'를 소유한 '천한 여자'가 많이 등장한다. 신분적 차별을 받고 있는 그들은 세상으로부터 외면당하고 상처받기 일쑤다. 이 작품에서는 창일이 오해를 풀고 진실을 알게 되었지만 '천한 여자' 순실은 창일을 받아주지 않는다. 창일에 대한 거부는 전통적 가치관에 대한 저항으로 볼 수도 있는 지점이다.

> "체면을 돌아보아야지요……. 그러나 내가 세상 밖에 나면서 버린 곳에, 또 당신에게 바로 결혼 전날 파혼 선고를 받은 이 자리에, 매일 내가 방황하던 꼴이 얼마나 내게는 어울리는 일이겠습니까? 저는 결코 R씨, Y여사 같은 이들에게 비평 들을 일을 조금도 가지지 않은 줄 알았지마는, 그것을 변명도 못한 것은 내가 이 세상 밖에 나오면서 이 근처 어디 버렸던 아이인 것을 평생 부끄럽게 여기는 탓입니다."
>
> 여자의 음성은 강경하였다.
>
> "아아 우리는 장차 어찌하여야 합니까? 남의 과실로 우리는 희생되어야 합니까?"
>
> "차라리 우리의 과실이라는 편이 낫지마는, 자연에 맡긴 셈 치죠."[35)]

여기서도 김명순의 개인적인 경험의 고통이 투사되어 있다. 결코 '비평 들을 일'을 하지 않았지만 변명도 못하고 평생 부끄럽게 살 수밖에 없었다고 말한다. 그러나 세상의 비난이나 헛소문에 대한 저항보다도 '자연에 맡김'으로써 김명순은 자신의 운명을 받아들이고 있

---

35) 송명희 편역, 위의 책, 351면.

다. 정신적 교감을 중시하는 이상적 사랑에 대한 열망은 있었으나 가부장적 질서와 봉건적 윤리의 억압에서 탈피할 수 없었던 현실을 '순실'의 체념어린 대사를 통해 재현하고 있으며, 여기에는 김명순의 의식도 그대로 드러난다.

근대는 합리적 사고를 추구하던 때였다. 그러나 여성의 몸, 정조에 대한 시선은 이중적이고 대립적 이분법적으로 적용되었다. 자유연애와 신결혼관이 부상하면서 여성의 정조문제를 비롯한 섹슈얼리티가 전면적으로 드러나게 되자 신여성들은 탈주를 꿈꾸게 되지만 여전히 전통적 가치관으로 여성을 바라보고 있었다. 몸은 단순히 그 몸을 소유한 개인의 판단대상이 아니며 개인의 의지만으로 형성되는 것이 아니다. 여성의 성적자기결정권을 주장하는 것은 그 자체로 모순을 가진다. 자기 몸에 대한 결정 내용이 사회 혹은 상대방과의 상호작용과 사회적 맥락 안에서 형성된다는 사실이 은폐되어 있다.[36] 약자인 여성에게 자기결정이라는 건 불가능할 경우가 많기 때문이다.

위에서 살펴보았듯이 「탄실이와 주영이」의 '탄실'과 「모르는 사람같이」의 주인공 '순실'의 순결을 둘러싼 소문은 섹슈얼리티가 성별에 따라 다르게 적용됨을 보여준다. 가부장제 사회에서 여성의 성은 가족이라는 규범 안에서 출산을 위한 성만을 허용하였다. 그리고 여성의 순결은 여성의 자아와 인격, 가치를 좌우하는 요소로 생각하였으며 몸이 더럽혀진 여성이라는 낙인은 혐오의 대상으로 전락하는 것이었다. 남성은 성의 자유를 누리면서도 소문에 휩싸인 여성과의 결혼을 결코 받아들이지 않았다. 탄실은 은둔생활을 하고, 순실은 파혼을

36) 정희진, 『페미니즘의 도전』, 교양인, 2005, 177면.

당한다. 현대 페미니즘의 가장 큰 성과 중 하나가 여성의 몸에 대한 성차별주의적 사고에 도전한 것이라는 생각은 소설 속 여성들의 우울한 삶을 쫓으면서 더 뚜렷해졌다.

4. 나가며 : 타자지향의 서사

근대 여성문학을 주도했던 김명순, 김일엽, 나혜석은 『신여자』[37]와 『여자계』[38]를 통하여 그들의 담론을 형성하였다. 여성들도 노예생활에서 벗어나 진정한 인간으로 살아가기 위해서는 교육을 받아야 하며, 자유연애를 통한 결혼이 그 방법으로 제시되었다.[39] 이와 함께 정조론이 끊임없이 거론되었다. 그러나 이들은 현실과 이론의 괴리와 근대적 사고의 혼란기를 보냈기에 문학 활동도 개인적인 삶도 순탄치 않았다.

김명순은 어릴 때부터 피해의식을 가지고 있었다. 적모로부터 '엄마를 닮아서'라거나 '혈통이 나빠서'라는 말을 수없이 듣고 자라면서 그들과 완전한 가족이 되지 못하고 소외의식은 뿌리가 깊어진다. 당

37) 『신여자』는 1920년 2월에 김일엽이 창간한 최초의 여성잡지다. 부인의 가정생활, 요리, 음식 외에도 여자의 성 문제와 여자의 인권을 주장하였고, 여자도 남자와 똑같은 인간이라는 점을 강조하는 글과 여자 교육의 필요성을 역설한 계몽주의 칼럼과 글이 기고되었다. '신여성'이라는 유행어를 만들어내기도 했지만 4호로 폐간되고 말았다.

38) 『여자계(女子界)』는 1917년 12월 22일 창간된 재일 동경여자유학생친목회의 기관지로, 연4회 발행을 계획했으나 1920년 6월 통권 5호로 종간되었다.

39) 이덕화, 「신여성문학에 나타난 근대체험과 타자의식」, 『여성문학연구』제4호, 한국여성문학학회, 2000, 20면.

시 사람들의 가부장적 의식에 의해서 문학 활동 중에도 기생 출신의 천한 여자로 비난을 받았으며, '자유연애의 사도'나 '연애결신장이 걸린 성적 박테리아'[40] 등으로 철저하게 타자화된다. 김기진은 아예 김명순의 이름을 들며, '부정한 혈액'[41]을 문제 삼으며 인신공격을 하였다. 봉건적 사상의 남성문인들과 매체들로부터 철저하게 타자화된 김명순은 적극적으로 해명하거나 대응하지도 못하고 사회에서 고립되어 버린다. 신분적 한계와 자기를 둘러싼 소문들을 공부와 문학으로 극복할 수 있다고 생각하였지만 실패로 끝이 나고 만다. 외국문학을 번역[42]하고, 영화배우로도 출연[43]하였으며, 『매일신보』 기자까지 다양한 부분에서 활발히 활동하면서 자신에 대한 소문으로부터 벗어나려고 애썼지만 완강한 남성중심의 사회는 김명순의 자유를 허용하지 않았다. 많은 사람들은 가부장적 의식을 탈피해야 한다고 생각은 하면서도 여전히 봉건적이었다. 말하자면 근대적 삶과 신념이 현실세계에서는 쉽게 받아들여지지 않았다. 그 혼란 속에서 김명순은 비난의 대상이 되고 더욱 더 타자화 되었다.

문학인으로서 김명순도 혼란과 방황의 세월을 보내며 철저하게 문단으로부터 배척된다. 그의 소설을 살펴보면 고백체 문학으로서 자

---

40) 염상섭, 「감상과 기대」, 『조선문단』, 1925. 7.

41) 김기진, 「김명순에게 대한 공개장」, 『신여성』, 1924. 11.

42) 김명순은 『개벽』에 에드가 알렌 포우와 보들레르의 시 등을 번역해서 9편을 실었으며, 『매일신보』에도 번역시를 발표한다. 총 15편의 번역시가 있다(신혜수, 「김명순 문학연구 - 작가의식의 변모양상을 중심으로」, 이화여대 석사학위논문, 2009 참조).

43) 김명순은 안종화 감독의 〈꽃장사〉, 〈노래하는 시절〉, 〈숙영낭자전〉, 〈나의 친구여〉 등에 출연하였다(최명표, 「소문으로 구성된 김명순의 삶과 문학」, 『현대문학이론연구』제30호, 현대문학이론학회, 2007, 241면).

전적인 소설이 대부분을 차지한다. 본 논문에서 고찰한 「탄실이와 주영이」, 「꿈 묻는 날 밤」은 실명을 쓰거나 가명이더라도 실제로 있었던 사건을 소재로 하였으며, 「돌아다볼 때」, 「나는 사랑한다」, 「모르는 사람같이」에서는 자신의 내적 고백을 소설적 장치로 사용하였다. 현실에서 김명순이 그랬던 것처럼 작품 속 여성들도 당대 사회모순에 저항하면서 여성주체로써 당당하려고 했지만 대부분 뜻을 이루지 못한다. 이들 소설로써 혼란스러운 젠더의식을 고스란히 담아냈다. 여성인물은 현모양처/악녀로 이분화 되었으며, 그 중 악녀는 세상으로부터 거센 비난을 받는다. 악녀의 이야기를 아무도 귀담아 들어주지 않자 결국 자포자기를 택하거나 죽음을 선택할 수밖에 없다.

이 논문은 여성이 철저하게 타자화되고 소외되었던 근대의 가치관을 김명순의 소설을 통해 고찰해보았다. 「돌아다볼 때」는 '소련'과 「꿈 묻는 날 밤」의 '남숙', 「나는 사랑한다」의 '영옥'은 정신적인 사랑에 대해 가치를 부여하고 있다. 그러나 결혼제도의 관습을 깨트리지 못하고 여전히 가부장적 남성의 시선으로 자신들의 사랑을 희생하고 만다. 여성들은 사랑이 없어도 결혼을 유지하고 있으며, 사랑이 있어도 상대의 결혼을 깨지 못한다. 자유연애의 시대흐름과 함께 신교육을 받았지만 전통적인 결혼관에서 벗어나지 못하고 결혼이라는 제도의 벽을 뚫을 수 없었다. 즉 여성인물들의 사랑과 결혼에 대한 가치관은 여전히 가부장적 남성의 시선과 일치함을 알 수 있었다.

「탄실이와 주영이」, 「모르는 사람같이」를 통해서는 여성의 몸, 즉 순결에 대한 세상의 시선에 대해서도 알아보았다. '탄실'과 '순실'은 둘 다 세상의 비난에 대해 맞서지 못하고 가부장적 현실에 안주하는 나약한 여성으로, 자신의 현실을 체념해 버린다. 작품에서 보이는 여성의 몸이나 순결에 대한 시선 역시 남성의 시선이다. 그러나 이는 바로 여성 자신의 시선이기도 하다.

근대 시기, 김명순은 전통적 결혼제도에 대한 거부, 개인의 자유, 정신적인 사랑의 실천 등을 통해 자아정체성을 찾고자 하였던 선구적인 작가였다. 그러나 격변의 시대에 사회적 억압과 폭력적 시선을 극복하지 못했으며, 사회의 냉대 속에서 고독한 삶으로 마감할 수밖에 없던 불행한 작가이기도 하다. 김명순의 삶이 혼란을 연속이었듯이 그의 소설도 가부장적 남성의 시선과 타자화된 여성 자신의 시선이 공존하고 있음을 확인할 수 있었다.

참/고/문/헌

〈기본자료〉

• 송명희 편역, 『김명순 소설집 외로운 사람들』, 한국문화사, 2011.

〈연구논문〉

• 권선영, 「한일 근대여성문학에 나타난 '여성'의 두 가지 초상」, 『일본언어문화』제25호, 한국일본언어문화학회, 2013.
• 김복순, 「지배와 해방의 문학」, 한국여성소설연구회, 『페미니즘 소설비평 - 근대편』, 한길사, 1995.
• 김정자, 「김명순, 그 사랑과 어둠의 사변가」, 『월간문학』, 월간문학사, 1991. 1.
• 노영돈, 「하우푸트만의 『외로운 사람들』에서의 여성상의 문제점」, 『뷔히너와 현대문학』제29호, 한국뷔히너학회, 2007.
• 류진아, 「근대 여성소설에 나타난 여성 폭력 연구」, 부경대학교 박사학위논문, 2016.
• 박숙자, 「1920년대 여성의 육체에 대한 남성의 시선과 환상」, 『한국근대문학연구』제5 - 1호, 한국근대문학회, 2004.
• 박지영, 「위태로운 정체성, 횡단하는 경계인 - '여성번역가/번역' 연구를 위하여」, 『여성문학연구』제28호, 한국여성문학학회, 2012.
• 서정자, 「축출, 지배의 고리와 대항서사 - 디아스포라 관점에서 본 김명순의 문학」, 『세계한국어문학』제4호, 세계한국어문학회, 2010.

- 송명희, 「신여성의 사랑과 자유이혼 – 김명순의 「나는 사랑한다」, 『국어문학』제56호, 국어문학회, 2014.
- 송명희, 「김명순의 소설과 '외로운 사람들' 모티프 연구」, 『비평문학』제59호, 한국비평문학회, 2016.
- 송연옥, 「민족주의와 페미니즘의 불행한 결렬 – 1930년대의 한국 '신여성'」, 『페미니즘연구』창간호, 한국여성연구소, 2001.
- 신혜수, 「김명순 문학연구 – 작가의식의 변모양상을 중심으로」, 이화여자대학교 석사학위논문, 2009.
- 이덕화, 「신여성문학에 나타난 근대체험과 타자의식」, 『여성문학연구』제4호, 한국여성문학학회, 2000.
- 이상경, 「근대 여성 문학사와 신여성」, 서울대학교 여성연구소 엮음, 『경계의 여성들』, 한울, 2013.
- 이태숙, 「고백체문학과 여성주체 – 김명순을 중심으로」, 『우리말글』제26호, 우리말글학회, 2002.
- 정영자, 「1920년대 여성문학 김명순편」, 『한국현대여성문학론』, 도서출판 지평, 1988.
- 최명표, 「소문으로 구성된 김명순의 삶과 문학」, 『현대문학이론연구』제30호, 현대문학이론학회, 2007.
- 홍혜원, 「"나는 사랑한다" : 김명순론」, 『이화어문논집』제33호, 이화어문학회, 2014.

〈단행본〉

- 김경일, 『여성의 근대, 근대의 여성』, 푸른역사, 2004.
- 김상배, 『김명순 자전 시와 소설 – 꾸밈없이 살았노라』, 춘추각,

1985.
- 서울대학교 여성연구소 엮음, 『경계의 여성들』, 한울, 2013.
- 서정자 · 남은혜, 『김명순 문학전집』, 푸른사상, 2010.
- 송명희, 『여성과 남성에 대해 생각한다』, 푸른사상, 2010.
- 정희진, 『페미니즘의 도전』, 교양인, 2005.
- 최혜실, 『신여성은 무엇을 꿈꾸었는가』, 생각의 나무, 2000.
- 크리스 쉴링, 임인숙 옮김, 『몸의 사회학』, 나남출판, 1999.
- 태혜숙 외, 『한국의 식민지 근대와 여성공간』, 도서출판 여이연, 2004.

(『인문사회과학연구』제18-1호, 부경대학교 인문사회과학연구소, 2017. 2)

김명순 소설의 탈식민적 페미니즘 연구
-「탄실이와 주영이」, 「손님」, 「나는 사랑한다」에 나타나는 제국주의 자본을 중심으로-

이 미 화

1. 들어가며

김명순(金明淳 1896~195?)은 1920년대에 활발히 활동한 소설가이며, 당시 여성 최초로 개인 작품집을 두 권(『생명의 과실』(한성도서, 1925), 『애인의 선물』(회동서관, 1928))이나 출간한 뛰어난 역량을 지닌 작가이다. 이런 김명순에 대한 연구는 크게 네 가지로 진행되어 왔다. 첫째, 김명순의 사생활에 대한 흥미 차원의 관심에서 비롯된 연구이다. 이는 김명순을 부정적으로 평가하는 특성을 지닌다. 주로 1960년대에 이르기까지의 연구 현상이며, 김명순의 스캔들에 관한 글들이다.[1] 둘째, 김명순 문학을 리얼리즘이나 여성해방의식에 초

1) 김기진, 김동인, 염상섭, 전영택의 글 등이 이에 속한다.

점을 맞추어 연구한 것이다. 김명순에 대한 주된 연구 경향이라 할 것이다. 이는 김명순에 대한 긍정적인 평가가 시작되었다는 의미이기도 하다. 1970년대 들어 그의 작품에 대한 객관적인 평가가 이루어지면서 비롯되었다.[2] 셋째, 여성적 글쓰기에 관한 연구이다. 김명순의 여성적 글쓰기 특성을 동시기 여성 작가와 비교 연구하고 있다. 그리하여 김명순의 자전적 글쓰기는 주체적인 여성 정체성의 구현이며, 남성중심 문단의 균열이며, 리얼리즘 문학의 실천이었다고 분석되고 있다.[3] 넷째, 김명순의 소설뿐만 아니라 시, 희곡, 수필에 대한 평가들이다. 이 평가들은 그녀의 작품이 상당한 수준을 갖추었고, 여성의 고백체라는 점에서 저항적인 성과를 거두고 있다고 분석한다.[4]

본고에서는 위의 연구 중에서도 탈식민적 페미니즘과 관련 있는 것에 한정하여 조금 더 논의하겠다. 우선 이태숙[5]의 논문이다. 이태숙은 김명순의 문학이 고백체 문학이며, 이런 사소설적 특성은 하위주체가 행하는 고백이라고 보았다. 즉 김명순의 글이 가진 여성고백체의 의미를 부각시켰으며, 김명순의 고백체 문학이 당대 모순을 담아내는 장치였다고 분석해 낸다. 남은혜[6]도 하위주체로 김명순을 분석한다. 남은혜는 김명순이 하위주체로서의 현실인식과 대응을 문학작품을 통해 보여주고 있다고 고찰한다. 그러면서 구여성, 신여성, 본부

2) 김영덕, 김윤식, 서정자, 정영자, 김정자, 송호숙, 김미현, 이인복, 이덕화, 한정희, 이태숙, 남은혜, 송명희의 글 등이 이에 속한다. 현재까지 가장 활발하게 이루어지고 있는 연구 경향이다.

3) 최혜실, 박혜숙, 이이남, 신지연, 박죽심, 문미령, 이유진의 글 등이 이에 속한다.

4) 박경혜, 강신주, 황재군, 박명진, 송지현, 이희경, 김유선의 글 등이 이에 속한다.

5) 이태숙, 「고백체 문학과 여성주체 – 김명순을 중심으로」, 『우리말글』 제26호, 우리말글학회, 2002.

6) 남은혜, 「김명순 문학 연구」, 서울대학교 석사학위논문, 2008.

인, 첩은 물론이고 하인까지 포함하는 하위주체들과 소통하며 협력하는 서사를 김명순이 그려내고 있다고 분석한다. 이 두 연구자의 관점은 필자가 연구하고자 하는 탈식민적 페미니즘과 매우 흡사하다. 그러나 필자와는 분석관점이 다르다. 필자는 하위주체에 초점을 두기보다는, 식민지 여성의 제국주의 자본에 대한 저항에 초점을 두고 살펴볼 것이기 때문이다.

신혜수[7]는 김명순의 전 작품을 분석함에 있어 초기작, 중기작, 후기작으로 나눈다. 그리고 후기작에서 김명순이 식민지 문학 장의 내부 식민주의에 대한 비판 의식과 식민지 근대 여성작가로서의 재도약 의지를 피력했다고 분석하고 있다. 신혜수가 말한 내부 식민주의 비판이란, 김명순의 작품이 갖는 식민지 조선 문학 장의 작동 원리를 이른 것이며, 당대 남성 지식인들의 내부 식민주의 기제를 비판하는 의미로 쓰이고 있다. 즉 필자가 다루려는 식민지 조선 여성의 제국주의 자본에 대한 저항의식은 조명되지 않았다.

최근에 들어, 서정자와 남은혜의 공동 저서인 김명순의 문학전집[8]이 출간되었다. 여기서 서정자는 김명순의 작품이 '대항문학'적 성격을 갖는다고 분석한다. 서정자가 보기에 김명순은 자신이 처한 상황에 역점을 두고 자신의 문학을 축출과 배제의 과정에서 살아남기 위해 사용하였던 것이다. 그래서 이런 김명순의 글을 생존을 위한 글쓰기, 자전적 글쓰기라고 분석해 낸다.

---

7) 신혜수, 「김명순 문학 연구 - 작가 의식의 변모 양상을 중심으로」, 이화여자대학교 석사학위논문, 2009.

8) 서정자 · 남은혜, 『김명순 문학전집』, 푸른사상사, 2010. 본고는 이 문학전집을 텍스트로 삼는다.

이처럼 본고가 연구하고자 하는 경향과 비슷한 연구들이 이어져 오고 있다. 그렇다면 본고가 왜 김명순 소설에 나타나는 탈식민적 페미니즘[9)]을 살펴보려 하는가. 그것도 제국주의 자본[10)]에 중점을 두고

---

9) 탈식민적 페미니즘(Post - colonial Feminism)은 식민지의 경험을 가진 제3세계 여성의 이중 식민화를 설명하는 이론이다(유제분, 『탈식민페미니즘과 탈식민페미니스트들』, 현대미학사, 2001, 14면). 식민지의 여성은 다층적인 억압을 받고 있으며, 구체적으로 어떠한 억압을 받느냐에 따라 여성 간에 차이를 지닌다(가야트리 스피박, 문학이론연구회 옮김, 『경계선 넘기 - 새로운 문학연구의 모색』, 인간사랑, 2008, 13~16면). 이 차이 속의 여성을 다시 기입해내는 작업이야말로 탈식민성의 실체를 해명하기 위해 절실하게 요청되는 점이다(가야트리 스피박, 태혜숙 옮김, 『교육기계 안의 바깥에서』, 갈무리, 2006, 525면). 이런 탈식민적 페미니즘은 일본의 제국주의적 지배에 대항하는 다중으로서의 여성 주인공의 체험을 사회경제적 착취구조 속에서 밝혀낼 수 있도록 해준다(태혜숙, 『한국의 탈식민 페미니즘과 지식생산』, 문화과학사, 2006, 76면). 특히 본고는 식민지의 지식인 여성에 주목한다. 왜냐하면 일제시대 조선의 독립운동은 독립준비론, 실력배양론과 같이 여성교육이 강력한 수단으로 인식(엄미옥, 「한국 근대 여학생 담론과 그 소설적 재현 연구」, 서강대학교 박사학위논문, 2007, 1면)되었기 때문이며, 본고의 텍스트도 이런 지식인 여성에 의해 서사가 진행되기 때문이다. 물론 이는 식민시기에 이루어진 우리 지식체계의 근대화란 조선의 한문학이나 실학, 동학과 같은 독자적 지식체계와의 인식론적 단절 속에서 일본 식민지배에 필요한 동화주의, 우민화, 근로주의와 실제주의를 강제하는 형태로 일어난 것과 관계한다. 즉 식민지 지식인 여성은 지식 생산 메커니즘에다 가부장적 시각이 겹쳐져 이중적 타자화를 겪는 인물이었던 것이다(태혜숙, 위의 책, 255~257면). 따라서 본고는 탈식민적 페미니즘을 조선여성의 교육열과 관계하여 다중 억압에 저항하는 식민지 여성을 해명하는 개념으로 사용한다.

10) 일제는 식민지 종주국의 경제 문제를 해결하기 위해 식민지 침탈을 전방위적으로 가속화시켰으며, 식민지 자본주의 문화논리를 일상 속에 내밀화시켰다.'(고명철, 「식민지 자본주의의 통속성에 대한 서사적 대응 - 빙허 현진건의 장편 〈적도 읽기〉」, 『한국어문연구』 제46호, 한국어문학연구학회, 2006, 198면). 말하자면 식민지 사람들은 근대화 담론을 물질화한 철도를 이용함으로써 식민주의 자본의 지배/종속구조에 편입되어 갔던 셈이다. 그렇게 식민지는 제국주의적 자본주의 발전 단계에서 제국/식민지라는 사회적 관계가 생산되었던 것이다(태혜숙, 앞의 책, 308면). 그렇다면 여성 그 자체와 자본과 문화가 중요한 용어로 작동하는 탈식민적 페미니즘에서는 제국주의 자본에 대한 식민지 여성의 가치인식이 매우 중요한 의미를 지니게 된다. 이를 밝히기 위해 본고는 제국주의 자본을 일제강점기

서 말이다. 이는 세 가지 이유 때문이다. 첫째, 김명순이 자전적 글쓰기를 주로 하였다는 점에서 볼 때 제국주의 자본이 그녀의 문학에 영향을 미쳤을 것이기 때문이다. 그녀의 실제 삶은 시작과 끝이 극과 극으로 달랐다. 김명순은 식민지가 된 조선의 부유한 집안에서 남부럽지 않게 자랐으나 패가하였다. 그리고 말년에는 제국(일본)에서 비참한 생활을 하다 뇌병원에서 쓸쓸히 죽었던 것이다. 이는 김명순이 제국주의 자본의 허와 실을 경험했고 작품 속에 반영했을 것임을 예측하게 한다. 둘째, 김명순은 「탄실이와 주영이」, 「손님」, 「나는 사랑한다」에서 제국주의 자본에 대한 작가의식을 드러내고 있기 때문이다. 식민지 조선의 여성이 자신의 염원을 달성하기 위해서는 자본이 필요했다. 즉 김명순이 자본에 어떤 가치를 두고 있었는지 살펴볼 필요가 있다. 셋째, 김명순의 일본에 대한 저항의식은 제국주의 자본과의 관계에서 더 유의미한 가치를 드러낼 수 있기 때문이다. "젠더와 발전의 문제를 떠나면 인권문제는 종종 경제와 관련된 정치적 틀로 한정되기에"[11] 식민지에서 제국주의 자본은 그만큼 더 중요하게 다루어져야 할 사안이다. 또 그만큼 "국가 없음이 세계적으로 확산되는 데에 기여한 일련의 사건들은 자본과 밀접한 관계가"[12] 있었다. 즉 김명순이 1920년대 식민지상황을 형상화한 소설을 통해 말하고자 하는 바는

사업이나 영업 따위를 이루거나 유지하는 데에 드는 기금, 혹은 무엇을 하는 데 드는 비용을 가리키는 용어로 사용한다. 즉 본고가 사용하는 제국주의 자본이란 '일제강점기'에 조선의 '일상 속에 내밀화'된 '자본과 돈'을 지칭하는 광의의 개념이다.

11) 가야트리 스피박, 문학이론연구회 옮김, 『경계선 넘기 - 새로운 문학연구의 모색』, 인간사랑, 2008, 47면.

12) 위의 책, 79면.

무엇이었을까. 그 작가의식에 한 발 더 가까이 가기 위해서라도 제국주의 자본에 초점을 둔 김명순 연구는 반드시 필요하다고 생각한다.

따라서 본고는 김명순의 소설에 나타나는 탈식민적 페미니즘을 밝히는 것에 연구목적을 둔다. 이를 위해서 「탄실이와 주영이」(『조선일보』, 1924. 6. 14~7. 5), 「손님」(『조선문단』, 1926. 4), 「나는 사랑한다」(『동아일보』, 1926. 8. 17~9. 3)를 텍스트로 삼는다.[13]

2. 제국주의 자본 활용과 식민지 여성의 교육열

김명순의 「탄실이와 주영이」, 「손님」, 「나는 사랑한다」는 공통적으로 식민지의 지식인 여성이 주인공이다. 「탄실이와 주영이」에서는 "녀학생으로셔는 흔히볼수업는 베옷입은 스무살안팍게" 김탄실이, 「손님」에서는 "동경녀자대학인문과(人文科) 이년급에" 다니는 심삼순이, 「나는 사랑한다」에서는 "만주파는녀자고학생" 박영옥이 주인공이다. 이들은 모두 공부에 대한 열의가 대단하다. 중요한 점은 이들

13) 김명순의 소설(「탄실이와 주영이」, 「손님」, 「나는 사랑한다」를 제외하면)은 김명순의 일본에 대한 저항의식이 드러나는 작품을 찾아내기가 쉽지 않다. 왜냐하면 김명순이 일본에 직접적으로 저항하는 내용을 담은 소설을 써낸 것도 아니며, 「탄실이와 주영이」에서도 일본인을 우호적으로 그리는 면이 있기 때문이다. 하지만 분명한 것은 "김명순은 일본에 대해 뚜렷한 저항의식을 갖고 있었고 조국에 돌아가 기여하고자 하는 공인, 즉 지도자가 될 꿈을 지니고 있었다."(서정자 · 남은혜, 앞의 책, 57면)는 점이다. 이는 김명순이 조선여성이며, 그녀가 그려내는 소설 속 인물들이 식민지 조선의 여성과 남성들이 살아가는 현실적 모습이라는 점에서 보다 중요하게 다루어야 할 사안이라고 생각한다. 즉 식민지가 된 조선에서 여성으로 살아가면서 느낀 김명순의 저항의식이 보다 심도 있게 다루어져야 할 것이다.

의 향학열이 남성중심의 가부장 사회에 대한 여성해방의식[14]에서 시작되고 있다는 것이다.

우선 김탄실은 여덟 살이 되었을 때 자신을 학교에 보내달라고 어머니를 매일같이 졸랐다. 그렇게 들어간 학교에서 탄실의 지식욕은 나날이 늘어갔고, 친구들에게 '사전'이라고 놀림을 받을 만큼 공부를 잘하였다. "자뎐이람은 탄실의반에셔무슨글자든지 탄실에게 무르면 다-아리켜내는고로 별명을엇은것이엿다." 이런 탄실에게 공부할 수 없는 긴 방학은 무척 야속하다. 그래서 탄실은 방학동안엔 다음에 할 공부를 미리미리 준비하며 보낸다. 김탄실이 이렇게 공부에 매진한 것은 봉건적인 가부장제의 신분 이데올로기에서 그 원인을 찾을 수 있다. 여성은 어머니가 적처냐, 양처냐, 천첩이냐에 따라 그 사회적 위치가 결정되었던 것이다.[15] 즉 탄실은 "기생의쌀이니 쳡년의쌀이니 하고만흔업심을바덧"기에 공부에 매진했다. 그래서 탄실은 "여자가

14) 김명순 소설에 나타나는 여성주인공의 높은 교육열은 가부장제에 대한 여성해방의식으로 연구되어져 왔다. 이에 대해서는 서정자, 「일제강점기 한국여류소설 연구」, 숙명여자대학교 박사학위논문, 1987 ; 송호숙, 「식민지 근대화와 신여성」, 『역사비평』 제19호, 역사문제연구소, 1992 ; 이인복, 「1920년대의 페미니즘 문학 연구」, 문학과의식, 1997 ; 이덕화, 「신여성문학에 나타난 근대체험과 타자의식 - 김명순을 중심으로」, 『여성문학연구』 제4호, 한국여성문학학회, 2000 ; 한정희, 「1920년대 여성작가의 봉건적 인습에 대한 대응의식 연구 - 나혜석, 김일엽, 김명순을 중심으로」, 홍익대학교 석사학위논문, 2000 ; 이태숙, 「근대성과 여성성 정체성의 정립」, 『여성문학연구』 제3호, 한국여성문학학회, 2000 ; 박종홍, 「신여성의 양가성과 집 떠남 고찰」, 『한민족어문학』 제48호, 한민족어문학회, 2006 ; 김미교, 「김명순 문학연구 - 주제의식을 중심으로」, 단국대학교 석사학위논문, 2008 ; 남은혜, 「김명순 문학 연구」, 서울대학교 석사학위논문, 2008 ; 김경애, 「근대 최초의 여성작가 김명순의 자아 정체성」, 『한국사상사학』 제39호, 한국사상사학회, 2011 등의 글을 보면 알 수 있다.

15) 안남연, 「황진이의 재조명」, 『한국어문학연구』 제48호, 한국어문학연구학회, 2007, 166면.

재봉에락뎨를해도공부만잘해셔 일등만하면고만"이라고 믿었다. 이는 가부장제에 대한 저항의식이 분명하다.

심삼순도 별명이 "독종" 혹은 "이리"라고 불릴 만큼 공부에 매진한다. 뭇사람들은 이런 삼순이를 "피아노잘치기는바로 음악학교 선생보담낫다"고 칭찬한다. 게다가 "그연구성이착실하긴 아마 조선녀자들가운데는다시업슬" 것이라고 평한다. 이런 평가는 심삼순이 긍정적 신여성을 보여주고 있음을 의미한다. 그래서 중요하다. 왜냐하면 가부장제에서 "신여성은 담론장에 등장한 이래 소문의 대상이자 소문의 산물"[16]로서 부정적이었기 때문이다. 그만큼 "신여성 이미지로 응축되어 재현되는 것은 가부장제의 히스테리칼한 반응들이 식민치하의 복잡한 구조들과 공모"[17]하고 있었던 것이다. 즉 심삼순은 가부장제에 저항하여 여성 교육의 필요성을 강렬하게 말하는 학생이었던 것이다.

박영옥도 밥을 굶는 일은 있어도 공부를 빼먹는 일은 없다. 오죽하면 그녀의 남편이 애원까지 한다. "여보당신아츰 쏘안잡숫소? 아이구데얼골색바라 세포하나하나가다 - 새파라케 죽는것갓구려 제발하루바니할쎄 그책좀잇다가보아요"하며 애원하기 일쑤다. 하지만 영옥이는 "돌부처"가 된 듯이 두꺼운 책을 보고만 있다. 이런 영옥이의 행동은 억압적인 남편으로부터 벗어나려는 저항으로 읽을 수 있다. 왜냐하면 박영옥의 남편은 "그게남의안해된버릇입니까", "녀자된버릇이"라는 말을 입에 달고 사는 가부장제 이데올로기를 지닌 남자였기 때

16) 손혜민, 「소문에 대응하여 형성되는 신여성의 기표 - 나혜석의 단편 〈경희〉(1918)를 중심으로」, 『사이』 제7호, 국제한국문학문화학회, 2009, 146면.
17) 태혜숙, 앞의 책, 299면.

문이다. 아니나 다를까 "무엇을직히는듯이아래묵 보료우에안저"서 "안해의 독서하는모양을독한눈빗으로쇠뚜러지도록 바라보"던 남편이었다. 이런 억압적 생활은 "지난날의백모란갓햇슬화려한 얼굴"이 "불상한정을자아내도록여위고 수척한녀자"가 되도록 박영옥을 쇠락하게 만들었다. 즉 박영옥의 학구열도 가부장제에 대한 아내의 저항적 몸짓이라 읽을 수 있다.

이처럼 김탄실, 심삼순, 박영옥은 공부에 지나치리만큼 매진하는 공통점을 지닌다. 이는 매우 중요하다. 왜냐하면 그녀들의 교육열은 가부장제에 대한 여성해방의식이기도 하지만 동시에 식민지가 된 조선의 백성이라서 갖게 된 신념이기 때문이다.

가) 나는남만못한쳐디에셔 나셔기생의딸이니 쳡년의딸이니하고만흔업심을바덧다. 그리고내가생장하는나라는 약하고무식함으력사적으로 남에게이겨본때가별로히업셧고늘강한나라에업심을바덧다. 그러나, 나는이경우에셔버셔나야하겟다. 버셔나야하겟다. 남의나라쳐녀가다셧자를배호고, 노는동안에 나는놀지안코열두자를배호고, 생각하지안으면안된다, 남이것츠로명예를차질때나는속으로실력을기르지안으면안된다. (중략) 그는참으로일어마듸나배와가지고 훗츠로써덕거리기는실혓다. 그는차라리 일어만을배호고 바늘과가위로셔 헛되이 시일을허비할진댄 - 일본으로가셔 일본쳐녀들과가티공부하고십혓다. 그러고어느때어느학교에셔든지 그래본, 그힘을내셔전반생도를 쑥눌너놋코십혓다오냐, 이것이모든품갑흠을, 다하는것은 못될망졍 나한사람이이러고 또다른사람이죵금이후로는 그러한결심을갓게되는날이면우리는 몃칠이안되여 남의압졔아래에셔 북을치며 버셔날것이다…… 하고

생각하기를 마지안엇다.[18)]

나)『언니는 일종의 과대몽상교도(誇大妄想教徒)야, 모든 것을건설해나가야할 시기에잇는우리는 그중로에서맛당히한일을초월하고 비약할필요가업지요 우리는다만착실히거러나갈뿐입니다, 나도조곰전에 주선생님을뵈옵기전까지, 우리는다만어느긔회에몸을던저서행동을하면조흘줄아럿섯지마는 지금우리에게는다시깨트려노흘아무것도 남아잇지안은동시에 비약하고 초월할아무것도인정할수업는걸요 우리는 임의깨트러치고 헛트러노흔것을 정리하고 우리의모든관렴을새로가진후에 굿쎈미듬으로 우리의새로운리상을실현할뿐이지요』[19)]

다)『저는고학생이올시다 이것을좀팔어주십시오 당신가튼어린이 이것을 잡수리라고는생각지못합니다마는 저를도으시는줄아시고 ……』하엿다그녀자고학생은 녀름에검은치마와자주저고리를입엇다 그압헤내려놋는목판에는 만주의그림자도업섯다순희는눈을날카러웁게 써보앗다 대리석으로깍근듯이코날서고그검은보석가튼두눈 것을 빨고십허하는 적은입 그것은영옥의것이엿다 누가서울안에하나이라고 칭찬한아름다운조건이엿다[20)]

가)의 김탄실은 식민지가 된 조선의 처지와 자신의 처지가 똑같다고 생각한다. '약하'거나 '무식'하다는 것이 조국과 여성인 자신의 공통점이며, 이 때문에 '업심'여김과 학대를 받게 되었다고 판단하고 있

18) 김명순, 「탄실이와 주영이」, 서정자 · 남은혜, 앞의 책,499~500면.
19) 김명순, 「손님」, 위의 책, 546면.
20) 김명순, 「나는 사랑한다」, 위의 책, 559면.

다. 그래서 공부를 통해 이를 극복하고 '복수'까지 하려 한다. 나)의 심삼순이 생각하기에도 '지금'은 '아무것도' 남아있지 않은 상태인 것이다. 그래서 새롭게 모든 것을 '건설'하기 위해 '착실히' 노력해야 할 때라고 판단한다. 이처럼 삼순이도 자신의 조국이 모든 것을 빼앗긴 식민지 상황임을 인지하고 있다. 다)의 박영옥도 마찬가지다. '서울'에서 가장 '아름다운' 영옥이도 결코 비켜갈 수 없는 식민지 여성의 비극적 운명은 존재했던 것이다. '검은치마'와 '자주저고리'를 입는 여성은 "약한종족의하나이엿스닛가" 말이다.

이처럼 김탄실, 심삼순, 박영옥은 식민지가 된 조국과 여성들이 억압받는 지금의 상황을 타계하기 위한 방법으로 여성교육이 가장 시급하다고 판단했다. 그리고 가열차게 공부한다. 하지만 모든 것을 빼앗긴 식민지에서 여학생이 공부를 계속한다는 것은 무척 어려운 일이다. "죽도록공부하고십"어도, "공부란것은 사실좀여유가잇는연극"이기 때문이다. 즉 자본의 뒷받침이 있어야만 가능한 일인 것이다. 여기서 주목할 점은 이들이 제국주의 자본에서 그 방법을 찾아내고 있다는 점이다.

가) 류월 초승의 이사이일긔로는아주더운 - 어느날 오후이엿다셕양은 지금 황금빗가치 찬란함으로 죠션셔울 - 죵로네거리에 쓰겁게내리빗친다.

열십자로 갈나진 전후좌우길거리에 버려잇는 상졈의 광고판들은 독긔잇셔뵈이는식컴은먹으로 밧삭밧삭다부터셔 각각그일홈을자랑하고잇다.

죵로경찰셔집웅우에 독일병정의 모자가튼시계가 바로네시를가리

켯슬째이다.[21]

나) 우리는리조에이르러서 조약과개혁과 독립으로합병에그동안 아무의식업시당햇다가 남은것이라고는아무것도업슬것입니다, 다만한업는락담섇이겟지요 그후에 「윌손」씨의민족자결론(民族自決論)이 우리를번민식혓지만 첫재 철학적무지는고사하고과학적무지이고 경제적(經濟的)무지인우리는 그번민의자최를 남겻다하기도 붓그러웁니다.[22]

다) 이애가변하여젓다 혼인안할째보담! 쏘엇저녁일도변조(變調)가아닐가? 의복을잘선택해입기로유명한애가 식컴은더러운흑모시치마를 왜입고왓섯니? 그래도 음악을 잘들을줄아는텽중의하나이엿스니까 고마웟지마는 필경내가아직몰낫던비밀을 저혼자가지고 잇던것이다 올치그애와내가우연한일로감정을 상하여서일년간절교상태에 이르럿던일이잇섯섯다그동안에 그애는고학한다고하든일이그연가미연가 하게아즉내긔억에남어 잇는듯하다[23]

가)는 시간적 · 공간적 배경이 제국주의 자본이 점령한 식민지 조선임을 강렬하게 인식시킨다. 서울 종로 한복판에 무섭게 도열해 있는 일인들의 상점들은 파시스트 '독일병정'처럼 조선시장을 이미 공포스럽게 제압하고 있는 것이다. 이런 '독점' 양상은 "제국일본의 식민지배 및 침략이 한 편에서 철저한 자본주의의 본원적 축적 과정"[24]

---

21) 김명순, 「탄실이와 주영이」, 위의 책, 465면.
22) 김명순, 「손님」, 위의 책, 546~547면.
23) 김명순, 「나는사랑한다」, 위의 책, 558면.
24) 김항, 「식민지배와 민족국가/자본주의의 본원적 축적에 대하여 - 〈만세전〉

이었다는 것을 확인시킨다. 이런 때, 김탄실은 제국주의 자본의 유무에 따라 세간의 인심이 달라지는 경험을 한다. 그녀가 어릴 적엔 "왼집안이 써드러셔탄실의시죵을드럿"었다. 하지만 "김형우가관찰사운동하노라고 써버린돈뒤가 대단히곤란해셔 전일가티큰집에여유를주지못하매 그들은김형우를 원망하는대신 탄실을귀찬어햇다." 이런 급격한 변화는 김탄실에겐 충격이었다. 그렇게 탄실은 제국주의 자본을 인식하게 된다. 김탄실의 이런 자본에 대한 가치인식은 주목해야 할 사안이다. 왜냐하면 제국주의 자본이 필요하다는 점을 명확히 인식하고 있음에도 자본을 소유하려는 모습으로는 나아가지 않고 있기 때문이다.

이런 가치인식은 심삼순에게서도 나타난다. 나)의 심삼순은 식민지인의 한없는 낙담은 제국주의 자본을 전혀 몰랐던 '경제적(經濟的) 무지'를 벗어나야 이루어질 수 있다고 본다. 이는 "제국주의의 경제적 뿌리를 이루고 있는 것은 강력하게 조직된 산업 및 금융계의 세력들이 공공의 경비와 위력을 이용하여 자신들의 과잉상품과 잉여자본을 소화할 사적 시장을 확보하고자 하는 욕망"[25]에서 강화된 것이란 점과 관계가 있을 것이다. 그런데 이런 삼순의 '경제관'이 자본에 대한 소유욕으로 향하지는 않는다. "뎨일 더럽고 시른것은 혼돈의어지러옴으로나오는? 남을해치는것"이라 여겼던 삼순이었기 때문이다. 즉 제국주의 자본처럼 식민지인을 억압하고 해치는 자본은 지양되어야

재해독」, 『대동문화연구』 제82호, 성균관대학교 대동문화연구원, 2013, 11면.

25) 김어진, 「제국주의 이론을 통해 본 한국 자본주의의 지위와 성격에 관한 연구 - 한국 자본주의의 아류제국주의적 성격을 중심으로」, 경상대학교 박사학위논문, 2012, 15면.

한다고 생각했던 것이다.

다)의 박영옥도 제국주의 자본에 대한 소유욕이 없다. 지난날 가난한 여학생이라서 재력가에게 시집간 영옥이었지만 '혼인' 하기 전에 입고 다니던 남루한 옷을 입을 때가 가장 편하고 행복하다. 자신이 생각하기에 "희망에찻던왕녀시대"가 바로 그 옷을 입던 시절이라 판단하기 때문이다. 이는 "더러운학교장의 음모를입"어 "서씨와 결혼"한 일을 후회하는 모습과 관련이 깊다. 당시의 권력가(교장)와 자산가(서씨)는 친일파이거나 제국주의자들이다. 즉 영옥은 제국주의 자본을 소유하려고 아내가 된 것이 아니라, 교육받기 위해 어쩔 수 없이 결혼한 것이었다.

이처럼 김탄실, 심삼순, 박영옥은 제국주의 자본에 대한 '거리두기'를 실천하고 있다. 이점은 식민지 여성에게 "재물이란 지나친 소유욕으로 유도하는 특징이 있"[26]기에 유의미한 가치를 지닌다. 그리고 "반자본주의적 연속주의 판본에서 사회적 가치의 가장 안전한 자리를 제공하는 것은 바로 사용가치의 자리"[27]이기 때문에 더욱 유의미하다. 즉 이들은 제국주의 자본의 '사용가치'를 인식하고 있었지만, '잉여가치'를 지향하는 인물이 되지는 않았던 것이다. 바꾸어 말하면 제국주의 자본의 노예가 되지 않았던 식민지의 여학생과 아내라는 젠더의 긍정성을 보여주는 것이다.

이런 긍정성은 제국주의 자본을 소유하려는 인물들이 부정적으로 나타나고 있는 모습에서도 재차 확인된다. 「탄실이와 주영이」에서는

26) 가야트리 스피박, 태혜숙 · 박미선 옮김, 『포스트식민 이성 비판』, 갈무리, 2005, 578면.
27) 가야트리 스피박, 태혜숙 옮김, 『다른 세상에서』, 여이연, 2004, 331면.

큰어머니댁 사람들이 부정적이다. 큰댁 어른들은 전부 자본의 유무에 따라 탄실이를 다르게 대했다. "심사고읍지못한그들"은 일말의 동정도 없는 비정한 인물들로 나타나고 있는 것이다. 「손님」에서는 심을순이 부정적이다. 을순이는 "돈잇는사람에게시집가"면 모든 것이 해결된다고 말한다. 「나는 사랑한다」의 서병호도 부정적이다. 서병호는 아내가 심히 못마땅하지만 이혼은 안하려는 인물이다. 그런데 그가 이혼하지 않으려는 이유가 놀랍다. 이혼은 자신의 "돈업시한것이 악가워서" 못하겠다고 말하기 때문이다. 이처럼 세 작품은 식민지 상황에서 자본 소유에 목적을 두고 있는 인물들을 예외없이 부정적으로 그린다. 한마디로, 세 작품의 여성주인공들은 제국주의 자본의 사용가치를 인식하고, 그 자본을 교육받는 수단으로 사용하고 있는, 제국주의 자본의 '활용'가라 할 것이다.

3. 제국주의 자본 절제와 식민지 여성의 사회참여의식

김탄실, 심삼순, 박영옥의 과도한 교육열은 또한 식민지의 딸로서 조국에 필요한 인재로 쓰이기 위한 준비과정의 하나였다는 점에서도 중요하다. 「탄실이와 주영이」, 「손님」, 「나는 사랑한다」에서는 공통적으로 주인공들이 사회참여를 희망하고 있다. 그들은 식민지의 딸은 교육받는 것에서만 그쳐서는 안 되며, 그들이 배운 지식을 "흰옷을입은" "힘업"는 조선민족을 위해 사용해야 한다고 믿고 있다. 하지만 그녀들의 사회참여의식은 아래와 같이 관념적이란 한계를 가진다. 우선 가)를 보자.

가) 탄실의모친이 셔울로온지 일년이된뒤에, 탄실은x명학교를사호로졸업햇다. 그는수예는모다락뎨이엇셧다. 탄실의모친은 쑴이아닌가하고깁써햇다. 하나겨우열다섯살된탄실은 아즉도산가튼지식욕을 졔어할수가업셔셔몹시번뇌하엿다. 탄실의 모친은이와반대로, 탄실이가졸업을햇스니지금은 셔울어느소학교에셔 교원노릇을해셔 살님을도울줄아럿다. 그러나 그봄이 지나고, 여름이왓셔도, 그는션앵도빗가튼얼골을 하루에열두번식 푸르게붉게변하면셔 학교담임션생이몃번이나 모교교원이대야달나고 청햇셔도 죵래 말을듯지안엇다가하로는그모친압헤셔 이런말을하엿다.

『어머니 나돈한오십원만 잇스면조켓셔요』

『그돈은멀하게』

『내구쓰가 허럿는데셔울안에녀학생들이라 녀학생은 다, 힌구쓰를신엇지만 나만검경것을그대로신엇셔요 그리고시게도, 다남은금시계인데나만그쌔자근아버지가자근어머니하고박구어준은시계예요, 그것을금시계로박구웟스면죠켓셔요』

『그런것을다하랴면, 오십원쯤가지고야되겟니』

『시계를 새금시계로 박구려면모자르겟지만 맛츰금시계 가진동무가내시계와박구자닛가, 얼마좀더주고 박구면되겟지요, 그대로박구자기는염쳬가업스닛가요』햇다.[28)]

김탄실은 열심히 공부한 까닭에 우수한 성적으로 학교를 졸업했다. 그녀의 담임선생님이 몇 번이나 '모교교원'이 되어 달라고 청할 만큼 그녀는 '학식'을 인정받고 있다. 게다가 탄실은 집안도 기울어 공부를

28) 김명순, 「탄실이와 주영이」, 앞의 책, 501~502면.

계속할 여력이 없는 상태였다. 그래서 어머니는 탄실이 직업을 가질 것이라 생각했던 것이다. 하지만 탄실은 끝내 일본유학을 떠난다. 이는 주목해야 할 사안이다. 탄실이 생각하기에 조선인들은 "셔로학경질하고 셔로무함하는것만일삼다가 그여러가지추태(醜態)를나아노은단지무식한것을 모른탓에드대여자유를일코 자긔를일엇다." 게다가 친일파처럼 "밋침의죵이된이상에 자긔를일코 오히려자긔의죵이되여 온갖 올곳지못한행동을 다하는이상에는 아모리 자유가잇드래도그것은 자유가아니요 심한형벌"이라고 판단하고 있었다. 즉 탄실은 식민지가 된 조선사회의 부조리를 정확하게 파악하고 있었고, 이 부조리를 타계하기 위해서는 무지에서 벗어나야 한다고 생각하고 있었다. 제국의 '종'이 되지 않기 위해 식민지의 딸인 자신부터 바뀌려 했고, 공부에 매진했으며 비로소 '학식'을 인정받게 된 것이다.

그렇다면 탄실의 다음 행로는 당연히 사회의 일원이 되는 길이어야 했다. 왜냐하면 "집문권과 뎐답문권을일본사람에게잡히고, 빗을내고, 쏘그보다배가되는큰빗 담보"에 패가를 경험한 탄실이었기 때문이다. 제국주의 금융자본에 의해 조국과 자신이 나약하게 빼앗길 수밖에 없었던 경험이 있었던 것이다. 그런데도 탄실이는 끝내 사회의 일원이 되는 직업인을 선택하지 않고 일본으로 떠난다. 게다가 일본유학 중에도 비슷한 선택은 반복되어 나타나고 있다. 일본유학 중에 "금전상으로밧는곤난도적지안엇다." 그래서 "남몰내기인소데(일본 옷소매)로 눈물씻칠째도 만헛다." 게다가 "학비곤난으로 길참령"이라는 일본인의 집에 가 있기도 했었다. 이처럼 탄실이로서는 감당하기 힘든 금전적 궁핍이 계속되었던 것이다. 놀라운 것은 이런 금전적 궁핍을 해결하기 위해 탄실이가 취한 행동이다. 탄실은 누군가에게 "학비를좀

도와달나고청구"할뿐이다. 한마디로, 당시로서는 매우 '주체적'이며 '진보적'인 탄실이었지만 '경제적 자립'에 대한 인식은 없었던 것이다. 탄실은 조선 사회가 변해야 한다는 '의식의 진보성'은 가졌으나, 이를 이루기 위해서 '노동' 하려는 '실천'의지는 없었다는 것을 알 수 있다.

그럼에도 불구하고 우리는 여기에서 탄실의 긍정적 변화양상도 확인할 수 있다. 그 변화는 자본에 대한 '절제'에서 찾을 수 있다. 탄실은 '지식욕'이 늘어갈수록 "비단옷을 눈살하나찝흐리지안코 입엇"고 "더사치하고십흔생각도잇"었다. 그랬던 탄실이가 어머니 몰래 일본유학을 떠나기 위해 청구하는 경비가 '오십원'이다. 오십원이란 금액은 그녀의 거짓말대로 실천하는 데에도 부족한 돈이다. 즉 탄실은 일본으로 떠날 최소한의 경비를 어머니에게 청구한 것이다. 물론 집안이 패가하여 궁핍했기 때문에 그랬다고 볼 수 있다. 하지만 이런 탄실의 요구는 그 이상의 의미를 지닌다. 제국주의 자본에 대한 '거리두기'를 실천하고 있는 탄실이기에, 탄실이 절제하며 "돈을쓰는" 것이라 판단할 수 있다.

> 나) 삼순은다시말을이엿다『선생님께서 우리를ᄱ청ᄲ여들고십게 오래번민식히리라는것은 소비엣트리상국이겟지요, 선생님 거긔는 먼저 제가말한조곰한덕의와감정상 그릇될염려를 가지지안한사람들이래야 능하지안을가요 모 - 든불필요한것을헤아릴줄아는사람 모 - 든부도덕이라도말이될지요? 제가말하는도덕은영원한리상에위반되지안는것을 가리킴니다. 즉개인의발전(아모도해하지안코하는발전)을방해안할만한의지가잇는사람이고…… ᄯ선생님께서말슴하신 무식하지안은사람이래야 드러갈자격도잇고 진정으로공명할것아님닛가』

『올습니다 적어도 이우주가큰조직체(組織體)인줄을알고 공동동작(共同動作)하는공생게(共生界)인줄알고 사람의생명이존귀한것임을아는사람이라야 남의것을세우려든이혼돈(混沌)의 노예가되지안은사람이라야 공동동작의한부분을맛하서 일할만한사람이라야 능할것임니다. 쏘그러한자격이잇드래도 감정젹동물인우리는 모-든방해물을업시하고 다가티태평세계에드는것이아니라면 정드린강상에가티나서 가티울고 가티쑴우든 부모형뎨를엇지잇겟슴닛가』[29]

사회참여의식은 나)의 심삼순에 이르면 '사회주의' 사상을 고취하는 것으로 나아간다. '자본주의는 사회주의에 대립하거나 긴장관계를 배경으로'[30] 갖는 의식이다. 그렇다면 사회주의 사상을 지향하는 삼순이는 제국주의 자본에 대해 비판의식을 갖고 있는 식민지의 딸로 판단할 수 있다. 삼순이가 사회주의 사상에 얼마나 심취해 있었으면, 을순이는 삼순이를 보고 "졸업밧고 주씨의직조공장에가서 녀공감독노릇을"할 것이냐고 묻기까지 한다. 그런데 삼순이의 대답은 더 놀랍다. 삼순은 언니의 예상보다 더 진보적으로 "녀공으로 그들의동무가될터야"라고 대답한다. 스스로 최하위계층 여성이 되어 사회주의 사상을 실천하겠다는 것이다. 서발턴[31] 여성이 되겠다는 말이다. 그러

29) 김명순, 「손님」, 위의 책, 548면.

30) 김성기, 「현대 자본주의의 역사적 의의에 관한 소고」, 『사회과학연구』 제24호, 충북대학교 사회과학연구소, 2007, 5면.

31) 서발턴(subaltern)은 일반적으로 하층민 · 소외층을 일컫는데, 하층계급 · 하위주체 등으로 번역된다. 스피박은 서발턴을 기존의 정치 담론으로 정의되지 않는, 피식민지인 · 여성 등 다양한 종속적 처지를 아우르는 용어로 사용한다(스티븐 모튼, 이운경 옮김, 『스피박 넘기』, 앨피, 2005, 21면). 그리고 이런 서발턴의 출발점은 마르크스의 프롤레타리아에서 시작되었다(태혜숙, 『탈식민주의 페미니즘』, 여이연, 2001, 117면).

나 아쉽게도 「손님」 또한 이 장면이 끝이다. 달리 말해, 삼순이가 노동하는 모습은 나타나지 않으면서 마무리 되고 있는 것이다. 삼순이마저도 '노동'을 통한 사회주의 사상의 '실천'으로는 나아가지 못한 것이다. 따라서 심삼순의 사회참여의식도 관념적임을 알 수 있다.

물론 사회주의 사상에 심취한 삼순이는 자본에 좌우되지 않는다. "삼순이가내게온다면 심씨댁채무를다탕감하고라도 마저오"겠다는 남성이 많지만 그녀는 상관하지 않는다. 그저 묵묵히 "밤새워공부"할 뿐이다. 이는 돈 있는 사람에게 시집가면 그만이라는 을순이와 판이하게 다른 양상이다. 즉 제국주의 자본에 대한 '거리두기'를 실천하고 있는 삼순이기에, 자본의 '잉여가치'를 지양하는 이와 같은 모습은 자본에 대한 '절제'로 판단할 수 있을 것이다.

> 다) 『녀자된버릇이 남자압헤서어려운문구를느러놋는다고 장한것이 아니요 어서내안해를차자내시오 설마저긔돌아섯는저거지게집이 서영옥이는 아니지오』하엿다
>
> 순희는 부르쥐엇든 적은주먹을더싼싼히쥐고 다시 썰리는입살을열어
>
> 『여긔섯는 처녀는 박영옥이라는 저 - 칠년전에남대문역에서 만주를팔다가외국가던학생에게 구원을밧은거지게집애입니다 서(徐)무엇이라는지독한청혼에속아서 몸을팔고그종이된이는 결코아니지요』하고 순희는번개가치그몸을 움즉이며영옥을돌려세우며
>
> 『자 - 저긔는 칠년전에너와맛낫던어른이게시다 너는지금저어른에게내생사를무러라』하엿다[32]

32) 김명순, 「나는 사랑한다」, 앞의 책, 562~563면.

다)의 박영옥은 "칠년전겨울에 그이듬해겨울이면 졸업할학교월사금이밀니여서 학교에못가게되엿슬때" 구원받은 남편과 헤어지고 싶다. 이제라도 "공부잘하여서 사회를위하야 일만히하는녀자가되"고 싶은 간절함 때문이다. 이 소망은 식민지의 딸로서 고학할 때 품었던 마음이다. 그런데 영옥이는 이런 미래조차 남성에게 의지하려 한다. 이번에는 남편이 아니라, 칠년전 "돈오원을엇어주엇"던, "외국으로가노라고하던 이십삼사세의학생"에게 의지한다는 차이점이 있을 뿐이다. 즉 박영옥도 사회를 위해 일하겠다는 의지는 있지만, 그녀 역시 '노동'현장에 직접 뛰어들어야 한다는 생각으로는 나아가지 않고 있다.

이럴 때, 박영옥의 이혼 결정은 중요한 의미를 가진다. 왜냐하면 영옥이가 결혼으로 인해 부러울 것 없는 자산가의 아내로 살고 난 후의 변화이기 때문이다. 영옥은 제국주의 자본으로 인해 '밥' 걱정은 하지 않게 된 일이 행복하지 않았다. 아니, 불행하였다. 그래서 남편과 식사하는 것 때문에 항상 다투어왔던 것이다. 이는 박영옥이 자산가 남편의 '밥'(재산)을 거부하고 있는 것으로 판단할 수 있을 것이다. 달리 말하면, 제국주의 자본에 자신을 팔고 노예로 산 세월을 몸서리치게 후회하고 있는 것이며, 제국주의 자본과의 거리두기를 행하는 것이며, 자본 '절제'의 모습이라 판단할 수 있는 것이다.

따라서 김탄실, 심삼순, 박영옥은 노동과 괴리된, 관념적인 사회참여의식을 갖고 있었음을 확인할 수 있다. 물론 이들의 사회참여의식은 제국주의 자본에 패배하지 않으려는 식민지의 딸로서 품은 열망에서 비롯되고 있어 중요하다. 게다가 그녀들의 사회참여의식은 제국주의 자본을 절제하는 양상을 담아내고 있어 더욱 주목된다 할 것이다.

4. 제국주의 자본 비판과 식민지 여성의 저항

앞에서 살펴본 바와 같이 「탄실이와 주영이」, 「손님」, 「나는 사랑한다」는 공통적으로 식민지의 딸로서 제국주의 자본에 대응하는 양상을 담아내고 있다. 이런 모습들은 한 마디로 말해, 식민지에서 가부장제 여성으로서 행한 '내부적 저항'이라고 정리할 수 있겠다. 여기에서는 어째서 이렇게 정리할 수 있는지 그 이유를 살펴보겠다.

가) 『탄실씨와 주영이가다른것은 큰원인이잇네그려주영이란녀자가 전부다른나라사람들한테 학대를밧고 원수를갑는다고이를가는것과 탄실씨가우리나라사람들 그러나 친0파(親0派)들한테, 학대를밧고오래동안, 번민하는것은 다를것이지……』

『올소올소 리군, 내뉘이의복수하려는마음이 온전히 내젹인것은, 주영이의경우와는 다른것이원인이요…… 하나 리군의평상에말하는주의로말하면쏘, 주영이를 리상하는마음과몹시도모순되지안나, 사랑을긔초로하고 그쑴을시화한다는, 리군이온전히내부젹혁명가를 외부젹혁명가인주영이만못하다고 하는것은 무엇을증명하는것인가』(중략)

『확실히 주영이와는 다를것일세, 주영이는쑷쑷내리긔주의자인 일본사람들에게 학대를밧고속앗지만 탄실이는 그반대로죠션사람이면셔, 일본사람의생활과감경의 동화된, 죠션사람들에게학대를밧앗네 주영이가일본으로갈째는, 다만법률을 배와셔일본사람의게원수를 갑겟다고갓지만 탄실이가일본갈째는 어듸일본사람은 얼만한가보자, 하고 시험젹으로간것이오 그리고일본사람을숭배하지도안엇셧스닛가 아모리익을바라지안코, 병목이든지심지어, 일본일력거군에게까지속아넘어가진안엇슬일셰 그쌘아니라 탄실이자신이 엇던째는일본사람이상

리긔주의 자이닛가그애가 일본건너갈쌔를생각하면그건 양의색기가 튼착한녀자가아니고 일이색기나 호랭이색기갓헛지.』[33]

나) 평양셔 그남편생시에빗을지운사람들은 셔울까지짜라와셔 산월모녀를 괴롭게햇다. 그러고속히갑지못할형편을말할쌔는,

『탄실이를기생이나부치지오』하고타일넛다『기생에너흘썻가트면담박명기소리듯게되리라 얼골이고와 재죠가이셔 왜뎌애를기생에넛치안어요』햇다.

탄실은이런말을드르면, 불가티셩을내엿다. 그는전일에긔숙사에셔자랄쌔쳐럼 남의말만듯고허허락종하는, 죠흔아해도아니엿다그는날이오람을짜라셔 무어시든지다 - 보수를하고십은처녀가되엿다. 한마듸의모욕을백마듸로갑고싶헛다. 이쌔에이르러그의마음속에는 어릴쌔부터그속에쌔리박은 종교는싹도업셧다. 그는살기가등등해셔

『당신네들이나 기생이되러거든되고말냐거든말지 왜남더러기생이되란단말이요, 아모리돈푼이나남에게지웟기로, 그럿케사람을멸시하고 마음이편하시오.』하고야단을햇다.[34]

가)는 김탄실이 주영이와는 전혀 다르게 저항한 사람임을 분명히 하고 있다. "탄실이를 재료로" 탄생한 소설인 "너희들의 등뒤에셔라는책"의 내용은 "한녀셩을 주인으로 쓴것이결코아니고, 죠션전례를 동경해셔 일본사람인xx일본사람의쳐디에셔 반셩하노라고쓴것"이기에 그 책의 주인공인 주영이를 탄실이와 비교하는 것은 어불성설이라는 이야기다. 그만큼 탄실의 행동은 식민지의 딸이 행한 저항적 행동

33) 김명순, 「탄실이와 주영이」, 위의 책, 472~474면.
34) 김명순, 「탄실이와 주영이」, 위의 책, 501면.

이었음을 확실히 하고 있다. 이는 "저항이 있는 곳엔 언제나 유토피아가 있"[35)]다는 점에서 중요하다. 그래서 서술자는 '친0파'에게 학대받는 탄실을 '내부적혁명가'로 명명한다. 서술자는 다음의 두 가지 이유 때문에 탄실이를 '내부적혁명가'로 칭한다.

우선 탄실이가 일본유학을 결행한 것이 '이리'나 '호랑이'가 먹잇감을 탐색하기 위해 하는 행동으로 이해한다는 데에서 찾을 수 있다. "륭희의백셩들", 그 "모 - 든사람은착실한운동도해보기전에 횡설수설하다가홍바지청바지만입고 게으름을완전히부려볼, 쳘창속에가치여셔 우두먼히턱업시악형당할때만기다"리게 만들 수는 없었다. 이를 위해서는 제국인 일본을 알아야 한다. 식민지 백성들이 "모른탓에드대여자유를일코 자긔를" 잃을 수는 없다고 본 것이다. 적을 알고 나를 알아야 승리할 수 있다는 식민지 딸로서의 저항의식에서 비롯된 탄실의 유학이었던 것이다.

다음은 탄실이를 기생으로 만들라는 말에 저항하는 모습에서 찾을 수 있다. 나)와 같은 행동은 탄실이가 "혼인말이이러나면" "용긔를가다듬어셔 극력으로반대"하는 모습의 연장선이기도 하다. 탄실이가 주체적인 의식을 가지고 '가부장제에 저항'하는 모습이다. 하지만 필자가 생각하기에 김탄실은 가부장제의식에서 완전히 탈피하지는 못한다. 왜냐하면 "명예심만흔 탄실은 어릴때부터 생각하기를, 누구든지 퍽 빈곤한집에태여낫슬지라도 공부만잘하고, 졈지안키만하면 죠흘줄"알았으며, 반드시 첩의 딸이란 이름표를 뗄 만큼 "졍숙한녀자가되"고 싶었던 인물이기 때문이다. 탄실의 이 같은 고정관념은 성장하

---

35) 안또니오 네그리, 서창현 옮김, 『네그리의 제국 강의』, 갈무리, 2010, 63면.

는 과정에서도 변하지 않는다. 어릴 때는 "그아버지나삼촌을ᄯᅡ라단이기와 ᄯᅩ 열암은살위되는 그오라버니ᄯᅡ라단이기를죠와"했고, "날신한쳐녀가되"어서는 자신과 한 집에 살고 있는 친어머니가 아니라, "숙부의집에를 매일가티 왕래하면서" 숙부와 자신의 일본유학을 의논하였다. 그 숙부는 바로 탄실의 아버지를 패가하도록 만든 장본인인데도 말이다. 더 나아가 탄실은 일본 유학 중에 "숙부의집에셔" 알게된 "태영셰라는일본사관학교학생"을 사랑한다. 탄실은 "학력우등이고 품행방졍한학생이잇다고 그숙부가편지를써셔주엇"기 때문에 그를 무조건 믿었고 의지했고 사랑했던 것이다. 이런 일련의 과정을 볼 때 탄실은 남성중심 가부장제의식을 간직한 여학생임을 알 수 있다. '내훈서의 여성', '삼종지도를 섬기는 여성'의 모습이 담겨있는 것이다.

따라서 김탄실의 저항은 제국인 일본의 억압 아래 신음하는 식민지의 딸로서 조국의 독립을 위해 행한 저항인 반면, 가부장제의식을 완전히 탈피하지는 못한 저항이었다고 판단할 수 있다. 그래서 서술자는 '내부적혁명가'로 명명하고 있는 것이다. 정리하자면 '내부적=가부장제의식이 남아있는' 김탄실이 '혁명가=식민지 딸로서의 저항'인 것이다.

「손님」의 심삼순도 제국주의 자본에 대항하는 사회주의 노동자 의식을 갖고 있다. 그런데 문제는 이런 심삼순의 사회주의 의식이 남성의 영향아래에서 형성된다는 점이다. "주인셩이라는 사회주의자인 ᄯᅩ사업가를겸햇다는사람"에게서 영향받아서 형성되고 있는 것이다. 이는 주인성을 이르면서 "이러케나를 만히깨우치는 사람을나는 전엔 본일이업서"에서도 확인할 수 있다. 즉 심삼순 역시 식민지 딸로서 제국주의 자본에 저항한 인물이지만, 남성중심의 가부장제 의식이 남아 있음을 알 수 있다.

> 『서선생미안합니다만은 이후로는다시 영옥이를 찻지마십시오 그는 영원히 선생님의겻흘ᄯᅥ나버리엿습니다 부대저 하날나는 적은새에게 자유를주는자연의마음과가치 영옥에게도 자유스럽게하여 주십시오 그는한가난한녀자로써얼어죽는것을데죽는것보담 무섭게알엇든 여자임니다 그는불행한 경우에서선생님의열정에속앗든것임니다 아니그이의마음속밋헤잇든그동경조차일시 그를 이젓든것임니다그러나 인류의영원을 계통해온우리의 리상이 ᄭᅳᆫ을뜻ᄭᅳᆫ을뜻하게 이어오는것가치 외부의사정으로 실현못되든일들도 내부의반항으로 불순한 연결은 ᄭᅳᆫ어버리고다시순화(純化)되여서 목덕디를향하야 싸와나가랴고 수단을다하여봄니다』[36]

이처럼 박영옥도 '내부의반항'에 의해 행동하고 있으며, 이런 마음가짐은 작품이 끝날 때까지 지속되고 있다. 영옥이의 변화는 가부장제의식에서 바라본다면 진보적인 행위라 할 수 있다. 가부장제에서 아내가 남편을 먼저 떠나는 것은 상상할 수 없는 행위이기 때문이다. 하지만 여기서 우리는 이런 박영옥의 새로운 시작(의지)을 친구의 입을 통해 전달받고 있다는 점에 유의하여 살펴야 할 것이다. 본인이 아니라 친구의 입을 통해 간접적으로 자신의 의사를 전달하는 것은 가부장제를 탈피한 '주체적 여성'의 완전한 모습은 아니기 때문이다. 그래서 서술자도 '내부의반항'으로 명명하고 있는 것이라 판단된다. 이

36) 김명순, 「나는사랑한다」, 앞의 책, 561~562면.

는 또한 박영옥이 가부장제의식에 사로잡혀 남편의 성으로 이름을 변경했던 과거의 사실과도 관계가 있다. "서영옥"으로 불릴 만큼 남편에게 복종했던 아내였다. 즉 박영옥은 가부장제의식을 탈피하지 못한 아내인 동시에 식민지 딸로서 제국에 대한 저항을 보여준다고 판단할 수 있겠다. 중요한 것은 작가가 이런 여성인물들을 제국주의 자본에 대한 비판의식을 담아내는 과정 중에서 나타내고 있다는 점이다.

가) 그는무엇이던지 그아우의말이라면 귀찬은일까지라도 복죵하엿다. (중략) 언제든지그동생의일에는 무턱으로큰돈을앗기지안코내엿다. 그러나 김시우는그형의말을, 그친구새이에도한번죠케하여본쌔가업셧다. 그러고입을열면반드시 산월의흉질을알지도못하는사람들가운데셔펼쳐노코, 우슴거리를지엇다.

그러나뎌는 그당시한국군인들가운데 손곱이에드는 애국지사이엇다. 뎌는나라일을도모한다고, 연회를채리고 기생들과가티춤추고노랏다. 쏘정치를한다고형의재산을속혀다가 대신에게뇌물을주고 벼슬을사려다가기생의해우채주노라고 소비해버렷다[37]

나) 그런일들이잇슨지 두어해만에 김형우의집은 남져지업시 패가를하엿다고, 경향간에소문이들니엿다. 그런중에도산월만은 자긔의돈은 싸로감초고 내놋치안는다고 숙은숙은하엿다.

그동안에, 애국지사라든이들은혹은감옥에가치고 혹은외국으로망명하엿다. 그들은, 밤낫을박구워셔, 노는동안에 국사에도간섭하엿셧는지는 극히비밀한일이여셔 자셰히알수업셧스나 사면으로빗에몰녀

---

37) 김명순, 「탄실이와 주영이」, 위의 책, 492면.

셔, 사긔취재로고소를당하고, 고만다라나버린사람도잇셧다. 독갑이라는사람은, 그하나이엇다. 그럼으로, 김형우는그사람의 빗담보를, 후회하면셔도할수업시 그빗을대신갑지안으면안될경우이엿다.[38]

가)와 나)는 김탄실의 집안이 패가를 하게 된 과정을 이야기하고 있다. '애국지사=친일파'에 의해 조선의 자본이 모두 착취 · 강탈되고, 조선은 게으름 부릴 수밖에 없는 처지가 된 것이다. 이는 제국주의 자본이 가진 특성인 '불균등발전'[39]을 보여준다. 즉 「탄실이와 주영이」는 식민지가 된 상황에서 조선의 자산은 속수무책 빼앗길 수밖에 없는 것이었음을 확실히 한다. 친일파들이 행하는 '흉계' '노름' '음란' '간악'은 식민지인으로서는 도저히 빠져나갈 방법이 없는 함정이었으며, 친일파들조차도 자본을 소유할 수 없는 계략이었음을 분명히 하고 있다. 그렇게 제국주의 자본은 일방적으로 제국주의자에게만 식민지인의 '빗' 받을 권리를 양도하는 것이었다. 이런 서사는 제국주의 자본에 대한 비판이 아닐 수 없다.

『저일홈도모르던 처녀는내마음속에서우러나는 가장아름다운말삼들을다드려야할 내영원한동경입니다 자왕녀가튼처녀가아닙니다 저이더러누가 정조일흔처녀라하겟습니가 더군다나저이의팔개월간 사람을금전으로사는줄아는누구와의 부부생활이더저이를 깨긋하게하엿슬것입니다 그것은디옥에빠진자들에게하날놉히가 뵈여지듯이일코우는어린녀자에게는 직히고깃버하는일이 한껏부러웟슬것입니다』하고 최종

38) 김명순, 「탄실이와 주영이」, 위의 책, 493~494면.
39) 김어진, 앞의 논문, 39면.

일씨가말을맛츨째 지난날의 흰목단가텃슬영옥의얼골이여디업시수척하야 흑보석가튼 눈을달고사랑초초한 처녀의얼골이 분명하엿다[40)]

이처럼 「나는 사랑한다」의 박영옥에서도 제국주의 자본에 대한 작가의 비판의식은 나타난다. 박영옥을 결혼으로 인해 처녀 적보다 오히려 '더 순결'하고 사랑스러운 '왕녀'가 되었다고 평가하는 장면이 그것을 보여준다. "사람을금전으로사는줄아는" 제국주의 자본은 비판받아 마땅하다는 작가의식인 것이다. 따라서 작가는 세 작품을 통해 가부장제의식을 탈피하지 못한 식민지 딸들의 제국주의 자본에 대한 저항력을 보여주고 있는 것이다.

5. 나오며

김명순의 소설은 탈식민적 페미니즘 서사를 갖춘, 즉 가부장제 여성의 항일저항의식을 드러내기 위한 전략적 작품은 아니다. 그러나 「탄실이와 주영이」, 「손님」, 「나는 사랑한다」는 제국주의와 가부장제라는 다중 억압에 저항하는 식민지 여성이 나타나고 있다. 그리고 이런 특성은 세 작품의 공통점을 통해 작가가 지닌 제국주의 자본에 대한 가치관을 살펴볼 수 있게 하므로 충분히 유의미한 가치를 지닌다.

우선 김탄실과 심삼순은 제국주의 가부장제에서 학생이며 딸이라는 젠더적 특수성을, 박영옥은 거기에 아내라는 젠더적 특수성을 더

40) 김명순, 「나는 사랑한다」, 앞의 책, 563~564면.

한 인물이었다. 하지만 이들이 보여주는 공통점은 하나의 의미를 향해 나아가고 있었다. 그것은 식민지인 동시에 가부장제 아래의 여성이라면 제국주의 자본과의 '거리두기'가 필요하다는 의미였다. 이는 거리두기를 실천한 세 주인공이 긍정적 인물이라는 점에서도 확인할 수 있다.

특히 김명순은 자전적 글쓰기를 하였다는 점으로 미루어 볼 때, 세 작품은 김명순이 체험을 통해 지니게 된 제국주의 자본에 대한 가치관을 짐작하게 해준다. 김명순은 어릴 적부터 지녀온 항일저항의식 아래 제국주의 자본을 인식하였고, 자본에 대한 깨어있는 의식이 필요하다는 입장이었던 것이다. '동도서기론'과 마찬가지로 말이다. 즉 김명순이 1920년대 식민지상황을 형상화한 소설을 통해 말하고자 하는 바는 제국주의 자본의 '활용'이 필요하다는 것이었다. 제국주의 자본은 소유가 아닌 활용에서 그 가치를 찾아야 한다고 말하고 있는 것이다. 이것이 김명순의 항일저항의식 속에 들어 있던 작가의식이었다.

이런 김명순의 소설에 나타나는 탈식민적 페미니즘은 다음과 같이 요약할 수 있다. 첫째, 제국주의 자본 활용과 식민지 여성의 교육열이다. 김탄실, 심삼순, 박영옥의 높은 교육열은 식민지의 딸이라서 갖게 된 신념이다. 제국주의 자본이 점령한 조선에서 그 자본의 사용가치를 인식하고 자본을 활용하여 공부에 매진한다. 둘째, 제국주의 자본 절제와 식민지 여성의 사회참여의식이다. 김탄실, 심삼순, 박영옥은 모두 사회를 위해 일 많이 하는 여성이 되고 싶다. 하지만 그녀들은 '노동'을 통해 사회를 변화시키려는 실천력은 갖고 있지 않다. 관념적인 사회참여의식이지만 제국주의 자본을 절제하는 모습과 연관하여 나타나고 있어 주목된다. 셋째, 제국주의 자본 비판과 식민지 여성의 저항이다. 김탄실, 심삼순, 박영옥은 모두 제국인 일본에 저항하는 식민지의 딸을 보여준다. 하지만 그녀들의 저항은 가부장제를 온전히 탈피하지 못한 모습이다. 그래서 서술자는 그들을 '내부적혁명가', '내부의반항'아로 명명하고 있다.

본고에서는 세 작품에 나타나는 탈식민적 페미니즘에만 주목하여 연구를 하였다. 그러다 보니 부족한 점이 매우 많다. 크게는 김명순 소설의 전체적 연구가 되지 못한다는 점이다. 탈식민적 페미니즘이 김명순의 전체 작품에서 나타나는 특성은 아니기 때문이다. 작게는 비교의 방법조차 제대로 사용되지 못했다는 점이다. 올바른 비교가 되려면 공통점뿐만 아니라 차이점 또한 고찰했어야 했기 때문이다. 그런데 본고는 세 작품을 통해 작가의식을 알아내려다보니 공통점만 집중하게 되었다. 이런 문제점들을 살펴보기 위해서라도 필자는 앞으로도 계속 김명순을 연구할 것이다.

참/고/문/헌

〈기본자료〉

- 서정자 · 남은혜, 『김명순 문학전집』, 푸른사상사, 2010.
- 송명희 엮음, 『김명순 단편집』, 지식을만드는지식, 2011.

〈연구논문〉

- 강신주, 「김명순, 김원주, 나혜석의 시」, 『국어교육』 제97호, 한국어교육학회, 1998.
- 고명철, 「식민지 자본주의의 통속성에 대한 서사적 대응 - 빙허 현진건의 장편 〈적도 읽기〉」, 『한국어문연구』 제46호, 한국어문학연구학회, 2006.
- 김경애, 「근대 최초의 여성작가 김명순의 자아 정체성」, 『한국사상사학』 제39호, 한국사상사학회, 2011.
- 김미교, 「김명순 문학연구 - 주제의식을 중심으로」, 단국대학교 석사학위논문, 2008.
- 김성기, 「현대 자본주의의 역사적 의의에 관한 소고」, 『사회과학연구』 제24호, 충북대학교 사회과학연구소, 2007.
- 김어진, 「제국주의 이론을 통해 본 한국 자본주의의 지위와 성격에 관한 연구 - 한국 자본주의의 아류제국주의적 성격을 중심으로」, 경상대학교 박사학위논문, 2012.
- 김유선, 「김명순 시의 근대적 욕망과 모성성」, 『인문사회과학연구』 제12호, 장안대학 인문사회과학연구소, 2003.
- 김정자, 「김명순 문학의 여성학적 접근」, 『여성학연구』 제2 - 1

號, 부산대학교 여성학연구소, 1990.
- 김항, 「식민지배와 민족국가/자본주의의 본원적 축적에 대하여 -〈만세전〉 재해독」, 『대동문화연구』 제82호, 성균관대학교 대동문화연구원, 2013.
- 남은혜, 「김명순 문학 연구」, 서울대학교 석사학위논문, 2008.
- 문미령, 「김명순 문학 연구 - 근대 여성의 자전적 글쓰기의 양상 및 의의」, 서강대학교 석사학위논문, 2006.
- 박종홍, 「신여성의 양가성과 집 떠남 고찰」, 『한민족어문학』 제48호, 한민족어문학회, 2006.
- 박죽심, 「근대 여성 작가의 자기표현 방식 - 나혜석, 김명순, 김일엽을 중심으로」, 『어문논집』 제32호, 중앙어문학회, 2004.
- 박혜숙, 「여성 자기서사체의 인식」, 『여성문학연구』 제8호, 한국여성문학학회, 2002.
- 서정자, 「일제강점기 한국여류소설연구」, 숙명여자대학교 박사학위논문, 1987.
- 손혜민, 「소문에 대응하여 형성되는 신여성의 기표 - 나혜석의 단편 〈경희〉(1918)를 중심으로」, 『사이』 제7호, 국제한국문학문화학회, 2009.
- 송지현, 「근대 초창기 한국 여성시인 연구」, 『용봉논총』 제30호, 전남대학교 인문사회과학연구소, 2001.
- 송호숙, 「식민지 근대화와 신여성」, 『역사비평』 제19호, 역사문제연구소, 1992.
- 신지연, 「1920년대 여성 담론과 김명순의 글쓰기」, 『어문논집』 제48호, 민족어문학회, 2003.

• 신혜수, 「김명순 문학 연구 - 작가 의식의 변모 양상을 중심으로」, 이화여자대학교 석사학위논문, 2009.
• 안남연, 「황진이의 재조명」, 『한국어문학연구』 제48호, 한국어문학연구학회, 2007.
• 엄미옥, 「한국 근대 여학생 담론과 그 소설적 재현 연구」, 서강대학교 박사학위논문, 2007.
• 이덕화, 「신여성문학에 나타난 근대체험과 타자의식 - 김명순을 중심으로」, 『여성문학연구』 제4호, 한국여성문학학회, 2000.
• 이유진, 「김명순 소설 연구 - 신여성으로서의 글쓰기 방식과 작가의식을 중심으로」, 영남대학교 석사학위논문, 2008.
• 이이남, 「김명순 문학 연구 - 주제와 작가의식을 중심으로」, 울산대학교 석사학위논문, 2003.
• 이태숙, 「고백체 문학과 여성주체 - 김명순을 중심으로」, 『우리말글』 제26호, 우리말글학회, 2002.
______, 「근대성과 여성성 정체성의 정립」, 『여성문학연구』 제3호, 한국여성문학학회, 2000.
• 정영자, 「한국여성문학연구」, 동아대학교 박사학위논문, 1988.
• 한정희, 「1920년대 여성작가의 봉건적 인습에 대한 대응의식 연구 - 나혜석, 김일엽, 김명순을 중심으로」, 홍익대학교 석사학위논문, 2000.

〈단행본〉

• 김미현, 『한국여성소설과 페미니즘』, 신구문화사, 1996.
• 유제분, 『탈식민페미니즘과 탈식민페미니스트들』, 현대미학사,

2001.
• 이인복, 『1920년대의 페미니즘 문학 연구』, 문학과의식, 1997.
• 최혜실, 『신여성들은 무엇을 꿈꾸었는가』, 생각의 나무, 2000.
• 태혜숙, 『탈식민주의 페미니즘』, 여이연, 2001.
______, 『한국의 탈식민 페미니즘과 지식생산』, 문화과학사, 2006.
• 가야트리 스피박, 문학이론연구회 옮김, 『경계선 넘기 - 새로운 문학연구의 모색』, 인간사랑, 2008.
______, 태혜숙 옮김, 『교육기계 안의 바깥에서』, 갈무리, 2006
______, 태혜숙 옮김, 『다른 세상에서』, 여이연, 2004.
______, 태혜숙 · 박미선 옮김, 『포스트식민 이성 비판』, 갈무리, 2005.
• 스티븐 모튼, 이운경 옮김, 『스피박 넘기』, 앨피, 2005.
• 안또니오 네그리, 서창현 옮김, 『네그리의 제국 강의』, 갈무리, 2010.

(『한국문학논총』 제66호, 한국문학회, 2014)

작품서사를 통한 성폭력 피해자 치유 방안 연구
-「탄실이와 주영이」를 중심으로-

류진아

1. 피해자에 대한 여성주의 상담

최근 여성에 대한 혐오와 여성에 대한 폭력이 심각한 사회적 문제로 대두되면서 여성폭력에 대한 관심이 높아지고 있다. 여성에 대한 폭력은 어느 시대 · 어느 사회에나 존재하고 있으며, 여성운동을 하는 이들은 지속적으로 여성에 대한 폭력의 심각성을 호소해 왔다.

우리사회에서 여성에 대한 폭력이 사회적 문제로 대두된 것이, 1983년 〈한국여성의전화〉의 전화 상담(Hot Line)을 통해 수많은 피해자들의 현실이 드러나면서부터이다. 〈한국여성의전화〉를 통해 폭력의 고통을 호소한 여성들에 의해 아내구타와 여성에 대한 성폭력 등 그동안 사적문제로 간주되었던 여성에 대한 폭력이 사적문제로만 논의될 수 없는 문제임이 세상에 알려지게 되었다.

힘의 논리가 작용하는 성폭력의 문제는 남편에 의해 행해지는 아내폭력과는 달리 폭력의 가해자가 불특정적이라는 특징이 있다. 이는 여성 성폭력을 예방하는 데 있어, 어느 한 사람만의 통제로 폭력을 예방할 수 없다는 것을 함의하고 있다.

여성에 대한 성폭력은 그 사회의 성에 대한 인식의 수준과 여성에 대한 인식의 수준 여하에 따라 발생률의 비율이 달라진다. 우리사회의 성에 대한 인식과 여성에 대한 인식은 성범죄 발생률[1]과 여성혐오 현상에서도 알 수 있듯이 여성을 존엄하고 평등한 인간으로 보기보다는 남성 주체를 보조하는 제2의 성으로 보고 있으며, 여성을 대상화하고 있다는 것을 알 수 있다.

여성을 타자화 · 대상화하고 여성의 가치가 순결의 유무에 따라 결정되는 사회에서 성폭력을 당한 여성들은 폭력의 피해자임에도 불구하고 성폭력이 일어날 수 있는 상황을 제공했을 것이라는 오해를 받는다. 이러한 피해자유발론의 인식은 성폭력 피해자들에게 제2, 제3의 폭력을 가하는 행동이며, 이러한 피해는 피해자들이 심신의 치유를 위해 상담을 받는 과정 중에서도 발생한다.

성폭력 피해자를 상담하는 과정에서 발생할 수 있는 피해자에 대한 2, 3차의 피해를 막기 위해 반(反)성폭력운동을 전개해오던 한국성폭력상담소와 여성주의를 연구하고 실천하던 학자들에 의해 여성주의

1) 2014년 통계청 발표에 따르면, 우리사회에서 일어나는 강력 범죄의 피해자 대다수, 즉 10명에 8, 9명이 여성이다. 그리고 성폭력 범죄가 지난 10년간 증가하고 있으며(대검찰청, 2015), 배우자와 연인 등 친밀한 관계에서 발생한 폭력으로 인해 이틀에 한 명꼴로 여성이 죽거나, 죽을 만큼 다친다고 밝혔다(한국여성의 전화, 2015).

상담[2)]의 필요성이 대두되었다.

반성폭력운동은 성폭력을 행하게 하는 구조, 문화에 대한 가시적 도전, 그리고 지금 이 순간 살아있는 여성들 스스로의 (비)가시적인 고통에 대한 저항뿐만 아니라 새로운 운동 방식에 대한 상상력을 통해 가능하다. 즉 성폭력을 발생하게 하는 구조의 변화를 위해 성폭력에 대한 대사회적 인식의 전환, 이를 위한 법/제도화의 마련과 함께 성폭력이 발생하는 구조에서 살고 있는 남성과 여성들의 정체성의 변화에 주력해야 한다.[3)]

여성주의상담은 위에서처럼 반성폭력운동을 전개하는 입장에서 피해자에 대한 피해의 인식에 앞서, 피해 상황이 발생하게 된 사회적인 구조를 먼저 파악한다. 즉 여성주의상담은 피해자의 피해의 의미와 여성의 사회적 위치를 파악하는 것을 전제로 이루어진다.

여성주의상담은 가장 먼저, 여성의 일상적인 삶이 어떻게 성차별로 인해 형성되고 있는지, 젠더 불평이 여성의 일상에서 매일 반복되고 있으며, 그것으로 인해 여성들이 어떤 좌절과 비윤리화의 문제를 일으키고 있는가에 관심을 가진다. 두 번째로 여성주의상담은 여성에

---

2) 여성주의상담 이론은 1960년대 말 미국에서 등장했다. 제2차 여성운동의 의식향상 집단에 참여했던 당시의 여성 상담전문가들이 내담자의 심리내적인 요인뿐만 아니라 내담자에게 영향을 미치는 사회적인 요인도 고려하는 상담이론의 필요성을 절감하여 만들기 시작했다. 여성주의상담이 한국에 소개된 것은 1983년 창립된 한국여성의전화가 여성폭력피해경험자를 상담하기 위한 상담이론으로 여성주의상담이론을 선택함으로써 시작되었다(김민예숙, 『여성주의상담』, 한울아카데미, 2013, 13~14면).

3) McCaughey, 1997; Cahill, 2004(변혜정, 「반성폭력운동과 여성주의상담의 관계에 대한 연구 - 상담지원자 입장에서」, 『한국여성학』 제22 - 3호, 한국여성학회, 2006, 238면)에서 재인용.

대한 폭력의 문제를 명확하게 규명하고 그것의 극복을 위해 노력하는 것을 의미한다.

여성주의상담의 주요원리는 다섯 가지로 정리될 수 있다. 그 첫 번째 원리는 '개인은 사회적 · 정치적인 위치를 가진다', 두 번째는 '개인적인 것이 정치적인 것이다', 세 번째는 '상담자와 내담자는 평등하다', 네 번째는 '내담자의 권력을 강화한다', 다섯 번째는 '여성/소수자의 경험과 다양성을 존중한다'이다.

여성주의상담의 원리들은 현재 내담자의 심리에서 출발해 그 심리가 형성된 과거 외적 조건과 내면화 과정을 함께 탐색하고, 내담자를 그 인과관계를 찾아내는 전문가로 평등하게 대하면서, 외적 조건의 부당성을 인정하고 내담자의 시각의 정당성도 지지해, 내담자의 권력강화를 조력하는 것이다.[4)]

여성주의상담에서는 피해자들을 상담하는 데 있어 위의 다섯 가지의 원리를 바탕으로 상담을 진행한다. 상담의 기법은 피해자의 유형에 따라 다양한 방법들을 사용한다. 최근 성폭력 피해자들에 대한 상담은 문학치료를 활용한 상담들 많이 진행되고 있으며, 여기에는 읽기치료, 글쓰기치료 등이 활용되고 있다.

이 연구에서는 성폭력 피해자들을 상담할 때 활용될 수 있는 치료방안을 제시하고자 한다. 특히 여성주의상담의 원리와 유사성을 가지고 있는 문학치료학을 활용해서 김명순의 소설 「탄실이와 주영이」를 텍스트로 피해자들의 '자기서사'를 통한 치유방안을 모색하고자 한다.

문학치료학은 치료라는 영역까지 포함한 새로운 문학이론으로 문

4) 김민예숙, 앞의 책, 18~22면 참조.

학에 나타난 서사(敍事)를 통해 작가가 무엇을 말하려고 하는지 그 의도를 파악하고, 피해자, 즉 내담자들의 자기서사를 탐색함으로써 문제의 구조적 모순을 파악하고 자기실현에 까지 이르는 것을 목적으로 한다.

문학치료학은 심층적인 자기서사의 탐색에 의거하고 있다. 심층적인 자기서사는 피해자가 지닌 성격의 기반이 될 뿐만 아니라 무의식적 동기와 의식적 동기도 고려할 수 있는 장점이 있다. 또한 문학치료학의 접근은 내담자의 경험과 감정이 어떤 자기서사로부터 비롯되었는가에 중점을 둔다. 그리고 이를 통한 자각과 통합의 방법으로 내담자가 자기서사의 관련성을 구체적으로 제시할 수 있다.

문학치료학이 성폭력 피해자들을 상담하는 여성주의상담에서 유용하게 적용되는 것 중의 하나가 피해자가 자기서사를 탐색하여 자기서사의 수준을 향상시키는 데 중점을 두고 있다는 것이다[5]. 여성주의상담에서 중요하게 생각하는 내담자의 역량강화(empowerment)는 피해자가 상담이 끝난 후에도 자신의 인생을 꾸려갈 수 있는 힘을 길러주는 것이다.

문학치료학에서는 독자들에게 좋은 영향을 줄 수 있는 작품을 좋은 작품으로 보고 이러한 좋은 작품들은 독자의 심신을 치유하는 데 그 역할을 충분히 할 수 있다고 보았다. 이런 의미에서 김명순의 소설 「탄실이와 주영이」는 성폭력 피해자들을 치유하는 데 활용할 수 있는 적정한 텍스트라고 할 수 있다.

---

5) 정운채, 「문학치료학의 서사 및 서사의 주체와 문학연구의 새 지평」, 『문학치료연구』 제21호, 한국문학치료학회, 2011, 233~237면 참조.

성폭력 피해자들을 치유하는 데 지금까지 여러 가지 상담방법들이 활용되어 왔고 또 활용되고 있다. 특히 인간관계에 주목하는 문학치료학적 관점에서 문학 텍스트를 활용한 여성주의상담의 접근은 피해자들에게 자신에게 일어난 문제를 객관화시켜 미시적으로만 바라보던 문제를 보다 거시적으로까지 바라볼 수 있게 해주는 장점을 가진다. 또한 성폭력이 발생한 사회구조적인 원인을 파악하고, '피해자'의 틀을 넘어서서 '한 인간'으로서 앞으로 자신이 꿈꾸는 삶을 실현할 수 있도록 미래에 대한 설계를 스스로 할 수 있게 한다는 점에서 성폭력 피해자들의 치유를 위한 상담활동에 많은 도움이 될 것이라 생각한다.

2. 「탄실이와 주영이」에 나타난 서사의 주체

하나의 텍스트로 된 문학작품을 읽는 과정은 텍스트를 이해함으로써 작품의 '서사'를 얻는다. 이렇게 텍스트를 읽은 독자들이 얻어낸 서사를 '작품서사'라고 한다. 작품은 작가에 의해 씌어지고, 그것을 독자가 읽고 독자의 수준으로 이해함으로써 하나의 온전한 작품으로 탄생된다. 사람이 어떤 작품을 감상할 때는 그 사람이 직 · 간접적으로 경험한 의식수준을 바탕으로 이해한 작품서사에 의존한다. 자신이 이해한 작품서사의 범위 안에서 작품을 감상할 수 있다. 그런데 독자의 작품에 대한 서사는 그 독자의 자기서사와 밀접한 관련이 있다. 자기서사가 허용하는 범위 안에 포함되는 작품서사만을 상정한다는 것이다. 그리고 그 사람의 자기서사는 그 사람의 인생과도 밀접한 관련

이 있다.[6)]

작품서사에서 중요하게 작용하는 것이 '서사의 주체'이다. '텍스트'에만 초점을 맞추었을 때는 인물이나 주인공, 화자, 서술자라는 용어로 불리지만, '서사'에 초점을 맞추었을 때는 앞선 용어들보다는 '서사의 주체'라는 용어가 더욱 적합하다. 독자가 텍스트를 이해하기 위해서는 여러 가지 기법들을 구사하는 차원에서 주인공도 필요하고, 부수적인 인물도 필요하며, 화자나 서술자도 따로 설정할 필요가 있지만, 텍스트에 대한 이해를 거쳐 구성된 서사는 서사의 주체로 귀착될 뿐이다.[7)] 글을 읽는 독자는 서사의 주체에 따라 인물들 간의 관계를 파악하고, 서사의 주체가 겪는 고통의 원인이 되는 사회적 문제도 파악할 수 있게 된다.

성폭력 피해자들의 치유과정에서는 발생한 사건과 원인을 객관적으로 들여다보고 분석하는 과정이 필요한데, 텍스트에서 서사의 주체가 되는 인물을 찾고 각각의 인물들을 서사의 주체로 삼음으로써 그들이 가진 문제점을 더욱 잘 파악할 수 있게 된다. 또한 텍스트 속의 서사의 주체가 한 가지 형태로 드러나는 것이 아니고 여러 가지로 중첩되어 나타남으로써 서로 충돌을 일으키기도 한다. 독자는 충돌과 합일의 과정을 통해 서사를 이해함은 물론 자신의 서사와 연관시켜 이해하고 또한 새로운 자원으로 이동할 수 있는 힘을 얻게 된다.

작품서사는 자기서사로부터 나온다.[8)] 김명순은 '서녀'라는 신분적

---

6) 정운채, 앞의 글, 238면.
7) 정운채, 위의 글, 241면.
8) 정운채, 「문학치료학의 서사이론에 입각한 창작이론」, 『문학치료연구』 第26호, 한국문학치료학회, 2013, 409면.

제약을 안고 태어난 가부장제 사회를 살다간 여성이다. 그녀는 문예지 공모를 통해 정식으로 등단한 작가였지만 단지 여성이라는 이유로 재능을 제대로 인정받지 못했을 뿐만 아니라 그녀의 출생에 대한 편견은 평생 꼬리표처럼 따라다니며 그녀를 괴롭혔다. 그러나 김명순은 자신에 대한 부정적인 소문을 극복하기 위해 끊임없이 노력하였으며, 글쓰기를 통해 자신을 비난하는 남성 가부장제 사회에서 권력을 가진 이들에 맞섰다. 그녀는 소설이라는 장르를 통해 현실적 자아 혹은 신여성들이 사회적으로 비주체의 위치에서 호명되고 타자화되는 과정을 글쓰기를 통해 지속적으로 보여주었다[9].

앞으로 살펴볼 「탄실이와 주영이」도 그 작품들 중의 하나이다.

「탄실이와 주영이」에는 여러 명의 서사의 주체가 등장한다. 먼저, 가부장적 권력을 가지고 여성에 대한 폭력을 일삼는 아버지, 여성을 단지 성적 대상으로만 생각는 조선인 일본사관 학교 학생 태영세, 첩의 딸이라는 신분으로 인해 정신적 폭력과 신체적 폭력을 당한 탄실이가 이 작품의 주요 서사의 주체이다. 이들을 서사의 주체의 위치에 놓고 이들의 행동을 분석함으로써 우리사회에서 폭력을 유발하는 권력의 작동방식을 읽을 수 있고, 작품을 다각도에서 총체적으로 분석함으로써 작품을 이해하고 더 나아가서 자신의 삶 또한 객관적으로 들여다 볼 수 있게 된다.

---

9) 이진아, 「두 개의 김연실전을 둘러싼 신여성 김명순의 존재방식」, 『정신문화연구』 제39-4호, 한국학중앙연구원, 2016, 187면.

1) 가부장적 권력의 주체로서의 아버지의 서사

「탄실이와 주영이」의 주인공 탄실이는 첩의 딸이다. 하지만 소외의 아이콘으로 등장하는 여느 텍스트 속 첩의 딸들과는 다르게 아버지의 귀염을 독차지한 딸이다. 탄실의 아버지는 그가 가진 부를 이용해 관찰사의 수청을 거절하고 고집쟁이로 소문이 난 기생 산월이를 첩으로 들인다. 첩을 들인다는 것은 이미 부인이 있는 남자임을 의미한다. 하지만 남성이 첩을 두는 것에 대해 달리 제재를 가하지 않았던 유교주의적 가부장적 이데올로기 사회에서는 본부인인 여성도 첩으로 들어온 여성도 그 상황을 받아들일 수밖에 없다. 한 남자에 의해 두 여성의 행 · 불행이 결정된다 할 수 있다. 가부장이 가지는 가족 내의 권력을 짐작할 수 있다.

> 조선 중기 이후 가족생활을 정리해 놓은 것을 통해 가부장의 위치를 집작할 수 있다. '집은 반드시 강력한 권위를 가진 가장이 존재하여 가족원을 통제한다. 가장은 현실적으로 가계를 계승한 자이며, 앞으로 가계계승의 막중한 임무를 수행할 역할 담당자이기 때문에 가족원들로부터 특별히 우대되고 가족원은 여기에 예속된다. 가장은 집 발전의 중심인물인 동시에 외부사회에 대하여 집을 대표한다.[10)]

위의 인용문에서 보듯이 가장은 강력한 통제권을 가지고 가족원을 통제함과 동시에 가족 구성원들로부터 특별한 대우를 받는다. 탄실의

10) 최재석 · 이창기, 「친족제도」, 『한국민속의 세계』1, 고려대학교 민족문화연구원, 2001 참조.

아버지 역시 가장으로서 가족 구성원들을 통제하며 특별한 대우를 받는다. 그 특별한 대우 중에는 성적권리의 자율성도 포함된다.

아내가 있는 남성이 첩을 둔다는 것은 과거 자손의 번창을 위해서 통용되던 것이었다. 하지만 근대에 들어와서 개화 사상가들에 의해 폐습이라 일컫던 축첩제도가 여전히 성행한 데에는 남성의 성적일탈과 그것을 묵인하는 사회가 존재했기 때문이다. 하지만 남편의 축첩에 대한 본부인의 묵인은 남편에게만 해당되었을 뿐, 남편에게 쏟아놓을 수 없는 원망은 산월과 산월의 딸인 탄실이에게로 고스란히 쏟아졌다.

탄실의 아버지 김형우가 산월의 집에서 기거하는 동안 탄실은 큰댁에서 아버지의 본부인인 큰어머니와 함께 지냈다. 그들이 탄실을 귀이 여겨서라기보다는 탄실을 데리고 있으면 김형우가 본댁으로 들어올 줄 알았기 때문이다. 하지만 첩인 탄실의 집에 있던 김형우가 본댁으로 올 생각도 않고 그런 와중에 관찰사 운동을 하느라고 써버린 돈 때문에 가산이 기울자 그들은 김형우를 원망하는 대신 탄실을 귀찮아하며 홀대한다.

탄실의 아버지 김형우가 콧대 높은 산월을 첩으로 들일 수 있었던 이유 중에 하나가 집 곡간에서 몇 석의 벼가 나갔다 들어왔다 하는[11] 큰 무역상을 하는 갑부였기 때문이다. 유교주의 사회에서 강력한 가부장 권력을 가진 김형우의 서사는 우리들에게 많은 것을 시사한다. 특히 자신의 가부장적 권력에 더해진 경제적 권력은 가부장의 폭력을

11) 김명순, 「탄실이와 주영이」, 송명희 편역, 『김명순 소설집 외로운 사람들』, 한국문화사, 2011, 240면.

양산하는 데 일조한다.

그런데 이 소설에서 주목해야 할 점 하나가 가부장제의 권력을 이어받은 본부인의 폭력이다. 첩에게 남편을 빼앗긴 본부인은 남편인 김형우를 원망하는 대신 산월의 딸인 탄실이를 원망하며 구박한다. 르네 지라르의 욕망이론에 따르면 타인을 모방하고자 하는 욕망은 타인이 되고자 하는 욕망이며, 그 욕망의 강도는 대상이 소유하고 있는 '형이상항적 위력'에 달려있고, 그 위력은 대상과 중개자 사이의 거리가 가까울수록 강하다.[12] 김형우의 본부인은 가부장의 절대 권력자인 남편의 폭력을 이어받아 또 다른 폭력의 가해 주체가 된다.

김형우의 본부인 외에도 또 다른 폭력의 주체들이 등장하는데, 소설의 초반부에 소문의 진위와 상관없이 관음증적 호기심과 여성에 대한 순결이데올로기를 근거로 탄실을 평가하는 두 청년과 여성을 성적 대상으로 생각하는 사내아이들이다. 이들은 공통적으로 여성을 철저히 타자화하고 성적 대상화시킨다.

> 길가 사람들이 애써서 아는 체하고 말을 물어서 길을 더디게 할 뿐 아니라 외딴 골목을 지날 때는 우악스런 열서너 살의 사내아이들이 어떤 것은 그에게
> "침 발라 놓았다."
> "점찍어 놓았다."
> "내 장래 색시."

12) 르네 지라르, 김치수 · 송의경 옮김, 『낭만적 거짓과 소설적 진실』, 한길사, 2011, 31면.

하고 놀리었다.[13]

여성을 성적 대상으로 생각하고 희롱하는 남성들은 과거나 현재나 여성들에게는 불쾌감을 주는 대상이며 또한 공포의 대상이다.

앞에서 살펴본 것처럼 가부장 사회에서 절대적 권력을 가진 이들은 여성들을 남성의 타자로, 남성의 성적 만족을 위한 존재로 대상하고 있으며, 이는 당자사인 여성들에게는 폭력적인 존재일 수밖에 없다. 하지만 안타까운 것은 그 시대 대부분의 여성들은 자신에 대한 남성과 주변의 행동이 폭력이라는 것을 인식하지 못하였으며, 이에 대해 작가 김명순은 그들의 행동은 당연히 폭력이며 권력을 가지지 못한 여성들은 폭력의 희생자라는 점을 작품을 통해 말하고 있다.

2) 폭력 가해의 주체로서의 태영세의 서사

1920년대는 일본에서 유학하고 온 신여성과 남성들에 의해 자유연애의 바람이 불던 때이다. 김명순은 1925년 7월 『조선문단』에 발표한 「이상적 연애」에서 연애는 "각각 별다른 개성을 가지고 서로 융화한 심령끼리 절주해 나가는 최고 조화적 생활상태."라고 정의했다. 이와 함께 "남자와 여자는 같은 이상을 품고 결합하려는 친화한 상태 또 미급한 동경을 이상적 연애"라고 하였다. 이어서 그녀는 "동지 두 사람이 종교적으로 경건하며 같은 신념으로 공명하는 데 기인해서 같은 목표를 향하고 전진하는 귀일점에서 완성하겠다고 찬미하지 않을 수

13) 김명순, 앞의 책, 247면.

없는 것"으로 연애를 극도로 신비화하고 이상화하고 있다.[14)]

위와 같이 연애를 이상화하고 신비화한 김명순은 남녀의 연애를 정욕의 결합, 즉 육체의 결합이라기보다는 이상의 결합으로 보고 있다. 남자와 여자의 연애는 육체적 결합 이전에 서로에 대한 존경과 영적으로 합일하는 관계라고 보았다. 결국 남녀의 결합은 정신적 결합이 우선이며, 이는 첩의 딸로 살아야 했던 김명순이 몸의 의탁과 함께 마음을 의탁할 상대를 원한 것이라 할 수 있다. 이러한 작가의 마음은 텍스트에서도 잘 드러나고 있다.

탄실은 자신을 귀애하던 아버지를 여의고, 어머니와 살다가 15살 되던 해에 지식에 대한 욕구가 솟구쳐 어머니 몰래 친구와 동무해서 일본유학길에 오른다. 탄실은 일본 유학 생활 중 예전 숙부의 집에서 만난 적이 있는 태영세라는 조선인 일본 사관학교 학생을 만난다. 태영세에 대한 첫인상은 '도수장에 짐승을 이끌고 가는 백정도 저렇지는 않을까하는 의심'이 일만큼 그에게 관심이 없었다. 하지만 기숙사에 든 지 1주일이 지나 자신을 찾아온 태영세는 첫인상과는 달리 '태도가 지극히 침착하고 냉정하면서도 말끝을 돌릴 때마다 한마디씩 친함'을 주며 그 남자는 탄실에게 눈웃음까지 흘렸다.

그즈음 고향을 멀리 떠나 타향에서 공부를 하던 '탄실의 마음에는 쓸쓸함과 적적함'이 가득했고, '타향의 외로운 날들이 오래짐에 따라 사람의 정이 그리웠다.' 탄실은 타향에서 의지가 되던 동향의 태영세에게 많은 것을 의지하며 만남을 이어갔다. 하지만 태영세는 탄실과

14) 김명순, 「이상적 연애」, 『조선문단』, 1925, 7(송명희, 「신여성의 사랑과 자유이혼」, 『국어문학』 제56호, 국어문학회, 2014, 323면).

의 결혼 이야기가 오가고 탄실의 숙부가 '빙빙 돌려 속히 결혼을 하기를 청구하자' 태영세는 다음과 같은 마음을 품는다.

> 그는 너무나 넘칠 듯한 지식욕과 그 후에 반드시 언어질, 자기의 영화 때문에 스스로 황홀해서 한 옛적에 자기 주인이 하던 젊은 첩같이 아리따운, 자기보다 20년 아래나 되는 계집을 이상했다.[15)]

위의 인용문은 탄실과 연애는 할지라도 결혼은 못하겠다는 태영세의 마음을 엿볼 수 있는 글이다. 이 시대 자유연애는 연애대상이 부재한 상태에서 여성의 육체성을 중시하는 남성 중심적 성도덕이 지배적인 현실 속에서 환상의 영역에 머물 수밖에 없었다.[16)]

당시 남성들의 연애 상대가 신여성들이었으며, 연애의 환상성에 머물러 있던 여성들과는 달리 남성들은 그녀들의 육체성에 관심을 가졌다. 태영세 역시 탄실에 대한 순수한 마음보다는 탄실의 쓸쓸함을 이용해 그녀에게 접근을 하였으며, 그녀와의 연애는 허용하되 가산이 가울어진 첩의 딸과는 결혼을 할 수 없다는 입장을 취한다.

이 소설은 미완으로 김명순이 마무리를 하지 못했지만, 소설 속 인물인 태영세와 탄실의 이야기는 김명순의 자전적 이야기라고 할 수 있다. 김명순은 일본육군 소위인 이응준과 데이트 중에 강간을 당한다. 김명순의 강간 피해사실이 조선사회에 알려지면서 김명순은 순결하지 못한 피를 이어받은 첩의 딸이며 데이트 중에 강간당한 방탕한

---

15) 김명순, 앞의 책, 282면.
16) 서은경, 「1920년대 여성작가의 연애소설에 나타난 배신모티프 연구」, 『돈암어문』 제26호, 돈암문학회, 2013, 217면.

여자, 문란한 여자라는 낙인 속에 살아간다.

여기서 우리가 주목해서 살펴볼 서사는 이응준의 태도이다. 소설 속 태영세의 실제 모델이기도 한 이응준은 성폭력의 가해자임에도 불구하고 어떤 처벌도 받지 않고 오히려 어느 자산가의 딸과 결혼한다. 데이트 강간 사건 이후 김명순은 이응준에게 결혼할 것을 요구하며 찾아가지만 이응준은 김명순의 요구를 거절한다.

당시 신여성의 위치에 있던 소설 속 탄실은 소설 초반부에서나 후반부에서 시선의 권력에 노출된 채로 비난을 견뎌야 했다. 이들에게 탄실은 그들의 관음증적 욕구를 충족시켜주는 대상이며 이들의 욕망으로 인해 탄실은 전시의 대상으로 추락하고 만다. 탄실에 대한 폭력의 가해자는 탄실을 성적 대상, 놀이의 대상으로 생각했던 태영세이며, 그리고 태영세에게 비가시적인 권력을 부여한 남성중심의 가부장제 사회라고 할 수 있다.

3) 폭력 피해의 주체로서의 탄실이의 서사

소설 속에서 탄실은 더러운 피를 물려받은 첩의 딸이며, 자유연애를 실천한 방탕한 여성으로 등장한다. 이는 작가의 서사와 일치한다. 작가가 작품을 창작하고 우리가 그 작품을 읽는 이유는 자기서사의 변화를 갈구하기 때문이다. 작가는 작품을 통해 인생의 변화를 꾀하고 독자는 작품의 감상을 통해 행동의 변화 이후 삶의 변화를 희망한다.

작가가 의도하였든 의도하지 않았든 작가는 이복오빠를 내세워 탄실의 억울함을 대변하게 한다. 첩의 딸이라는 탄실의 운명은 부자인 아버지가 존재할 때는 비운으로 인식되지 못하던 것이었다.

경제적 권력을 획득한 가부장의 권력은 더 막강한 힘을 얻으며 가족 안에서 무소불위의 권력을 가진다. 하지만 가장의 경제적 권력이 무너지는 순간 가족 안에서의 권력은 지각변동을 겪는다. 물론 절대적 권력을 가진 가장은 자신의 권력에 타격을 입지 않는다. 이때 가장의 비호 아래 호화로운 삶을 누리던 이들은 가장의 경제적 권력이 상실된 것만큼 타격을 입는다.

탄실이는 아버지 김형우가 첩인 어머니와 함께 가산을 탕진하고 목숨마저 잃게 되자, 함께 살던 큰어머니로부터 구박을 받는다.

"…… 황개꼬리 3년을 묻어도 황개꼬리대로 있다더니. 그렇게 일러도 말을 들어야 길러먹지."[17]라는 큰어머니의 말 속에는 탄실이 첩의 딸인 것에 대한 업신여김이 담겼다. 탄실의 할머니도 탄실을 비호해주지 않는다. 이때 탄실은 집단의 폭력에 노출된 채 불안과 공포로 울음을 터뜨린다.

탄실에게 폭력을 가하는 이들은 이들뿐만이 아니다. 탄실이 다니던 학교에 찾아온 숙부는 학감에게 탄실의 출생에 대해 이야기하며, 탄실에게 언어적 폭력을 행한다. 이날 이후 친구들조차 탄실을 업신여기며 '기생 딸년', '그 애는 너도 00이 되어보렴 그래서 분 바르고 비단옷 입으면 예뻐진단다, 하하'[18]하고 탄실을 조롱한다.

탄실에 대한 최고의 폭력은 탄실을 성적 대상으로 생각한 태영세와 태영세와의 연애 사건을 가십거리로 삼는 주변 사람들이다. 결국 주변 사람들의 비난으로 인해 탄실은 고등여학교 졸업식장에도 나타나

---

17) 김명순, 앞의 책, 250면.
18) 김명순, 위의 책, 261면.

지 않고 모습을 감춘다. "하나 사실을 살필수록 그 학생의 평시로 보면 어울리지 않는 추악한 일들이 들출수록 쳐들리어 나왔다."[19]에서처럼 탄실은 진실은 아랑곳하지 않고 퍼져가는 소문으로 인해 학교의 졸업생 명부록에서조차 삭제된다.

부모로부터 물려받은 이름이 삭제되는 것은 그녀의 정체성이 뿌리째 뽑히는 것이다. 결국 탄실은 뿌리가 뽑힌 채 조선 땅에 머물지 못하고 잠적한 상태로 10년을 떠돌다 이복오빠인 김정택에게로 와서 자신의 몸을 의탁한다.

우리가 여기서 주목할 점은 탄실은 태어나면서부터 기생의 딸이라는 비난을 받는다. 그리고 자유연애를 실천하다 연애의 상대자에게 청혼을 거절당하고 그와 있었던 연애사건으로 인해 주위사람들의 입방아에 오르내리다 그 고통을 참을 길이 없어 종적을 감춘다.

과거를 회상하는 형식으로 서사가 진행되는 소설은 전반부에 은둔의 생활을 접고 돌아온 탄실과 동생인 탄실의 결백함을 주장하는 이복오빠 김정택을 내세우고 있다. 오빠 정택은 더러운 피를 가진 탄실과는 달리 깨끗한 피를 물려받은 적자(嫡子)이다. 정통성을 물려받은 오빠의 입을 통해 말해지는 탄실의 결백에 대한 주장은 세상 그 어느 것보다 탄실에게는 큰 힘이 된다. 지지와 공감이 피해자들에게는 중요하다는 것을 시사할 수 있는 부분이다.

또한 과거를 회상하는 방식을 통해 자신이 겪은 지난 과거를 이야기하는 것은 치유의 출발이라 할 수 있다. 과거에 경험한 일들은 하나의 이야기나 몸의 기억으로 우리의 기억 공간에 남아있다. 치유한다

19) 김명순, 위의 책, 280면.

는 것은 바로 기억들을 재구조화하고 꿰매는 일이다.[20]

작가는 자신을 방탕하고 불결하다고 비난하는 사람들에 대한 저항적 의미로 탄실에게 흰 소복을 입혔다고 할 수 있다. 그리고 정택의 변호와 그 뒤를 따르는 과거의 회상은 탄실이 어떻게 폭력의 피해자가 되었는가를 보여주고 있다. 독자는 이 과정을 따라가면서 탄실이 가부장제 사회에서의 구조적 폭력의 희생자이고, 소문에 의해 희생된 집단폭력의 희생자이며, 그녀를 단지 성적 대상으로만 생각한 개인적 폭력의 희생자라는 것을 알게 된다.

3. 자기서사와 주체성 획득을 통한 치유의 가능성

문학치료에서 '서사'를 '인간관계의 형성과 위기의 회복에 대한 서술'[21]로 정의 한 것은 '서사'는 사회구성으로서 교류하는 인간관계에 의한 것이며, 우리가 문학작품을 통해 다루려는 삶의 문제가 인간관계와 깊은 관련이 있다는 것을 의미한다. 또한 서사를 '인간관계의 위기와 회복에 대한 서술'로 정의한 것은, 서사가 하나의 문제가 발생하고 해결되는 전 과정을 담고 있다는 것을 뜻한다.[22]

문학작품에서의 서사는 단순히 이야기를 담아내는 것이 아니라 이야기, 즉 서사를 통해 인물들이 어떤 어려움을 겪고 그 어려움을 어떻

---

20) 변학수, 『문학치료』, 학지사, 2007, 22면.

21) 정운채, 「인간관계의 발달과정에 따른 기초 서사의 네 영역과 <구운몽> 분석 시론」, 『문학치료연구』 제3호, 한국문학치료학회, 2005, 9면.

22) 나지영, 「문학치료의 자기서사 개념 검토」, 『문학치료연구』 제10호, 한국문학치료학회, 2009, 37면.

게 극복해 나가는가에 대한 해결과정까지 담아낸다. 즉 문학작품을 읽는 독자는 작품 전체를 객관적으로 들여다봄으로써 서사의 전후맥락을 파악하고, 문제가 발생한 원인과 그 문제를 해결할 수 있는 방법까지 제시할 수 있다. 이러한 전후 맥락의 파악은 문제의 발생에서부터 해결까지 존재하는 권력의 흐름까지 알 수 있게 한다.

인간의 삶을 담고 있는 작품의 서사가 독자들에게 읽히고 해석됨으로 해서 구체적인 작품으로 드러나듯이 사람의 서사는 그 사람의 구체적인 삶을 통해 드러난다. 우리는 고유한 저마다의 개인적 서사를 가지고 있으며, 우리가 가지고 있는 서사를 '자기서사'[23]라고 한다.

타인은 물론 자기 스스로가 자신의 인생을 이해하고 공감하기 위해서는 문제가 발생한 앞뒤 맥락을 잘 살펴보아야 한다. 특히 성폭력의 문제에서는 문제가 발생한 원인을 피해자 유발론의 관점에서 피해자에게 두거나 피해자 스스로도 문제의 원인을 자신에게 두었을 경우 피해자에게 온전히 책임이 전가될 수 있다. 또한 성폭력이 사회적 권력관계에서 발생하는 구조적 폭력의 문제가 아닌 개인의 문제로 축소될 수 있다.

성폭력의 문제는 개인에게 발생한 문제이긴 하지만 결코 개인의 문제로만은 볼 수 없다. 여성주의자들이 주장하는 '개인적인 것이 정치적인 것이다'라는 슬로건에서 주장하는 것처럼 개인에게 발생한 문제일지라도 그것의 전후맥락을 살펴보면, 가부장제 사회에서 여성을 남

23) '자기서사'란 인간의 내면에서 끊임없이 작용하는 삶을 구조화하고 운영하는 근원적인 서사를 지칭한다. 이러한 자기서사는 공통적으로 선택과 갈등의 문제가 존재한다. 이것은 인간이라면 누구나 피할 수 없는 문제인 동시에 인류사회와 함께 시작된 문제이다(정운채, 「문학치료학의 서사이론」, 『문학치료연구』 제9호, 한국문학치료학회, 2008, 250면).

성의 소유물로 보고 ,여성을 성적 대상화하는 가부장제의 성문화에서 비롯되었다는 것을 알 수 있다.

허구를 통한 소설을 통해 성폭력의 문제를 다루는 것은 성폭력 피해사실을 직접적으로 말하지 못하는 피해자들에 대한 상담기법으로 추천할 만하다 할 수 있다. 하지만 허구를 다루는 소설이라 할지라도 피해자들에게는 성폭력 문제를 다루는 자체가 고통일 수 있다. 그럼에도 불구하고 성폭력 피해자들이 상담전문가를 찾거나 신뢰할만한 누군가에게 자신의 피해 사실을 털어놓거나, 털어놓을 결심을 한다는 것은 이미 치유를 위한 발걸음을 떼놓은 것이다.[24)]

치유를 결심한 피해자들은 대부분 두 가지 마음을 가지고 상담에 참여한다. 하나는 이미 마음 깊이 묻어둔, 혹은 잊고 있는 상처를 드러내어 다시 그때의 상황으로 돌아갈 것 같은 두려움과 다른 하나는 성폭력의 트라우마를 극복하고 두려움으로부터 해방되어 새로운 삶을 살고 싶어 하는 간절한 마음이다.

전자의 마음인 피해자들은 상담에 참여하더라도 상담자와 라포를 형성하고 자신의 이야기를 꺼내놓는 데 많은 시간이 걸린다. 여성주의상담이 아닌 기존의 가부장적인 상담의 기법으로 상담을 진행할 경우 상담이 계속 진행되지 않는 경우도 있다. 후자의 경우에는 성폭력 피해자들이 우선 자신의 트라우마를 극복하고자 하는 의지가 있기 때문에 상담을 진행하는 데는 큰 장애가 없다. 하지만 이런 경우 역시 여성주의 상담의 방법을 권장한다.

---

24) 권해수, 「성폭력 피해자의 치유상담 내용 구성을 위한 델파이 연구」, 『상담학연구』 제15 - 1호, 한국상담학회, 2014, 2~3면.

성폭력 피해자들을 위한 여성주의상담은 개인 상담과 집단 상담으로 나뉘는데, 문학 텍스트를 통한 서사적 접근은 집단 상담에서 그 효과를 극대화시킬 수 있다.

문학작품은 작품을 읽는 모든 사람에게 수용되는 것이 아니라 그 작품의 '작품서사'와 사람마다 내면에 각인되어 있는 서사, 곧 '자기서사'와의 일치도에 따라 반응을 보인다. 즉 '자기서사'와 일치도가 높으면 문학 텍스트의 '작품서사'가 잘 구성되지만, 일치도가 낮으면 '작품서사'가 잘 구성되지 않는다.[25] 그리고 비슷한 '자기서사'를 가진 집단이 함께할 경우 '작품서사'가 잘 구성되며, 작품을 읽은 후의 개인적 경험을 발표하고 타인의 경험을 경청하는 과정을 통해 성폭력 피해자들은 힘을 얻고 미래를 설계할 희망을 품는다.

비슷한 개인적 서사를 가진 성폭력 피해자들이 참여한 집단 상담에서 여성주의 상담자는 여성의 정체성 발단의 4단계에 맞게 프로그램을 구성한다.

여성주의상담에서 정체성 발달의 4단계 중 1단계는 수용성의 단계로 전통적 역할을 수행하며 의심 없이 사회구조를 받아들인다. 이 단계의 여성들은 전통적인 역할이 자신들에게 유리하고 남성이 여성보다 낫다고 믿는다.

2단계는 폭로의 단계로, 의식의 향상, 여성주의 상담자와의 상담을 통해 이루어진다. 텍스트 속에서 불합리한 부분을 발견하는 것이 이에 해당된다. 이 단계에서 참여자들은 자신에게 발생한 폭력의 원인과 사회구조의 문제점을 발견하게 된다.

---

25) 정운채, 앞의 글, 409면.

3단계는 새겨둠의 단계로 이 단계에서는 함께하는 자매애와 지속적으로 함께할 수 있는 지지집단이 중요한 역할을 한다. 이 단계에서 참여자들은 서로 간에 자매애를 발견하고, 비슷한 여성들과 정서적 유대감을 발달시킨다.

마지막으로 4단계에서는 여성 존재에 대해 긍정적인 가치를 증가시키고 개인적인 특질을 긍정적이고 현실적인 자아개념으로 통합할 수 있다. 집단 치유 활동을 통해 임파워먼트(empowerment)가 향상되는 단계이다. 이 단계에서 대부분의 참여자들은 자신 안에 있는 에너지를 발견하고 자신에게 부정적인 영향을 미치는 에너지를 생산적인 일에 쓸 계획을 세운다. 더 나아가 이들은 개별적 능력을 가진 여성으로서 자신의 목표를 가지고 사회 참여 계획을 세운다.[26)]

성폭력 피해자 집단 치유 프로그램에 참여한 이들은 정체성 발달 단계에 따라 텍스트 속 인물들, 즉 서사의 주체들의 삶과 행동, 그리고 그들이 속한 사회를 분석[27)]한다. 이러한 과정을 통해 작품 속 인물이 처한 상황과 나의 상황, 함께 참여한 다른 참여자들의 상황을 비교함으로써 문제발생의 원인과 그 해결방안을 찾을 수 있다.

좋은 문학작품, 잘 선별된 문학작품은 성폭력 피해자들을 상담하는 과정에서 그들의 상처를 치유하고, 피해자들이 힘을 얻어 새로운 삶을 계획할 수 있는 도구로써 활용될 수 있다. 특히 참여자 집단들에 의해 텍스트의 작품서사가 완성되고, 작품의 서사는 개인의 자기서사

---

26) 황경숙, 「여성주의상담」, 한국성폭력상담소 발간자료, 2001. 10. 18, 57~92면 참조.

27) 앞의 2장에서 이루어진 서사의 주체를 통해 작품의 서사를 구성하는 것은 성폭력 피해자 치유를 위한 집단 활동에서는 선행되어야 하는 작업이다.

에 영향을 미쳐 변화를 일으킨다. 그 변화는 공감과 지지를 얻어 긍정적 에너지를 발산하며 집단에 참여한 성폭력 피해자들의 삶을 변화시키는 데에 기여할 수 있을 것이다.

참/고/문/헌

〈기본자료〉

- 김명순, 「탄실이와 주영이」, 송명희 편역, 『김명순 소설집 외로운 사람들』, 한국문화사, 2011.

〈연구논문〉

- 권해수, 「성폭력 피해자의 치유상담 내용 구성을 위한 델파이 연구」, 『상담학연구』 제15 - 1호, 한국상담학회, 2014.
- 나지영, 「문학치료의 자기서사 개념 검토」, 『문학치료연구』 제10호, 한국문학치료학회, 2009.
- 변혜정, 「반성폭력운동과 여성주의상담의 관계에 대한 연구 - 상담지원자 입장에서」, 『한국여성학』 제22 - 3호, 한국여성학회, 2006.
- 서은경, 「1920년대 여성작가의 연애소설에 나타난 배신모티프 연구」, 『돈암어문』 제26호, 돈암문학회, 2013.
- 송명희, 「신여성의 사랑과 자유이혼」, 『국어문학』 제56호, 국어문학회, 2014.
- 이진아, 「두 개의 김연실전을 둘러싼 신여성 김명순의 존재방식」, 『정신문화연구』 제39-4호, 한국학중앙연구원, 2016.
- 정운채, 「인간관계의 발달과정에 따른 기초 서사의 네 영역과 〈구운몽〉 분석 시론」, 『문학치료연구』 제3호, 한국문학치료학회, 2005.

______, 「문학치료학의 서사이론」, 『문학치료연구』 제9호, 한국

문학치료학회, 2008.

______, 「문학치료학의 서사 및 서사의 주체와 문학연구의 새 지평」, 『문학치료연구』 제21호, 한국문학치료학회, 2011.

______, 「문학치료학의 서사이론에 입각한 창작이론」, 『문학치료연구』 제26호, 한국문학치료학회, 2013.

• 최재석 · 이창기, 「친족제도」, 『한국 민속의 세계』 제1호, 고려대학교 민족문화연구원, 2001.

• 황경숙, 「여성주의상담」, 한국성폭력상담소 발간자료, 2001. 10. 18.

〈단행본〉

• 김민예숙, 『여성주의상담』, 한울아카데미, 2013.

• 변학수, 『문학치료』, 학지사, 2007.

• 르네 지라르, 김치수 · 송의경 옮김, 『낭만적 거짓과 소설적 진실』, 한길사, 2011.

문학에서의 박탈적 비탄과 실존의식
-김명순 문학을 중심으로-

정 혜 경

1. 서 론

삶의 의미는 자신의 반성적 성찰에서 주어진다. 그러나 삶의 의미를 바라보는 시선은 다양하다. 특히 스피노자에 의하면 감각적인 인식은 1차적인 인식에 지나지 않기 때문에 사물의 본성을 꿰뚫어 아는 인식이라 보기 어려우며, 그로 인해 감각을 통한 인식은 오류의 원인이 되기도 하며 부당하고 혼란스러운 모든 관념들이 여기에 포함된다고 분류했다. 인간이 어떤 사건의 결과에 관해 그 원인을 정확하게 알지 못할 경우에는 수동적인 상태에 놓이고 이는 곧바로 수동적인 정서와 연결되는 데에 비해 지성으로서의 인식은 1차적 감각 다음의 2차적인 인식이며, 사물들의 성질과 인과관계를 꿰뚫어보는 능력이라고 표현하기도 한다. 이러한 인식으로 인간은 자기 자신의 행동에 대해서도 적합한 원인을 갖게 되며 결과적으로 능동적인 상태[1]가 된다고 진술하고 있다.

삶의 장에 놓인 인간의 삶을 대하는 인식의 수준도 이렇듯 다양한 양상을 보일 수밖에 없다. 모든 사람은 삶에 영향을 미치는 문화적, 사회적 요인의 지배 하에서 살아가기 때문이다.

문학작품 속에 등장하는 인간의 삶이란 박탈적 상황을 다각도에서 다루고 있다고 해도 과언이 아니다. 특히 본 연구의 대상인 김명순의 문학에 대해서는 페미니즘과 여성성에 초점을 맞추어 욕망에 집중하거나 모녀 관계, 성장소설, 몸, 성성(sexuality) 등을 통한 연구가 집중되었다. 이러한 수많은 연구들에 비해 작품 속 인물의 박탈적 비탄의 상황 속에서 주인공과 동일시된 작가의 내적 여정의 변화가 이끌어가는 실존의식을 하나의 주제로 정하여 연구한 논문은 없었다. 이에 본 논문에서는 김명순 문학 속 박탈적 비탄과 내재적 가치인 실존의 문제를 통해 영적 성숙으로 승화시켜나가는 과정을 고찰해보고자 하는 것이다.

퀴블러 로스는 그의 저서 『죽음과 죽어감(On Death and Dying)』에서 슬픔과 수치심, 죄책감은 분노 혹은 광기에서 그다지 멀리 떨어져 있지 않다고 말한다. 슬픔이 표출되는 과정에는 항상 분노의 요소가 배어 있으며, 이러한 감정들은 종종 다른 감정으로 위장되거나 억압되어서 슬픔의 기간을 연장시키거나 혹은 다른 방식으로 표출되곤 한다는 것이다. 또한 우리는 그러한 감정들을 나쁜 것, 수치스러운 것으로 여길 것이 아니라, 가장 인간적인 것으로 이해하고 그 의미와 기

1) 스피노자,(B. Spinoza), 강영계 옮김, 『에티카』, 서광사, 2008, 356, 367면.

원을 이해해야 한다고도 밝혔다.

우리의 사회 분위기는 21세기에 이르러서도 상실의 슬픔 앞에 놓인 수많은 사람들을 박탈적 비탄에서 헤어 나오지 못하게 만들고 있는 것이 사실이다.

본 논문에서 김명순 문학작품 속 인물의 내면을 통해 박탈적 비탄의 상황과 실존의식을 살펴보고자 하는 것은 김명순 문학의 특징이 삶의 치명적인 장애 중에서도 박탈적 상황 앞에 놓인 주인공의 심리적 여정을 작가 자신의 체험에 의해 세밀하게 그린 것이 대부분이기 때문이다.

작가 김명순은 박탈적 비탄으로 인해 고통 받았던 시간들이 자신의 삶 전체를 관통해왔으며 특히 그의 작품은 그러한 과정을 적나라하게 보여주는 작품이라고 밝혔다. 이러한 사실들로 인해 박탈적 비탄의 상황 속에서 출발하는 실존의식 연구의 과정에 부합되는 김명순의 작품이 선택된 것이다.

배우로도 활동한 김명순은 소실의 자식으로 세상에 태어났고, 그 때문에 어린 시절 세인의 손가락질을 받았다. 이러한 상황은 작품 속에 작가의 의식이 투영된 주인공을 등장시키는 계기가 되었다.

지금까지 김명순에 대한 다양한 연구들 중에서 소설 쓰기와 작가의 자기 치유와의 관계를 고찰해온 연구 또한 이미 상당한 성과가 축적된 상황이다. 많은 소설가들의 경우에도 그러했듯이 김명순의 개인적 체험은 김명순 소설의 가장 핵심적인 창작 동인으로 작용했으며, 이는 그녀의 작품 전체를 관통하고 있다는 사실 또한 여러 지면을 통해 연구 발표되었고, 작가 스스로도 지면을 통해 밝혔다. 문학작품의 창작을 통해 자신의 삶의 악재들을 극복해왔고 그 극복의 방식은 내적 가치 추구를 위한 다양한 행동들과 그로부터 출발한 사랑에 대한 환상을 통해 다양하게 시도되었음을 알 수 있었다.

이에 본 연구자는 김명순 문학작품 속 등장인물의 박탈적 비탄 극복의 과정을 통해 작가 혹은 문학작품 속 인물의 실존의식을 통해 영적 성숙으로 나아가는 과정에 대한 연구를 앞으로도 꾸준히 해나감으로써 박탈적 비탄에 직면한 인물들이 그러했듯이 삶과 한몸인 죽음에 대한 재인식의 계기를 마련하는 데에 기여하고자 한다.

2. 김명순 문학에 나타나는 박탈적 비탄

1) 비탄을 야기하는 박탈적 상황

1896년 평양에서 출생한 김명순은 1917년 이광수의 추천을 받아 『청춘』에 소설 「의심의 소녀」를 발표하면서 등단했다. 이광수의 소설 『무정』이 1917년에 발표되었지만 남성 중심적인 사회에서 여성문인들은 배제되거나 폄하되거나 삭제되었다.

김명순은 한국 최초의 여자 소설가이면서, 에드가 앨런 포의 시와 소설을 번역했고, 5개 국어를 구사했으며 음악적 재능과 외모도 빼어났다. 신문기자, 영화배우로도 활동했다. 시, 소설, 희곡, 수필, 번역시 등 170여 편의 작품을 꾸준히 발표한 문인이었으며, 당대 가장 뛰어난 작품들이었음에도 그의 작품은 그 어느 누구의 주목도 받지 못했다. 첫 작품을 당당하게 발표하면서 활동을 하려는 문인에게 문단에서 마치 투명인간처럼 의도적으로 도외시하고 주목받지 못하는 상황이라는 것은 누구라도 박탈적 비탄에 빠질 수밖에 없는 일이다.

1896년생인 김명순은 서울에서 진명여학교를 졸업하고 일본으로 유학을 가서 도쿄의 국정 여학교에 다녔으나 같은 조선인이던 이응준에게 데이트 폭력을 당했다. 이응준은 당시 일본육군 소위였고 일본군 대좌를 거쳐 해방 후에는 대한민국 초대 육군 참모총장, 체신부장관을 역임했다. 그러나 이후 김명순은 19세의 나이에 당한 봉변으로 그치지 않고 조선에서 2차 폭력을 당한다.

매일신보는 '동경에 유학하는 여학생의 종적을 감춤 어찌한 까닭인가'라는 제목으로 1915년 7월 30일자 기사를 시작으로 세 차례에 걸쳐 이 사건을 보도했다. 기사를 통해 김명순은 고향과 부친 이름 자신의 아명(김기정) 등이 낱낱이 공개되는 치욕을 당했고, 이로 인해 김명순은 자살을 시도하기까지 한다. 남성 위주의 가부장제 사회에서 군중의 먹잇감으로 내던져졌던 것이다. 남성들의 폭력에는 좌파, 우파, 민족주의자, 사회주의자, 독립운동가 구분이 없었다. 이 남성들은 모두 김명순 매도에 나섰다. 음탕한 탓에 강간당한 여자. 원래 피가 더러운 여자, 아기 어머니가 되어도 아기 성을 무엇으로 할지 헷갈리는 여자로 묘사하는 것으로도 부족해서 김기진은 잡지 『신여성』에 김명순에 대한 공개장을 기고했다.

김명순은 처녀 때 남성의 징벌을 받았으며, 외가 쪽의 불결한 혈액을 받고 태어났다는 것이다. 방정환은 혼인 날 신랑이 셋씩 달려 들까봐 독신 생활을 하게 된 독신주의자라 했다. 김명순은 나름대로 고소도 하고 반격을 했으나 역부족이었다. 그러한 상황 속에서도 꾸준한 창작으로 버텨내려 노력하던 김명순에게 가해진 결정타는 1939년 김동인이 『문장』 지에 발표한 「김연실전」이었다. 김동인은 김연실의 이름을 빌려 김명순을 천하의 탕녀로 만들었다. 김동인은 김명순과 동향의 문인이었다. 김명순은 결국 조선을 떠나 일본으로 도피하듯 떠나야 했다.

김명순은 "일일이 저들의 악행을 적는다 해도 황무지에 잡초 하나를 뽑는 것밖에 안 될 것"이라고 절규했다. 그의 시 「유언」을 통해 "조선아… 이다음에 나 같은 사람이 나더라도 할 수만 있다면 있는 대로 또 학대해 보아라. 이 사나운 곳아 이 사나운 곳아"라고 절규한다.

김명순의 초기작은 한 개인의 노력으로는 극복할 도리가 없는 박탈적 현실에 직면함으로써 대면하게 되는 복합 비탄의 문제를 극복하고자 하는 욕망에서 비롯된 것임을 작가 스스로 밝히고 있다. 그리고 이러한 욕망은 곧 창작 주체인 작가 자신의 상처를 치유하는 행위인 동시에 영적 성장의 출발지점을 의미하기도 한다. 그러나 김명순이 헤쳐 나가야 했던 현실은 가혹했다.

특히 동료 작가들의 매도와 모함은 그 도를 넘어서는 것들이었다. 당대의 동료 작가로부터 위로를 받아도 극복하기 어려운 상황에 놓여 있었음에도 오해와 편견으로 인한 홀대는 끝이 없이 계속되었다.

염상섭의 작품 「제야」에서도 작가는 유전 상의 문제를 법률과 제도에 의한 신분과 동일시하고 있는 아래와 같은 글들로 그들의 편견을 드러내었다.

> "나는 육의 저주를 받은 인과의 자입니다. 아 - 나는 사생아입니다."[2]

---

2) 『염상섭 전집』9, 민음사, 69면.

이 논리는 김동인이 김명순이 모델임을 밝힌 그의 소설「김연실전」에서도 나타난다. 그는 김연실의 아버지가 양반이 아니라 감영의 이속(吏屬)이었고, 그나마 군정출신이었음을 여러 페이지에 걸쳐 상세히 기재하고 있다.

> 연실이의 아버지가 과거 영문 이속이라 하나 다른 이속들보다 지체가 훨씬 떨어지었다. 다른 이속들은 대대로 이속 집안이라든가 혹은 서북 선비의 집안 후손으로 여러 대째 내려오는 근본 있는 집안이었지만 연실이의 아버지는 그렇지 못하였다. 연실이의 할아버지는 군정이었다. 군정노릇을 하며 산광의 비위를 맞추어서 돈냥이나 장만하였다.[3]

영문 이속은 중인으로 양반이 아니었으며, 특히 서북쪽은 벼슬길에 오르지 못하여 비교적 계층의식이 희박하던 곳이었다. 그럼에도 평민 출신에서 중인으로 오른 연실의 아버지가 경멸받고 있음은 당시의 신분차별의식이 얼마나 뿌리 깊었던 것이었는가를 말해주는 것이다. 게다가 연실은 서모의 자식이었다.

> "제 에미년을 닮아서"
> "쌍것의 새끼는 할 수 없어."
> 하는 말 끼우기를 잊지 않았다.
> 자기의 소생 자식들을 책망할 때도
> "쌍것의 새끼하구 늘 놀아서 그 꼴이란 말이냐?"고 연실을 끌어대었다."[4]

---

3) 김동인,「김연실전」,『김동인, 전영택』, 민음사, 1995, 41면.
4) 김동인,「김연실전」, 위의 책, 43면.

모친이 소실이므로 그 딸도 남의 소실감이 될 수밖에 없다는 논리, 이 논리에 의하면 김명순도 정실이 될 수 없는 운명이었다. 작가 김명순에게 있어서 극복 불가능한 박탈적 현실은 시대적 상황에서 비롯되었다고 볼 수 있다.

김명순은 아버지 김희경이 도참사를 지내는 등 문벌이 있는 집안이었다. 김동인은 당시까지 남아있던 뿌리 깊은 계층 의식을 과장되게 드러내는 과정에서 김명순의 내력을 더욱 모멸적으로 폄하한다.

> 김류봉은 평양 사람이다. 김류봉의 증조할아버지는 평양의 전설적 치부가였다. 김류봉의 할아버지는 참령이었다. 이 김류봉의 할아버지가 참령시대에 연실이의 할아버지는 군정이었다. 옛날 같으면 연실이의 할아버지라도 김류봉의 앞에 감히 앉을 자격도 없고 가까이 할 자격도 없는 사람이다. 연실이의 아버지도 이속이 되기 전에는 김강동(강동군수를 살았다고 김강동이라고 한다) 댁에 하인 비슷이 드나들었다. …중략… 이러한 호상 관계가 있는 김류봉과 지금 대등의 자격으로 마주앉아서 이야기를 할 때에 연실이의 마음에는 일종의 긍지까지 일어나는 것이다.[5)]

김명순에게 당대의 세계는 부당한 사회적 제도와 인습과 편견 속에서 자아정체성을 확립하여 나아간다는 것 자체가 이룰 수 없는 꿈이었다. 그러나 김명순은 좌절하거나 포기하지 않았고 꿈을 향해 쉼 없이 온몸으로 온몸을 밀며 살아냈고 작품 발표를 했으며 앞으로 나아갔다.

---

5) 김동인, 위의 책, 86면.

2) 비탄 극복을 위한 내재적 가치 추구의 여정

김명순은 자신의 비극적 상황을 극복하기 위해 지나치게 금욕적 태도로 자신의 삶을 관리했고 이성과의 만남을 자제했다. 특히 「탄실이와 주영이」를 통해 이들과 대적하고 반박하기 위해 꾸준히 작품을 발표하면서 자신의 내면세계를 적극적으로 드러낸다.

> 시라도 쓰지. 아니다. 시는 그렇게 쓸 것일까. 역시 생활을 건전히 해나갈 그 생기 있는 새로운 정신으로 쓸 것 아니야. 아아, 나는 사람 아니다. 희망이 없다. 그러나 그렇기에 분발하는 것 아니냐

> 명예심 많은 탄실은 어릴 때부터 생각하기를,
> 누구든지 퍽 빈곤한 집에 태어났을지라도 공부만 잘하고, 점잖기만 하면 좋을 줄 알았다. 이 아이는 무엇인지 점잖지 못한 것을 몹시 꺼렸다. 그는 동무들끼리 놀다가도 누가 무슨 일을 잘못 청하게 할 것 같으면 낯빛을 붉혔다가 아주 예사로운 빛을 보이려 하면서도 여의치 못한 듯이 몹시 괴로워했다. 그런 성질은 그가 자라감에 따라 일층 더 선명하여 갔다. 그는 절대로 비열한 행동에 대해서는 용서성을 갖지 못하였었다. -「탄실이와 주영이」에서(248면)

> 그는 참으로 일본으로 가고싶었다. 거기가 모든 사람을 이기도록 공부해서 품갚음을 하고싶다. 한 마디의 욕, 한 번의 웃음, 한 번의 칭찬, 또 여러 번의 매, 여러 가지의 학대일지라도 다 품 갚고 싶었다. 도무지 빚이라고는 싫었다. -「탄실이와 주영이」에서(265면)[6]

---

6) 송명희, 『김명순 소설집 외로운 사람들』, 한국문화사, 2011, 291면.

그러나 김명순의 이러한 노력에도 김기진은 성폭행을 당했기 때문에 성격이 이상하고 행실이 방탕하다며 인격 살해도 서슴지 않았다. 어떤 글을 발표해도 낭만주의 연애지상주의자로 결론을 내렸다.

이렇듯 한국문학사의 첫 페이지에 여성문인은 등장하지 않는다.[7] 김명순의 초기작은 한 개인의 노력으로는 극복할 도리가 없는 박탈적 현실에 직면함으로써 대면하게 되는 복합 비탄의 문제를 극복하고자 하는 욕망에서 비롯된 것임을 작가 스스로 밝히고 있다. 그리고 이러한 욕망은 곧 창작 주체인 작가 자신의 상처를 치유하는 행위인 동시에 영적 성장의 출발지점을 의미하기도 한다. 그러나 김명순이 헤쳐 나가야 했던 현실은 가혹했다.

육의 저주를 받은 인과의 자를 사생아와 동일시하는 사회적 편견으로 인해 김명순은 당대의 동료 작가로부터도 오해와 편견으로 인한 홀대를 받았다. 염상섭의 작품 『제야』에서도 작가는 유전 상의 문제를 법률과 제도에 의한 신분과 동일시하고 있는 글들로 그들의 편견을 드러내었다.

> "네, 소련 씨. 사람이 사랑을 구한다거나 잃는다는 것은 거짓말입니다. 사람은 자기 자신 속에 사랑을 가지고, 어떤 대상으로 하여금 그것을 눈 깨우게 되어서 결국 분명한 생활 의식을 가지는데 불과한 일이니까요. 또 말씀하신 외로운 사람들 속의 비극 같은 것은 물론 어느 곳에든지 사람 자신이 그 운명을 먼저 짓고 이 세상을 지배해 나가게 될 때까지 또, 세상에 모든 사람들과 결탁해서 사는 것을 폐지하기까지는 면치 못할 일입니다." -「돌아다볼 때」에서(89면)

---

7) 송명희, 위의 책, 5면.

세상이여 내가 당신을 떠날 때 / 개천가에 누웠거나 들에 누웠거나/ 죽은 시체에게라도 더 학대하시오./ 그래도 부족하거든/ 이다음에 나 같은 사람이 있더라도/ 할 수만 있는 대로 또 학대하시오/ 그러면 나는 세상에 다신 안 오리다./ 그래서 우리는 아주 작별합시다./ -

「외로운 사람들」에서(214면)[8)]

환상(fantasy)은 작가의 내면 깊숙이 자리 잡고 있는 실존의식과 그러한 내적 가치에 침잠해가는 과정을 통해 외부세계로 드러나게 하고 이러한 과정은 결국 자신의 영적 세계의 성숙으로 인한 영성으로 나아가 자신의 상처를 치유할 수 있는 가능성을 제시한다.[9)] 내면의 표현이지만, 외부세계(현실)와 일정한 영향을 주고받는다는 점에서 '환상'은 단순히 현실과 대비되는 것이 아니라 현실을 일정하게 반영하고 있으며, 이로 인해 '환상'은 리얼리티를 담보하게 된다.

환상은 기본적으로 합리적인 현실의 균열에 의해서 발생하게 된다. 일반적인 상태에서는 외부 현실에 의한 내면의 상처(균열)를 극복할 수 있지만, 그 상처(균열)를 극복하는 것이 한계에 봉착했을 때, 즉 '환상'은 외부의 현실에 의해 생긴 내면의 '상처(균열)'를 더 이상 극복하는 것이 불가능할 때 발생되는 것이다.[10)] 이러한 측면에서 환상은 상처의 외부적 재현(토로)라고 볼 수 있다. 내면 깊숙이 고착되어 있는 상처를 외부 세계로 재현(토로)한다는 것은 외부로의 배설이라는 측면에서 자신을 보호하기 위한 자기 방어의 행위이며, 치유행위

8) 이 시는 「외로운 사람들」의 삽입시 「유언」의 부분이다(송명희, 위의 책, 2011, 291면).

9) 나병철, 『환상과 리얼리티』, 문예출판사, 2010, 17~20면.

10) 나병철, 위의 책, 22~23면.

라고 볼 수 있다.

이러한 환상은 등장인물들의 내면의 상처의 재현(토로)으로 볼 수 있다. 그리고 이러한 재현방식을 통해서 합리적으로 표현할 수 없는 부조리한 현실과 이로 인한 인물들의 상처의 깊이가 보다 더 선명하게 드러난다. 그리고 등장인물들이 보여주는 현실에서 도피하는 듯한 환상은 부조리한 현실에서 벗어나 새로운 현실로 나아가고자 하는 열망과 밀접하게 연결되어 있다. 왜냐하면 이러한 환상은 개인적으로 극복할 수 없는 현실의 부조리성에서 비롯된 것이기 때문이다. 이러한 측면에서 미학적 환상은 현실 전복적 성격을 내포하게 된다.[11] 등장인물들의 극복할 수 없는 내면의 상처(균열)를 환상으로 형상화하는 방식을 통해서 작가의 내면의 상처를 재현(토로)/치유할 수 있는 기제로 기능하고 있는 것이다.

이는 근본적으로 작가 자신의 현실 극복의지가 반영되어 있다는 점에서 박탈적 현실을 극복해 나가는 것은 물론 영적 세계를 구축해나가는 단초가 된다고 볼 수 있는 것이다.

3) 영적 성숙으로 이끄는 실존의식

기생보다 신여성이 남성들에게 더 잘해주지 못한다는 이유로 홀대당하거나 백안시되었던 세상을 살아내야 했던 1920년대의 신여성 김명순에게 박탈적 비탄은 삶의 끈을 붙드는 일조차 힘겨운 상황이었을 것이다. 상처는 참혹했던 비극을 환기시키게 만들었으며, 인간과 인간

11) 나병철, 위의 책, 36~38면.

사이의 진정한 사랑만이 구원의 가능성이 있음을 제시한다. 이 소설의 등장인물들이 경험한 가장 치명적인 고통은 단절이었기 때문이다.

이러한 과정을 통해 병은 우리 몸을 구성하고 있는 신체들과 밀접한 관계가 있으며 몸은 앓이를 통해 무너진 우리의 본성이나 삶, 인간관계를 회복하고자 하는 몸의 지혜[12]라 볼 수 있음을 재차 확인하게 된다. 따라서 사람이 병을 앓고 있다는 것은 삶을 알아간다고 말 할 수 있는 것이다. 이처럼 앓음의 대상은 삶과 인생 인간관계, 환경관계 등 모든 분야에 걸쳐 있다고 봐야 할 것이다.[13]

이러한 측면에서 비탄 속에서도 훌쩍 뛰어넘어 들어간 '사랑'의 근본적인 속성에 대해 주목할 필요가 있다. 진정한 사랑이라는 것은 자신과 타자 사이의 벽을 와해시키고 사고의 완전성을 연기하는 대가[14], 즉 자신과 타자와의 사이에 존재하는 경계선을 무화시키고, 자신과 타자와의 교섭이 가능한 상태에서 가능한 것이다. 그러므로 진정한 사랑은 외부 세계의 폭력적 상황에 의해서 내부로 침잠되어 가는 인물들, 또는 내면의 상처(균열)에 의해서 억압되어 있는 인물들이 외부 세계와 소통할 수 있는 통로를 제공해 준다고 볼 수 있는 것이다.[15]

자신의 참된 실재란 자신의 육체적인 형상에 생명을 불어넣는 '현시되지 않는 생명력'을 통해 느낄 수 있다. '하나 됨'의 깨달음이 사랑인 것이다.

자신을 사랑한다는 것은 우리 주위에 언제나 있는 삶을 받아들이고

12) 에릭J 커셀, 강신익 옮김, 『고통받는 환자와 인간에게서 멀어진 의사를 위하여』, 코기토, 2003, 12면

13) 임병식 · 김근하, 『임종 영성 프로그램』, 해피데이, 2010, 182~183면.

14) 나병철, 앞의 책, 32면.

15) 임병식 · 김근하, 앞의 책, 196~197면.

장벽을 없애는 것이다. 치열한 실존 의식으로 키워나간 영성의 결과라 할 수 있는 것이다. 대자연의 섭리, 나목이 가지는 의의요, 신의 사랑임을 깨달아가는 과정을 작품에서는 선명하게 보여준다.

3. 맺음말

이 논문에서는 소설 속 인물들이 처한 상황 속 실존 의식이 박탈적 상황 앞에서 어떠한 변화를 통해 육화해 나가는지 그 과정을 고찰하였다.

현실 속에서 불화하는 현실과 사투를 벌이지만 그러한 시간들을 극복해나가면서 자신의 정체성을 자각해나가고 그러한 실존의식을 견지하면서 영적 성취를 이루어나가는 과정을 살펴볼 수 있었다.

작품 속 인물이자 작가 자신이 박탈적 비탄을 경험하면서 성취한 영적 세계에서 얻은 답은 결국 사랑에 대한 확신이다. 박탈적 비탄은 소외감 속으로 스스로를 고립시키지만 이처럼 내면으로 침잠된 개인이 자신의 정체성을 확립한다.

이와 같이 인물들의 내면적 상처에서 기인된 실존의식을 영적으로 승화하는 방식을 통해서 현실 극복의지를 드러내고 있다.

유한성은 삶의 의미와 목적을 부여한다. 영적 의미를 탐색하고 이에 다양한 양상의 변화를 보이는 것은 죽음에 직면한 사람들에게는 본질적인 초점이 되는 일이다. 그러므로 삶의 과정이 다양했던 소설 속 여성 인물들의 죽음을 통해 죽음 앞에서 나타나는 그들의 영적 변화를 살펴보았다. 그들이 처해 있었던 환경을 통해 개인적 삶의 가치를 어떻게 인식하는지를 살펴보기 위해서였다. 소설 속 여성인물의 죽음에 투영된 삶에 대한 연구는 죽음 교육의 구체적인 방법론 연구에 이바지를 위해서도 계속 되어야 할 것이다.

참/고/문/헌

〈기본자료〉

- 김명순, 송명희 편역, 『김명순 소설집 외로운 사람들』, 한국문화사, 2012.

〈연구논문〉

- 이기숙 · 임찬란, 「노인대상 죽음 교육 프로그램」, 『한국 가족관계 학회지』 제11-2호, 한국가족관계학회, 2006.

〈단행본〉

- 김근하 · 임병식, 『임종 영성 프로그램』, 해피데이, 2010.
- 김근하 · 임병식, 『우리가 죽음과 함께 산다는 것은』, 가리온, 2015.
- 나병철, 『환상과 리얼리티』, 문예출판사, 2010.
- 송명희, 『페미니즘 비평』, 한국문화사, 2012.
- 최혜실, 『신여성들은 무엇을 꿈꾸었는가』, 생각의 나무, 2000.
- 홍인숙, 『누가 나의 슬픔을 놀아주랴』, 서해문집, 2007.
- 스피노자(B. Spinoza), 강영계 옮김, 『에티카』, 서광사, 2008.
- 슬라예보 지젝, 이수련 옮김, 『이데올로기라는 숭고한 사상』, 인간사랑, 2002.
- 에릭J 커셀 지음, 강신익 옮김, 『고통받는 환자와 인간에게서 멀어진 의사를 위하여』, 코기토, 2003.
- 엘리자베스 퀴블러 로스, 이진 옮김, 『죽음과 죽어감(On Death and Dying)』, 이레, 2008
- 프로이트, 김인순 옮김, 『꿈의 해석』, 열린책들, 2008.

제2부

김명순 희곡의 자전적 글쓰기와 연애 그리고 남성 이미지

김명순의 자전적 글쓰기와 연애의 사상
-김명순의 희곡 「의붓자식」과 「두 애인」을 중심으로-

이상우

1. 1세대 신여성과 김명순

1세대 신여성 가운데 한 사람인 김명순(金明淳, 1896~1951)은 한국 최초의 여성문인으로 알려져 있다. 1917년에 최남선이 주간한 문예지 『청춘』 현상공모에 단편소설 「의심의 소녀」를 응모하여 3등상을 받아 공식적으로 문단에 작가로 등단하였다. 1919년에는 김동인, 전영택, 주요한 등이 주도해서 창간한 문예지 『창조』의 동인으로 참여하여 활동하기도 했다. 이후 『창조』, 『학지광』, 『여자계』, 『신여자』, 『신여성』, 『개벽』 등의 잡지를 통해 시, 소설, 수필, 희곡 등 다양한 장르에 걸쳐 창작활동을 전개하였다. 1925년에는 첫 창작집 『생명의 과실』(한성도서)을 출간했다. 이후 두 번째 창작집 『애인의 선물』(회동서관, 출간년도 미상, 1930년 추정)을 펴냈으나 1930년대 이후 일본으로 건너간 뒤에는 문단의 주류에서 배제되어 고독한 창작활동을 지속하다가 1950년대에 도쿄에서 정신질환을 앓으면서 쓸쓸하게 생을 마감한 것으로 알려져 있다.[1] 그가 종국에 남성 중심의 식민지 조선 문단에서 밀려나 일본으로 떠밀려가 비극적 죽음을 맞은 것은 축출과 배제의 과정이었고, 그의 문학은 축출과 배제에 대한 대항서사로서의 성격을 갖는다고 할 수 있다.[2]

김명순은 많은 시와 소설 작품을 남겼으나 두 편의 희곡을 창작했다는 점에서 주목을 요한다. 희곡 「의붓자식」(『신천지』, 1923.7)과 「두 애인」(『애인의 선물』, 회동서관, 창작년도 미상)이 그것이다. 「두 애인」은 출간년도를 알 수 없는 두 번째 창작집 『애인의 선물』에 실려 있으므로 언제 창작된 것인지 정확히 알기 어렵다. 그러나 『애인의 선물』이 학계에서 대개 1930년경에 출간된 것으로 추정하고 있으므로 「두 애인」은 1920년대에 씌어진 작품으로 가정할 수 있을 것이다. 그렇다면 김명순은 1920년대에 왜 두 편의 희곡을 창작했을까. 그리고 이 작품을 통해 그가 추구하고 싶었던 사상적, 미학적 지향점은 무엇이었을까. 또, 그것은 그와 같은 세대의 신여성들의 세대의식과 어떤 점에서 공유점이 있을까. 이 글은 이러한 점에 관심을 갖고 그 궁금증을 해명하는 것이 목적이다.

1910년대 중반 무렵에 이화학당 대학부 등 국내 고등교육기관에

---

1) 김명순의 말년과 죽음에 대해서는 전영택의 회고에 의해 그가 1950년대에 도쿄에서 정실질환을 앓다가 비참한 최후를 마쳤다는 사실을 짐작할 수 있다. 전영택, 「내가 아는 김명순」, 『현대문학』, 1962. 2(표언복 편, 『전영택전집』, 목원대출판부, 1994, 676~679면).

2) 서정자, 「축출, 배제의 고리와 대항서사」, 『세계한국어문학』제4호, 세계한국어문학회, 2010, 13~52면.

진학하거나 일본의 대학이나 전문학교에서 공부하기 위해 유학을 떠나는 식민지 조선의 여성들이 등장하기 시작한다. 이들을 가리켜 일반적으로 1세대 신여성이라고 부른다.[3] 여기에 해당하는 인물로 김일엽(金一葉, 1896~1971), 나혜석(羅蕙錫, 1896~1948), 김명순(金明淳), 윤심덕(尹心德, 1897~1926), 박인덕(朴仁德, 1897~1980), 김활란(金活蘭, 1899~1970) 등을 들 수 있다. 특히 일본으로 진출한 나혜석, 김명순 등은 도쿄 유학생들이 간행한 잡지 『학지광(學之光)』(1914~1930)에 기고하면서 필진으로 활동하였고, 도쿄여자유학생친목회의 기관지로 발간된 최초의 여성잡지 『여자계(女子界)』(1917~1920)를 무대로 집필 활동을 전개하기도 했다. 1920년대에 들어서면 1세대 신여성들의 국내 활동이 본격화되기 시작하는데, 김일엽이 창간을 주도한 여성잡지 『신여자(新女子)』(1920)의 지면을 통해 김일엽, 나혜석, 김명순, 박인덕, 김활란 등이 활동하였다.

1세대 신여성들에게는 몇 가지 공통점이 있다. 첫째, 출생년도가 유사하다는 점. 이들은 대체로 1896~1897년생이 주류를 이루고 있다. 특히 김일엽(1896), 윤심덕(1897), 박인덕(1897)은 비슷한 연배인데, 심지어 평양 삼숭보통학교 동창생이기도 하다.[4] 이러한 점은 이들이 함께 고등교육을 받은 동년배 여성으로서 그들끼리의 강한 유대의식이나 세대의식을 갖도록 했을 것으로 보인다. 둘째, 서북(西北) 출신이 다수를 차지하고 있다는 점. 김일엽(평안도 용강), 김명순(평양), 윤심덕(평양), 박인덕(평안도 진남포) 등이 평안도 지역 출신이

3) 김경일, 『여성의 근대, 근대의 여성』, 푸른역사, 2004, 45~48면.
4) 김일엽, 「나의 회상기(초)」, 『청춘을 불사르고』, 범우사, 1976, 110~123면.

다.[5] 아마도 이는 서북지역에 기독교를 비롯한 서양문물의 수용이 다른 지역에 비해 빨랐고, 근대화와 근대식 교육에 대한 열망이 강해서 자녀교육에 관심이 많았던 점도 크게 작용했을 것으로 보인다.

셋째, 일본이나 미국 등 해외유학파가 다수를 이루고 있다는 점. 김일엽(이화학당 및 일본 닛신학교), 나혜석(도쿄여자미술대학), 김명순(토키와(上盤)여학교), 윤심덕(도쿄음악학교)이 일본에 유학을 했고, 박인덕(컬럼비아대학)과 김활란(웨슬리언대학)은 이화학당 대학부를 거친 뒤 미국 유학을 다녀왔다. 넷째, 1세대 여성 지식인으로서 현실참여의 방법으로 문학과 연극에 관심을 보였다는 점. 시, 소설, 희곡 등 문학창작활동을 한 김일엽, 나혜석, 김명순 등이 여기에 해당한다. 넓게 보면, 초창기 토월회(土月會)에 가담한 김명순, 그리고 극예술협회(劇藝術協會)의 순회공연, 토월회의 연극 활동에 참여한 윤심덕이 그러한 경우에 해당한다.

다섯째, 대개 불우한 생애를 살거나 비참한 말년, 또는 죽음을 맞았다는 점. 이들은 대체로 결혼과 이혼, 동거와 별거, 불륜, 정사(情死), 강간 등의 사건을 겪으면서 고통을 겪었고, 말년에는 정신적, 육체적 고통 속에 죽음을 맞았다.[6] 김일엽은 몇 차례의 결혼과 이혼, 동거와 별거를 경험하다가 세속을 떠나 여승(女僧)이 되었다. 조선 최초의 여성 서양화가인 나혜석은 외교관인 남편과 함께 세계여행을 다녀오는 등 한때 화려한 결혼생활을 하였으나 최린과의 불륜사건으로 이혼

5) 김활란은 자신은 1899년 인천에서 출생했지만 부친은 평안도 출신이므로 태생적으로 광의의 서북 출신이라고 할 수 있다.

6) Lee, Sang Woo, "To Challenge the Conventions of Colonial Korea : The Case of Actress YoonShimdeok", *Journal of Korean Culture*, vol.35, 한국어문학국제학술포럼, 2016, pp.261~281.

을 당한 이후 몰락하여 불우한 생을 살다가 행려병자로 죽음을 맞았다. 김명순은 유학시절에 만난 한국인 사관생도에게 강간을 당한 사건이 널리 알려져 평생 동료남성 문인들로부터 비난을 받으며 고통을 겪다가 마침내 일본으로 건너가 정신질환을 앓다가 불우하게 사망하였다. 윤심덕은 한때 조선 최초의 소프라노로서 '악단(樂壇)의 여왕'이라는 평가를 받았으나 경성 부호 이용문과의 스캔들로 세간을 비난을 받은 뒤에 음악계를 떠나 연극배우로 변신하였으나 이마저 실패하자 유부남인 극작가 김우진과 함께 현해탄에서 정사하였다. 박인덕도 부호 김은호와 결혼해서 자녀를 낳고 남부럽지 않은 결혼생활을 하였으나 미국 유학을 떠난 뒤에 이혼을 선언, 가족을 버리고 독신으로 살았다.

이처럼 1세대 신여성 그룹의 공통점을 감안하면, 김명순은 그 전형적인 사례에 해당한다고 할 수 있다. 1896년생으로서 평양에서 출생하고 국내에서 중등교육을 받고 일본 유학을 경험했으며, 최초의 여성작가로서 문학창작에 전념했다는 점, 그리고 도쿄 유학시절 강간사건의 경험으로 일생 고통을 받으며 살다가 불우하게 죽음을 맞았다는 점에서 그는 1세대 신여성의 전형적 특징을 갖고 있다고 할 수 있다. 그 중에서도 그는 나혜석, 윤심덕과 더불어 가장 큰 고통과 불행을 겪은 1세대 신여성 가운데 한 사람이라고 할 수 있다.

이러한 점에서 1세대 신여성 작가로서 김명순의 삶과 문학은 매우 흥미로운 고찰의 대상이 된다. 우리 근대여성사에서 가장 주목을 받는 존재였으면서도 한편으로는 화제와 논란의 대상이기도 했던 독특한 세대그룹으로서 존재했던 1세대 신여성의 성격을 규명하기 위해서 김일엽, 나혜석, 김명순, 윤심덕 등의 삶과 문학, 예술에 관한 연구는 더욱 심화, 확대될 필요가 있다. 이들의 문학과 예술의 구체적 실상에 대한 규명도 마찬가지다. '1세대 신여성'으로서의 존재근거에 대한 적확한 분석이 전제되지 않는다면, 그들의 문학과 예술에 대한 진정한 이해는 불가능하다. 그러므로 이들 1세대 신여성 그룹의 삶과 작품에 대한 연구는 여성 및 젠더담론의 관점과 긴밀하게 밀착되지 않으면 제대로 이루어질 수 없다.

그동안 김명순의 삶과 문학에 대한 연구는 여성, 젠더담론 연구 및 여성문학에 대한 연구가 활발해지기 시작한 2000년대 이후에 상당 부분 집적되었다. 서정자[7], 송명희[8], 이덕화[9], 최혜실[10], 맹문재[11], 최윤정[12], 신지연[13] 등에 의해 상당히 의미 있는 자료조사와 연구가 이루어졌다. 때늦은 감이 있지만 맹문재 편역의 『김명순전집』(현대문학사, 2009)을 비롯해서 서정자, 남은혜 공편의 『김명순문학전집』(푸른사상사, 2010), 송명희 편의 『김명순 단편집』(지식을만드는지식, 2013) 등과 같은 일련의 김명순 작품집 및 전집 출간은 매우 주목되는 학술적 성과라고 할 수 있다.

---

7) 서정자, 「축출, 배제의 고리와 대항서사」, 『세계한국어문학』제4호, 세계한국어문학회, 2010.
8) 송명희, 「근대소설에 나타난 신여성 모티프」, 『인문사회과학연구』제11 - 2호, 부경대학교 인문사회과학연구소, 2010.
9) 이덕화, 「신여성문학에 나타난 근대체험과 타자의식 : 김명순을 중심으로」, 『여성문학연구』제4호, 한국여성문학학회, 2000.
10) 최혜실, 『신여성들은 무엇을 꿈꾸었는가』, 생각의 나무, 2000.
11) 맹문재, 「김명순 시의 주제 연구」, 『한국언어문학』제53호, 한국언어문학회, 2004.
12) 최윤정, 「김명순 문학 연구」, 『한국문학이론과 비평』제60호, 한국문학이론과 비평학회, 2013.
13) 신지연, 「1920년대 여성담론과 김명순의 글쓰기」, 『어문논집』제48호, 민족어문학회, 2003.

그러나 김명순 희곡에 관한 연구는 아직 초보적 수준을 크게 넘어섰다고 보기 어렵다. 1999년에 박명진[14]에 의해 김명순 희곡 자료 발굴과 작품 연구가 이루어져서 매우 중대한 연구의 토대가 마련되었으나 이후의 후속 연구는 여전히 한적한 상황이다. 이민영과 김옥란의 논문 정도를 제외하고 김명순 희곡에 대한 본격적 연구는 찾아보기 어렵다. 이민영의 연구는 김명순 희곡의 특성을 상징주의 사조의 경향으로 이해했다는 점에서 주목할 만한 특징이 있으나 작가의 생애와 텍스트에 대한 내재적 분석보다는 당대 문예사조 경향과의 연관성에 보다 주목하는 데 머물고 있다.[15] 김옥란의 연구는 1920~30년대 여성작가의 희곡과 수필을 폭넓게 고찰하면서 김명순 희곡을 언급하고 있다는 점에서 김명순 희곡에 대한 독자적 연구로서는 다소 한계를 갖는다.[16] 본고는 1세대 신여성으로서 김명순의 삶과 그로 인해 형성된 그의 독특한 자전적 글쓰기 방식, 그리고 그것이 희곡의 특성을 어떻게 규정하고 있는지에 대해 보다 깊이 있고 내밀한 분석을 지향함으로써 기존 연구가 지닌 한계를 보완하고자 한다.

2. '조선의 노라들' : 1세대 신여성의 노라-되기

1세대 신여성 그룹의 집단적 유대의식이 가장 뚜렷하게 발현된 사

14) 박명진, 「탄실 김명순 희곡 연구」, 『어문논집』제27호, 민족어문학회, 1999.
15) 이민영, 「김명순 희곡의 상징주의적 경향 연구」, 『어문학』제103호, 한국어문학회, 2009, 399~431면.
16) 김옥란, 「여성작가와 장르의 젠더화 : 희곡과 수필을 중심으로」, 『민족문학사연구』제28호, 민족문학사학회, 2005, 132~162면.

건은 여성잡지 『신여자』(1920)의 발간일 것이다. 앞에서 언급한 대로 최초의 여성잡지는 『여자계』(1917)였으나 실제로 이 잡지의 편집 주도권은 이광수, 전영택 등 남성지식인들이 갖고 있었고, 김명순, 나혜석 등은 이들의 조력자, 기고자 역할에 머물렀다. 김일엽, 나혜석, 박인덕, 김활란 등이 주도해서 편집진과 필진을 구성한 여성잡지 『신여자』의 발간은 이 땅에서 처음으로 여성의 손에 의해 기획, 편집, 출간된 진정한 여성잡지의 등장을 의미한다고 볼 수 있다. 이는 『여자계』와 달리 『신여자』가 여성들의 목소리를 가능한 한 반영하려고 한 잡지라는 점을 말해준다.[17)]

이들의 활동은 잡지 발간에만 머문 것이 아니다. 히라쓰카 라이초(平塚らいちょう)가 주도해서 만든 일본의 여성잡지 『세이토(青鞜)』(1911~1916)와 여성운동단체 '세이토샤(青鞜社)'의 영향을 받아 잡지 『신여자』 발간을 주도했던 1세대 신여성들은 '청탑회(青塔會)'라는 여성운동단체를 만들었다. 이러한 이들의 행동은 아마도 1910년대 일본 유학시절의 영향이 크게 작용한 것으로 보인다.

1911년 일본에서 히라쓰카 라이초가 가부장제에서 여성을 해방한다는 취지에서 여성잡지 『세이토』를 창간하였다. 잡지 이름 '세이토(青鞜)'는 당시 유럽의 신여성들이 파란 스타킹(blue stocking)을 즐겨 신었다는 데서 유래하였다. 그리고 여성운동단체로 '세이토샤'(青鞜社)를 조직하였다. 김일엽, 나혜석, 김명순, 박인덕 등은 자신들의 여성단체 이름을 히라쓰카 라이초가 만든 세이토샤와 한국어 발음이

17) 야마시마 영애, 이은주 옮김, 「식민지하 조선의 '신여성'」, 『동아시아 국민국가 형성과 젠더』, 소명출판, 2009, 214~215면.

동일한 '청탑회(青塔會)'라고 지었다. 한국어의 청탑(青塔)은 '파란 탑(blue pagoda)'이라는 의미를 갖고 있으므로 '파란 스타킹'이라는 의미를 갖는 일본어의 '세이토(青鞜)'와 뜻은 전혀 다르지만 한자로 발음이 같다. 이렇게 동음이의어의 단체이름을 지었다는 것은 히라쓰카 라이초의 여성해방운동의 정신을 식민지 조선의 1세대 신여성들이 계승하고자 의식했음을 알 수 있다.[18)]

김일엽은 동료들과 함께 입센의 희곡「인형의 집」을 상연할 계획을 갖고 연극연습을 준비하였으나 목적을 달성하지 못했다. 노라 역은 김일엽이 직접 맡기로 결정하고 연극연습을 했으나 그의 남편 이노익의 재정적 후원이 어려워지자 중단되고 말았다.[19)] 이들의 〈인형의 집〉 상연 시도는 비록 실패했지만 상당히 심대한 의미를 갖는다. 그들의 활동이 입센주의사상과 접맥되었다는 증거를 보여주기 때문이다.

실제로 1910~20년대에 동아시아에서 여성운동은 입센주의와 긴밀하게 연결되었다. 1900년대 후반 일본에서는 근대극 수용과 더불어 이른바 '입센열(熱)'이 불기 시작해서 1907년 오사나이 가오루(小山內薰), 야나기타 쿠니오(柳田國男), 하세가와 덴케이 등에 의해 '입센회'가 결성되기에 이른다. 이 같은 입센 열기는 1909년 오사나이 가오루가 이끄는 '지유게키조우(自由劇場)'의 창단으로 이어졌고, 그 창단공연으로 마침내 1909년 11월에 유라쿠자(有樂座)에서 입센의 희곡「요한 가브리엘 보그크만」(모리 오가이 역)이 상연되는 쾌거를 이끌어낸다.[20)] 그러나 입센연극 수용의 대표적 사건은 시마무라 호게

---

18) Lee, Ibid., p.265.
19)「백화난만의 기미여인군」,『삼천리』, 1931. 6, 25면.
20) 早稻田大學演劇博物館 編,『日本演劇史年表』, 東京:八木書店, 1998, 235면.

츠(島村抱月)가 이끄는 극단 '분케이교카이(文藝協會)'가 1911년 11월 도쿄 테이코쿠(帝國)극장에서 〈인형의 집〉을 상연한 것이었다. 이 공연에서 시마무라의 애인이기도 했던 배우 마쓰이 스마코(松井須摩子)는 노라 역을 연기하여 큰 인기를 얻으며 이른바 일본 최초의 신극 여우(女優)로서 명성을 얻게 된다.[21] 〈인형의 집〉 상연은 같은 해 히라쓰카 라이초가 주도한 여성잡지 『세이토』의 출간과 더불어 1911년을 일본 근대여성운동의 기념비적인 해로 기록하게 만든 사건이 되었다. 이와 같은 맥락에서 김일엽 등이 1920년대 초반에 시도한 〈인형의 집〉 공연은 비록 무산되었지만 의미심장한 사건이었다고 볼 수 있다.

동일한 맥락에서 나혜석이 이 무렵에 희곡 「인형의 가(家)」(1921)의 번역 연재물에 삽화를 그리고, 같은 제목의 시를 쓴 것도 매우 주목할 만한 사건이다. 1921년 1월25일부터 『매일신보』에 입센의 희곡 「인형의 가」가 양백화, 박계강의 공역(共譯)으로 번역 연재되었는데, 그 연재물에 서양화가 나혜석이 손수 삽화 작업을 했고, 마지막 회에는 시 「인형의 가」(1921. 4. 3)를 써서 게재하였다. 이 시는 후렴 형식이 있고, 작곡가 김영환의 악보가 함께 실린 것으로 보아 노래 가사 형식으로 제작된 것으로 보인다.

> 1
>
> 내가 인형을 가지고 놀 때

---

21) 1911년 11월 테이코쿠극장에서 분케이교카이 제2회 공연으로 〈人形の家〉, 〈寒山拾得〉, 〈お七吉三〉이 상연되었다. 그에 앞서 분케이교카이는 같은 해 9월에 연극연구소 시연장(試演場) 완성 기념으로 입센 작, 쓰보치 쇼쇼 역으로 〈人形の家〉를 상연하였는데, 이때 마쓰이 스마코가 노라 역을 맡아 호평을 받았다(早稲田大學 演劇博物館 編, 위의 책, 237면).

기뻐하듯
아버지의 딸인 인형으로
남편의 아내 인형으로
그들을 기쁘게 하는
위안물 되도다

(후렴)
노라를 놓아라
최후로 순순하게
엄밀히 막아논
장벽에서
견고히 닫혔던
문을 열고
노라를 놓아주게

2
남편과 자식들에 대한
의무같이
내게는 신성한 의무 있네
나를 사람으로 만드는
사명의 길로 밟아서
사람이 되고저[22)]

---

22) 나혜석, 「인형의 가」, 『매일신보』, 1921. 4. 3(이상경 편, 『나혜석전집』, 태학사, 2000, 113~114면).

아버지와 남편의 '인형'(노리개)에서 벗어나 여성 스스로를 '사람'으로 만드는 것이 급선무임을 강조하는 이 노랫말은 희곡 「인형의 집」의 주인공 '노라'의 입장을 대변하는 것이면서 동시에 전근대적 가부장제의 억압에서 탈피하지 못하고 있는 식민지 조선의 여성이 처한 젠더적 상황의 타개를 강조하는 것으로 볼 수 있다. 다시 말해, 이 시는 여성의 자아각성과 주체의 실현이 현모양처(賢母良妻)로서의 의무보다 더 소중하다는 것을 강조하는 여성해방의 노래로서 기능하고자 했던 것으로 보인다.

이는 조선의 여성 전체를 위한 것이면서 동시에 1세대 신여성 나혜석 자신의 갈망이었다고 볼 수도 있다. 일생에 걸친 나혜석의 문학과 예술의 지향이 바로 '사람이 되어야 하겠다는 것', '사람의 대우를 받아야겠다는 것', 즉 여성으로서의 '인간 선언'의 성격을 지닌 것이라고 말해도 과언이 아닐 것이다.[23] 1세대 신여성의 인간 선언은 당대 식민지 여성들이 처한 보편적 인권 억압 상황을 반영하는 것이지만, 실존적 입장에서 보면 신여성 자신들이 처한 개인적 인권 억압 상황의 반영이기도 했다.

> 나는 18세 때부터 20년간을 두고 어지간히 남의 입에 오르내렸다. 즉 우등 1등 졸업 사건, M과 연애 사건, 그와 사별 후 발광 사건, 다시 K와 연애 사건, 결혼 사건, 외교관 부인으로서의 활약 사건, 황옥(黃鈺) 사건, 구미만유 사건, 이혼 사건, 이혼고백서 발표 사건, 고소 사건, 이렇게 별별 것을 가 겪었다.

23) 이상경, 『인간으로 살고 싶다 : 영원한 신여성 나혜석』, 한길사, 2000, 38면.

> 그 생활은 각국 대신으로 더불어 연회하던 극상계급으로부터 남의 집 건넌방 구석에 굴러다니게 되고, 그 경제는 기차, 기선에 1등, 연극, 활동사진에 특등석이던 것이 전당국 출입을 하게 되고, 그 건강은 쾌활 씩씩하던 것이 거의 마비까지 이르렀고, 그 정신은 총명하고 천재라던 것이 천치 바보가 되고 말았다. 누구에게든지 호감을 주던 내가 인제는 사람이 무섭고 사람 만나기가 겁이 나고 사람이 싫다. 내가 남을 대할 때 그러하니 그들도 나를 대할 때 그럴 것이다.
>
> 이와 같이 사람 능력으로 할 만한 일은 다 당해보고 남은 것은 사람의 버린 것밖에 없다. 어찌하면 다시 내 천성인 순진하고 정직하고 순량하고 온유하고 부지런하고 총명하던 그 성품을 찾아볼까.[24)]

이와 같은 진술은 장래가 촉망되던 신여성 나혜석이 식민지 조선에서 20년간 신여성으로 살면서 급속한 전락의 길을 걷게 되는 과정을 일목요연하게 보여준다. 우등 졸업, 첫 애인과의 연애와 사별, 연애와 결혼, 화려한 외교관 부인 생활, 구미여행, 불륜과 이혼, 이혼소송 등으로 점철되는 극심한 희비(喜悲) 쌍곡선을 그린 그의 인생역정은 1세대 신여성의 불안정한 삶 자체를 대변한다. 그는 신여성으로 살았던 20년간 생활, 경제, 건강, 정신 면에서 극도의 몰락을 경험하였다. 물론 그러한 급격한 몰락의 배경에는 가부장제 질서에 대한 그의 저항과 도전이라는 행위가 작용하였을 것이다. 가령, 남편 김우영에게 결혼 조건으로 죽은 자신의 전 애인 묘지에 함께 참배할 것을 요구한 일이라든가, 구미여행 도중에 천도교 지도자 최린과 불륜을 저지른

24) 나혜석, 「신생활에 들면서」, 『삼천리』, 1935. 2(이상경 편, 『나혜석전집』, 태학사, 2000, 437면).

일이라든가, 최린에게 위자료 청구소송을 제기한 사건이라든가 하는 일련의 사건들이 당시에 커다란 사회적 파장을 불러일으켰음은 물론이다. 당연히 그것은 남성 중심의 유교적 가부장제 사회체제에 대한 도전이자 항거로 비쳐졌다. 이러한 의미에서 나혜석의 삶 그 자체가 바로 '조선의 노라'와 같은 것이었음은 두말할 나위도 없다.

이러한 점은 나혜석뿐이 아니다. '조선 악단(樂壇)의 여왕'으로 군림하던 윤심덕도 경성 부호 이용문과의 스캔들에 연루되어 화려했던 소프라노 생활을 중단하고 하얼빈으로 건너가 잠적했다가 다시 귀국한 뒤에 자발적으로 토월회에 입단하여 여배우가 되었다. 도쿄음악학교 출신의 1세대 신여성이자 조선 최초의 소프라노 윤심덕의 입장에서 '천한' 여배우가 된다는 것은 그의 신분적 몰락을 의미하는 것이었다.[25] 그러나 윤심덕의 여배우 변신은 순조롭지 않았다. 세간의 관심과 기대를 모으며 〈동도(東道)〉, 〈카르멘〉, 두 작품에 출연했으나 기대 이하의 연기력으로 배우로 전환하는 데 실패하였다. 호기심으로 극장을 찾은 관객들로 극장은 만원을 이루었으나 윤심덕의 딱딱한 연기와 서투른 말투로 공연의 성과는 미흡했다.[26] '왈패(曰牌)'라고 불릴 정도로 안하무인격의 거침없는 언행을 보여주었던 그가 심지어 무대 위에 올라가 사시나무처럼 떨어서 공연을 망쳤다는 박승희의 증언이 있을 정도였다.[27]

윤심덕은 1926년 토월회에서 탈퇴하여 신극에 뜻을 함께 하는 연

---

25) 이상우, 「여배우와 스캔들」, 고려대 민족문화연구원 HK연구단 심포지엄 '극장, 감각의 제국' 발표논문, 2015. 8.
26) 유민영, 『윤심덕, 현해탄에 핀 석죽화』, 안암문화사, 1983, 189면.
27) 박승희, 「토월회이야기」, 『사상계』, 1963. 8, 282~283면.

극인들과 극단 백조회(白鳥會)를 결성하였다. 백조회 회원으로는 초창기 토월회 회원인 김기진, 김복진, 김을한, 연학년, 안석영을 비롯해 김동환, 이백수, 윤심덕, 박제행 등이 가담하였다.[28)] 백조회는 신극운동의 실천을 위해 이백수와 윤심덕 주연으로 〈인형의 가〉를 공연하기로 하였다.[29)] 이백수는 헬머 역을, 윤심덕은 노라 역을 맡기로 하고 야심차게 공연을 준비했으나 결국 공연은 이루어지지 못했다. 1세대 신여성 윤심덕도 〈인형의 가〉 공연에 주연배우로 참여함으로써 신극 여배우로서 상징성을 갖는 조선의 노라가 되기를 꿈꾸었으나 뜻을 이루지 못하였다. 그러다가 그 해 8월 연인 관계에 있던 유부남 극작가 김우진과 함께 현해탄에서 정사(情死)하여 불귀의 객이 되고 말았다.

그렇다면, 김명순의 노라 - 되기는 어떠한 방식으로 나타났을까. 그것은 식민지 조선 문단에서 축출, 배제되면서 이에 저항하는 글쓰기 방식을 통해 나타난다고 할 수 있다. 이는 자신이 실제로 겪은 체험적 서사를 재료로 사용하는 자전적 글쓰기 방식을 통해 남성중심 사회의 폭력성에 대한 비판과 폭로를 가하는 방법으로 전개되었다. 즉 김명순은 자신을 공격하는 남성중심 문단에 대한 저항적 글쓰기를 통해 조선의 노라가 되고자 했던 것이다.

28) 「신극운동 백조회 조직」, 『동아일보』, 1926. 2. 26.
29) 「백조회 공연 금월 중순경에」, 『조선일보』, 1926. 3. 5.

3. 우에노 공원의 사건과 트라우마로서의 자전적 글쓰기

1세대 신여성으로서 김명순의 고난은 주지하다시피 일본 유학시절에 육군사관생도 이응준에게 당한 강간사건에서 비롯된다. 평양에서 명문가의 기생 출신 후처의 딸로 태어난 김명순은 생모가 세상을 떠난 뒤에 이른 나이에 서울 유학을 떠난다. 서울에서 진명(眞明)여학교를 졸업한 김명순은 숙부의 권유로 일본 유학을 하게 된다. 도쿄에서 토키와(上盤)여학교를 다니던 김명순은 숙부의 소개로 알게 된 사관생도 이응준을 우에노 공원에서 만나던 도중 그에게 강간을 당하는 사건이 벌어지게 된다. 이를 비관하여 김명순이 자살을 기도하다가 강간사건은 세상의 화제가 되고 만다. 김명순은 강간의 피해자였으나 뜻밖에도 이 사건은 그의 일생을 전락의 길로 몰고 가는 장애물로 작용하게 된다. 반면 가해자인 이응준은 이 사건으로 인해 자신의 삶에 아무런 영향을 받지 않는다. 심지어 식민지시대에 조선인 최초로 일본군 대좌로 승진하는 등 출세가도를 달리고, 해방 이후에는 육군 참모총장과 체신부 장관을 역임하는 등 승승장구하게 된다. 강간사건은 여성으로서의 삶뿐만 아니라 이후 김명순의 문인으로서의 삶에도 매우 큰 악영향을 미치게 된다.

어린 나이에 충격적인 사건을 경험했음에도 불구하고 김명순은 1917년에 『청춘』에 소설 「의심의 소녀」를 응모하여 3등 당선됨으로써 최초의 여성소설가로 문단에 이름을 올리는 데 성공하였다. 이 소설은 심사위원인 이광수로부터 높은 평가를 받기도 했다.[30] 「의심의

30) 춘원생, 「현상소설선고여언」, 『청춘』 제12호, 1918.

소녀」는 일본 작품의 표절이라는 의혹[31]이 있음에도 불구하고 주목할 만한 작품이다. 김명순 문학 특유의 자전적 글쓰기의 원형이 된다는 점에서 그러하다.

평양을 배경으로 삼은 이 소설의 주인공 '범례'는 다분히 김명순 자신의 어린 시절의 모습을 연상시키는 인물이다. 어린 소녀 범례는 부모도 없이 60대의 늙은 외할아버지 황진사와 함께 살고 있어서 주변 사람들로부터 정체에 대한 궁금증을 불러일으키는 존재가 된다. 재산가 황진사의 무남독녀이며 평양 성내 소문난 미인인 그의 어머니는 피서차로 평양에 온 조국장의 간절한 소망에 이끌리어 그의 부인이 되었지만 이미 부인을 세 번 바꾸고 10여명의 첩을 갈아치울 만큼 호색한인 조국장의 난행(亂行)을 견디지 못하고 자살하고 만다. 「의심의 소녀」는 그렇게 어머니를 잃고 난 뒤 늙은 외할아버지와 함께 표랑(漂浪)의 객처럼 떠돌아다니며 살아가는 범례의 처지를 애처롭게 묘파하고 있다.

이러한 자전적 글쓰기 방식은 이후 여러 작품에서 반복되고 있다. 소설 「탄실이와 주영이」(『조선일보』, 1924. 6. 14.~7. 15)에서는 아예 김명순의 필명 '탄실(彈實)'[32]과 동일한 이름을 지닌 주인공 '탄실이'가 등장하는 노골적인 자전적 소설이다. 탄실이의 출생, 성장과정의 회고와 더불어 경성과 도쿄 유학시절의 경험담을 담담하게 진술하는 방식으로 자전적 서사를 재구하고 있다. 이 과정에서 자신의 삶에서 가장 치욕적인 트라우마가 되었던 강간사건에 대해서도 구체적으로

31) 서정자, 앞의 글, 22면.

32) 김명순이 사용한 필명은 김탄실(金彈實) 이외에 망양초(望洋草), 망양초(茫洋草),망양생(望洋生) 등이 있다.

진술하고 있다.

> 내 누이로 말하면 십년 전에 벌써 참 옛이야길세. 어떤 평범한 아무런 일에도 새로운 것을 찾아 내일 힘이 없으면서 그래도 구구히 사람들의 군 입내를 없이하기 위해서 하는 칭찬 풋어치나 듣는 쥐 같은 작은 남자와 약혼하려다가 그 남자에게 절개까지 억지로 앗기우고 그나마 그것이 세상에 알리어졌을 때 어리고 철없는 내 누이의 책임이 되어서 그보다 오륙년이나 위 되는 쥐 같은 남자가, ×복 있다는 헛 자랑을 얻고 또 내 누이와는 원수가 되어서 현재 저와 꼭 같은 다른 계집하고 잘산다 하세. 그러기로서니 어리고 철없던 사람이 자라지 말라는 법이야 어디 있나. 그동안에 내 누이가 자라고 철들었다고 할 것 같으면 고만 아닌가. 그렇지만 세상은 그렇지 않고 기막힌 일이 많어……[33)]

탄실이의 오빠인 의사 김정택이 자신의 병원을 방문한 문학청년 이수정과 지승학에게 자신의 여동생 탄실이 겪은 사건의 경험담에 대해 진술하는 장면이다. 탄실이가 도쿄 유학시절에 교제하던 남성에게 겁탈을 당한 사실, 그 사건이 세상에 알려지고 난 후 오히려 그 책임이 탄실에게 돌아간 사실, 그 사건 이후 곤경에 처한 탄실과 달리 현재 남성은 결혼해서 잘 살고 있는 아이러닉한 상황 등이 제3자인 작중인물의 입을 통해 진술되고 있다. 상대 남성을 '쥐 같은 남자'라고 표현한 것으로 보아 사건의 직접당사자인 작가 김명순의 감정적 앙금이 은연중에 드러나고 있음을 알 수 있다. 이러한 작중인물이나 서술자

33) 김명순, 「탄실이와 주영이」, 『조선일보』, 1924. 6. 14.-7. 15(서정자 · 남은혜 공편, 『김명순문학전집』, 푸른사상, 2010, 471면).

가 들려주는 탄실의 서사는 작가 김명순 자신의 자전적 사실을 방불케 함은 분명해 보인다.

자전적 사실을 문학작품을 통해 재현하는 방식은 소설 장르에 국한되는 것이 아니다. 시나 희곡에서도 반복되고 있다. 가령, 시의 경우에는 「저주」, 「탄실의 초몽」, 「무제」, 「향수」, 「시로 쓴 반생기」 등에서 자전적 경험과 처지에 관한 시적 진술이 잘 나타나고 있다.

> 나는 들었다
> 굶은 이에게는 밥 먹으란 말밖에 안 들리고
> 음부(淫夫)에게는 탕녀의 소리밖에 안 들리고
> 난봉의 입에서는 더러운 소리밖에 안 나오는 것을[34]

이 「무제」라는 시에서 시적 화자는 자신을 '탕녀(蕩女)'라고 비난하는 주위의 남성들을 '음부(淫夫)'와 '난봉'이라고 표현하면서 공격하고 있다. 이는 자신이 겪은 사관생도 이응준에 의한 겁탈 사건과 시인 노월 임장화와의 연애 및 동거 사건 등 자신의 사생활에 대한 주변 남성 지식인들의 곱지 않은 시선과 비난, 공격 등에 대한 대응이자 자기 방어로 보인다.

가령, 한때 토월회에서 김명순과 함께 동인 활동을 했던 김기진은 「김명순 씨에 대한 공개장」(『신여성』, 1924. 11)[35]에서 김명순의 사

34) 「무제」, 『조선문단』, 1925. 7(맹문재 편역, 『김명순전집』, 현대문학, 2009, 112면).
35) 「김명순 씨에 대한 공개장」은 「김원주에 씨에 대한 공개장」과 함께 잡지『신여성』 1924년 11월호에 나란히 게재되어 있다. 1세대 신여성 김명순, 김일엽(김원주)의 사생활과 문학을 싸잡아 공격하려는 태도를 엿볼 수 있다.

생활과 문학을 싸잡아 비난하였다. 이 공개장에서 김기진은 먼저 김명순의 시를 인용한 뒤 '분 냄새가 나는 시'라고 폄하하면서 그의 시에는 화장한 피부와 같이 퇴폐의 미, 황량의 미가 느껴진다고 논평했다. 또 그의 희곡 「의붓자식」에 대해서는 "저급한 저회취미(低回趣味)와 흐리멍텅한 현실긍정의 속정주의(俗情主義)와 조선 제(製) 데카당스 취미의 고취 외에는 다른 것이 없다."[36]며 혹평하였다. 김기진은 김명순의 문학에 대한 공격에서 더 나아가 인신공격까지 감행하였다. 그의 모친과 고모가 평양 기생 출신이어서 그에게는 "외가 어머니편의 불순한 부정한 혈액"이 흐르고 있으며, "처녀 때에 강제로 남성에게 정벌을 받았다는 이유가 있기 때문에 더 한층 히스테리가 되어 가지고 문학중독(文學中毒)으로 말미암아 방종하였다"[37]면서 김명순의 뼈아픈 과거를 공적인 매체를 통해 공표하면서 인격모독을 저지르는 행태를 보여주었다.

이 뿐 아니라 염상섭의 소설 「제야」, 김동인의 소설 「김연실전」, 전영택의 소설 「김탄실과 그 아들」 등 주변 남성 지식인들에 의해 김명순을 공격하는 문학작품들이 연이어 쏟아져 나오게 된다. 특히 김동인의 「김연실전」은 문학의 외피를 가장한 남성 작가들의 남근중심주의와 성차별주의 의식을 반영하는 것에 다름 아니었다.[38] 남성 작가들이 여성작가를 타자화시킨 극단적 사례라고 할 수도 있다.[39] 그러

36) 김기진, 「김명순 씨에 대한 공개장」, 『신여성』, 1924. 11, 48면.
37) 김기진, 위의 글, 50면.
38) 송명희, 「근대소설에 나타난 신여성 모티프」, 『인문사회과학연구』제11 - 2호, 부경대학교 인문사회과학연구소, 2010, 9면.
39) 이덕화, 「신여성문학에 나타난 근대체험과 타자의식 : 김명순을 중심으로」, 『여성문학연구』제4호, 한국여성문학학회, 2000, 23면.

나 무엇보다도 김기진의 「김명순 씨에 대한 공개장」은 신여성들의 사생활과 그 문학, 특히 김명순의 인격에 대한 남성 지식인들의 공격을 알리는 신호탄 역할을 했다는 점에서 그에게는 가장 뼈아픈 사건이 되었을 것이다.

일생 김명순에게 주홍글자처럼 따라붙었던 '탕녀'라는 낙인은 김기진의 '공개장'에 의해 공론화 된 장에서 최초로 새겨진 것이며, 그 후 염상섭, 김동인, 전영택 등에 의해 집요하게 반복 재생산 되었다. 김명순의 문학이 자전적 글쓰기가 될 수밖에 없었던 이유는 바로 이러한 점에 있는 것이 아닐까. 남성 지식인 작가들에 의해 지속적으로 반복되는 탕녀라는 낙인찍기, 또 그로부터 전 사회적으로 확산되는 자신과 신여성들에 대해 쏟아지는 비난과 공격으로부터 스스로를 지키기 위해서는 끊임없는 자기변명적, 자기방어적 글쓰기를 선택하지 않을 수 없었을 것이다. 그것은 때로는 남성중심 문단의 주류에 대한 대항서사로서 저항적 글쓰기 태도를 취하게 만들기도 했다. 김명순이 추구한 조선의 노라 - 되기는 이러한 저항적 글쓰기와 연관된다. 김명순의 시, 소설, 희곡들이 자전적 글쓰기 방식에 치우쳤던 것은 이러한 이유와 관계가 있을 것으로 생각된다.

4. 다이쇼(大正)시대적 연애관과 금욕주의 연애론

희곡 「의붓자식」(1923) 역시 그러한 맥락 위에 놓여있다. 비록 이 희곡의 발표 시기는 김기진의 '공개장'보다 이르다. 그러나 김명순의 강간사건은 당시 언론에 보도될 만큼 널리 알려진 사건이었기에 이미 신여성 김명순의 사생활은 「의붓자식」을 쓸 무렵에 많은 사람들로부터 알게 모르게 화제의 대상이 되어 있었다. 이러한 맥락에서 앞서 살펴보았듯이 그의 글쓰기는 이미 데뷔작인 소설 「의심의 소녀」에서부터 자기방어적 글쓰기로 출발하였다. 희곡 「의붓자식」도 데뷔작 「의심의 소녀」의 연장선상에 놓여있다.

「의붓자식」의 주인공은 김명순 자신을 연상시키는 신여성 '성실(星實)'이다. 이름도 필명 탄실(彈實)과 유사할 뿐만 아니라 성실의 가정환경도 김명순의 그것과 매우 흡사하다. 집안 경제사정은 매우 유복하지만 어머니는 일찍 돌아가시고, 그와 그의 동복(同腹) 여동생(매2)이 부친과 계모로부터 학대와 설움을 받는다는 환경의 설정은 작가 김명순의 자전적 삶에 상당부분 토대를 두고 있음을 보여준다. 이러한 극적 설정은 「의붓자식」이 근본적으로 자전적 글쓰기 형식의 희곡이라는 사실을 분명하게 드러내는 점이다.

이 극의 무대배경은 화려하다. 대리석 침대와 금 쟁반이 놓여 있는 탁자, 호피 위에 놓인 피아노, 앉은뱅이 꽃이 담긴 광주리, 황색 비로드 보료 등과 같은 호사스러운 대, 소도구로 치장된 침실이 희곡의 무대배경이다. 이러한 환경을 배경으로 성실과 그의 여동생(매2)이 부친과 계모로부터 가정에서 겪는 설움, 폐병으로 인한 성실의 육체적 고통, 자신의 애인 영호(의사2)가 이복 여동생(매1)의 약혼자가 됨으로써 빚어지는 애정 삼각관계의 정신적 고통, 그리고 영호와의 동반자살 암시 등의 사건들이 펼쳐진다.

흥미로운 점은 성실과 매2가 영호를 둘러싸고 벌이지는 애정 삼각관계다. 그로 인해 빚어지는 성실의 육체적 고통과 정신적 번민, 그리고 동반자살이라는 극단적 선택이 바로 이 극의 극적 역동성을 불러

일으키고 있다. 외관상으로 보면 애정삼각 갈등을 모티프로 삼은 평범한 연애비극 같아 보이지만 구체적으로 들여다보면 김명순이 지향하는 연애사상이 표명된 희곡이라는 점에서 주목을 요한다. 그렇다면, 김명순의 연애사상이라는 것은 어떤 특징을 가진 것일까.

> 성　실 : 세라 씨! 제 가슴이 찢어지는 것 같습니다. 저는 그 조금 전부터 세상과는 딴 생각을 가지게 되었습니다. 참말 사랑은 세상에 드물게 있는 것으로 알아졌습니다. 세상에 자주 있는 소위 사랑이라는 것은 육적 충동과 호기심 만족에 불과한 것으로 피하지 않으면 안 될 것으로 생각했습니다. 그러기에 저는 결혼을 꺼립니다.
> 여교원 : 그렇습니다. 그러나 그 생각은 사라지지 않을 수 없습니다. 그가 당신을 이 세상에서 멀리하는 것입니다.
> 성　실 : 그럼 세라 씨는?
> 여교원 : 그런 생각은 세상에 의붓자식이외다. 그는 참을 수 없는 영육이 합일치 못하는 아픔이외다.[40) …… ① (밑줄, 강조)
>
> 매1　: 그런 형님이면 다만 두고라도 나와 약혼한 영호 씨를 빼앗지 않는다고만 약속하여 주시오.
> 성　실 : 그것은 용이한 일이다. 나는 영호 씨와 약혼치 않을 것이다. 결혼생활, 육적 관계는 내게 큰 금물(禁物)이다.
> 매1　: 그러실 것 같으면 형님은 동생을 위하여 이같이 애타게 구하는 보수를 얻어주시는 것이 좋지 않습니까?

40) 김명순, 「의붓자식」, 『신천지』, 1923. 7(맹문재 편역, 『김명순전집』, 현대문학, 2009, 235면).

성 실 : 나는 동생의 연애문제에는 제3자이다. 그리고 무능력자이다.[41] …… ② (밑줄, 강조)

의사2 : 나는 참 성실 씨의 의사로 왔습니다.

성 실 : ……미움이 조금씩 다른 사람들의 세상에 영생을 주려고 의사로 오셨습니까?

의사2 : 기다리시지요. 나는 시방 우리의 지나온 뒷길을 한 번 더 돌아다보아야겠습니다. 3년 전 이맘때였습니다. 성실 씨를 크신 뒤로 처음 뵙기는 그때였습니다. 음악회를 마치고 돌아오시는 길에 무라카미 상의 소개로 나와 인사를 하고 세 사람이 그 우에노 공원을 지나올 때 빨간 동백꽃이 많이 떨어진 것을 보고 무라카미 상은 연애하는 처녀 같다고 하니까 당신은 연애란 추악한 것이라고 앵두빛 같은 얼굴을 숙였습니다. 그래서 나는 내 생각과 같은가 안 같은가를 알아보려고 어째 그러냐고 물었더니, 어두워지니까 마비(痲痺)해지니까 라고 하셨습니다. 그때 나는 용기를 훨씬 내어서 무엇으로 그런 줄을 아느냐고 물었더니 대답지 않으셨습니다. 그 후로는 매 공일 성실 씨를 심방하게 되었습니다. 그러나 성실 씨는 내게 아무 이야기도 하지 않았습니다. 오히려 내가 너무 친절히 할까봐 겁을 내셨습니다. 그리고 아무런 일이 있어도 한 공일에 두 번은 만나주시지 않으셨습니다.[42] …… ③ (밑줄, 강조)

41) 김명순, 위의 책, 242면.
42) 김명순, 위의 책, 249면.

장면①은 성실과 그의 친구 세라(여교원)의 대화 부분이다. 이 대화 장면을 통해 성실의 독특한 연애관이 잘 드러나고 있다. 성실은 진정한 사랑(참말 사랑)은 세상에 매우 드문 것이라는 비관적 연애관을 갖고 있다. 이른바 사랑은 '육적 충동'과 '호기심 만족'을 위한 것에 불과하며, 그러기 때문에 사랑은 가급적 '피하지 않으면 안 될 것'이라고 생각하고 있다. 즉 성실은 연애에 대해 매우 부정적 인식을 갖고 있음을 알 수 있다. 다이쇼시대의 연애인식을 반영하고 있는 구리야가와 하쿠손(廚川白村)의 『근대의 연애관(近代の戀愛觀)』(改造社, 1922)을 통해 알 수 있듯이, 기본적으로 일원론적인 영육(靈肉)일치, 또는 영육합치를 통한 연애를 이상적인 연애라고 보는 것이 당시 다이쇼시대 연애관의 본질이었다.[43] 다이쇼시대에 일본 유학을 경험하고, 유학 이후에도 상당기간을 일본에서 머물면서 문필활동을 해온 김명순이 이러한 다이쇼시대적 연애사상의 분위기를 몰랐을 리 없다. 그럼에도 김명순은 일원론적인 영육일치의 연애관에 거부감을 갖고 있으며, 특히 '육'적 연애에 대한 극도의 혐오를 보이고 있음을 「의붓자식」의 여주인공 '성실'의 진술과 태도를 통해 알 수 있는 것이다.

성실은 '영육이 합일치 못하는 아픔'을 겪으면서도 당대 근대 지식인들 사이에서 유행하던 영육일치의 연애관을 거부하고 있다. 뿐만 아니다. 결혼까지도 거부하고 있다. 영호의 약혼자인 '매1'과 대화하는 장면②에서 성실은 '매1'에게 자신은 영호와 약혼치 않을 것이니 걱정 말라고 말한다. 더 나아가 '결혼생활, 육적 관계는 내게 금물(禁物)'이라고 선언하면서 성적 관계에 기반을 둔 육체적 연애와 결혼생

43) 간노 사토미, 손지연 옮김, 『근대 일본의 연애론』, 논형, 2014, 53면.

활 자체를 거부하고 부정하는 태도를 보이고 있다. 폐병으로 극도로 피폐해진 성실을 치료하기 위해 영호(의사2)가 방문하게 되었을 때 성실과 영호가 대화를 나누는 장면③에서 드러나듯이, 성실은 '연애는 추악한 것'이라며 영호와의 관계에서 일정한 거리를 유지하고 있다. 두 사람의 연인관계가 더 이상 지속되지 못하고, 마침내 성실의 이복 여동생과 영호가 약혼을 하게 된 것도 성실의 연애와 결혼에 대한 거부에서 비롯되는 것이다.

그렇다면 성실은 사랑(연애) 자체를 부정하는 것일까. 그렇지는 않아 보인다. 다만 그가 추구하는 진정한 사랑('참말 사랑')이란 성 관계에 기초를 둔 육적 연애와 결혼생활이 아니고, 동경과 흠모에 기초를 둔 상호존중의 영적 연애인 것이다. 이러한 영(靈)적 연애는 성적 관계와 육체적 관계를 철저하게 배제하는 금욕주의를 원칙으로 한다.

이러한 금욕주의적 연애와 결혼생활의 단적 사례를 잘 보여주는 것이 바로 희곡 「두 애인」[44]이다. 「두 애인」의 무대 역시 김명순 희곡 특유의 낭만적 호사취미가 잘 나타난다. 무대는 '화려한 중류 이상의 가정 대청'이며, 대, 소도구로는 탁자와 책상, 책들, 살구 꽃병 등이 놓여 있어서 중산층 지식인 가정의 분위기를 자아내고 있다.

「두 애인」의 여주인공 기정은 결혼을 한 기혼여성이지만 남편(주인)과는 일체 육체적, 성적 관계를 갖지 않고 있으며, 오히려 다른 기혼남성들을 연인으로서 흠모하는 여성이다. 그는 남편과 순결을 조건으로 한 계약결혼을 한 상태로서 히브리주의자(청교도주의자) 김춘

---

44) 창작집 『애인의 선물』(회동서관, 1930년 추정)에 수록된 희곡으로서 창작연대가 명확치 않은 작품이다.

영, 사회주의자 이관주(리관주)를 애인으로 두고 그들과 영적 연애를 하고 있다. 히브리주의자 김춘영과 사회주의자 이관주가 기정의 영적 '애인'인 셈이다. 이러한 기정의 금욕주의적 연애는 현실적으로 실현 불가능한 것이다. 그는 두 애인의 부인들로부터 모욕과 망신을 당할 뿐 아니라 폭행을 당하게 된다. 김춘영의 부인에게 폭행을 당해 걷지 못할 정도로 다리를 못 쓰게 되고, 이후 다시 이관주의 부인에게 사진틀로 폭행을 당해 눈과 머리를 다쳐 몸 져 눕게 된다. 마침내 금욕주의적 연애의 추구에 실패한 기정은 남편의 품에서 시름시름 앓으면서 죽음을 기다리게 된다.

> 주인 : (괴로운 웃음을 띠고) 훙 오늘은 당신의 제일 첫 애인인 김춘영 군을 만났구려. 그러니까 오늘만은 나도 당신의 금욕주의 연애 신성을 존경하여 드릴 터이요. 하지만 과도한 침묵주의만은 더 참지를 못하겠소.
>
> (……)
>
> 아내 : (참으로 괴로운 듯이 머리를 푹 숙이고) 제발 그런 잡소리를 마세요. 내 머리가 터질 것 같습니다. 나는 단지 더 잘살기 위하여 나의 이상을 찾을 뿐입니다.
>
> 주인 : (아내 앞에 무릎을 꿇고 아내의 하얀 치맛자락을 붙잡으며) 이렇게 내가 당신 앞에 무릎을 꿇고 비는 것이요. 제발 그 공상누각에서 좀 내려와서 이렇게 같이 살게 된 이상 부디 화평한 가정을 이루어봅시다.
>
> 아내 : (무섭고 싫은 듯이 손으로 치맛자락을 떨치며) 놓으세요. 이것이 무슨 짓이어요? 이것이 화평한 가정주의라는 것이요? 사람과 사람 사이에 굳이 약속된 조건을 무시하고 왜 축축이

남의 치맛자락을 잡으세요?[45] (밑줄, 강조)

기정과 그의 남편은 기정의 '금욕주의 연애' 이상(理想) 때문에 갈등을 빚고 있다. 남편은 '공상누각'과 같은 '금욕주의 연애'의 이상에서 벗어나 '화평한 가정'의 현실로 돌아오길 기대하지만 기정은 순결을 조건으로 한 계약결혼이라는 '약속된 조건'을 강조하며 남편의 기대를 단호하게 거절한다. 더 나아가 남편의 간절한 소망을 거부하는 대신에 그는 자신이 숭배하고 흠모하는 청교도주의자 김춘영, 사회주의자 이관주 등과 정신적 연애를 추구한다.

아내 : (……) 하지만 나는 내가 아주 여지없이 구차할 때부터 김 선생님을 사모하기 시작하였다가 그가 여지없이 냉정하여진 때 나는 고만 그가 언제 한 번은 몹시 칭찬하여 혜성과 같이 그의 학설을 어느 신문에 발표한 리 선생님을 숭배하기 시작한 것이요. 처음에는 단지 그의 인격으로 사상으로 무엇을 얻으려고 하였던 것이나 주위의 환경이 나만을 감정적으로 이상한 곳에 떨어트리었소. 그러나 내가 그들에게 무슨 관능적 쾌락을 얻으려고 하던 것도 아니고 그들의 애처로운 보금자리를 들추려 한 것은 아니요. 그러나 그들조차 나를 바로 알지 못하는 것 같은 때도 허구 많았소.[46] (밑줄, 강조)

기정이 김춘영과 이관주을 사모하고 숭배한 것은 그들의 인격과 사

45) 김명순, 「두 애인」, 『애인의 선물』, 회동서관, 출판연대 미상(맹문재 편역, 『김명순 전집』, 현대문학, 2009, 255~256면).

46) 김명순, 위의 책, 263면.

상 때문이며, 그들에게 관능적 쾌락이나 결혼을 기대한 것도 아니라고 주장한다. 이러한 기정의 이상을 그의 남편은 비현실적인 '공상누각'이라고 지적하고 있다. 그렇다면, 왜 일원론적 영육일치의 연애라는 동시대의 일반적 연애관을 거부하고, 김명순 희곡의 여주인공들(성실, 기정)은 자신만의 독특한 금욕주의적 연애의 이상을 고집하는 것일까. 그 이유는 김명순이 일본 유학 시절에 겪은 우에노 공원의 강간사건이라는 트라우마와 관련이 있을 것이다. 세상에 널리 공표된 강간사건의 피해자라는 자신의 이미지는 그가 신여성으로서나, 작가로서나 사회생활을 영위해나가는 데 있어서 커다란 걸림돌로 작용했을 것이다. 자신의 육체에 새겨진 강간 피해자라는 낙인에서 벗어나는 길은 강한 육(체)의 거부, 육적 연애의 거부라고 생각한 것은 아니었을까. 그가 극단적 금욕주의 연애사상을 추구하게 된 배경에는 역설적으로 우에노 강간사건의 지울 수 없는 트라우마가 자리하고 있을 것이다.

이른바 다이쇼시대는 연애(戀愛)의 시대라고 말해진다. 연애, 스캔들, 정사(情死) 사건, 연애담론 및 사상이 각종 언론매체와 잡지에서 범람하던 연애 대중화 시대였다. 다이쇼 지식인들에게 연애 문제는 새로운 담론의 테마였다. 연애 문제에 대한 대중들의 관심 또한 매우 높았다. 여성 독자층의 확대로 『부인공론(婦人公論)』과 같은 여성잡지가 등장하게 되는데, 이 잡지는 1919년에 이미 발행부수가 7만부에 달할 만큼 많은 여성 독자층을 확보하였다. 이러한 여성 대중잡지의 등장은 연애담론의 붐을 더욱 부추겼다.[47] 각종 매체를 통해 연애

47) 간노 사토미, 앞의 책, 112면.

에 관한 담론은 확산되었다. 자유연애와 자유결혼에 기초한 영육일치의 연애론도 이러한 토대 위에서 다이쇼 시대에 유행하게 되었다.

이 영육일치 연애론에 따르면 연애에 대한 인식은 연애=성욕은 아니지만 그 기본전제는 성욕을 기반으로 하고 있다. 성적 본능이 더 높은 차원으로 순화되어 점차 연애의 가치를 실현하는 것이라고 보았다.[48] 그러나 이러한 영육일치 연애론이라는 담론이 유행했던 것은 역설적으로 다이쇼 시대의 일본 사회에서 근대적 교육을 받은 지식인 남성과 여성들이 상당히 증가했음에도 불구하고 그들 스스로 결혼에 대한 자기결정권을 가지지 못했던 현실을 반증하였다. 여전히 젊은 남성과 여성들은 부모와 가문의 결정에 의해 원치 않는 결혼을 했던 것이 현실이었다. 영육일치 연애론의 유행은 이렇듯 근대적 당위론과 전근대적 현실 사이의 괴리에서 증폭되었던 것이다.

전근대적 결혼제도의 현실이 근대적 연애의 당위론을 억압함에 따라 근대적 지식인들 사이에서 영육일치 연애론의 주장은 더욱 강조되었다. 연애 없는 결혼은 비판의 대상이 되었다. 생활수단을 얻기 위해 애정 없는 결혼을 하는 여성을 '매춘부', '직업여성'과 같은 것이라고 비난하는 주장도 대두하였다.[49] 20세기 초반 근대 동아시아에 여성해방사상에 커다란 영향을 끼친 엘렌 케이는 『연애와 도덕』, 『연애와 결혼』 등의 저서에서 연애지상주의 사상을 주창하였다. 그는 '연애가 소멸하면 바로 그 결혼관계를 그만두어도 괜찮다'는 자유 이혼설을 주장하였는데, 이는 '연애 없는 결혼'의 성립 불가능성을 강조하는 논리

48) 간노 사토미, 위의 책, 122~123면.
49) 간노 사토미, 위의 책, 126~127면.

였다. 구리야가와 하쿠손은 부인이 물질적 생활의 안정을 위해 '사랑 없는 결혼관계'를 유지하는 것은 일종의 '강간생활'이자 '노예적 매음생활'이라고 비난하였다.[50]

「두 애인」의 여주인공 기정은 유모의 간청에 못 이겨 '사랑 없는 결혼관계'를 유지하는 인물이다. 그러나 그는 매우 강한 주체의식을 가진 신여성이므로 남편과의 육체적 관계를 거부함으로써 이른바 '노예적 매음생활'을 피하고 있는 것이다. 그리고 자신의 영적 연애대상을 추구함으로써 주체적 삶을 살고 있지만 결국 그들의 부인들의 폭력에 의해 죽음의 문턱에 이르게 된다. 「두 애인」은 기정의 삶을 통해 식민지 조선의 엘렌 케이 식 연애지상주의자 신여성이 현실의 장벽에 부딪혀 결국 처절하게 패망할 수밖에 없는 현실을 극명하게 보여주고 있는 것이다. 즉 김명순은 금욕주의 연애를 추구하는 여주인공들의 시도가 패배와 좌절로 귀결되는 비극적 파국을 형상화함으로써 식민지 조선의 억압적 여성 현실을 폭로하고 있는 셈이다.

5. 나가는 말

식민지 조선 여성의 억압적 현실을 문학으로 재현한다는 것은 김명순에게 특별한 의미가 있었을 것이다. 그것은 굳이 1세대 신여성으로서, 혹은 작가로서의 관념적 자의식만은 아니었을 것이다. 그는 식민지 조선 여성의 억압적 현실을 온몸으로 체감하며 살아온 작가이

---

50) 구리야가와 하쿠손, 이승신 옮김, 『근대일본의 연애관』, 문, 2010, 33면.

기 때문이다. 기생 출신 후처의 딸이라는 차별의식, 우에노 공원 강간 사건의 트라우마, 김기진, 김동인 등 남성 지식인 작가들의 공격과 비난, 그로 인한 조선 문단에서의 축출과 배제 등이 그의 여성으로서의 삶, 그리고 작가로서의 삶을 집요할 정도로 질식시켜 왔다. 그리고 그에 저항하기 위한 대항적 글쓰기가 그의 고유한 자전적 글쓰기 형식을 탄생시켰다. 그것은 불가피하게 자기변명적, 자기방어적 글쓰기 방식의 성격을 가질 수밖에 없었다. 조선의 노라라는 반항적 여성 이미지도 그렇게 구축된 것이라고 할 수 있다.

시, 소설, 희곡 등 거의 모든 장르에 걸쳐 그는 자신의 과거와 현재 처지를 설명하고, 변명 내지 옹호하는 말하기를 수행하지 않을 수 없었다. 희곡 「의붓자식」과 「두 애인」의 경우도 마찬가지였다. 두 희곡에 등장하는 여주인공 성실과 기정은 모두 작가 김명순의 자전적 삶을 토대로 탄생한 인물들이며, 작가 자신의 뼈아픈 트라우마에서 비롯된 금욕주의적 연애 이상을 추구하고 있다. 그들의 금욕주의적 연애사상은 당대 젊은 지식인 남녀들 사이에 유행했던 엘렌 케이의 연애지상주의에 근거를 둔 일원론적인 영육(靈肉)일치 연애관과 상당히 다른 것이었다. 육(肉)적 연애에 대한 병적 거부와 영(靈)적 연애에 대한 과도한 집착이라는 왜곡된 연애사상의 추구는 김명순 희곡의 여주인공들이 지닌 의지적 행동인 동시에 작가 자신의 내면을 반영하는 것이기도 하다. 물론 그의 일그러진 연애사상은 자신이 남성에게 당한 육체적 훼손이라는 트라우마와도 연관될 것이다. 또 다른 측면에서 해석하면 금욕주의 연애를 추구하는 여주인공들의 시도가 패배와 좌절로 귀결되는 파국을 보여줌으로써 문학을 통해 식민지 조선의 억압적 여성 현실을 폭로하고자 했다고 볼 수 있다.

한국 최초의 여성작가 김명순이 1920년대에 두 편의 희곡을 창작했다는 것은 한국희곡사에 있어서 의미심장한 사건이라 할 수 있다. 1920년대에 여성작가에 의해 씌어진 희곡 자체가 매우 드문 현실에서 여성극작가가 직접 신여성 주인공을 통해 당대 신여성이 처한 연애와 결혼에 관한 담론을 극적 형상화하였다는 점에서 매우 중요한 의미를 갖는다. 이러한 여성작가를 식민지 조선의 문단에서 축출, 배제하고 결국 조선을 떠나 디아스포라로 떠돌게 만들었다는 점에서 당대 남성 지식인 작가들은 냉정한 비판을 감수해야만 한다. 김명순을 비롯한 1세대 신여성들이 "그 무렵 남성 작가들이 너무나 이해 없고 몰염치한 눈으로 그들을 바라보았다는, 즉 남성 작가들의 무지와 몰염치, 전횡으로 인하여 희생당하고 만 것"[51]이라는 임종국, 박노준의 지적은 반 세기 전의 주장이지만 지금 보아도 여전히 예리하고 참신하다.

51) 임종국 박노준, 『흘러간 성좌(3)』, 국제문화사, 1966, 151면.

참/고/문/헌

〈기본자료〉

- 맹문재 편역, 『김명순전집』, 현대문학, 2009.
- 서정자 · 남은혜 공편, 『김명순문학전집』, 푸른사상, 2010.
- 송명희 편, 『김명순 단편집』, 지식을만드는지식, 2013.
- 이상경 편, 『나혜석전집』, 태학사, 2000.
- 표언복 편, 『전영택전집』, 목원대출판부, 1994.

〈연구논문〉

- 김옥란, 「여성작가와 장르의 젠더화 : 희곡과 수필을 중심으로」, 『민족문학사연구』제28호, 민족문학사학회, 2005.
- 남은혜, 「김명순 문학 연구」, 서울대학교 석사학위논문, 2008.
- 맹문재, 「김명순 시의 주제 연구」, 『한국언어문학』제53호, 한국언어문학회, 2004.
- 박명진, 「탄실 김명순 희곡 연구」, 『어문논집』제27호, 민족어문학회, 1999.
- 서정자, 「축출, 배제의 고리와 대항서사」, 『세계한국어문학』제4호, 세계한국어문학회, 2010.
- 송명희, 「근대소설에 나타난 신여성 모티프」, 『인문사회과학연구』제11 - 2호, 부경대학교 인문사회과학연구소, 2010.
- 신지연, 「1920년대 여성담론과 김명순의 글쓰기」, 『어문논집』제48호, 민족어문학회, 2003.
- 신혜수, 「김명순 문학연구 - 작가의식의 변모양상을 중심으로」,

이화여자대학교 석사학위논문, 2009.
• 이덕화, 「신여성문학에 나타난 근대체험과 타자의식 : 김명순을 중심으로」, 『여성문학연구』제4호, 한국여성문학학회, 2000.
• 이민영, 「김명순 희곡의 상징주의적 경향 연구」, 『어문학』제103호, 한국어문학회, 2009.
• 최윤정, 「김명순문학연구」, 『한국문학이론과 비평』제60호, 한국문학이론과 비평학회, 2013.
• 야마시마 영애, 이은주 옮김, 「식민지하 조선의 '신여성'」, 『동아시아 국민국가 형성과 젠더』, 소명출판, 2009.
• Lee, Sang Woo, "To Challenge the Conventions of Colonial Korea : The Case of Actress Yoon Shimdeok", *Journal of Korean Culture*, vol.35, 한국어문학국제학술포럼, 2016.

〈단행본〉
• 권보드래, 『연애의 시대』, 현실문화연구, 2003.
• 김경일, 『여성의 근대, 근대의 여성』, 푸른역사, 2004.
• 김일엽, 『청춘을 불사르고』, 범우사, 1976.
• 유민영, 『윤심덕, 현해탄에 핀 석죽화』, 안암문화사, 1983.
• 이상경, 『인간으로 살고 싶다 : 영원한 신여성 나혜석』, 한길사, 2000.
• 임종국 · 박노준, 『흘러간 성좌(3)』, 국제문화사, 1966.
• 최혜실, 『신여성들은 무엇을 꿈꾸었는가』, 생각의 나무, 2000.
• 간노 사토미, 손지연 옮김, 『근대 일본의 연애론』, 논형, 2014.
• 구리야가와 하쿠손, 이승신 옮김, 『근대일본의 연애관』, 문,

2010.
- 오고시 아이코, 전성곤 옮김, 『근대일본의 젠더이데올로기』, 소명출판, 2009.
- 早稲田大學演劇博物館 編, 『日本演劇史年表』, 東京:八木書店, 1998.
- 박승희, 「토월회 이야기」, 『사상계』, 1963. 8.

(『인문사회과학연구』제18-1호, 부경대학교 인문사회과학연구소, 2017. 2)

혼종의 남성상,
그 '증오'와 '의존'의 양가적 산물

김남석

1. 서론 : 문제적 여성 작가의 이질적 희곡의 가능성

김명순은 흔히 최초의 여성문학가 중 한 사람으로 인정되는 근대 초기 문인(극작가)이다. 그녀가 남긴 작품 수는 무려 147편에 달하는 것으로 조사되고 있으며,[1] 그 중에는 소설 19편, 번역소설 1편, 산문

1) 맹문재, 「여성성을 절실하게 열다」, 맹문재 편역, 『김명순 전집』, 현대문학, 2009,

20편, 시 96편, 희곡 2편 등이 고루 분포되어 있다. 또한 그녀는 생전에 두 편의 창작집을 상재했고, 그 중 첫 번째 창작집 『생명의 과실』은 1920년대 주목되는 창작집의 하나로 손꼽히고 있다. 따라서 그녀와 그녀의 문학에 대한 연구는 현재 시단을 중심으로 한 문단에서 주로 이루어지고 있는 실정이다.

하지만 그가 창작한 작품 중에는 희곡 2편이 포함되어 있고, 이 두 작품은 여성문학가로서의 상징적 의의뿐만 아니라 초창기 희곡으로서의 연극사적 의미를 비중 있게 담보한 경우에 해당한다. 그럼에도 이와 관련된 연구는 극소한 편이며, 두 편의 관련 연구를 제외하면[2] 본격적인 연구는 보류되고 있는 형편이다. 따라서 김명순 희곡에 대한 연구는 시급히 요청되는 연극계의 보완 과제 중 하나라고 하겠다.

본 연구는 김명순의 희곡 작품 「의붓자식」과 「두 애인」에 집중하여, 그 인물(캐릭터)의 재현 양상과 그 의미를 살피는 데에 역점을 두고자 한다. 특히 작가 김명순과 그의 연극적 분신으로서의 여성 자아(여주인공)를 살피는 연구(시각)에서 벗어나, 그 상대역으로서의 남성 캐릭터에 대해 심도 있게 살피보고자 한다. 이러한 연구(시각)가 필요한 이유는 김명순 연구 중에서도 희곡에 대한 연구가 상대적으로 낮은 비중을 차지하고 있는 현재의 연구 상황을 감안하여, 김명순 문학 연구의 전반적 측면에서 질적인 균형을 유지해야 한다는 학문적 당위에서 연유하고 있으며, 새로운 방법론을 제시하여 답보 상태

283~294면 참조.

2) 박명진, 「탄실 김명순 희곡 연구」, 『어문론집』 제27호, 중앙어문학회, 1999, 189~213면 ; 이민영, 「김명순 희곡의 상징주의적 경향 연구」, 『어문학』 제103호, 한국어문학회, 2009, 399~431면.

에 처해 있는 김명순 희곡에 대한 연구 의지를 제고할 필요가 있기 때문이다. 나아가서는 김명순 관련 연구의 동반적 상승효과를 유도하기 위해서라고 할 수 있으며, 아울러 김명순 희곡이 지닌 특성과 개성을 분명하게 밝혀내야 한다는 필요성을 인정했기 때문이다.

그렇다면 그녀의 희곡적 특질을 밝혀내야 하는 근본적인 이유를 논의하는 것이 순서일 것으로 판단된다. 그녀의 희곡에서는 1920년대 혹은 1930년대 남성 작가의 희곡과 근본적으로 다른 남성상을 체현하고 있다는 특징이 발견된다. 그녀가 자신의 희곡에서 중점적으로 묘사하고자 한 인물은 여성 주인공일 테지만, 이러한 여성 주인공을 묘사하는 과정에서 여성 주인공을 둘러싼 남성 캐릭터의 묘사에도 일정한 개성과 차이를 자연스럽게 부여하게 된 것으로 보인다. 이러한 결과는 사실 필연적인 결과라고 하겠는데, 김명순 자신이 그려내고자 했던 여성 캐릭터에 상대적인 영향력을 행사하거나 대응되는 이미지를 담보하는 존재가 요구되기 때문이다. 이러한 존재에 대한 관찰은 김명순의 희곡 세계에 대한 이해를 확대할 것으로 기대된다.

김명순이 발표한 희곡은 두 편으로, 한 편은 1923년 7월 『신천지』(3권7호)에 발표한 「의붓자식」이고 다른 한 편은 1930년 간행되었을 것으로 추정되는 두 번째 창작집 『애인의 선물』에 수록된 「두 애인」이다.[3] 최초 「두 애인」이 발굴된 당시에는 『애인의 선물』의 후반부에 낙장이 존재했고, 이로 인해 불완전한 결말을 가진 희곡으로 소개되

---

3) 맹문재는 『애인의 선물』의 간행 연대를 1930년으로 추정하고 있고, 희곡을 발굴하여 소개한 박명진과 김명순에 대한 희곡 연구를 감행한 이민영은 1927년으로 추정하고 있다.

었다.[4] 하지만 이후 그 원작이 발굴되면서, 「두 애인」이 1927년에 창작되었고 1928년 잡지 『신민』(1928년 4월)에 발표되었다고 공인되고 있다.

김명순의 전체 창작 작품 편수를 감안하면 두 편의 희곡은 다작이라고 할 수 없지만, 당대의 창작 풍토를 고려하면 그녀의 희곡 창작은 창작 영역의 확대라는 측면에서 주목되는 사안이 아닐 수 없다. 남성 위주의 문단 편성과 극작 풍토 하에서 여성 (극)작가로서의 면모를 관찰할 수 있다는 사실은 이러한 창작 작품 발표를 주목해야 하는 근원적 이유라고 하겠다.

더구나 그녀의 극작 성향이 일관된 방향을 견지하고 있고, 남성 작가들의 창작 성향과 차이를 보이며, 여성적 시각에서 개성적인 특성을 드러낸다는 점을 주목해야 한다. 여성에 대한 '남성들의 일방적 시혜의식'을 바탕으로 창작된 여타 남성 극작가들의 창작 희곡(들)과 분명한 차이를 보이고 있다는 점에서, 김명순의 희곡은 1920년대 희곡의 외연을 넓힐 수 있는 단서를 확보한 경우에 해당한다.

특히 1920년대 후반기에 창작되어 1930년대 창작집에 발표된 「두 애인」에는 남성들의 이중적 면모를 거부하는 여성(상)이 등장하고 있는데, 이러한 여성(상)의 등장은 기타 남성 캐릭터들의 허위의식과 이중성을 고발하는 비판 효과를 불러일으키고 있다. 이 점은 한국 희곡사에서 주의 깊게 관찰할 필요가 있는 지점이다.

또한 이러한 고발과 비판의식에는 이를 현실적으로 극복하는 여성

---

4) 박명진, 「자료 소개 : 김명순의 「두 애인」」, 『한국극예술연구』 제14호, 한국극예술학회, 2001, 269~325면.

자아의 문제의식 역시 이중적으로 계류되어 있어, 언뜻 김명순의 희곡은 자기모순을 품은 창작으로 이해될 가능성 또한 적지 않다. 즉 남성의 이중성을 바라보는 여성의 시선 또한 이중적인데, 남성의 허위의식을 발견하고 이에 대해 거리를 두는 여성의 태도가 등장하는 한편, 반대로 그러한 남성임에도 불구하고 대책 없이 매달리고 절대적으로 의존하려는 성향 역시 발견되기 때문이다.

이러한 이중적 성향 - 비판적 거리를 유지하려는 성향과 동시에 무조건적으로 의존하려는 성향 - 이 해석상 난맥상을 가중시키는 것도 사실이다. 과거에는 서투른 극작술이거나 미완의 특성으로 볼 수 있었지만, 시각을 교환한다면 여성의 이러한 이중성 자체가 문제적이라고 판단할 여지도 크다고 하겠다. 본 연구에서는 이러한 이중성에 대해 해석적 지평을 열고 중점적으로 고찰하고자 한다.

기존 연구는 이러한 남성 캐릭터의 이중성과, 이를 대하는 여성 캐릭터의 또 다른 양면성에 대해 심도 있게 논의를 재개한 바 없다. 따라서 이러한 논의를 필요로 하는 이유 중에는 1920년대 여성 희곡의 한 영역이 이 작품을 통해 남성 위주의 조선 사회가 지닌 폐쇄성과 억압성을 증언하는 기능도 포함되어 있다. 1920년대 남성 극작가들의 작품 성향과 이질적인 이러한 특징들은 아직 한국 연극사의 참조할 수 있는 맥락으로 수용되지 못했기 때문에, 김명순에 대한 연구는 한국 연극사의 갈래적 흐름을 확정짓는 기능도 아울러 수행할 것으로 기대된다.

2. 작가의 내력과 자전적 관련 사실의 재구성

김명순은 1896년 평양(융덕면) 부호의 딸로 태어났다. 아버지 김희경 덕분에 어린 시절 경제적으로는 유복하게 성장했으나, 서녀로 태어나는 바람에 신분적 갈등과 계층적 억압을 일찍부터 경험해야 했다. '소실의 딸'이라는 그녀의 출생 신분은 이후 그녀의 삶에 상당한 장애 요소로 작용했다.

그녀는 일찍부터 문학에 재능을 드러냈다. 1917년 최남선이 주관하던 잡지 『청춘』의 현상 공모에 단편소설 「의심의 소녀」로 당선하여 문단에 공식 데뷔했고, 동향인 평양 출신 김동인이 주도하는 잡지 『창조』의 동인으로 참여하여 여성 문인의 길을 걷기 시작했으며, 『창조』(7호)에 산문시 「조로의 화몽」을 발표하며 시인으로 본격적인 활동을 시작해나갔다.[5] 일찍부터 문재를 발휘한 덕분에, 그녀는 남자 문인들과의 관계 속에 성장하였고 주목받는 여성 문인으로 발탁되기에 이르렀지만, 동시에 이러한 관계 덕분에 그녀의 삶은 인생의 험로와 비탄의 나락을 동시에 경험하는 이중적 면모를 일찍부터 감수해야 했다.

그녀의 인생에서 결정적인 트라우마로 작용하는 사건은, 일본 유학 시절에 발생했다. 김명순은 데이트 상대였던 이응준에게 강간을 당했음에도 불구하고, 오히려 유학생 사회에서 '헤픈 여자'로 취급되며 사회적 매장을 경험한 사건이 그것이다.[6] 당시 유학생 사회나 이후 조

---

5) 박경혜, 「유폐와 탈주의 욕망 사이」, 『여성문학연구』 제2호, 한국여성문학회, 1999, 71~72면 참조.

6) 김경애, 「성폭력 피해자/생존자로서의 근대 최초 여성작가 김명순」, 『여성과 역사』

선(일제 강점기) 사회의 분위기는 가해자 이응준에게는 상대적으로 관대했고, 도리어 피해자였던 김명순에게는 가혹했다. 더구나 김명순 자신이 보수적인 결혼관을 드러내며 이응준에게 결혼을 요구했다가 거절되는 치욕을 경험하면서 이러한 가혹한 분위기는 더욱 가중되기도 했다.

이후 그녀는 남자들과의 이성 관계에서, 비슷한 파탄을 유사하게 경험하곤 했다. 결혼을 약속했던 이에게 버림받는 일이 벌어졌고,[7] 믿었던 동료 문인들에게 명예훼손에 가까운 모욕을 당하기도 했으며, 그녀의 일거수일투족이 잡지의 가십 란에 실리면서 '남편 많은 처녀'의 오명을 뒤집어쓰기도 했다.[8] 현재로서는 좀처럼 상상하기 힘든 남성 사회의 폭력 행위 내지는 남성 위주의 시각이 가져온 불평등한 대우가 그녀의 삶 전반에 걸쳐 자행되었다. 이에 그녀는 법적으로 혹은 문학적으로 이에 대응하면서 자신 앞의 시련을 극복하려고 노력했지만, 남성 위주의 가부장제 사회에서 그녀의 대응은 미약한 발버둥으로 묻혀버리기 일쑤였다. 결국에는 조선 사회에서 사라지는 선택(이것은 일종의 사회적 자살에 해당한다)을 감행하며 자신의 종적을 지워버렸다. 많은 연구자들이 이 시점을 김동인에 의해 「김연실전」이 발표된 직후인, 1939년 경으로 파악하고 있다. 후문에 의하면 그녀는 일본으로 건너갔고, 그곳에서 인생의 마지막 삶을 이어나갔지만, 그 정확한 행적은 아직도 정확하게 파악되지 못하고 있다.

제14호, 한국여성사학회, 2011, 31~82면 참조.

7) 박명진, 「탄실 김명순 희곡 연구」, 『어문론집』 제27호, 중앙어문학회, 1999, 189~213면 참조.

8) 최명표, 「소문으로 구성된 김명순의 삶과 문학」, 『현대문학이론연구』 제30호, 현대문학이론학회, 2007, 221~242면 참조.

대략적으로 정리한 김명순의 삶과 행적은 그녀의 문학, 특히 이 연구에서 다루려고 하는 희곡적 상황을 이해하는 데에 중요한 단서이자 분석 척도로 활용될 것이다. 위의 관점에서 그녀의 삶과 문학의 상관성을 파악해나간다면, 「두 애인」의 이중적 상황 역시 자전적 요소의 반영으로 이해할 여지가 생겨나기 때문이다. 그리고 그러한 이해의 지평에서 상대 남성은 중요한 관찰 대상일 수밖에 없다.

따라서 그녀의 희곡만 아니라 문학 세계 전반을 연관 지어 이해하기 위해서라도, 남성과의 왜곡된 관계(혹은 왜곡된 관계를 제시하는 남성상)를 함께 고려하지 않을 수 없다. 그녀는 남성의 폭력으로 인해 쉽게 치유될 수 없는 심리적 상처(trauma)를 입었고, 이러한 트라우마는 남성 위주의 사회에서 오히려 더욱 잔인한 폭력으로 발전하였다. 이에 대응하는 과정에서, 김명순의 작품 속 남성상은 크게 두 가지 성향을 담보하게 된다. 하나는 불결하고 믿을 수 없는 존재로서의 남성(여성 편력)이고, 다른 하나는 그럼에도 불구하고 여성이 의지하고 싶은 존재로의 격상(이상적 남성상의 제시)이다. 이러한 양면성은 사실 「두 애인」에만 국한되지는 않는다. 이러한 양면성을 보다 확장한 남성상은 실제로 그녀의 문학 전반에 걸쳐 발견되고 있어 주목을 요한다고 하겠다.[9)]

전술한 대로, 이러한 희곡적 특성에 대한 논의는, 그녀의 자전적 면모를 먼저 정리한 이후에 설명 가능하다고 하겠다.[10)] 따라서 그녀의

---

9) 김남석, 「고단한 여성 삶의 서글픈 모델」, 『제3회 여성극작가전 : 김명순의 〈두 애인〉(작가 소개) 팸플릿』, 2015. 10. 5, 6.

10) 그 이유는 김명순의 문학이 지니는 자전적 특성에서 기인한다. 일찍부터 팔봉 김기진은 김명순의 소설을 '사담소설'로 규정하여 그녀의 내적 특수성이 가미된 소설로 취급한 바 있고(김기진, 「4월의 창작 란」, 『조선문단』, 1926년 5월 참조), 후

작품을 둘러 싼 창작 여건과 생애 그리고 주요 이력에 대해 심도 있게 참조할 필요가 있다. 본 연구는 이러한 자전적 사실을 근간으로 희곡적 구성과 인물 창작 방식에 집중하고자 한다. 김명순에 대한 관련 연구가 심도 있게 진행되면서, 그녀의 삶과 내력에 대한 사실이 심도 있게 밝혀지고 있는데, 이러한 연구 성과를 기반으로 두 희곡의 자전적 요소에 대한 탐구를 우선적으로 시행하고자 한다.

3. 「의붓자식」에 나타난 자전적 가계와 양면적 남성상

3.1. 「의붓자식」의 집필 시점

1923년 『신천지』(제3-7호)에 발표한 「의붓자식」은 김명순의 필명 중 하나인 '탄실'과 흡사한 '성실'이라는 여인을 주인공으로 내세운 작품이다(탄실은 성실의 여동생으로 등장한다). 어머니의 재산을 가로챈 아버지에 속고, 아버지의 후처로 들어온 계모의 딸인 이복동생에게 사랑하는 남자 영호마저 빼앗긴 채 죽어가는 가련한 여성을 그린 희곡이다. 이 희곡에 나타나는 성실의 가족사적 배경과 삶의 태도

대의 연구자들도 이러한 특성을 인정하여 김명순의 창작 경향을 '고백체 문학'으로 간주한 바 있다(이태숙, 「고백체 문학과 여성주체」, 『우리말글』 제26호, 우리말글학회, 2005 ; 문미령, 「김명순 문학 연구 - 근대 여성의 자전적 글쓰기의 양상 및 의의」, 서강대학교 석사학위논문, 2006). 이처럼 김명순의 문학 세계와 그녀의 자전적 이력을 연관 짓는 연구는 일반적이라고 할 수 있는데, 본 연구에서는 희곡 창작 세계에서 그녀의 자전적 이력의 자취를 찾고 작품 분석의 한 척도로 활용하고자 한다.

– 비록 김명순의 가계와 정확하게 일치하지는 않지만 – 는 김명순이 자신의 가족에 대해 느끼고 있는 바를 우회적으로 드러내고 있다는 사실을 간과하기 어렵다.[11]

「의붓자식」의 설정과 김명순의 가계와 불일치하는 문제적 지점은 김명순의 실제 어머니가 '소실'이었음에도 불구하고, 작품 「의붓자식」에서는 '어머니'를 정실로 바꾼 점에서 연원한다. 이러한 차이는 「의붓자식」의 딸 성실과 탄실을 정실 소생으로 뒤바꾸는 결과를 가져온다. 김명순이 평소 가지고 있던 신분적 열등감을 문학을 통해 만회하려는 처사로 보이는데, 더욱 주목되는 점은 이러한 정실 소생으로 설정되었음에도 불구하고 자신들을 의붓자식으로 치부해버리는 딸들의 심리에 있다. 일단 이러한 설정은, 극중 아버지가 친부임에도 불구하고 자신들을 의붓자식으로 간주하는 성실과 동복동생 탄실이라는 캐릭터를 통해 작가 김명순이 품고 있었던 아버지에 대한 관계 설정을 연극적으로 형상화하는 기능을 수행했다고 할 수 있다.[12]

이 작품이 발표된 1923년은 주목을 요하는 시점이다. 1923년은 김명순이 문단에서 활발하게 작품을 발표하던 시기에 해당하기 때문이다. 그녀가 단편소설 「의심의 소녀」로 등장한 시점은 1917년이지만, 그 이후 그녀는 주로 시를 창작하면서 『창조』의 동인으로 활동을 이어갔다. 1919년 창조 동인 가담, 1920년 「조로의 화몽」 발표, 이후

11) 「의붓자식」에 등장하는 '탄실'(여주인공의 여동생)이라는 설정이 김명순의 자전적 이력과 관련이 있다는 지적은 이미 제기된 바 있다(남은혜, 「김명순 문학 행위에 대한 연구」, 『세계한국어문학』 제3호, 세계한국어문학회, 2010, 231~233면 참조).

12) 김남석, 「닫힌 사회와 그 적으로서의 남성들」, 『제3회 여성극작가전 : 김명순의 〈두 애인〉(작품 해설) 팸플릿』, 2015. 10. 5, 6.

『개벽』을 중심으로 일련의 시 창작, 그리고 1922년에는 번역시 22편 발표도 이어졌다. 이렇게 맞이한 1923년은 김명순이 자신의 창작 세계를 구축하고 정립하는 도정에 해당하는 시점이었으며, 소설과 시와 번역(시)에 이어 희곡의 세계까지 도달한 시점이기도 했다.

이러한 시간적 연속선상에서 볼 때, 1923년은 자전적 소설 「탄실이와 주영이」를 발표하는 1924년과 잇닿아 있는 시점이기도 했다. 이 「탄실이와 주영이」는 1923년 「의붓자식」과 마찬가지로 '탄실' 즉 김명순의 자전적 이야기를 소설화 한 작품으로 널리 알려져 있다. 그러니까 1923~1924년에 이르는 기간은 문학적인 대응, 즉 창작을 통한 자기변호에 나선 시점으로 정리될 수 있겠다.

문학적 영향력과 인지도가 상승하는 시점에서 김명순은 이러한 문학적 창작 전략을 통해 실추된 자신의 명예를 되찾고 세간의 비난과 소문에 대항하려는 계획을 세워두고 있었다고 보아야 한다. 그렇다면 일단 「의붓자식」이 세상에 대한 자기변호 내지는 정당화의 가능성을 폭넓게 수용하려는 창작 의도를 바탕으로 구상되었다고 판단해도 무방할 것이다.

3.2. 「의붓자식」의 두 남성상과 그 대비적 성향

다음으로, 「의붓자식」의 전체 개요와 등장인물에 대해 살펴보도록 하자. 「의붓자식」에는 세 명의 남성(상)이 등장한다. 한 명은 주인공 '성실'의 아버지이고, 다른 두 명은 의사이다. 의사 중 젊은 의사('의사 2')가 성실의 옛 친구인 '영호'인데, 이 영호는 일본 유학 시절부터 성실과 친한 사이였지만 현재에는 성실의 이복 여동생인 '부실'('매(妹)

1')과 약혼한 사이이다.

성실의 부친과 성실의 옛 애인 영호는 성실에게 상반되는 남성상을 체현하도록 만드는 존재이다. 부친은 성실의 생모를 괴롭혔고 그녀를 죽음으로 몰아넣은 장본인이며, 생모의 죽음 이후 계모를 맞이하여 자신(성실)과 동복동생('매 2', '탄실')을 위기에 처하도록 방관한 무책임한 남성이다. 부친이 계모와 계모의 딸('매 1', '부실')을 편애하는 바람에, 성실은 영호와의 관계를 발전시키지 못하고 영호의 처형으로 남아야 하는 처지가 된다(이러한 관계 설정에서는 성실의 의지도 작용하기는 한다).

이러한 가족 관계에서 문제적인 사안은, 성실과 탄실이 부친을 생부로 여기지 않고, 자신들을 부친의 의붓자식으로 간주한다는 점이다. 이러한 견해는 자신들이 사망한 생모의 딸인 것은 사실이지만, 자신들을 낳아 준 '아버지'라는 존재는 인정할 수 없다는 의중이 포함되어 있으며, 그래서 자신들을 모계 혈통을 잇는 인물로 간주하는 관념을 대변하고 있다. 이러한 관념은 아버지로서의 남자를 거부하고, 세상의 남자들이 가하는 억압에 저항한다는 상징적 의미를 포함하고 있다.

실제로 성실은 몸이 허약하고 병든 인물로 등장하지만, 애초부터 죽음을 맞이해야 할 정도로 중환자는 아니었다. 하지만 가정에서의 불평등과 심리적 억압으로 인해 행복을 추구하려는 의지를 포기했고 (대표적인 포기가 결혼이다), 이로 인해 심화(심리적 갈등)가 격화되면서 삶의 의욕마저 상실하고 만 상태이다. 결국 자살에 이르는 죽음을 권고 받는데, 그 과정은 일종의 사회적 죽음으로 간주될 수 있다.

이러한 성실의 뜻(절망)을 알아주는 유일한 사람이 '영호'이다. 영호는 성실의 애인이 되기를 원하지만, 성실이 육욕의 대상으로서 남자를 거부한다는 사실도 납득하고 있다. 현실에서는 주위의 강요에 못 이겨 성실의 이복동생인 부실과 약혼한 사이이지만, 부실에게는 일체의 관심이 없고 그의 관심은 오로지 성실에게 못 박혀 있다. 이러한 영호의 성격은 성실이 요구하는 무조건적인 의존의 대상 – 바꾸어 말하면 성실을 무조건적으로 사랑하고 이해하는 남성상 – 을 극적으로 구현한 결과이다.[13)]

성실을 방문한 영호는 일본 유학 시절 즐거웠던 기억을 상기시키고, 데이트 상대였던 자신의 존재를 되살려내고자 마지막 노력은 다 한다. 이러한 노력은 스스로 버림받았다고 느끼는 – 이 작품에서는 성실이 세상에서 버림받았다고 느끼는 이유가 구체적으로 제시되어 있지는 않다 – 성실에게 거의 유일한 위안이 될 수 있다. 심지어 영호는 실제 삶에서 성실의 치유가 불가능하다고 단정하고, 죽음의 처방을 내리는 단호한 희생을 선택하기도 한다.

의사가 죽음을 처방하고 중환자가 아닌 환자에게 죽음을 권고한다는 것은 성실의 내면에 존재하는 절망감을 그 누구보다 명확하게 이해하고 있다는 뜻이다. 적어도 성실과 김명순은 그러한 남성상을 갈망하고 있었다. 앞에서도 말한 바 있지만, 성실이 느끼는 절망감 혹은 의욕 상실의 원인은 텍스트 내에 명시되어 있다. 따라서 그 이유를 찾기 위해서는 김명순의 자전적인 사실로부터 일정한 도움을 받지 않을 수 없다.

영호가 일본 유학 시절 데이트를 언급하고 있다는 사실은 김명순의

---

13) 영호의 인물 창조와 성격 구축에는 여성이 원하는 이상적 남성상이 포함되어 있는 것이 사실이다.

트라우마와 직접적으로 관련된다. 특히 한동안 순조롭게 관계를 유지하던 성실이 모든 사교 행위를 접고 은둔의 여성으로 변모한 사실은 그녀의 데이트 강간 사건 진행과 유사하다고 하겠다. 그리고 이 이후 사회적 지탄 역시 성실의 은둔과 일정한 관련을 맺고 있는 것으로 여겨진다.

이러한 정황을 고려할 때 아무래도 '그녀 - 김명순'을 둘러싼 추문과 사회적 매도가, '그녀 - 성실'의 성격 형성에 이유를 마련했다고 할 수 있다. 그러니까 성실이 두문불출하고, 이유 없이 몸이 아프고, 정신적인 외상에 약한 모습을 보이는 것은 이러한 사회적 폭압의 결과이며, 작가 자신이 느꼈던 매몰찬 사회의 인상을 부차적 설명 없이 작품의 설정으로 대입한 결과라고 할 수 있겠다.[14)]

다시 남성 캐릭터에 대한 분석으로 돌아가면, '그녀 - 성실' 주변에는 두 명의 극단적 남자상(유형) 존재한다고 정리할 수 있겠다. 한 남자는 그녀를 괴롭히는 추악한 남성(들)을 대변하는 '아버지'이고, 그 추악한 남성상의 정반대 편에서 조건 없는 친절을 베풀며 언제나 그녀 자신을 돌보고 이해하는 '진정한 친구' '영호'가 다른 남자이다. 아

14) 영호가 일본 유학 시절의 데이트를 화두로 올리는 사실은 김명순의 자전적 체험과 연관될 수 있다. 특히 성실이 영호와의 만남을 남녀 간의 데이트로 인정하지 않거나 만남을 지속하던 당시에도 데이트 횟수에 제한을 두는 등 극히 거리감을 둔 행위는 아무래도 1915년 김명순이 데이트 중 강간당한 사건과 관련성을 염두에 두도록 만든다. 김명순은 일본 국정여학교 4학년 2학기에 강간을 당한 것으로 조사되는데(김경애, 「성폭력 피해자/생존자로서의 근대 최초 여성작가 김명순」, 『여성과 역사』 제14호, 한국여성사학회, 2011, 31~34면 참조), 이러한 자전적 상황을 「의붓자식」에 대입하면 일본에서의 데이트를 데이트로 인정하지 않거나 유학시절에는 그토록 명랑했던 그녀가 고국에 돌아와서는 침울하게 변한 이유를 짐작할 수 있다.

버지는 자신의 어머니와 딸(자매)을 버린 인물인 반면, 영호는 결혼을 둘러싼 내외의 압력에도 불구하고 자신을 끝까지 돌보는 인물이다. 성실은 아버지를 배척하면서 영호에게는 의존하는 상반된 면모(선택)를 보이는데, 이러한 성실의 선택을 확대하면 작가 김명순에게 남성은 아버지처럼 배척해야 할 면모를 지닌 인물이면서 동시에 영호처럼 무조건적으로 의존해야 하는 인물이기도 하다는 다소 모순적인 결론에 도달할 수 있다.

남성은 여성을 위기로 몰아넣은 주범이지만 그러한 여성을 구원할 수 있는 절대적 구원자의 형상도 함께 지닌 존재인 셈이다. 김명순에게 남성은 이러한 양면적 모습을 지닌 존재였다고 판단된다. 왜냐하면 그녀에게 사회적 시련과 고통을 전가한 인물이 남성이었지만, 그녀는 또한 그러한 남성들과 어떠한 방식으로든 소통하면서 살아야 했던 처지였기 때문이다.

3.3. 남성에 실망하는 두 여성의 대화와 근원적 불신감

「의붓자식」에는 '세라'라는 성실의 친구가 등장한다. 여교원인 세라는 병든 성실을 방문해서 대화를 나누는 여성인데, 이 여성과의 대화 속에도 실망스러운 남성(상)이 포함되어 있다.

> 여교원 : 성실 씨 모든 인생은 움 돋아나온 사랑의 힘의 동그라미 안에서 몸을 맞추도록 벗어날 수가 없는 것이 아닐까요?
>
> (…중략…)

성　실 : 사랑을 말씀하십니까? 그래서 세라 씨가 거절한 그이는 두 번째 당신에게 돌아오지는 않았습니까? 그 후로는 다시 만나지도 못하셨습니까?

여교원 : 그 후에도 만나기는 만났습니다. 그러나 사랑에 애타서 애소하던 아름다운 그이는 다시 볼 수 없었어요.

성　실 : 그러나 세라 씨 우리는 어떻게 그 같이 짧은 사랑을 자신의 실생활 위에 머무르게 할 수가 있겠습니까? 그는 마치 추위를 닫힌 유리창에서 그 화사한 빙화를 부젓가락으로 긁어내서 본다는 것과 같은 일이 아닐까요.(여교원 성실 극히 번민함 같이 보임)[15](밑줄:인용자)

여교원은 성실에게 영호와의 관계를 진척시키고 삶의 의미를 되찾으라고 충고하지만, 사랑에 대해 완고한 편견을 지닌 성실은 여교원 세라가 설파하는 사랑의 의미에 대해 반문하고 있다. 이러한 반문에는 여교원이 실패했던 사랑에 대한 지적이 포함되어 있다. 성실은 사랑의 의미를 설파하는 여교원 세라에게 오히려 사랑이 부질없는 것이며, 사랑을 애소하던 남자들이 사라진 현실을 직시하라고 역으로 충고한다. 어느새 사랑의 상실감에 사로잡힌 여교원 세라는 자신에게도 사랑의 상처가 크게 자리 잡고 있음을 인정할 수밖에 없게 된다.

두 사람은 공히 사랑의 '부질없음', 공허한 의미에 동감하게 된다. 특히 성실이 말하고 있는 '그 화사한 빙화'가 한 때의 사랑이라고 한다면, 그 사랑을 지속하여 삶의 층위에서 함께 영위하는 과정은 '빙화

---

15) 김명순, 「의붓자식」, 맹문재 편역, 『김명순 전집』, 현대문학, 2009, 236면.

를 부젓가락으로 긁어내서 보는' 일과 다르지 않다는 결론에 도달하게 된다. 사랑은 비록 한때는 아름다울 수 있지만, 결국 허상에 그치고 만다는 부정적 결론에 이르게 된 것이다.

이러한 측면에서 두 여인의 만남과 대화는 사랑에 대한 근원적인 불신을 의도적으로 부축이기 위해 설정된 것이라고 하겠다. 극작가가 지닌 생각을 강조하기 위해서 두 여성 자아를 고의로 설정했고, 대화를 통해 동일한 결론에 이르도록 장면을 구상한 것인데, 이러한 면모로 볼 때 「의붓자식」에서 성실과 세라는 여성 내면에서 길항하는 서로 다른 성향의 형상화라고 할 수 있겠다. 최초 사랑의 긍정적 측면을 믿었던 인물이 세라였다면, 그 대답으로서 부질없음과 해악을 설파하는 인물이 성실이라고 할 수 있는데, 마치 한 사람의 내면에서 자문자답이 이루어지듯, 두 사람은 묻고 답하는 일련의 과정을 겪고 종국에는 부정적인 결론에 이르게 된 것이다.

정리하면, 세라는 성실의 다른 측면이고, 두 사람은 창작자의 전언을 실어 나르는 분신 격인 인물로 탄생했다고 할 수 있다. 이러한 극작술은 내면의 갈등을 외면화하여 등장인물로 표출했다는 관찰을 가능하게 한다. 즉 작가 혹은 여성의 내면에서 사랑의 의미에 대한 갈등이 치열하게 벌어졌다고 가정한다면, 그 갈등 자체를 대화로 표출하여 심리적 변화 양상을 보여주려 했다고 볼 수 있다. 좁게 본다면, 성실과 세라는 한 여성의 두 가지 자아에 대한 해석이라고 하겠고, 확장하면 극작가 김명순이 상정하는 여인의 번민과 결론을 보여주기 위해 탄생한 여성 캐릭터라고 할 것이다.

4. 「두 애인」에 나타난 모순적 여성 심리와 양가감정

4.1. '두 애인'의 의미와 의미의 변모 과정

희곡 「두 애인」 역시 양면적인 속성을 지닌 남성상이 등장하는 작품이다. 일단, 파렴치한의 형상을 그대로 이어받은 계부가 등장하는데, 이러한 계부상은 「의붓자식」의 계부와 크게 다르지 않다. 다만, 「의붓자식」에서 등장하는 부친은 생물학적으로는 '생부'였지만 두 자매(성실과 탄실)이 이 친부를 아버지로 인정하지 않음으로써 계부의 지위로 격하되었다고 할 수 있는데, 「두 애인」에서는 아예 처음부터 계부로 등장하고 있는 점이 미세한 차이일 따름이다. 아버지의 존재와 지위를 인정하지 않으려는 극작 의도가 강하게 드러내는 대목이며, 부정적인 남성상으로서의 부친상을 계승하려는 의도가 확인되는 지점이다.

「두 애인」에서는 남성 이외에도 파렴치한 더 등장한다. 여주인공('아내'로 표기, 이름 기정)이 관심을 가지는 두 명의 남자(애인)가 그들이다. 그녀 - 아내가 마음에 둔 첫 번째 애인은 김춘영으로, 대외적으로는 독실한 청교도인('퓨리탄')으로 알려져 있는 인물이다.[16] 그는 영리하게 처세하는 방법을 터득하고 있기 때문에, 어디에 가나 주위의 인심을 잃지 않도록 행동할 줄 알고 여자의 마음을 즐겁게 만드는

---

16) 남은혜는 「두 애인」의 여주인공 이름이 '기정'이고, 그녀의 애인 중 한 사람이 '김춘영'으로 김유정의 본명인 김찬영과 유사하다는 점을 들어, 「두 애인」 역시 자전적 이력이 상당 부분 투여된 작품으로 추정하고 있다(남은혜, 「김명순 문학 행위에 대한 연구」, 『세계한국어문학』 제3호, 세계한국어문학회, 2010, 233~234면 참조).

능력을 지니고 있었다. 이러한 모습에 여주인공은 빠져들었지만, 이내 그의 본질을 알고 실망하고 만다. 김춘영은 기혼자임에도 불구하고 다른 여자를 사귀는 '바람둥이'로 설정되어 있고, 표리부동한 인물로 그려져 있다.

이처럼 김춘영 자체는 모순적이고 이중적인 인물로 묘사된 것이 분명하지만, 이러한 묘사보다 더 주목되는 사안은 이러한 김춘영을 대하는 여주인공의 심적 태도이다. 여주인공은 이 남자를 "어떤 때는 눈물도 나도록 매정"한 인물로 비판하며 한탄의 대상으로 하지만, 그럼에도 불구하고 여주인공은 "김 선생님께서는 내가 일생을 이렇게 눈물 가운데 지나갈 것도 모르실 것"이라며 눈물 젖은 하소연의 대상으로 삼기도 한다. 즉 김춘영에 대한 여주인공의 심리는 증오와 연모의 심정이 뒤섞여 나타나고 있는 셈이다.

두 번째 애인인 '리관주'도 크게 다르지 않다. 그는 사회주의자로 당대의 이상을 살피는 인물이지만, 이상과 현실의 관계를 제대로 설정하지 못하는 실망스러운 남자이기도 하다. 더구나 리관주로 인해 여주인공은 2차 피해(리관주의 부인 혹은 애인으로부터 받은 폭행)를 입게 되는데, 이러한 피해는 탐탁치 못한 남성이 야기하는 잘못을 상징한다고 하겠다.

결국 남성을 구원자로 여기고 자신의 구원을 이루겠다는 아내의 꿈과 바람은 헛되이 스러지고 만다. 이러한 허물어진 신념은 곧 김명순의 작가 의식을 보여준다고 하겠다. 그러니까 사회적으로 지위가 높고 명망이 두터운 사람이라고 할지라도, 그 대상이 남자인 이상 절대적인 신뢰가 불가능하다는 부정적 인식의 발로인 셈이다. 결국 구원의 대상으로서의 '두 애인'은 모두 실망스럽다는 전언을 얻을 수 있다.

하지만 「두 애인」에서 아내가 구원 혹은 탈출의 욕망을 모두 수거하는 것은 아니다. 아내는 자신의 욕망을 실현하기 위해서, 결국에는 한 남자를 택한다. 그 남자는 애초부터 아내의 주위에 있던 '주인'으로, 이른바 몸과 영혼의 주인인 남편이다. '남편이 아닌 애인'이 아니라, '남편인 애인'인 셈인데, 이렇게 분류한다면 '두 애인'의 뜻은 '실패자로서의 애인'과 '남편으로서의 애인'을 가리킨다고 할 수 있다.

4.2. '남편'을 향한 양가적 시선, 의존과 경멸의 양극단

「두 애인」은 4장으로 구성되어 있다. 각 장은 시간의 결락을 동반하고 있다. 그리고 그러한 결락은 아내의 시련과 관련이 깊다. 다만 이러한 장의 배치에서 아내 못지않게 비중 있는 역할로 등장하는 인물이 남편, 즉 '주인'이다.

'주인'으로 호명된 '아내'의 남편은 26세의 후덕한 청년으로, 어렵게 고생하는 여주인공을 아내로 맞이하여, 편안한 거처와 가정을 선사하고자 했다. 하지만 귀하게 자라고 남성들을 믿지 못하는 아내는 남편에게 통상적인 부부 사이의 정을 기대하지 말도록 요구했고, 그 결과 두 사람은 육체적 관계를 맺지 않은 형식적인 부부로 살 것을 계약하게 된다.

1장은 이러한 계약이 파기되는 장면이다. 실질적인 결혼 생활의 해체를 보여주는 대목이라고 할 수 있다. 두 사람이 활동하는 극적 공간은 화려한 대청이 있는 집으로, 이 대청 집은 주인과 아내가 살아가는 신혼집이다. 하지만 아내는 살림에는 관심이 없고, 공부를 빙자해서 평소 관심을 가지고 있는 김춘영에 몰두하고 있다. 1장에서 외출에서 돌아오는 아내는 김춘영과 관련된 청교도 관련 서적을 잔뜩 구입하여 돌아온다. 이를 보는 남편은 '비록 이름뿐인 남편일지라도 내가 있는 이상 당신이 홀로 나아가 다니면서 설마 다른 남자와 밀회를 하'여서는 안 된다고 충고하면서, 아내의 부정과 행실에 문제가 있음을 지적한다. 이러한 지적은 결국 부부 싸움으로 이어지고, 아내로서의 자신의 위치와 역할을 인정하지 않는 아내로 인해 결국 남편은 집을 나가게 된다.

2장은 남편이 집을 나간 이후, 아내가 홀로 남아 자신의 지난날을 돌아보는 내용을 담고 있다. 남편이 부재하지만 아내는 이에 개의치 않고, 오히려 자신이 속아서 결혼을 했으며 결혼 전에 한 약속이 결국 자신을 얽매는 족쇄가 된다고 한탄하고 있다. 아내에게 결혼은 무의미한 관계를 넘어 인생을 속박하는 인습의 그늘로 여겨진다. 그 이유는 아무래도 아내가 어릴 때 겪었던 계부와의 관계에서 찾아야 할 것이다.

2장에서 남편은 부재로서 존재하지만, 남편이 머무는 '태평통 리혜경'(일종의 재취)으로 인해 분명한 인상을 남기게 된다. 아내는 리혜경에게 전화를 받고, 집으로는 리혜경의 하인(어멈)이 찾아오는데, 리혜경은 남편의 짐을 모조리 자신에게 옮김으로써 아내에게 남아 있는 남편의 자취를 없애고자 한다. 리혜경은 결국 아내가 어릴 적 맞이해야 했던 서모와 다를 바 없는 인물이다. 아내는 이러한 상황을 담담하게 대면하며, 자신의 권리를 포기한다. 자신의 남편의 거취를 내주고 물건마저 보냄으로써, 그녀 - 아내는 한 남자에게 구속될 뜻이 없음을 분명하게 한다고 하겠다.

하지만 3장 이후의 사건에 엿보이는 그녀 - 아내의 모습은 이러한 당당함과는 거리를 두고 있다. 일단 3장과 4장은 각기 상징적인 하나의 사건을 동반하고 있거나, 그 사건으로 인해 벌어진 결과를 다루고 있다. 우선, 3장은 2장으로부터 2달 정도의 시간이 흐른 후로 설정되어 있다. 공간적 배경에는 의미 있는 변화가 발생했는데, 그것은 대청에 침대가 놓인 것이다. 물론 그 침대의 주인은 그녀 – 아내인데, 아내는 2달 전에 당한 부상으로 걷지 못하는 상태이다.

문제의 핵심은 그녀가 당한 부상에 있다. 그녀는 김춘영의 부인 혹은 애인으로부터 당한 보복 폭행으로 부상을 당한 것으로 보이며, 그 때 그녀가 마지막으로 들어야 했던 말은 "이년 남의 사내 잘 찾아다니는 년"이었다. 이러한 상황은 남편을 떠나보낸 후 – 아니 그 이전부터 – 아내가 열중했던 김춘영의 허상을 은연중 폭로한다. 아내가 관심을 가지고 좇아다녔던 김춘영은 점잖은 신사가 아니었고, 그 대가는 낭만적이고 정결한 사랑이 아니었다.

3장에서 남편은 떠났던 대청(본집)으로 돌아온다. 1장의 '떠남'→2장의 '부재'에 이어 3장의 '귀환'으로 나아가는 셈인데, 이러한 귀환은 아내의 거부와 만류로 '보류'되고 만다. 그리고 이러한 양상은 4장에서도 대체로 동일하게 나타난다. 따라서 3장과 4장은 큰 차이가 없다고 해야 하며, 여기서는 3장을 중심으로 귀환과 그 보류의 양상을 살펴보겠다.

> 아내 : (역시 일어서려고 고심하며) 나는 그 동안에 병신이 되었답니다. 이 꼴까지는 나리께만은 보여드리고 싶지 않았었는데 이렇게 뵈옵는 것이 본의가 아니올시다. (아내의 말을 측은히 들으며 마루 위로 올라와서 아내를 일으켜주려고 손을 내

밀다가 측은히 아내를 바라보며) 일으켜드릴까요?

아내 : (일어설 공부를 중지하고) 아니요. 혼자 일어나보지요.

(유모는 슬그머니 부엌으로 들어간다).

남편 : (유모의 뒷모양을 바라보다가) 당신은 그래도 나를 의지하여 살아갈 마음은 없구려. 이런 때에도 나는 당신에게 소용이 없습니까?

아내 : (면목 없는 듯이 머리를 숙이고) 이날 이때껏 당신을 의지하고만 살아오지 않았습니까? 그래서 퍽 미안한 때가 많았답니다. 그런데 지금은 나리께서도 자신의 행복을 따로 찾으신 바에야 내가 더 괴로움을 끼칠 수가 있겠어요? 당신의 영원한 행복을 빌 뿐입니다.

남편 : (애원하듯) 여보시오! 내가 세상 고생을 해온 사람이었기 때문에 또 어느 동경을 가진 사람이었었기 때문에 당신을 잘 아는 탓으로 불행한 경우에 당신에게 마땅한 대우를 하여드렸던 데 지나지 않습니다. 조금이라도 의식 있게 당신을 내 아내로 억제하려고는 마음먹지 않았었소. 어떤 때라도 당신이 내게 돌아오는 날이며 온갖 여자의 후대를 다 버리고 당신의 박대를 받으러 모든 사랑을 다 버리고 당신의 미움을 받으러 돌아올 것이요. 단지 내가 나를 앎으로 당신을 존경하여드리는 것을 잊지 마시요. 그러고 나를 오해하지 마시요![17]

아내는 사실 자신의 유일한 의지처가 남편이었다고 고백하면서도, 남편과의 삶이나 남편의 귀환을 요구하지 않는다. 그 이유로 남편에

17) 김명순, 「두 애인」, 맹문재 편역, 『김명순 전집』, 현대문학, 2009, 270~271면.

게도 새로운 행복(동거녀)이 생겼으니, 그것으로 충분하지 않느냐는 것이다. 이러한 아내의 논리에 대해 남편은 자신이 사랑한 여인은 아내가 유일하며, 그녀 - 아내가 원하면 언제든지 자신의 집으로 귀환하여 아내와의 결혼 생활을 영위할 것이라고 강조한다. 그리고 아내의 선택을 존중하는 것은 아내를 이해할 뿐만 아니라, 존경하기 때문이라고 설명한다.

사실 이러한 대화는 현실적인 대화라고 보기는 어렵다. 이러한 부부가 세상에 존재하지 않기 때문에 비현실적이라고 판단하는 것이 아니라, 부부가 생각하는 바를 상대가 납득하는 방식이 비현실적이기 때문이다. 두 사람에게는 소유욕이 거의 작동하지 않으며 결과적으로는 파탄된 결혼 생활이 상대를 존중하기 때문이라는 명분으로 포장되어 있기 때문이다.

하지만 면밀하게 살펴보면, 그들의 대화는 인위적이다. 일단 아내의 태도는 양가적인데, 한편으로는 남편에게 의존하면서도 다른 한편으로는 남편에게서 벗어나고자 한다.[18] 이러한 감정의 길항 혹은 양면성만 놓고 본다면, 여느 부부에서도 발견되는 특징이다. 하지만 그러한 양가적 감정을 아내는 자신이 남편을 존중하거나 그의 행복을

18) 결혼 안정성을 저해하는 중요한 요인 중 하나가 성에 대한 이중 기준이다. 특히 여성들에게 부여되는 순결이데올로기는 결혼을 계속 유지해야 하는 결혼만족(도)나 결혼 안정성을 침해하는 것으로 조사된 바 있다(정기원 외, 「성에 대한 이중기준이 결혼 만족과 결혼 안정의 관계에 미치는 효과」, 『한국인구학』 제29 - 1호, 한국인구학회, 2006, 86~86면 참조). 「두 애인」의 아내는 순결이데올로기를 강조하고 있는데 이것은 결혼만족도가 낮은 상황과 묘한 연관성을 지니고 있다. 마찬가지로 남편은 여성과 달리 재취를 통해 성의 이중적 기준을 제시하고 있는데, 이 역시 두 사람 사이의 결혼안정성이 낮은 상황과 적지 않은 연관성을 지니고 있다.

염원하기 때문에 고의적으로 선택한 것처럼 말하고 있는 것은 이해하기 힘들다.

이 지점은 김명순이 고의적으로 개입한 지점으로 여겨지며, 이러한 개입을 통해 육체적인 순결을 필요 이상으로 강조하는 여인을 내세우고자 했으며, 이것은 곧 자신을 둘러싼 논란에 대한 문학적 대응일 수 있다는 추정과 의구심을 가중시킨다. 만일 '여인 - 아내'가 상대에 대한 존중보다는 자신의 이기적인 선택에 의해 남편을 이용하거나 경우에 따라서는 별거를 동반한 계약 결혼을 고집한다면 상황은 다르겠지만, 그 모든 결혼 직후의 정황을 상대 - 남성을 위한다는 명분에 두는 것은 아무래도 진정성을 발견하기 어려운 대목이라고 하겠다.

이러한 인위적인 조작은 남성상에서도 발견된다. 상대 남성으로서의 남편은 아내와의 결혼 생활에서 굴욕적인 현상을 여러 차례 목격해야 했다. 자신이 남편임에도 불구하고 자신이 아닌 남성을 흠모하고 오히려 자신에게서는 남편의 권한을 빼앗아가는 아내를 끝까지 용인해야 하는 일이다.

문제는 이러한 남편이 세상에 존재하지 않기 때문에, 이중적이고 문제적인 남성상이 되는 것은 아니다. 남편 역시 아내의 이러한 처사와 행동을 용인하는 이유로, 상대 - 아내에 대한 존경에서 찾고 있기 때문이다. 이 부분 역시 김명순이 인위적으로 개입한 지점으로 여겨진다.

작가는 남성으로 하여금 여성을 존경하도록 유도했고, 그로 인해 세상에 좀처럼 존재하지 않는 남성을 세상에 제시함으로써, 세상의 비난과 압박에 대한 암묵적인 시위를 보였다고 할 수 있다. 「두 애인」에 나오는 변변하지 못한 남자들, 그러니까 아내의 재산을 갈취하고

자식을 돌보지 않는 파렴치한으로서의 부친(계부), 점잖은 척 하면서도 여자에 대한 욕심을 버리지 못하는 유명인사, 그리고 자신의 아내조차 제대로 건사하지 못해 다른 여인에게 폭력적 위해를 가하도록 방치하는 나약한 남자들에게 일침을 가하고, 세상에서 남자가 진정으로 해야 할 일과 이상적인 남자의 모델을 은근히 설파하고자 했다.

문제는 이러한 남성, 그러니까 이상적 대상으로서의 남편을 제시하면서도 이 남편을 적극적으로 소유하거나 독점하지 않으려는 그녀 - 아내의 태도일 것이다. 사실 김명순의 희곡 작품을 비롯해서 시 등에서 이러한 태도는 상당히 흥미로운 대목이 아닐 수 없다. 기존의 견해는 이러한 김명순의 전언을 '여성으로서의 주체성을 바탕으로 철저하게 남녀평등을 추구'한 결과라고 상찬하기도 했다.[19]

사실 이러한 측면 자체를 부정할 수는 없을 것이다. 문면으로 나타난 김명순의 작품에서 이러한 사회적 메시지는 표면적으로는 확인되고 있기 때문이다. 김명순의 작품이 시간이 흘러 다시 조명되고 있는 이유도, 이러한 과감한 전언 뒤에 숨겨진 여성으로서의 도발적인 생각 때문이다.

하지만 다른 각도에서 이 상황을 살필 수 있다. 여성으로서의 '그녀 - 아내'는 자신의 보호자로서 '남성 - 주인'을 갈구하면서도 - 심지어는 생활의 측면에서 상당 부분 이러한 주인의 존재를 인정하고 이용하고 있으면서도 - 다른 한편으로는 그러한 주인을 남편의 지위에 머물지 못하도록 조정함으로써 자신의 고고함 혹은 자기보호를 더욱 견

19) 맹문재, 「여성성을 절실하게 열다」, 『김명순 전집』, 현대문학, 2009, 290~291면 참조.

고하게 다지고자 했다. 성적 순결을 지킨다는 명분으로 자신만의 세계를 상정하고 그 세계를 타인에게 개방하지 못하는 태도는 사실 성장한 어른의 그것이라고 보기는 어려우며, 정상적인 사회 소통을 중시하는 구성원의 그것으로 보기도 어렵다.

김명순은 이러한 '여인 - 아내'를 두둔함으로써 - 사실 김명순은 「의붓자식」에서도 성실을 동일한 이유로 두둔하고 있다 - 보편적 기율이 아닌 문제적 개인의 소견을 전면화하는 선택을 자행했다. 적어도 두 편의 희곡 작품에서는 동일한 선택을 한 것이며, 그러한 선택의 밑에는 낭만적 사랑에 대한 가능성뿐만 아니라 여성 자아의 지나친 염결성 그리고 남성과 사회에 대한 적대적 폐쇄감을 동반하고 있는 것이 사실이다.

이 역시 당시의 사회가 - 흔히 말하는 가부장적 질서 - 가 한 여성에게 가한 폭거일 수는 있겠지만, 그럼에도 이러한 작가의 선택은 수동적이고 자기중심적인 가치관에서 벗어나지 못한 것만은 분명해 보인다.

이러한 여인(들)에게 허락되는 결말은 그다지 많지 않다. 「의붓자식」에서도 그러했지만, 염결한 존재로서의 여성은 비루한 타락과 성적 방종이 존재하는 세상에서 살아갈 수 없으며, 혼자 있는 차원을 넘어서서 혼자만 갈 수 있는 다른 세상을 꿈꿀 수밖에 없다고 해야 한다. 김명순이 조선에서 사라지고, 그녀의 창작적 분신들이 죽음이라는 세계를 지향하는 것도 동일한 결말이라고 해야 한다.

5. 여성이 꿈꾸는 이상형 남성(상)과 남성(상)에게 요구하는 보상의 심리

「의붓자식」의 아버지와 영호는 대립적인 인물이고 상호 대조적인 의미를 지니고 있다. 이러한 대조적 성향은 관찰자로 등장하는 '매 2', 즉 탄실의 입을 통해 직접적으로 드러난다.

> 매2 : 아버지 무엇입니까. 자식 앞에 부끄러운 줄 모르고. 아버지는 우리 어머니를 죽였지요. 남의 부잣집 과부를 속여서 두 번이나 아이를 배게 하고. 그리고 어머니가 죽으니깐 그 자산을 다 가져다가 둘째 언니 모녀만 넉넉히 쓰도록 하시고. 우리는 먹든지 굶든지 매를 맞든지 눈을 흘기우든지 모르지 않으셔요.[20)]

이러한 비판은 직접적으로 김명순에게도 해당한다. 김명순의 어머니는 소실이었기에, 김명수는 어려서부터 유복했지만 서녀로서의 직분을 넘어서지 못했다. 「의붓자식」이라는 제목은 이러한 서녀의 처지를 다분히 함축하고 있다. 다만 「의붓자식」에서는 성실과 탄실의 정통성을 어머니로부터 찾고 있으며, 서녀로서의 '의붓자식'이 아니라 아버지를 부인함으로써 얻어지는 명예로운 '의붓자식'으로 자신들을 격상시키고 있는 것이다.

다시 말해서 부계 혈통에서 첩의 딸이 아니라, 정당한 신분의 어머

20) 김명순, 「의붓자식」, 맹문재 편역, 『김명순 전집』, 현대문학, 2009, 245면.

니를 상정하고 재산의 진정한 주인으로서의 딸의 모습을 부각하고자 한 것이다. 이로 인해 아버지는 부수적인 존재이거나 야비한 파렴치한으로 전락하고, 아버지의 첩인 계모 역시 정통성을 상실한 '첩'으로 격화되는 셈이다. 남성을 파렴치한으로 만들어 그 정통성을 상실하도록 만드는 설정은, 김명순 본인이 겪어야 했던 차별과 예외의 위치를 문학적으로 보상받기 위한 설정으로 볼 수 있다.

더욱 주목되는 사실은 아버지와 영호가 대립되는 남성상을 구현한다고 해도, 영호의 정통성이 확보되는 것은 아니라는 점이다. 영호는 성실하고 심지가 굳은 남자이지만, 성실이라는 여성을 떠나 이복동생 부실의 약혼자가 되고 말았다. 이 약혼에 외부의 강압(집안의 권고)이 행사되었고, 심지어 자신 - 성실 역시 영호를 거부하는 포즈를 취하고 있지만, 결과적으로 자신 - 성실을 배신한 인물이라는 점에서는 쉽게 용서될 수 없는 배신자라고 하겠다. 그래서 성실은 현실에서 영호와의 가능성 자체를 부인한다고 할 수 있다.

> 의사2 : 기다리시지요. 나는 시방 우리의 지나온 뒷길을 한 번 더 돌아다보아야겠습니다. 3년 전 이맘 때였습니다. 성실 씨를 크신 뒤로 처음 뵙기는 그때였습니다. (…중략…) 그 후로는 매 공일 성실 씨를 심방하게 되었습니다. 그러나 성실 씨는 내게 아무 이야기도 하지 않았습니다. 오히려 내가 너무 친절히 할까봐 겁을 내셨습니다. 그리고 아무런 일이 있어도 한 공일에 두 번은 만나주시지 않으셨습니다.
>
> 성실 : 저는 제 행동에 아무 의미를 가지지는 않았습니다. (…중략…) 내 가슴에 미동하는 병균일지라도 남기지 않고 가겠습니

다. (엎드려 흑흑 느낌)[21]

영호가 주장하는 내용은 성실에 대한 관심, 그러니까 연모의 정이다. 하지만 성실은 3년 전이나 극중 현재에서 이러한 관심을 모두 배격한다. 실질적으로 성실이 영호에게 관심이 없지 않다는 점을 감안하면, 이러한 성실의 태도는 두 가지로 분석된다. 하나는 남성으로부터 받은 피해의식으로 인해 생겨나는 자연적인 방어 본능이다. 하지만 이 방어 본능의 실체는 이 작품 「의붓자식」에서는 찾을 수 없다.

다른 하나는 비탄을 가장한 보상심리이다. 남성으로부터 피해를 받은 여성이 세상에 대해 복수하려는 마음을 가지고 있다고 할 때, 남성에 대한 맹목적인 거부는 훌륭한 사유가 될 수 있다고 하겠다. 이 지점에서 김명순의 희곡 작법이 그녀의 자전적 심리를 대변하고 있다고 추정된다. 작가는 성실로 하여금 대책 없는 거부와 분명하지 않은 증오를 드러내고 있다. 그러한 측면에서 영호 역시 예외가 아니며, 넓은 의미에서는 아버지와 같은 신뢰할 수 없는 남성의 범주에 속한다고 해야 한다.

모계의 정통성을 주장하는 관점은 「두 애인」에서도 발견된다. '아내'는 '부잣집 외따님'으로 태어났지만, 모친이 죽고 나자 계부의 탐욕으로 인해, 이내 어려운 형편에 처하고 말았다. 그 이유를 상세히 분석하며, 첫째는 부친이 계부였기 때문이고, 둘째는 이 계부가 서모(재취)를 들였기 때문이며, 셋째는 모친이 남긴 패물과 재산을 빼앗아갔기 때문이다. 결국 아내는 친정을 나와 고생을 하면서 고학을 해

21) 김명순, 「의붓자식」, 맹문재 편역, 『김명순 전집』, 현대문학, 2009, 249~250면.

야 했다. 결국 남성의 폭력에 의해 여성 정통성이 훼손된 상황을 맞이한 셈이다.

더욱 주목되는 점은 이러한 상황을 맞이한 것에만 국한되지 않는다. 이러한 상실의 과정이 정당한 재산과 지위를 빼앗긴 여인으로 자신을 변호하는 아내의 음성으로 세상에 공개된다는 점에 보다 주목할 필요가 있다.

> 아내 : 아이. (좀 부끄러워하는 태도로) 저 - 어멈이 시골 가 있는 동안에 내가 열여덟 살 나던 겨울인가 그해에 엄마는 돌아가시고 저 - (음성을 낮추어서) 아버지는 실상 어멈이 알다시피 계부가 아니었소? 그런데 엄마 돌아가시자 한 달이 못되어 저 - 서모가 승차를 하겠나? 그랬더니 들입다 별별 괴상스러운 연극이 일어나기 시작을 하는데 내 눈에서는 눈물 마를 날이 없겠지. 어머니 돌아가실 임시에는 아버지도 "너희 어머니가 돌아가셨다고 내가 네 눈에 눈물이 흐르도록 하겠니?" 하면서 어머니가 내 주머니에 넣어주시던 금붙이와 보석을 죄다 꺼내가더니 빨간 거짓말이겠지? 그래서 나는 주머니에 돈 한 푼 넣지 않고 집을 나와서 저 - (음성을 낮추어서) 헌 책장사를 해서 먹어가면서 틈 있는 대로 도서관에도 다니고 어학도 더 배우고 하였지.[22)]

사실 「두 애인」에서 '아내 - 기정'이 겪은 가족사적 체험은 「의붓자식」에서 '성실/탄실 자매'가 겪은 체험과 다를 바가 없다. 그리고 이러

---

22) 김명순, 「두 애인」, 맹문재 편역, 『김명순 전집』, 현대문학, 2009, 261~262면.

한 체험은 일정 부분 김명순의 그것과 동일하며, 동시에 이를 김명순은 자신의 이름(기정이나 탄실)을 통해 인정하는 창작 방식을 선보이고 있다. 이러한 전언에 따르면, '딸'은 어머니의 정통성을 정당하게 이어받아야 하나, '계부－안타고니스트'는 이를 가로막고 재산과 권리를 박탈하는 사회의 적이라고 할 수 있다.[23] 특히 이 과정에서 계부가 들이는 서모 역시 은근히 비하의 대상이 되며, 이러한 혼란을 창출하는 주요한 문제로 제기된다.

「의붓자식」에서도 계부(실제로는 친부이지만 딸은 계부로 간주)는 서모(정통성이 결여된 여인으로 폄하)를 집안에 들임으로써, 딸(들)의 불행을 가중시키기에 이른다. 결국 결혼이라는 제도가 남은 딸들에게 고통을 가하는 형상인데, 이로 인해 여인들을 취하고 순결을 지키지 않는 남성들에게 대한 간접적인 비판이 가능해진다고 하겠다.

결국 「두 애인」의 여주인공인 아내는 결혼을 거부하고 실질적으로 가정을 해체하는 선택을 한다. 사실 그녀는 현재의 남편과 일종의 계약을 하고 결혼 관계를 유지하는 특이한 결혼 생활을 영위하고 있었다. 이러한 아내에게 남편은 친구이거나 주인일 수는 있지만, 육체적 관계를 맺는 대상은 될 수 없었다. 이러한 아내의 태도는 이해하기 어려운 것이기는 하지만, 그녀가 아버지를 통해서 당했던 일련의 기억

23) 모친의 사별로 인한 결혼 해체와 그 이후 이어지는 서모와의 재결합은 경제적인 안정성을 요구하는 서모에 의해, 거꾸로 여주인공－아내의 경제적 위기를 가중시켰다. 이에 여주인공－아내는 경제적 안정성을 갈구하게 되고, 현재의 남편인 '주인'과의 결혼 생활을 적극적으로 부정하기 어려운 상황에 놓이게 된다고 하겠다. 하지만 여주인공－아내 역시 실질적인 결혼 해체를, '단순히 경제적인 의미를 넘어서는 생애 사건'으로 인지하지 않을 수 없다(김수완, 「결혼해체 이후 삶의 변화 : 경제적 상태와 생활만족도 변화에 관한 종단연구」, 『한국여성학』 제26－1호, 한국여성학회, 2010, 61~63면 참조).

들을 되짚어 보면 일면 이해가 되지 않는 것도 아니다. '그녀 - 아내'는 결혼의 추악한 결과를 목격했기 때문에, 통상적인 결혼이 가지고 있는 폐해를 두려워할 수밖에 없었던 것이다.

하지만 이러한 아내의 선택과 판단 근거는 모순적이기도 하다. 앞에서 밝힌 대로, 자신은 남편이 있으면서도 - 그녀는 계약에 의한 형식적인 관계라고 주장하지만 - 다른 남자들과의 염문을 뿌리게 되면서, 그녀 - 아내 자신도 상대 남자들의 아내로부터 경계의 대상이 되기 때문이다. 아버지의 외도(재취)를 간접적으로 비난하면서도, 자신 역시 누군가의 재취가 되기를 꺼려하지 않는 선택은 논리적으로 모순이라고밖에 할 수 없기 때문이다. 「두 애인」은 「의붓자식」에 비해 여성 주인공의 내적 갈등과 심리적 방황의 정도가 가중되었다고 할 수 있다.

그래서 더욱 주목되는 것은 이러한 가계의 내력을 공개하는 아내의 태도이다. 아내는 자신의 정당성을 주장하면서도, 속된 것에 연연하지 않는 의연함을 강조하고자 한다. 사실 이러한 태도는 성실이 보여주는 태도와도 일면 유사하다.

그렇다면 김명순이 성실 혹은 아내를 통해 궁극적으로 말하고자 하는 전언을 여기에서 찾을 수 있지 않을까. 김명순은 아버지 혹은 애인으로 대변되는 남자들의 세상에서 자신의 정당성과 지위 그리고 소유물을 잃어버렸다고 항변하면서도, 상실된 것들을 되찾는 작업에 대해서는 의연함으로 대처하고자 한다. 아무래도 그 과정에서 겪어야 하는 험난한 질시와 무모한 본능을 경계하고자 하기 때문이 아닐까 한다. 바꾸어 말한다면, 그녀는 성실이나 아내가 이러한 세상에서 홀로 존재하고 싸워나가는 것이 무척 험난하다는 사실을 통감하고 있다고도 볼 수 있다.

6. 결론 : 닫힌 사회의 적대자로의 남성(상)과 그 뒤에 숨겨진 은근한 열망들

김명순의 문학(이 연구에서는 희곡으로 국한)은 1920~40년대 조선의 문단 그리고 남성 위주의 조선 사회에, 뿌리 깊게 박혀 있는 자체 모순과 보수적 가치관의 한계를 노출하는 역할을 자임하고자 했다. 그래서 그녀는 대사회적 압박에 견디며 작품 창작에 임할 수 있었고, 그녀 자신의 불운과 암울한 삶을 드러내어 당대 문인들의 조소와 희롱이라는 사회적 폭력(성)의 흔적에 저항할 수 있었다. 그래서 현 시점에서 그녀의 삶과 문학을 이해하려는 행위는, 남성 위주의 사회와 미약한 여성으로서의 대응이라는 시대적 당위를 자연스럽게 이어받도록 만들고 있다.

하지만 그녀의 희곡 속에는 그녀가 그토록 지적하기를 원했던 대사회적 모순에 육박하는 자체 모순을 지니고 있는 것도 사실이었다. 그녀가 창출한 남성 캐릭터는 이를 증빙한다. 그녀는 남성을 여성의 자주성과 정통성을 가로막는 사회악으로 간주했지만, 이에 대척되는 극단적 캐릭터를 염원하고 갈구했다. 여성으로서의 연극적 자아가 육체적 관계를 거부하고 결혼에의 소명 자체를 부인함에도 불구하고, '그녀 - 여주인공(기정 혹은 성실)' 곁에 남는 남자(옹호의 남성상)는 이러한 자아를 전적으로 수용하고 보호하는 이상적 캐릭터여야 했다. 「의붓자식」의 영호나 「두 애인」의 남편이 이러한 종류의 남성이다.

이러한 남성(상)의 등장은 여주인공 내부에 존재하는 모순적 성향을 외부로 발현시킨 결과이며, 이로 인해 여주인공 내면의 길항 작용을 엿보는 통로를 만들 수 있었다. 그러니까 여성 캐릭터는 남성을 증오하고 폄하함으로써 자신의 정통성을 생성하려고 했지만, 동시에 자신의 변덕과 혐오에도 불구하고 끝까지 자신을 돌볼 보호자를 갈구하는 내적 속성을 감출 수 없었다.

「의붓자식」의 성실이 영호를 육체적 대상으로 삼지 않으려고 하면서도 자신의 삶에 유일한 안식처로 간주하거나, 「두 애인」에서 위기에 몰린 아내가 결국에는 남편에게 몸을 의탁하고자 하는 심정을 드러내는 경우는 모두 이러한 사례에 속한다. 육체의 순결과 결혼 거부 성향을 드러내는 여성 캐릭터들은 결국에는 한편으로는 증오와 배척을, 다른 한편으로는 의존과 보상 심리를 드러내고 마는 것이다.

이러한 양가감정은 문학에서 인간을 다룰 때 흔히 발견되는 것으로, 그 자체로는 이례적이라고는 할 수 없다. 삶의 여러 층위와 다양한 상황에서 인간은 의존하기도 하고 배척하기도 하며, 두 극단적인 감정을 넘나들기도 한다. 문제는 김명순의 희곡이 이러한 두 극단을 애초부터 강력한 글쓰기의 목표로 삼고, 결국에는 배척과 증오를 강조하는 식의 창작 활동(적어도 희곡 쓰기에서는)을 감행했다는 점이다.

남성에 대한 혐오를 극단적으로 표현하는 것이 여성 캐릭터의 중심 사상인 것처럼 보이는 이러한 성향은 다소 인위적이고 또 불균형한 것으로 볼 수 있다. 그럼에도 김명순의 희곡은 뚜렷하게 자신의 목표를 겨냥했다는 점에서는 당대의 다른 희곡과 차별화되는 특징을 지니고 있으며, 이러한 극단적 작가 의식의 저편에서 무의식적인 바람을 드러냈다는 점에서는 문제적이라고 할 수 있다.

김명순의 창작 세계를 여성의 사회적 인식의 발현이나 대사회적 저항으로 읽는 것은 틀린 독법이 아니지만, 그 밑에 혹은 그 뒤에 숨겨져 있는 강력한 보상 심리 즉 남성에 대한 의존심과 이해에 대한 요구 역시 간과할 수 없다고 해야 한다. 김명순의 두 희곡 작품은 이러한 작가의 의식을 극단적인 남성상을 통해, 때로는 가시적으로, 어떤 경우에는 무의식적으로 드러냈다고 할 수 있다. 이 역시 모순적인 상황이기는 하지만 근본적으로 통제되지 않는 상황이기도 하기 때문에, 그녀의 희곡 속에서 묻어나오지 않을 수 없었던 것이다.

참/고/문/헌

〈기본자료〉

- 김명순, 「두 애인」, 맹문재 편역, 『김명순 전집』, 현대문학, 2009.
- 김명순, 「의붓자식」, 맹문재 편역, 『김명순 전집』, 현대문학, 2009.

〈연구논문〉

- 김경애, 「성폭력 피해자/생존자로서의 근대 최초 여성작가 김명순」, 『여성과 역사』 제14호, 한국여성사학회, 2011.
- 김기진, 「4월의 창작 란」, 『조선문단』, 1926. 5.
- 김수완, 「결혼해체 이후 삶의 변화 : 경제적 상태와 생활만족도 변화에 관한 종단연구」, 『한국여성학』 제26－1호, 한국여성학회, 2010.
- 남은혜, 「김명순 문학 행위에 대한 연구」, 『세계한국어문학』 제3호, 세계한국어문학회, 2010.
- 맹문재, 「여성성을 절실하게 열다」, 『김명순 전집』, 현대문학, 2009.
- 문미령, 「김명순 문학 연구－근대 여성의 자전적 글쓰기의 양상 및 의의」, 서강대학교 석사학위논문, 2006.
- 박경혜, 「유폐와 탈주의 욕망 사이」, 『여성문학연구』 제2호, 한국여성문학회, 1999.
- 박명진, 「자료 소개 : 김명순의 「두 애인」」, 『한국극예술연구』 제14호, 한국극예술학회, 2001.

- 박명진, 「탄실 김명순 희곡 연구」, 『어문론집』 제27호, 중앙어문학회, 1999.
- 이민영, 「김명순 희곡의 상징주의적 경향 연구」, 『어문학』 제103호, 한국어문학회, 2009.
- 이태숙, 「고백체 문학과 여성주체」, 『우리말글』 제26호, 우리말글학회, 2005.
- 정기원 외, 「성에 대한 이중기준이 결혼 만족과 결혼 안정의 관계에 미치는 효과」, 『한국인구학』 제29 - 1호, 한국인구학회, 2006.
- 최명표, 「소문으로 구성된 김명순의 삶과 문학」, 『현대문학이론연구』 제30호, 현대문학이론학회, 2007.

(『여성문학연구』 제40호, 한국여성문학학회, 2017)

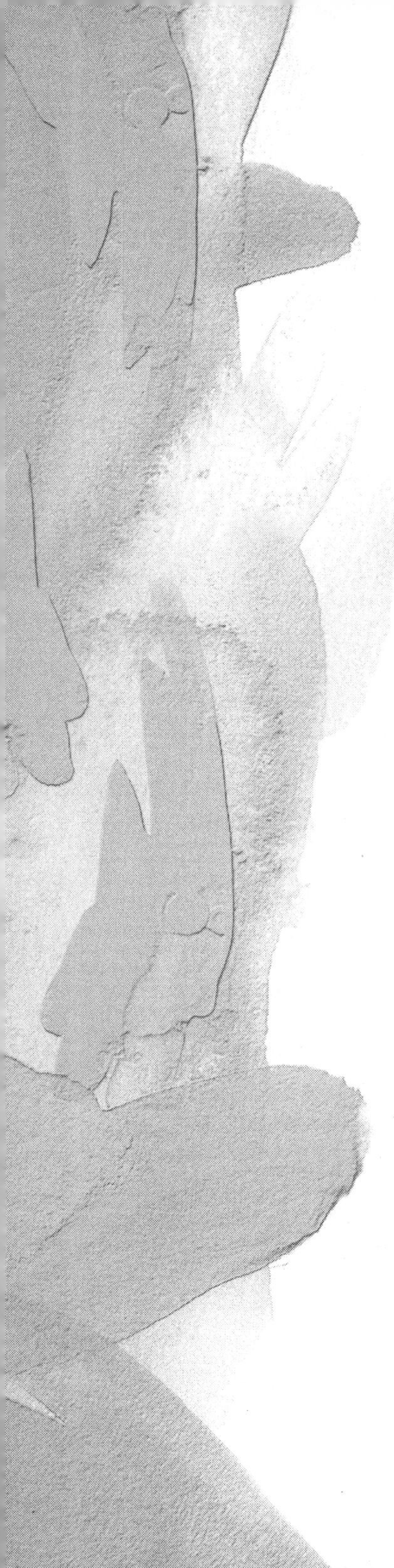

제3부

김명순 시에 나타난 여성 주체와 페미니즘

근대와 환상을 통한 탈주
- 김명순의 시-

김 영 미

1. 근대 공간의 열림과 닫힘

이행과 흔들림의 시간, 우리의 근대는 열림과 닫힘이 공존하는 공간이었다. 열림의 공간에서 여성 작가들이 싹텄으나[1], 또한 닫힘으로 말미암아 개화하지 못한 채 밟히어 스러져야 했다. 한국 근대문학 공간에서 상처를 입지 않은 여성 문학가는 존재하지 않는다. 여성이란 이름을 달고 글쓰기를 해야 했던 여성 문학가들의 삶은 생채기투성이다. 그들은 근대라는 변혁의 공간에서 '글쓰기'로 시대에 맞서 싸워

---

1) 1910년대 후반 한국사회는 일본의 식민지 체제가 본격화됨과 함께 봉건적인 전근대 사회에서 서구화 하는 근대사회로 이행하는 모습을 보여준다. 학교와 공장이 세워지고, 많은 신문과 잡지들이 발간되면서 근대적 사회 체계와 인식 태도를 정립해 나간다. 이 시기에 김명순, 김원주, 나혜석 등의 여성 작가들이 등장한다(김은희 외, 『신여성을 만나다』, 새미, 2004, 35면).

야 했던 인물이다. 그들에게 글쓰기는 전근대 혹은 봉건과의 싸움이며, 동시에 자신을 확보하는 치열한 방법에 해당한다. 또한 근본적으로 남성성을 내재하고 있는 근대와의 싸움이기도 했다. 이러한 다층적 저항성은 근대로의 이행기에 많은 여성 문학가들이 치열한 싸움의 방식으로 존재해야 했던 이유다.

김명순은 근대의 초기, 그 맨앞에 존재하는 여성문학가이다. 그가 글쓰기와 더불어 감내해야 했던 상처는 개인의 존재 그 자체를 위협받을 만큼의 깊은 것이었다. 하지만 이후 한국여성문학은 그의 문학이 보여준 저항의 진보성에 크게 힘입고 있다고 할 수 있다. 그러나 그는 한국근대문학사에서 주변부에 머물러 있었다.

김명순은 1917년 『청춘』의 현상문예 모집에 단편소설 「의심의 소녀」가 당선되어 문단에 나옴으로써 최초의 여성 소설가로 자리매김한다. 근대 문단이 남성중심으로 작동되었던 것을 감안한다면 이는 문학사적으로 중요한 의미를 지니는 것이다. 남성의 전유물이던 작가로서의 존재를 여성으로서 사회적으로 공인 받은 것이기 때문이다. 이는 제도권 문단에서 남성이 아닌 여성 김명순의 문학적 능력과 가능성에 대한 인정의 의미도 지닌다.

김명순은 최초의 여성소설가로 지칭되는 경우가 많다. 하지만 그는 1925년 시집 『생명의 과실』을 간행하기도 했으며, 약 96편의 시를 발표[2]한 시인이기도 하다. 그의 시작은 주로 1920~30년대에 이루어진다. 김명순의 시집 『생명의 과실』은 김억의 『해파리의 노래』(1923), 주요한의 『아름다운 새벽』(1924), 박종화의 『흑방비곡』(1924) 다음

2) 맹문재, 「여성성을 절실하게 열다」, 『김명순 전집』, 현대문학, 2009, 283면.

에 나온 것으로 한국 근대시의 형성에 기여한 바 클 뿐 아니라, 최초의 여성 시집이라는 데에 의의를 지닌다.[3)]

문학가로서 김명순은 근대 초기 신여성의 사회적 지위 혹은 그 개척적 현상과 관련 된다. 김명순은 고등교육을 받은, 서구적이고 개방된 여성의식을 지닌, 신문기자로서 사회진출을 한 전형적인 '신여성'에 해당한다. 당대 김명순에 대한 과도한 사회적 관심은 그가 신여성이었던 점에서도 기인한다.[4)] 신여성들은 식민지 지배체제 하에서 가부장제적 의식과 남성중심주의, 제국주의 등이 혼합된 당대 사회의 억압적인 분위기에서 몇 겹의 고통을 겪어내며 자신들의 이상을 펼쳐나가야만 했다.[5)]

'신여성'은 근대의 열림과 닫힘의 그 이중적인 중간에 존재해야 했던 존재이다. 여성의 처지에서 보면, 신여성의 출현은 서구에서 비롯된 근대와 근대성 자체가 내포한 남성 중심성에 대한 일종의 도전일 수 있었다[6)] 하지만 도전은 많은 경우 실패할 수밖에 없는 것이기도 했다. 당시 신여성이 선각자가 아닌 주변적 존재란 지적[7)]은 이러한 일단을 잘 설명해 준다.

김명순에게 시는 근대의 열림에서 가능해진 글쓰기로 여전히 닫힌 세계일 수밖에 없었던 봉건의 억압과 모순에 대응하는 저항의 무기이

---

3) 맹문재, 위의 책, 284면.

4) 신여성은 숱한 이야기거리이자 재현의 대상이었는데(공제욱 · 정근식 편, 『지배와 균열』, 문학과학사, 2006, 491면), 김명순은 그 한 예에 해당한다.

5) 김은희 외, 『신여성을 만나다』, 새미, 2004, 30면.

6) 김경일, 『여성의 근대, 근대의 여성』, 푸른역사, 2004, 20~21면.

7) 당시 신여성이란, 선각자라기보다는 여전히 계몽되어야 할 대상이며, 작가이기보다는 독자의 입장에 놓인 주변적 존재였다(김은희 외, 『신여성을 만나다』, 새미, 2004, 35면).

자 방식이었다. 이 글은 김명순의 시를 대상으로 그가 시로 구현해 내고 있는 당대와의 치열한 싸움과 저항의 양상들 그 심층 구조를 해명하는 데 목표를 둔다.

2. 탈주의 길, 시쓰기

김명순에게 시쓰기는 근대를 횡단하는 통로이다. 그에게 시는 현재의 봉쇄로부터 벗어나는 탈주를 뜻한다. 그에게 문학은 격리된 예술의 한 장르로서가 아니라, 세계와 타인들에게 자신을 내보이고 소통할 수 있게 하는 것이었다.[8)]

신여성 김명순에게 자기정체성에 대한 궁구는 전대의 존재하지 않았던 '존재'로서의 여성을 '존재'하는 자로 인식하는 방법이다. 그가 시에 자기 자신을 객관화시켜 등장시키고 바라보는 것은 그 때문이다.

(1) 彈實이는 단쑴을깨트리고 서어함에 두쌤에고요히구을러내려가는눈물을 두주먹으로씻스며 白雪갓흔寢衣를몸에감은채 억개우네는羊毛로 두텁게 織造한 흰쇼올을걸치고 十字架의草鞋를신고 後園의이슬매친잔씌위로 滄浪히거러간다.

「朝露의花夢」 부분[9)]

8) 남은혜, 「'밀어(密語)'가 아닌 '노래'를 위해」, 서정자 · 남은혜 편저, 『김명순 문학전집』, 푸른사상, 2010, 795면.

9) 서정자 · 남은혜 편저, 『김명순 문학전집』, 푸른사상, 2010, 699~704면(밑줄은 필

(2) 힘만은어머니의품에
머리만은 處女는우섯다
그 仁慈한 뺨과눈에
적은입 대이면서
그목을 쏙 그러안어서
숨맥히는시는 소리를드르면서.

…중략…

春風에졸든 彈實이
雪寒風에 흑흑늣기다
사랑에게으르든탄실이
虐待에 東奔西走하다
여막에 줄돈업스니

「彈實의初夢」 부분[10]

(3) 애나애 보배야
인실아 우리글읽자구나
탄실이는 글도속히앞섯다
벌서우리하고 한반이로구나

자에 의함. 이하 같음). 이후에는 『전집』으로 약하여 쓰고, 인용 페이지만을 밝히기로 한다. 「朝露의 花夢」은 서정자 등의 『전집』에서는 '시극'으로 희곡에 분류되어 있다. 맹문재는 『김명순전집』(현대문학, 2009)에서 이 작품을 시로 보았다. 인물과 장면의 전환, 대화의 삽입 등 극적인 요소들이 들어있는 텍스트이지만 표현의 압축성, 서사가 아닌 장면에 대한 집중의 양상 등으로 보아 시로 보는 것이 옳다고 판단된다.

10) 『전집』, 156면.

조개송편 깨송편
찰떡하고 힌떡기름발느고
설탕한항아리 꿀한항아리
오늘이내卌시세란다.

「詩로쓴 半世紀」 부분[11]

위 시들에서 김명순은 자신을 필명 '彈實'로 시에 객관화하여 드러낸다. 자신에 대한 집중은 타자로 존재해야 했던 당대의 여성이란 문맥에서 본다면 타자성에서 벗어나 자신의 주체를 인식하고 드러내는 방법에 해당한다.[12]

그는 공들여 자신의 모습을 미화하거나(1)(3), 자신의 처지를 비관적으로 바라본다(2). (1)은 김명순이 『창조』 제7호(1920)에 발표한 첫 발표작이다. 이 시는 '彈實'을 묘사하는 것으로 시작한다. '彈實'이란 한 개인 주체는 뒤에 길게 이어지는 서술어들의 연첩에 의해 대상

---

11) 『전집』, 226~227면.

12) 선행연구들은 김명순의 작품(소설) 속에 나오는 인물들을 대부분 김명순의 분신들로 보는 견해가 지배적이다. 「탄실이와 주영이」 에서의 '탄실'과 '주영', 「선례」에서의 '선례', 「손님」에서의 '을순' 등 예로 든다(이덕화, 「신여성문학에 나타난 근대체험과 타자의식」, 『여성문학연구』 제4호, 한국여성문학회, 28면). 또한 이러한 점을 김명순의 문학을 자기 고백적 담론으로 보아 근대초기 여성적 글쓰기의 한 양상으로 보는 견해들이 지배적이다. '의도적이리만큼 자신의 사행활을 소설에 그대로 투사한다.'라는 지적 등이 예다(안혜련, 「가부장제의 거부와 〈여성적 글쓰기의 모색〉」, 김은희 외, 앞의 책, 99~115면). 하지만 이러한 견해는 김명순 문학에서 '자신에 대한 드러냄'의 욕망을 피상적으로 고찰한 것일 수 있다. 김명순 문학에서 '자신을 드러내기'는 보다 본질적인 의미에서의 해석이 가능하다고 본다. 그것은 봉건 공간에서 존재하지 않았던 자신의 존재를 스스로 확인하고 객관화시킴으로써 타자(남성)와 등가로 존재하고자 하는 욕망의 한 표현으로 보이기 때문이다.

을 구체화시키는 산문 방식으로 서술되고 있다. 따라서 "단꿈을깨트리고 서어함에 두뺨에고요히구을러내려가는눈물을 두주먹으로씻스며 白雪갓흔寢衣를몸에감은채 억개우네는 羊毛로 두텁게 織造한 흰쇼올을걸치고 十字架의草鞋를신고 後園의이슬매친잔씌위로 滄浪히거러간다"란 모든 시적 서술은 주체인 '彈實'을 드러내는 데 종속된다. 대상 '彈實'에 집중화된 언술방식을 취함으로써 그 산문성에도 불구하고 모든 언술들이 대상 주체인 '彈實'에의 집중화를 이루어낸다.

'彈實'은 '白雪갓흔寢衣, 羊毛로 두텁게 織造한 흰쇼올, 十字架의草鞋' 등으로 아름답고 서구적인 모습으로 나타난다. 하지만 겉모습과 달리 탄실은 '두뺨에고요히구을러내려가는눈물'로 슬픔에 젖어있는 모습이다. '아름답고 고귀한 신분이지만 슬픈 존재'로서 자신을 인식하고 있는 것이다. 이러한 인식은 (2)와 (3)에서도 동일하다.

(2)에서 탄실은 '행복/불행'의 두 모습을 내보여준다. 그 행복은 '힘만은어머니'[13]와 함께 있을 때 가능해진 것이다. 또한 불행은 어머니가 돌아가신 후 '雪寒風에 흙흙늣기'는 자신을 묘사한다. (3)은 자신의 삶 반세기를 시의 내용으로 한다. 글공부가 앞선 뛰어난 인물이었음을 드러낸다. 하지만 그 이면에는 어린 시절의 뛰어난 능력이 성장한 후 세상에서 제대로 쓸 수 없이 주변인으로 머물러야 했던 비애가 들어있다. 그 비애는 김명순이 이를 시로 쓴 동인이다.

제3의 화자를 내세운 '彈實'에 대한 시적 언술은 자신을 타자의 시선으로 보는 방법이다. 여기에서 자신에 대한 타자의 시선은 배제된

13) 김명순 시에서 '어머니'와 '언니' 등에 대한 여성적 연대를 보여준다. 그것은 남성에 대한 막연한 동경과 미움의 태도와는 확연히 다르다.

다. 자신을 바라보는 타자의 시선을 부정하고, 그에 대응하여 자신의 시선으로 바라본 자신을 타자에게 드러내 보이고자 한다.[14)] 타자에게 강력하게 맞서는 자기표현의 발화인 것이다. 타자의 시선에 대한 거부는 당대의 인식들로부터 벗어나는 탈주의 통로다. 여기서 자신을 바라보는 타인의 시선을 거부되고 자신의 시선만이 남는다.[15)]

김명순에게 시쓰기는 근대의 닫힘으로부터 탈주하는 도전이다. 동시에 제도권에 이입된 문인이란 칭호가 열림으로써 가능해진 현상이었다. 김명순은 그 열림과 닫힘의 사이에 갇혀있으면서 지속적으로 닫힘을 거부하고 이로부터 탈출하고자 하는 욕망을 간절하고도 애틋하게 보여준다. 탈주는 현재를 부정하고 먼 곳을 향해 가고자 하는 욕망을 현재화 하는 최선의 방법이다. 그의 시선은 늘 먼 곳을 향해 있다.

김명순의 시는 먼 시선을 갖고 있다.[16)] 이는 그의 시쓰기가 현실을 벗어나는 탈주의 길이었음을 의미한다.

---

14) 이러한 점은 김명순에 대한 가계 등으로 말미암은 당대의 그에 대한 부정적 평가와 연결되어 있다고 볼 수 있다.

15) 김명순은 적서차별의 잔흔이 강하게 남아있는 당대 상황에서 가계적 결함(서녀)에 의해 사회와 문단에서 인정받지 못하고, 많은 곡해를 낳는다. 하지만 그가 시에 드러내는 자신은 이러한 당대의 타자의 인식이나 평가와 매우 다르다. 그는 시에서 자신을 객체화 시키고 타자를 배제한 채, 자신의 시선으로 자기 규정을 하고 있다. 이는 봉건 사회에 대한 저항의 한 방법으로 읽을 수 있다.

16) 김명순의 여러 필명 - 탄실(彈實), 망양초(望洋草, 혹은 茫洋草), 망양생(望洋生) - 들은 그의 존재 의미를 세계에 언표하는 방식이다. '망양'(望洋 혹은 茫洋)은 당대 김명순의 시선을 단적으로 잘 보여준다. 이는 김명순이 여성으로서 평양과 서울, 일본 등의 넓은 공간을 점유하고 있었던 점과 연결하여 볼 수 있다. 또한 그가 지녔던 시대적이고 사회적인 시선의 넓이로 해석될 수도 있다.

北邦의處女가 南方을생각하면
울렁 줄렁달린 蜜柑밧흘
허울버슨 몸으로 지나드래도
명주옷을입고 님을산나러가는듯이
가삼이 두군두군 거려서
첫일월에 우레소리가 휘여진가지를흔들고
黃金의 여름을 짠다지오.

北邦의處女가 南方을생각하면
빨간동백의 비인동산을
쳘을모르는 몸으로지나드래도
님이오신다 마신듯이
심난한 한숨이쉬여저서
초사월의비가 푸르른닙을 궁글고
빨갓곳을 써러트린다니오.

「南邦」 부분[17)]

이 시의 공간은 극단으로 먼 공간, '북방'과 '남방'으로 나뉘어져 있다. '北邦의處女'는 '남방'을 그리워하고 있다. 남방은 '님'이 존재하는 공간이며, 이 대상은 북방에서 부재한다. 화자는 '北邦의處女가 南方을생각하면 – 黃金의 여름을 짠다지오.'와 같이 전달자의 입장을 취하면서 남방을 동경하고 있다. '남방'을 바라보는 먼 시선 끝에 김명순의 시는 있다.

17) 『전집』, 112면. 김명순의 시는 한 개 텍스트에 대한 개고본들이 존재하는 경우가 많다. 이 글에서는 동일한 작품의 경우 개고본을 고찰의 대상 텍스트로 하였다.

동경의 세계와 현실과의 거리가 멀수록 탈주는 빠르고 직선적이다. 김명순의 시에서 탈주하는 주체 '나'는 직접적이고도 선명하게 드러난다.

내머리우에
한업시
놉고멀게
풋藍빗으로
훨신개인
저秋天에
님의마음뵈인다

大同江의
드높흔
듣덕위로
내발걸음
내마음
내밟으매
馬灘의물소리
길가는情調갓다

「憧憬」 부분[18)]

이 시에서 김명순은 현재 이곳을 벗어난 먼 곳에 있는 대상을 그리

18) 『전집』, 73면.

고 있다. '憧憬'은 그에게 현재에 대한 거부의 한 방식이다. 시의 공간은 지속적으로 확장되는 양상을 보인다. 첫 연에서 '내머리우 → 한없이 → 높고멀게 → 저秋天'으로 지속적인 확장을 보이면서 '저秋天'에 가닿고 있다. '저秋天'은 한없이 드넓고 자유로운 공간이다. 또한 이 공간은 '푸藍빗'으로 미화된다.

이 드넓고 아름다운 자유로운 대상으로의 지속적인 나아감은 현재에 대한 강력한 거부를 수반한다. 김명순에게 지금 현재는 '부자유, 추함, 좁음, 낮음, 어두움' 등을 뜻한다. 이 현재의 부정적인 상황으로부터 그의 동경은 만들어진다. 그 먼 동경의 세계 안에 '님'이 존재한다. 따라서 '님'은 현재 부재하는 대상일 수밖에 없으며, 부재로부터 동경은 더욱 강해진다. 하지만 지금 이곳의 '나'는 내 머리 위로 열린 하늘과 함께 '님'과 연결되고 있다. '나-님'의 연결은 '이곳-먼 그곳'의 연결을 의미한다. 김명순의 시선은 발붙인 대지가 아닌 하늘을 향해 높이 먼 곳에 존재한다.

2연에서 수평의 대동강은 '드높은/ 든덕위'에 의해 수직의 이미지를 갖는다. 그것은 1연에서의 '하늘'과 같은 동경의 공간으로 화하고 있다. 김명순이 실제의 공간 '대동강'을 동경 속의 비실제의 공간으로 만들어 버린다. 그곳은 김명순에게 자신 '나'가 단독으로 존재하는 공간이다. '내발걸음/ 내마음/ 내밟으매'와 같이 '나'가 지속적으로 반복되는 언술에서 타자는 철저히 배제되고 있다. 타자가 존재하지 않은 자신만의 공간으로 존재하는 대동강을 그는 시속에 만들고 있다. 오로지 '나가 존재하는 곳'은 김명순에게 동경의 세계에 해당한다. 그 공간에서 '馬灘의물소리'는 '길가는情調'로 자신의 마음을 표현해 준다.

'憧憬'에는 부정하고 싶은 현실에서 벗어나 다가가고 싶은 대상에 대한 김명순의 열망이 들어있다. 현실 속에서 '나'는 존재하지 않는 대상이다. 그에게 시쓰기는 존재하지 않는 자신을 존재하게 만드는 방식이다. 그의 글쓰기는 현실로부터의 탈주를 뜻한다. 김명순의 시는 부재하는 현실을 담아내고 있다. 그의 시가 앞선 시간을 담아낼 수 밖에 없는 이유다. 결국 환상은 탈주로서의 김명순의 시가 바라보는 부재하는 현상들이다.

3. 환상의 유혹과 결렬

김명순 시에는 '환상, 꿈, 이상' 등이 반복적으로 제시되고 있다. 다음은 쉽게 발견되는 예이다.

> 우는이어/나의 벗이어
> 벗의 논물을 씻처/ 우리들의 幻想을그린
> 봄하날의 아름답음을보라.

「慰勞」 부분[19]

> 애련당못가에 숨마다숨마다/ 어머니의 품안에안키여서
> 갑지못한사랑에 눈물흘리고/ 손톱마다 봉선화드리고서는
> 어리는 님의압흘 숨수려.

19) 『전집』, 101면.

착한처녀 착한처녀 호올로되여서/ 꿈마다꿈마다 애련당못가에.

「꿈」 부분[20]

오오 우리의 理想—/ 이는우리의님이로라

그이는 그발등의 불을 끄지안코/ 남의발등의불을끄려하지안는다

「우리의理想」 부분[21]

위에서 그 대상들은 모두 현재로부터의 벗어난 세계들이다. 김명순 시에 나타나는 '먼 곳, 눈감음, 향수, 옛날, 낙원' 등도 이들과 동궤에 있다. 이들은 모두 현실과 대비되는 개념으로서의 '환상'으로 지칭될 수 있다. 환상[22]은 현실적으로는 부재하지만 심리적으로 실재하는 욕망이 가시화되는 지점에서 발생한다. 인간의 '욕망'은 현실적으로는 망각과 배제의 형식으로 은폐되고 억압되지만, 문학에서는 환상의 형식을 통해 '충족'과 '도피'를 추구함으로써, 그 실체를 긍정하고, 이것의 대리적 해소를 지향한다. 그러한 심리적 반향의 반대 지점에서 환상은 현실이 억압하고 은폐했던 세계나 그 구성물을 등장시킴으로써

20) 『전집』, 93면.

21) 『전집』, 145면.

22) 캐서린 흄은 문학을 두 가지 충동의 산물로 설명한다. 하나는 '미메시스'로서 다른 사람들이 자신의경험을 공유할 수 있다는 핍진감과 함께 사건 · 사람 · 상황 · 대상을 모사하려는 욕구이다. 다른 하나는 '환상'으로서, 권태로부터의 탈출 · 놀이 · 환영 · 결핍된 것에 대한 갈망 · 독자의 언어 습관을 깨트리는 은유적 심상 등을 통해 주어진 것을 변화시키고 리얼리티를 바꾸려는 욕구이다(캐서린 흄, 한창엽 옮김, 『환상과 미메시스』, 푸른나무, 2000, 55면). 흄에 따르면 문학에서 미메시스가 현실의 재현에 주력하는 문학의 양상이라면, 환상은 부재하는 현실에 대한 전복의 의도를 지니는 문학적 양상이다.

현실에 대한 전복을 겨냥하기도 한다.[23]

김명순에게서 시는 환상을 그려내는 문학적 공간이다. 환상은 현실 그 너머의 장면들, 그가 소망하며 실재하기를 바라는 장면들이다. 그는 닫힌 현실에서 벗어나 부재하는 환상의 장면들을 포착하고 재현하는 데 주력한다. 그럼으로써 그는 현재의 부재와 그 부조리를 드러내고자 한다. '꿈'은 그의 시에 드러나는 현재를 벗어난 시간과 공간이다. 하지만 그 꿈은 현실에서 실재화되기를 간절히 소망하는 세계이다.

彈實이는 단ᄭᅮᆷ을ᄭᅢ트리고 …중략… 뎌는 芭蕉그늘아래서억개에걸쳣든 것을 잔ᄯᅴ우에피고안젓다. 薔薇花의단香氣를 깁히깁히呼吸하며 幻想을 그리면서.

…중략…

사랑하는이여
나의넓은花園에서
五色으로花環을 지어
그대의結婚式에
禮物을듸리려하오니
오히려不足하시면
당신의마음대로
色色의 ᄭᅩᆺ을ᄭᅥᆨ거서

---

23) 최기숙, 『환상』, 연세대학교 출판부, 2010, 4~5면.

뜻대로쓰소서
…중략…

彈實이는눈을번쩍쩟다. 뎌는이갓치幻想을그려본 것이다. 五月아참바람이 산들산들분다.

潺波를 띄우고 미소하는青空—상쾌히 管絃樂을아뢰는大地!

不治의病에우는彈實의 눈물…… 草葉에매친이슬이朝日의 光彩를밧에眞珠갓치빗난다.

「朝露의花夢」 부분[24)]

이 시는 꿈[25)]의 형식으로 제시된다. '현실(산문시) → 꿈(시) → 현실(산문시)'로 액자구조를 취하고 있다. 이 시에서 꿈은 '환상'과 동일시한다. 또한 그 환상은 시에서 화자 탄실의 주체적 노력에 의해 이루어지는 적극적 행위다. '幻想을 그리면서'는 현실로부터 벗어나는 적

---

24) 『전집』, 699~704면.

25) 김명순은 수필 「初夢」(1918)을 남기고 있다. 이는 시극 「朝露의花夢」의 모티프로 보인다.
'彈實이난 昨夜에감어서 아직마르지 안은 검은머리를 요우에 푸러헛치고 무슨辛酸스러운숨을 수엇난지 휘—한숨을 짓는다. 午前 一點 鐘소릐와 갓치左편으로 몸을뒤치일때 비단이불소리가바삭바삭ᄒᆞ고 白雪갓흔 요우에난 검은波濤를이르키이며 두번ᄶᅵ 歎息ᄒᆞᆫ다. …중략… 彈實이난 말을맛치고다시한숨지으며 榮彩잇난고흔 눈을 스르르감엇다. 그린듯이움작이지도안는 彈實의귀에ᄂᆞᆫ다만 람프에기름잣는소릐가微妙ᄒᆞ게들릴ᄲᅮᆫ이다.'(『전집』, 613~614면).
김명순 문학의 시발점이자 지향점이 '꿈과 관련된 것임을 보여주는 단적인 예다. 그것은 근대 문학에서 최남선, 이광수 등이 보여준 계몽성과 반대에 서 있는 측면이다. 김동인 류의 유미주의 또는 낭만주의에 가까운 현상이다. 김명순의 시는 낭만성에 뿌리를 두고 있지만, 오히려 낭만성으로 인해 현실에 대한 과감한 저항과 현실 변혁의 모습을 보여준다.

극적 주체의 모습이 투사되어 있는 언술이다. 환상은 김명순이 스스로 만든 자신만의 독립된 세계임을 의미한다.

하지만 좀더 살펴보면 이 시에서 환상은 2겹으로 구축되고 있다. '幻想'을 그리는 '꿈'을 제시하는 이는 김명순의 필명인 '彈實'이다. '彈實'은 김명순 자신이지만 동시에 그와 일치되지 않는 환상적 존재다. 시에서 彈實이 지닌 '절대적 아름다움, 귀족성, 부유함, 여유로움' 등은 실재하는 김명순[26]과는 거리가 멀다. 즉 이 시에서 '彈實'은 김명순 자신이 소망하는 존재로서의 환상의 의미를 지닌다. 따라서 이 시는 [실재(김명순) - 환상 1(彈實) - 환상 2(꽃) -환상 1(彈實) - 실재(김명순)]의 이중 구조를 취하고 있다. 이는 다음과 같이 요약된다.

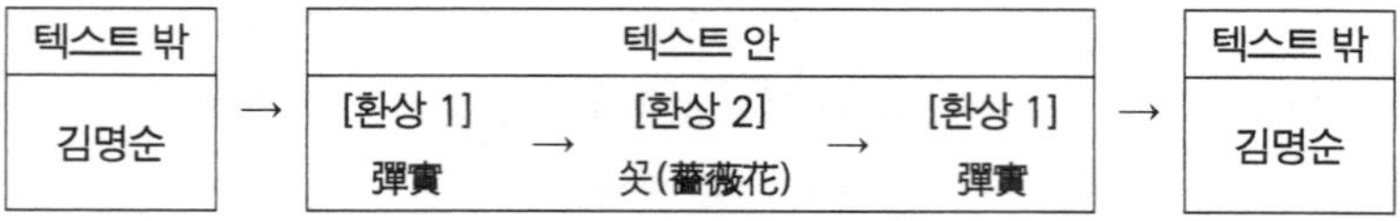

텍스트 밖		텍스트 안						텍스트 밖
김명순	→	[환상 1] 彈實	→	[환상 2] 꽃(薔薇花)	→	[환상 1] 彈實	→	김명순

[환상 1]에서 김명순은 절대적 존재로 홀로 존재하다. 또한 세계를 지배하는 자아로서의 지위를 소유하고 있다. 이러한 [환상 1]에서 [환상 2]로의 이입은 가능해진다. [환상 2]에서 존재하는 세계는 '사랑하는이, 結婚式, 禮物' 등으로 구성된다. 김명순은 당대 여성에게 금

26) 김명순에 대한 '나쁜 피' 등의 지칭은 당대 김명순의 사회적 지위를 단적으로 드러낸다. 하지만 시에서 자신으로 나타나는 '彈實'은 그러한 면과 절연되어 있다. '彈實'은 김명순에게 실재와 결별한 자기확인의 방법이다. 실재에서의 김명순은 '자신의 신분적 한계를 신여성이 됨으로써 극복하려 한 인물, 신교육을 받아 신분상의 불리함을 극복하면 보통 사람들과 동등한 인격으로 평가받을 수 있을 것이라는 사고를 지닌 사람'(김은희 외, 앞의 책, 318면)에 해당한다.

기시되었던 '사랑'의 세계[27]로 환상을 가득 채우고 있다. 환상은 충격적이고 매혹적이며, 만족을 준다.[28] 그것은 현실의 금기에 대한 위반의 방법이다. 환상에의 유혹이 강렬함을 수반하는 근거다.

ᄭᅮᆷ나라의愛人이시어
只今이세상안닌甘美의노래에
고요히잠든귀를기울엿나이다

얼마나自由로운調律이오리ᄭᅡ
몸은淨化되어날개를 달고
ᄭᅩᆺ피운空間을날으려나이다

浮世를운들그대와나
내압헤大路를걷지안코
그대압헤洞窟을찻지안핫도다

그러나눌리엇든우리들은
解放하는노래가들려지오니
우리의ᄭᅮᆷ길을 버립시다

---

27) 이러한 모습은 김명순 시를 연시로 규정하는 근거이기도 하다(남은혜, 「'밀어'가 아닌 '노래'를 위해」, 서정자 외, 앞의 책, 85면). 남은혜는 김명순이 최남선, 이광수 등 다수의 당대 남성시인들이 보여준 계몽적 문학과 달리 연시를 창작함으로써 자신만의 '김명순 문학'을 만들어나갔고, 이것은 하위주체의 발화를 보여주는 대항담론을 형상화 하는 방법이라고 설명한다. 하지만 김명순의 시는 단순히 연시로 명명되기보다는 당대에 풍미한 낭만주의의 한 표현 방식, 폐쇄된 사회로부터 억압에 대한 저항 등 다양한 함의를 지니는 것으로 해석할 수 있다.

28) 캐서린 흄, 한창연 옮김, 『환상과 미메시스』, 푸른나무, 2000, 55면.

愛人이시여愛人이시여
여긔幽玄境의길에
길이잇으니이리오십쇼

愛人이시여愛人이시여
사람모르는그곳에
길잇으니날개를펴십쇼

「蠱惑」 전문[29)]

제목 '蠱惑'은 매력에 홀려서 정신이 없는, 김명순 내면의 현재다. 거기서 그는 '애인'을 부른다. 이는 당대 상황에서 현재의 실존이 불허된 인물이다. 꿈은 그 부재를 실재로 바꿀 수 있는, 환상을 만들어 내는 개인적 내면의 공간이다. 그는 꿈에서 현실의 억압을 거부하고 자신의 자유를 획득하고 있다.

김명순에게 '愛人' 등으로 호명되는 사랑은 당대의 억압에서 벗어나는 고유한 영역이었다. 그의 시에 사랑과 연애의 주제가 자주 등장하는 것은 그것을 호명함으로서 여성으로서 당대 현실과 절실히 맞서는 방법이었기 때문이다. 그것은 자신의 주체를 확인하는 길이며 동시에 존재를 확인하는 통로였을 것이다.[30)]

---

29) 『전집』, 76~77면.

30) 다음 지적은 단순하지만 김명순 시에 나타나는 사랑의 문제를 해석하는 데 중요한 단서를 제공한다. '20년대 식민지 조선의 인테리들은 남녀를 막론하고 왜 '자유연애'에 그렇게 몰두했을까. 서구의 다른 어떤 관념보다도 사랑이라는 관념이 조선을 뒤흔든 이유는 그것이 구조선의 관습 및 질서와의 단절을 가장 실감나게 내포하고 있고 그만큼 갈등의 진원지였기 때문이다.'(김수진, 『신여성, 근대의 과잉』, 소명출판, 2009, 259면).

하지만 이 시에서 김명순은 '쑴나라의愛人'을 불러, '…눌리엇든우리들은/ 解放하는노래가들려지오니/ 우리의쑴길을 버'리자고 권유한다. 그는 애인을 간절히 부르며 '幽玄境의 길, 사람 모르는그것이 길'이 있으니 '이리 오라' 권한다.

김명순에게 '길'은 열린 미래로 나아가는 통로다.

길, 길 주우 벗은길
音響과色彩의兩岸을건너
주욱 벗은길.

…중략…

길 길 幽玄境의길
서로아는령혼이 解放되어맛나는
幽玄境의길 머리위엣길.

「길」 부분[31]

이 시에서 '길'은 환상과 대조된다. 두 대상은 '현실/비현실, 천상의 공간/지상의 공간, 폐쇄/개방, 내면/외부' 등의 의미로 구분된다. 김명순은 환상 속의 애인을 불러 환상에서 나와 현실에서의 길에 서자고 말한다. 하지만 현실과 뒤섞일 때 환상은 처참히 부서져버리고 만다.

환상을 드러내는 김명순의 시는 달콤하고 아름답다. 하지만 현실을

31) 『전집』, 146면.

드러내는 시는 절망과 괴로움으로 가득하다. 다음 시는 결렬된 환상의 비참함을 보여준다.

나는무슈한검붉은 아해들에게 뭇노라
오오 虛空을잡으려든 서름들아
憤怒에 매마저부서진 거울조각들아
피마저 피에저즌아해들아
너희들은 아직짜뜻한 피를구하는가.

아 아 너희들은 내맘에압흔아해들
그러틋이 내마음은 피마저깨젓노라
내아해들아 너희는 얼음에서살몸
부질업시 눈내려녹지말고
北으로北行하여 파란하늘가티 수정가티
어러서 붓허서 맷치고 쏘맷히라!

「내가삼에」 부분[32]

이 시에서 화자는 자신의 가슴속에 있는 '무슈한검붉은 아해들'에게 말하고 있다. 그것은 '虛空을잡으려든 서름들, 憤怒에 매마저부서진 거울조각들'이다. 김명순의 환상은 허공을 잡으려던 설움으로, 부서진 거울 조각들로 자신의 가슴 속에 존재하고 있다. 이제 환상은 부서져 결렬되고 만다. 그 결렬의 자리에 김명순의 절망과 좌절이 놓여 있다.

32) 『전집』, 115면.

시에서 화자는 '묫노라, 구하는가, 깨젓노라, 맺히라' 등으로 매우 격앙된 어조를 보여준다. 환상 속에서 들어있던 화자의 아늑하고 차분한 어조와 대조적이다. 환상 속에서 김명순은 홀로 존재하거나 '애인'으로 대표되는 현실에 부재하는 인물로 존재했다. 하지만 현실 속에서 그의 가슴은 자신을 괴롭히는 대상들로 가득하다. 환상과의 간극을 메울 수 없는 현실의 고통 속에서 김명순의 현실에서 대면해야 되는 타자들을 '아해들'로 낮춰 부른다. 이는 환상 속에서의 자아를 현실에서도 그대로 유지하고 있는 모습이다. 현실의 모든 것들이 '낮게' 보이는 이유다. 이러한 시선의 환상/현실에서의 시선의 불일치는 현실과의 충돌 가능성을 더욱 강화할 수밖에 없다. 그는 결렬된 환상의 상황에서 골 깊은 방황의 모습들을, 그 내면을 시에 보여준다.

4. 고독한 환상의 방황

김명순에게 환상은 부조리한 현실에 대한 시적 대응의 방법이었다. 환상은 기존의 질서나 인식 체계를 넘어서 세계를 재정의 하고 근본적으로 재구성하려는 인식론적 형태, 혹은 그 구성물[33]에 해당한다. 하지만 그가 시로 보여주는 세계는 단지 김명순이 홀로 고독하게 만들어낸, 당대와 유리된 세계에 해당한다.[34] 그는 고독하게 홀로 시속에 남아 한탄하고 저주하며 자학하는 방황의 모습들을 보여준다.

33) 최기숙, 앞의 책, 32면.

34) 존재론적 차원에서 환상적 형식으로 표현되는 주체의 자기 인식이나 표현 행위는 타인과 소통할 수 도 없는 개인의 내밀의 영역으로 제한된다(위의 책, 91~92면).

뵈는 듯 마는듯한셔름속에
잡히운목숨이 아즉남아셔
오늘도 괴로움을참앗다
젹은젹은것의 生命과가티
잡히운 몸이거든
이셔름 이압흠은 무엇이냐
禁斷의女人과 사랑하시든
녯날의 王子와가티
유리관속에서 춤추면살줄믿고
일하고공부하고사랑하면
재미나게 살수잇다기에
밋업지안은 세상에사러왓섯다,
지금이뵈는듯 마는듯한 서름속에
生葬되는 이답답함을 엇지하랴
미련한나! 미련한나!

「유리관속에서」 전문[35)]

이 시에서 '나'는 처절하게 부정되고 있다. 이는 환상 속에서 보이던 아름답고 화려하며 유능한 자신의 모습과 대조적이다. 환상에서 깨어났을 때 생장의 현실과 문득 마주하게 되는 것이다. 그것은 자신의 의지로 선택하지 않은 죽음, 타자에 의해 강요되어진 죽음의 상황이다. 그 절망을 이 시는 담고 있다.

'유리관속'은 화자에게 주어진 실제의 세상이다. 이는 환상이 지닌

35) 『전집』, 109면.

무한의 공간과 자유로움, 사랑하는 사람과의 조우 등이 불가능한 공간이다. 좁고 폐쇄적이며 타자에 의해 주체의 의지가 소멸된 세계다. 그것은 김명순 시에서 '남방, 꿈, 봄' 등과 대조적인 공간이다. 이는 '生葬되는' 죽음의 공간이다. 하지만 화자는 이를 거부하는 것이 가능하다고 생각했던 자신을 '미련한나'로 강하게 부정하여 지칭하고 있다. 이는 환상 속에 존재하던 '탄실'의 화려하고 당당한 모습과는 대조적이다.[36)]

환상과 현실과의 거리에서 김명순은 방황하는 모습을 보여준다. 자신과 핍진한 거리는 그 방황의 단면을 보여준다. 환상 속에서 아름답게 존재하던 사랑은 이제 길바닥에서 구르는 저주의 대상으로 변하고 있다. 그 슬픔과 분노[37)]가 시에 들어있다.

(1) 길바닥에, 구을느는사랑아
주린이의 입에서 굴러나와
사람사람의 귀를흔들었다
『사랑』이란 거짓말아.

처녀의가삼에서 피를섇는아귀야
눈먼이의 손길에서 부서저

36) 김명순이 근대와의 대결에서 반복적으로 겪어야 했던 처절한 패배를 받아들이는 모습으로 파악된다.

37) 송명희는 김명순의 시가 1924년부터 1925년의 시기에 자신의 시에서 분노 감정을 집중적으로 표출하고 있다고 보았다. 또한 그 이유를 그 시기 그녀가 남성 문인들과 매체로부터 부당한 공격과 비난을 집중적으로 받았기 때문으로 설명한다(송명희, 「김명순 시에 나타난 분노 감정」, 『여성문학연구』 제39호, 한국여성문학회, 162~179면).

착한녀인들의 한을지엿다
『사랑』이란거짓말아

「咀呪」 부분[38)]

(2) 둥그런 련입헤 얼굴을뭇고
숨이루지 못하는 밤은깁허서
비인뜰에 혼자서 서른탄식은
련닙헤 달빗가치 허득여드러
지나가든 바람인가 한숨지어라

외로운 처녀 외로운처녀 파랏케되어
련닙헤 련닙에 얼골을뭇어.

「탄식」전문[39)]

(3) 조선아 내가너를 永訣할때
개천가에곡구러젓든지 들에피 썝앗든지
죽은屍體에게라도 더학대해다구
그래도 不足하거든
이다음에 나갓튼 사람이나드래도
할수만잇는대로 또虐待해보아라
그러면서로믜워하는 우리는영영작별된다
이사나운곳아 사나운곳아.

「遺言」전문[40)]

---

38) 『전집』, 117면.
39) 『전집』, 95면.
40) 『전집』, 119면.

고립된 환상의 세계로부터 벗어나 현실과 만나게 될 때, 환상은 결렬될 수박에 없다. 그것으로 비롯된 방황의 편린들을 시는 직접적으로 언표한다.

(1)에서 제목 '咀呪'는 현실에 대한 화자의 부정적 태도를 단적으로 드러내는 언표다. 그가 저주하는 대상은 '사랑'이다. 환상 속에서 그토록 동경하던 사랑은 이제 '거짓말'로 존재한다. 그것은 '주린이의 입에서 굴러나와/ 사람사람의 귀를흔'드는 것, '처녀의가삼에서 피를 샏는아귀, 눈먼이의 손길에서 부서저/ 착한녀인들의 한을지'은 거부된다. '사랑에 대한 저주'는 그 동경의 결렬이 클수록 강해질 수밖에 없다. 강렬한 어조의 거부는 다시 탄식의 형태로 내면화 되어 깊이 스미고 있다.

(2)에서의 '탄식'은 '쑴이루지 못하는 밤'에서 비롯된다. 꿈을 이루지 못하는 주체는 '외로운 처녀'다. '외로움'과 '처녀(여성)'의 두 인자는 꿈을 이루지 못하는 원인으로 작용한다. 그가 할 수 있는 것은 연닢에 얼굴을 묻고 탄식하는 것이다.

연닢에 얼굴을 묻는 도피는 (3)에서 죽음과 연결된다. '세상'과 결별하고자 하는 화자의 목소리가 강렬하게 나타난다. 세상은 '나'에게 '학대'한 주체이다. 화자는 세상에게 대한 학대를 죽음 이후에도 요구하면서 세상과의 결별을 고한다.

김명순 시에 드러나는 생경한 감정의 노출, 분노와 저주 · 한탄은 환상이 결렬된 현재로부터 발화되고 있다. 현실에서 환상이 부서지는 순간 격한 목소리로 그 방황의 고통을 직설적으로 드러낸다.

5. 여성적 저항의 심연

김명순은 봉건으로부터의 벗어남, 일제로부터의 벗어남, 근대가 지닌 남성성으로 벗어나야 하는 다층의 벗어남을 감행해야 했던 시인이다. 그는 여성적 저항의 모습들을 통하여 당대 시적 저변을 넓히고 있다.

환상이 리얼리티의 재현을 넘어서 존재의 영도(零度)에서 새롭게 기호 의미를 생성하려는 적극적이고 능동적인 상상력의 한 표현[41]이라고 할 때, 김명순에게 시는 그 영도의 글쓰기가 허여된 장에 해당한다. 김명순에게 환상은 당대의 닫힌 현실로부터 벗어나는 여성적 저항의 한 발견이었다. 또한 그의 시쓰기는 부재하는 현실을 보여주는 여성적 언술의 선택이다.

그에게 새로운 미래는 환상으로부터 온다. 그에게 미래는 현재에서의 환상의 실현이며 실재화에 해당한다.

> 人工의드놉흔城으로둘너쌔인못물에
> 銀杏色의苔族은자라서느러서
> 은은히 힘길러서는……………
> 동녹의 時代에 挑戰하다
>
> 사람들은다못가에아득거려
> 피를일코넘어질재
> 風浪은모든령혼을사라처가고

---

41) 최기숙, 앞의 책, 32면.

腐敗는모든肉體를占領하다

하날우에는 오히려 밋친바람
짜우에는아즉腐敗슷치지안엇을째
한돌노비즌사람이낫하나서
자줏빛의幻想으로온세상을싸덥다

여기새로운세상에 봄이오다
女人은낫치안코 男人은기르지안코
遠近 善惡 美醜를폐지할째가
우리들의마음속으로붓허오다

여기새로운봄의깃거운째가오다
洞窟의暗流가太陽을向해노래하고
시내물이종달의노래를어으을째가
우리들의마음속으로붓허오다

「幻想」 전문)[42]

이 시에서 '幻想'은 힘든 과거와 현재를 벗어나 미래를 만드는 방법이다. 그것은 '한돌노비즌사람'처럼 비범한 힘을 가진 자에 의하여 가능해진다. 김명순에게 환상은 미래를 여는 방법이다. 환상의 작지만 큰 힘은 구속에 도전하는 불이다. 1연에서 '人工의드놉흔城으로둘너쌔인못물물'에서 미미하게 자라난 은행색의 이끼(태족)가 '은은히 힘

42) 『전집』, 149~150면.

길러서는……………/ 동녹의 時代에 挑戰하'는 것과 같은 것이다. 어느 사이엔가 '人工의드놉흔城'을 지배하는 '이끼'는 환상이 현실에서 구현되는 은유물이다. 그 이끼는 드디어 인공에 맞서는 자연이며, 드높은 성이 아닌 낮은 곳에 자리한다. 하지만 힘을 길러 드디어 인공의 성을 모두 감싸 안으며 '동록의 시대'에 도전하는 존재로 화한다.

김명순에게 그가 거부하던 것들은 '人工의드놉흔城'과 같은 존재들이다. 그것은 자연에 맞서는 인위적인 것이며, 타자에 대한 억압으로 생산된 폐쇄된 권력이다. 하지만 수직의 단단한 성은 못가에서 '자라서느러서 → 은은히 힘길러서는 → 동녹의 時代에 挑戰'하는 이끼에 의해 점령되고 만다. 이끼는 낮고 은은하며 타자를 감싸 안는 존재다. 환상은 마치 이끼와 같이 여리지만 어느날엔가 세상을 모두 감싸 안아 바꾸어 놓은 강력한 힘을 지닌 존재다.

2~3연에서는 현존하는 삶의 모습들이 제시되고 있다. 피를 잃고 넘어지는 사람, 풍랑과 부패, 미친 바람으로 가득한 세상의 모습이 제시된다. 그 상황에서 '한돌노비즌사람이낫하나서/ 자즛빛의幻想으로왼세상을싸덥'는다. '자즛빛의幻想'은 '피와 사라져 가는 영혼, 부패한 육체, 하늘의 미친 바람, 땅위의 부패'를 한꺼번에 덮어버리는 방법이다. 1연에서 이끼가 인공의 성을 덮어버리고 '동록의 시대'를 여는 것과 등가의 의미를 지닌다. 낮고 연약하지만 결국 시대를 바꾸는 거대한 힘을 그는 환상에서 찾는다.

'자즛빛의幻想'은 '새로운 세상'에 봄을 오게 만든다. 그것은 여인과 남인의 삶의 괴로움이 사라지고, '遠近 善惡 美醜'라는 차별의 잣대가 사라지는 절대평등의 공간이다. 또한 '洞窟의 暗流가 태양'의 밝은 빛으로 나오며, '시냇물과 종다리 노래'가 어울리는 세계이다.

현재에 대한 이러한 저항은 김명순이 다음과 같이 일제강점기 민족적인 시[43]들을 쓰는 것과 연결되는 지점이다.

(1) 귀여운내수리 내수리
흘닌짬과 피를다씻고
하늘웃고 짱녹는곳에
골엔 노래흘니고 들엔꼿피자
그대가세상에 업섯던들
무엇으로 승리를바라랴.

그째까지조선의민즁
너희는피짬을 흘니면서
가티살길을 준비하고
너희의귀한 벗들을 마즈라.

「귀여운 내수리」 부분[44]

(2) 그러나 벗이여
오게 지옥의 예찬자 死의 동지 썩은 송장들이 뭉켜 있는 그곳을 가지 말고
생의 예찬자 생의 개척자가 모인 우리에게로 오게
오게 너희들의 부모처자 동생들을 데리고 오게

43) 김명순이 단순히 여성 해방을 넘어선 민족 해방을 부르짖으며 항일시를 많이 남겼음은 선행 연구들에서 밝힌 바 있다(방정민, 「김명순 시의 신여성상 연구」, 『인문과학연구』제11-2호, 부경대학교 인문사회과학연구소, 2010, 43~47면).
44) 『전집』, 149~150면.

삶의 나팔을 불며 굳세게 행진하는 우리들의 일터로
좋은 세상을 개척하려는 우리들의 싸움터로

「修道院으로 가는 벗에게」 부분[45)]

(3) 자, 벗들아 파편을 주우며 울기는 너무나 약한 짓이다
풀잎을 뜯으며 새소리를 들으며 흐르는 구름을 바라보며
전설을 되풀이하기는 너무나 힘없는 짓이다
우리는 여기서 느끼세
힘을 믿세
힘을 내서 일하세

「高句麗城을 찾아서」 부분[46)]

(1)~(3)의 시들은 현실에 대한 발언들이다. 이 시들은 일제 강점하의 당대 배경에서 더욱 그 의미를 더한다.

(1)의 화자는 '수리'를 '귀여운 내수리'로 호명하고 있다. 이로 말미암아 화자는 독수리를 가까이 부르는 강한 존재로 인식된다. 화자에게 '수리'는 '흘닌쌈과 피를다씻고/ 하늘웃고 쌍녹는곳에/골엔 노래흘니고 들엔쏫피'우게 하는 동반자다. 과거의 고난에서 벗어나 새로운 미래를 여는 것을 수리를 빌어 의탁한다. 따라서 수리는 싸움에서 승리를 바라는 징표로 작용한다. 그 승리가 올 때까지 '조선의민즁'에게 화자는 '너희는피쌈을 흘니면서/ 가티살길을 준비하고/ 너희의귀한 벗들을 마즈라.'고 힘주어 말한다. 김명순이 '조선의 민중'을 호명

45) 맹문재, 『김명순전집』, 현대문학, 2009, 164면.
46) 위의 책, 166면.

하면서 '같이 살길을 준비하고', 미래의 승리를 말하는 것은 당대에 대한 강렬한 전복의 발언들이다. 이는 그가 바라본 환상이 현실에 이입된 것으로 판단된다. 환상의 현실에 대한 투사다.

이러한 점은 다시 (2)에서 확인된다. (2)에서 화자는 '修道院으로 가는 벗에게' 말을 걸고 있다. 수도원은 '지옥의 예찬자 死의 동지 썩은 송장들이 뭉켜 있는 그곳'에 해당한다. 이는 '삶의 나팔을 불며 굳세게 행진하는 우리들의 일터, 좋은 세상을 개척하려는 우리들의 싸움터'와 대조된다. '좋은 세상'이 수도원이 아닌 '생의 예찬자 생의 개척자가 모인 우리'의 일터에서 비롯됨을 밝힌다.

현실의 변혁에 대한 김명순의 의지는 (3)에서 외세와 직접적으로 맞서는 양상을 보인다. (3)의 시 말미에는 '일천삼백여 년 전 우리들의 할아버지의 늠름한 기상을 그려보면서, 6월 4일, 滿洲 撫順에서'라고 적고 있다. 만주의 고구려성에서 '파편을 주우며 울'거나, '풀잎을 뜯으며 새소리를 들으며 구름을 바라보며 전설을 되풀이 하'는 것은 '약한 짓, 힘없는 짓'이라고 말한다. 이러한 행동들을 경계하며 화자는 고구려성에서 '힘'을 믿고 힘을 내서 '일하세'라고 말하면서 고구려의 힘이 다시 부활하기를, 복원되기를 염원한다.

이러한 김명순의 시는 근대 초기 여성시의 새로운 양상들을 드러낸다. 그것은 현재의 억압과 대면하고 과감히 이로부터 벗어나고자 하는 모습을 보여준 것이다. 김명순에게 현실과 환상의 거리는 그가 처해야 했던 무수한 상처와 고통의 근원일 지도 모른다. 소월이 당대의 시공간에 갇혀있었던 시인임과 비교한다면 김명순은 더 앞으로 나아간 시간의 시쓰기를 보여준다. 이런 면에서 그의 여성적 저항의 가치가 놓여있다.

김명순이 감내해야 했던 고통은 환상과 현실과의 당대로서는 화해할 수 없었던 거리에서 비롯된다. 그가 당대와 불화할 수밖에 없었던 먼 시선은 억압으로부터 벗어나며 자유를 얻는 것이었다. 그 저항성은 한국 현대시에서 고정희, 김승희 등으로 이어지는 밑거름으로 존재한다.

김명순에게 시는 당대 현실과 직핍하게 맞서야 했던 문학적 저항과 싸움의 한 방법이었다. 따라서 시적 성취나 아름다움의 문제를 고민할 계산된 거리 혹은 공간을 확보할 수 없었다. 하지만 그의 시는 시가 무엇보다 첨예한 시대의 대응물임을 여성의 입장에서 보여주고 있다. 시는 무엇보다 시대인식을 앞서는 전위성을 담보할 때 존재 의미가 있다. 김명순을 그러한 예를 근대의 초입에서 극명하게 보여준 시인이다. 그가 남긴 문학적 작업의 가치가 한국문학사에서 재평가되어야 하는 이유다.

김명순은 당대와의 싸움에서 지독한 패배자로 남아 있어야 했다. 하지만 그의 시는 그의 패배가 패배가 아님을 증명해 준다. 당대 모순의 한 단면을 여성적 시쓰기를 통하여 첨예하게 드러내고 있는 점은 아프게 존재해야 했던 한 여성시인의 승리로 평가되어 마땅하다.

참/고/문/헌

〈기본자료〉

- 서정자 · 남은혜 편저, 『김명순 문학전집』, 푸른사상, 2010.
- 맹문재 엮음, 『김명순 전집』, 현대문학, 2009.

〈연구논문〉

- 김영옥, 「1920년대 여성시인 연구」, 『우리문학연구』제20호, 우리문학회, 2006.
- 김정자, 「김명순 문학의 여성학적 접근」, 『여성학연구』제2호, 부산대학교 여성학연구소, 1990.
- 김윤정, 「김명순 시에 나타난 신여성 의식 연구」, 『비교한국학』제22-1호, 국제비교한국학회, 2014.
- 방정민, 「김명순 시의 신여성상 연구」, 『인문사회과학연구』제11-2호, 부경대학교 인문사회과학연구소, 2010.
- 송명희, 「김명순 시에 나타난 분노 감정」, 『여성문학연구』제39호, 한국여성문학회.
- 서정자, 「김명순의 창작집 『애인의 선물』」, 『여성문학연구』, 한국 한국여성문학회, 2002.
- 서정자 · 박영혜, 「근대여성의 문학활동」, 『한국근대여성연구』, 숙명여대 아세아여성문제연구, 1987.
- 신지연, 「1920년대 여성담론과 김명순의 글쓰기」, 『어문논집』제48호, 민족어문학회, 2003.
- 안혜련, 「1920년대 〈여성적 글쓰기〉의 모색」, 『한국언어문학』제

50호, 한국언어문학회, 2003.
- 이덕화, 「신여성에 나타난 근대 체험과 타자 의식: 김명순을 중심으로」, 『여성문학연구』제4호, 한국여성문학학회,
- 최혜실, 「신여성의 고백과 근대성」, 『여성문학연구』제2호, 한국여성문학회, 1999.
- 황재군, 「김명순 시의 근대성 연구」, 『선청어문』제28호, 서울대학교 국어교육과, 2000.

〈단행본〉
- 김경일, 『여성의 근대, 근대의 여성』, 푸른역사, 2004.
- 김복순, 『1910년대 한국 문학과 근대성』, 소명출판, 1999.
- 김수진, 『신여성, 근대의 과잉』, 소명출판, 2009.
- 김영덕 외, 『한국여성사 개화기-1945』, 이화여자대학교출판부, 1972.
- 김은희 외, 『신여성을 만나다』, 새미, 2004.
- 맹문재, 『현대시의 성숙과 지향』, 소명출판, 2005.
- 서울대학교 여성연구소, 『경계의 여성들』, 한울아카데미, 2013.
- 송명희, 『페미니즘 비평』, 한국문화사, 2012.
- 최기숙, 『환상』, 연세대학교 출판부, 2010.
- 최은희, 『한국개화여성열전』, 정음사, 1985.
- 캐서린 흄, 한창엽 옮김, 『환상과 미메시스』, 푸른나무, 2004.

김명순 시에 나타난 '말하는 주체'의 심리적 갈등양상 연구

배옥주

1. 서론

김명순은 한국근대 최초의 여성작가로 문단〈1917년 「의심의 소녀」(疑心의 少女) 『청춘』 현상공모당선〉에 등단했다. 김명순은 근대 최초의 현상문예에 당선된 1세대 여성작가로서 한국근대문학사의 중요한 위치에 있었다. 그녀는 시와 소설, 희곡 등 140여편(170여편 - 개고본 포함)의 방대한 작품을 남겼지만 비교적 개인적 측면에 한정된 활동을 했다. 이로 인해 김명순 연구는 소홀했으나 2010년 이후부터 심층적인 연구가 활발해지고 있다.

김명순에 대한 기존 연구를 살펴보면 20세기 초의 여성적 글쓰기 담론, 신여성 문학, 자전적 글쓰기, 사소설적 고백체, 주제 연구, 어조, 상징주의 연구, 기독교 사상 등의 연구가 주로 논의되었다.[1] 2010년 이후 디아스포라, 문학행위, 하우프트만의 문화번역연구, 기혼자의 연애 고찰, 타자화와 타자성[2] 등의 다양한 연구가 이루어지고 있다.

---

1) 김정자, 「김명순 문학의 여성학적 접근」, 『여성학연구』 제2 - 1호, 부산대학교 여성연구소, 1990 ; 박경혜, 「빼앗긴 집을 찾아 헤매는 영혼의 언어 - 김명순의 시」, 『문학과 의식』 제26호, 문학과 의식사, 1994 ; 이덕화, 「신여성 문학에 나타난 근대체험과 타자의식 - 김명순을 중심으로」, 『여성문학연구』 제4호, 한국여성문학학회, 2000 ; 이희경, 「여성문학의 흐름에서 본 1920년대 여성 시」, 『한국언어문학』 제48호, 한국언어문학회, 2002 ; 안혜련, 「1920년대 〈여성적 글쓰기〉의 모색」, 『한국언어문학』 제50호, 한국언어문학회, 2003 ; 신지연, 「1920년대 여성담론과 김명순의 글쓰기」, 『어문논집』 제48호, 어문학회, 2003 ; 남민우, 「여성시의 문학교육적 의미 연구 - 1920년대 김명순 시를 중심으로」, 『한국문학교육학』 제11호, 학국문학교육학회, 2003 ; 김미영, 「1920년대 신여성과 기독교의 연관성에 관한 고찰 - 나혜석, 김일엽, 김명순의 삶과 문학을 중심으로」, 『현대소설연구』 제21호, 한국현대소설학회, 2004 ; 맹문재, 「김명순 시의 주제 연구」, 『한국언어문학』 제53호, 한국언어문학회, 2004 ; 김영옥, 「1920년대 여성시인 연구 - 김일엽, 김명순, 나혜석의 시를 중심으로」, 『우리문학연구』 제20호, 우리문학회, 2006 ; 이민영, 「김명순 희곡의 상징주의적 경향 연구」, 『어문학』 제103호, 한국어문학회, 2009 ; 방정민, 「김명순 시의 신여성상 연구 - 엘렌 케이 사상의 수용적 측면과 능가한 측면을 중심으로」, 『인문사회과학연구』 제11 - 2호, 부경대학교 인문사회과학연구소, 2010 ; 김경애, 「작가 김명순의 삶과 기독교 신앙」, 『여성과 역사』 제17호, 한국여성사학회, 2012 ; 이태숙, 「고백체 문학과 여성주체 - 김명순을 중심으로」, 『우리말글』, 우리말글학회, 2012 ; 송명희, 「신여성의 사랑과 자유이혼 - 김명순의 나는 사랑한다」, 『국어문학』 제56호, 국어문학회, 2014.

2) 남은혜, 「김명순 문학행위에 대한 연구 - 텍스트 확정과 대항담론 형상화 방식을 중심으로」, 『세계한국어문학』 제3호, 세계한국어문학회, 2010 ; 서정자, 「축출, 배제의 고리와 대항서사 - 디아스포라 관점에서 본 김명순의 문학」, 『세계한국어문학』 제4호, 세계한국어문학회, 2010 ; 권선영, 「한일근대여성문학에 나타난 기혼자의 '연애'고찰 - 김명순의 『외로운 사람들』과 다무라 도시코의 『포락의 형벌』을 중심으로」, 『일어일문학』 제56호, 대한일어일문학회, 2012 ; 최윤정, 「김명순 문학연

기존의 논의에서 자전적 글쓰기 속에 재현된 삶은 실제 삶과 다름을 전제하면서, 문학에서는 허구화된 서사적 자아의 재현을 통해서 실제의 경험적 자아가 처한 세상과의 단절된 현실을 극복하기를 꾀한다고 주장하는 논의도 있다.[3] 하지만 다수의 논자들은 김명순의 문학이 고백체 문학이라거나 사소설적인 자전적 글쓰기라고 주장한다.[4]

당시는 국권상실의 상황이었으며 봉건적 가치관이 팽배하던 시기였다. 이때 근대교육을 받은 여성들은 '신여성'이라는 이름으로 나타나 남존여비와 가부장제 억압의 봉건적 이데올로기에 저항하며 제 목소리를 내기 시작했다. 그중 신여성 문학담론의 교육과 자유연애에 관한 내용은 『신여자』와 『여자계』를 통해 드러난다.[5] 신여성의 중심에 섰던 김명순은 당대문학의 남성 작가들에 의해 공격을 당한다. 김기진[6] 김동인[7], 전영택[8], 염상섭[9] 등은 김명순의 작품에 혹평을 가하

구」, 『한국문학이론과 비평』 제60호, 한국문학이론과 비평학회, 2013 ; 송명희, 앞의 논문 ; 신혜수, 「김명순의 하우프트만 문화번역 연구 - 『돌아다볼 때』와 『외로운 사람들』을 중심으로」, 『국제어문』 제69호, 국제어문학회, 2016.

3) 문미령, 『근대 여성의 자전적 글쓰기의 양상 및 의의』, 서강대학교 석사학위논문, 2005, 초록 ; 남은혜, 앞의 논문, 205~206면.

4) 김정자, 앞의 논문 ; 박경혜, 「빼앗긴 집을 찾아 헤매는 영혼의 언어 - 김명순의 시」, 앞의 논문, 1994 ; 김정자, 「어조의 분열 : 유폐와 탈주의 욕망 사이」, 『여성문학연구』 제2호, 한국여성문학학회, 1999 ; 최혜실, 「신여성의 고백과 근대성」, 『여성문학연구』 제2호, 한국여성문학학회, 1999 ; 안혜련, 앞의 논문 ; 신지연, 앞의 논문 ; 맹문재, 앞의 논문 ; 김영옥, 앞의 논문 ; 방정민, 앞의 논문 ; 이태숙, 앞의 논문 ; 최윤정, 앞의 논문.

5) 이덕화, 앞의 논문, 22면.

6) 김기진, 「김명순씨에 대한 공개장」, 『신여성』, 1924, 47면.

7) 김동인, 『김연실전』, 문장, 1939, 3면.

8) 전영택, 「김탄실과 그 아들」, 『현대문학』 4호 1955, 4 ; 전영택, 「내가 아는 김명순」, 『현대문학』 1963, 2, 251~254면.

9) 염상섭, 「추도」, 『신천지』, 1954, 1면.

고, 그녀의 삶을 악의적으로 해석하는 등 조롱을 서슴지 않는다. 이들은 김명순의 소설이 사담소설이라거나 김명순의 자전적 글쓰기가 히스테리칼로 발달된 심정일 뿐이라며 가치폄하한다. 김명순은 여기에 대응하여 남성문인들의 조롱에 반박하는 글을 썼다. 그러나 『신여성』 송년호 목차에서 제목만 찾아볼 수 있을 뿐 정작 글은 실리지 않고 유야무야 되어 버렸다.[10] 이를 볼 때 당대의 전반적 풍토와 김명순이 처한 입장을 짐작할 수 있다.

김명순은 자신이 동경에서 임노월과 동거했다는 사생활을 바탕으로 자신을 탕녀로 규정짓는 공론화된 세간의 시선에 강한 거부감을 느꼈을 것으로 보인다.[11] 대응의 필요성을 인식한 김명순에게 '글쓰기'는 기생의 서녀라는 비천한 출생신분의 내적 담론과, 탕녀로 규정짓는 외적 담론을 극복하기 위한 최선의 선택이었을 것이다. 이는 오히려 신여성의 갈등과 좌절에 시달린 김명순을 적극적인 문학활동으로 이끈 계기로 작용했으며, 김명순 문학에 드러난 '말하는 주체'의 내면심리를 작가의 개성적인 색깔로 풀어내는 데 일조했던 것으로 볼 수 있다. 따라서 김명순은 사회적 현실억압 상황의 중심에서 실제체험을 바탕으로 하는 자서전적 문학활동을 할 수밖에 없었을 것이다.

김명순 시적 세계관의 특징은 실제체험에서 환기되는 특정한 정서가 내포되어 있다. 전체 시에 깔린 주조음은 직접적인 체험에서 비롯되는 설움과 비통함 그리고 한恨의 정서다.[12] 이를 중심으로 초기시는 내향적 굴절을 지향하는 직설적인 비탄과 고독한 자화상인데, 이

10) 신지연, 앞의 논문, 324면.

11) 신지연, 위의 논문, 329면.

12) 박경혜, 「빼앗긴 집을 찾아 헤매는 영혼의 언어 - 김명순의 시」, 앞의 논문, 198면.

런 시 경향은 중기시 이후로 복합적 양상을 띠며 발전해 나간다. 김명순은 비탄적 독백조의 초기시 경향[13]과는 다르게 중기시 이후로 갈수록 외적 세계에 대한 분노의 갈등양상을 공격적으로 표출한다. 그것은 시의 기법적 미숙함[14]에서 비롯된 것이 아니라, '말하는 주체'의 체험적 목소리로 자아를 초월하겠다는 그녀의 전략적 사유로 볼 수 있다.

시적 발화를 수행하는 행위자는 화자가 되고, 화자라는 가면을 쓴 실제 발화자는 시인이다. 작품 안의 서술자가 화자이고 작품 바깥의 서술자가 시인이며 이 둘의 역할 분담을 통해 시적 언술이 만들어진다. 시인이 특정가면을 내세워 작품 안에서 발화를 수행하는 것이다. 그러므로 '말하는 주체'는 시적 발화를 하는 역할의 화자 목소리를 거쳐 시인 자신의 세계관을 표명한다는 것을 알 수 있다.[15] 현상학의 관점에서 볼 때 '말하는 주체'는 언어라는 체계의 여러 요소들이 매번 독자적인 표현행위를 하려고 현재와 미래를 향해 경합을 벌인다.[16] 이는 '말하는 주체'를 통해 언어라는 요소들이 현실논리를 지배하고 있는 것으로 볼 수 있다. 따라서 그녀가 처한 당대 역사적, 사회적 담론을 고려해볼 때, 김명순 시에 나타난 '말하는 주체'는 핍진한 실제 삶을 기반으로 하는 갈등양상의 자전적 글쓰기를 뛰어넘을 수 없는 한계에 직면하는 것이다.

이는 곧 특정가면을 내세워 작품 안에서 발화를 수행하는 시인이

13) 『조로의 화몽』에서 1925년까지.
14) 박경혜, 「어조의 분열 : 유폐와 탈주의 욕망 사이 - 김명순론 - 」, 앞의 논문, 90면.
15) 권혁웅, 『시론』, 문학동네, 2010, 23면.
16) 메를로 퐁티, 류의근 옮김, 『지각의 현상학』, 문학과지성사, 2002, 107~120면.

실제 겪었던 사건 속에 속속 등장하거나, 자신의 내적 고백을 정당화의 방법으로 사용하고 있다는 것에서 증명된다. 특히 중기시[17] 이후의 특징은 자아 고립, 자아 부정, 식민화된 정체성의 갈등양상을 드러낸다. 김명순이 신여성작가로 등장한 1920년대는, 유럽의 새로운 사조가 유입되었지만 국권상실 상태에서 봉건적 질서를 앞세운 신지식인 남성작가들의 조롱에 의해 정체성을 억압받던 시기였다. 김명순은 시 속에 작가를 환기시키는 체험의 공통요소를 반복적으로 드러냄으로써, 악의적인 외부시선에 항변의 목소리를 멈추지 않고 핍진한 상황을 극복하려 한 것으로 짐작할 수 있다. 이는 김명순 시에 나타난 '말하는 주체'가 자신을 공격하는 대상을 향해 자신의 체험을 솔직하게 표현함으로써 당당하게 나서겠다는 자기방어기제의 의도적인 전략이라고 판단된다. 그 전략적 사유는 어머니에 대한 연민과 후회가 모성회귀 본능을 일으키면서 한 걸음 나아가, '말하는 주체'의 꺾이지 않는 자아 극복의지로 표출된다는 것을 알 수 있다. 김명순은 자전적 시 쓰기를 통해 '말하는 주체'가 되는 '시인'의 자아 구원을 시 속에 녹여낸 것이다.

본고는 김명순 시에서 '말하는 주체'와 '시적 화자'와 '작가 김명순'이 드러내는 내면심리가 동일시된다고 보고, 시에 나타난 '말하는 주체'와 '시적 화자'라는 용어를 혼용해 사용할 것이다. 자전적 글쓰기를 하는 김명순의 시에서 '말하는 주체'가 되는 '시적 화자'는 동일하게 작가의 심리가 이입된 내면을 지향한다고 보았기 때문이다. 이에 본고는 김명순 시에 나타난 '말하는 주체'의 심리적 갈등양상을 고찰

17) 『생명의 과실』이 간행된 1925년부터 그 이후.

하기 위해 프로이트의 심리주의 방어기제와 크리스테바의 코라 세미오틱 공간의 '말하는 주체'에 대한 논의를 참조할 것이다. 본고는 심리주의 방어기제와 코라 세미오틱 공간에서의 '말하는 주체'에 대한 논의를 개략적으로 살피고, 이들 논의에서 추출한 시적 적용원리로 '말하는 주체'의 심리적 갈등양상을 탐구하여 김명순 시에 나타나는 시적 세계관의 특성을 조명하고자 한다. 중심텍스트는 김명순 전집[18]에 수록된 시가 될 것이다.

2. 코라 세미오틱(Khosemiotirque)의 '말하는 주체'와 심리주의 방어기제

김명순은 당대 사회, 문화적 흔적이나 사고방식, 사회의 태도 등 내적, 외적 핍박에 지배되었으며, 의식적, 무의식적으로 문화나 권력의 장에서 격리되고 제도적으로 배제되었다. 그러나 김명순 시를 살펴보면 소극적으로 피하거나, 안으로 숨어들지 않고, '말하는 주체'를 통해 자신의 체험을 솔직하게 현시하는 전략적 의도를 찾아볼 수 있다. 김명순 문학창작은 작가 속에 억압된 내면을 끌어올려 글로 표현함으로써 자신의 억압을 해소하는 방어기제를 마련한다. 결국 김명순 글쓰기는 '말하는 주체'가 가진 내면심리의 흔적을 표현하는 것이다. 이는 시속에 자신의 현실문제에 대한 심리적 갈등을 사실적으로 드러냄으로써, 오히려 감당하기 힘든 상황을 극복한 것으로 보인다.

18) 맹문재 편역, 『김명순 전집』, 현대문학, 2009.

인간의 행위는 심리적 동기에서 비롯된다. 이러한 내면의식이 삶의 행위로 구체화되는데, 그것이 이성적으로 실천될 때 과학이나 학문이나 실제적인 삶이 되고, 감성적으로 실천될 때 예술적 삶이 된다. 따라서 문학도 당연히 인간의 심리적 표현이 되는 셈이다. 시 속에 드러나는 시어는 시 텍스트 내에서 자신의 기능을 부여받는 상위 텍스트의 구성요소다.[19] 이때 시에서 '말하는 주체'는 대상을 직접 가리키는 직접적 시어나, 등장인물들의 담화인 객체적 시어를 사용한다. 그리고 타인의 시어에 새로운 의미를 부여하는데, 이 시어는 본래의 의미도 동시에 지니는 양가적인 성질을 갖게 된다. 시에서 '말하는 주체'는 상징질서 안에 살기 위해 더럽고 비천한 것을 추방해버리지만, 그것은 완전히 사라지는 것이 아니라 의식과 무의식의 경계에서 출렁이게 되는 것이다.[20]

크리스테바는 시인의 생애와 체험 그리고 에피소드를 끌어들여 시의 구절과 표현을 설명하고 정신분석학적 해석을 한다. 그녀에 따르면 글쓰기 행위에서 '말하는 주체'는 언어의 질서 속에서 소통을 꾀하는 영원한 투쟁을 하고, 사회적 역사적 상황에서 억제된 욕망을 분출하기 위한 기회를 노린다는 것이다.[21] 줄리아 크리스테바가 주장하는 코라(Khora)[22]는 육체 안의 본능들과 심리적 충동들이 흘러 다니는 공간으로 시어 속에서 고동치는 '말하는 주체'의 심장이라고 이

19) 김인환, 『줄리아 크리스테바의 문학탐색』, 이화여자대학교 출판부, 2003, 59~62면.

20) 김승희, 「상징질서에 도전하는 여성시의 목소리, 그 전복의 전략들」, 『여성문학연구』 제2호, 한국여성문학학회, 1999, 152면.

21) 김인환, 앞의 책, 93~113면.

22) 김승희, 『이상 시 연구』, 보고사, 1998, 25~29면.

해할 수 있다.[23] 그런데 코라(Khora)에서 언어적인 면만을 수용한 코라 세미오틱(Khora semiotique)은 행동이 예측 불가능한 '말하는 주체'를 산출하는 장이면서, '말하는 주체'를 부정하는 장이 된다. 그녀는 사회적 영역에서 '말하는 주체'에서 의미화 되는 실행언어를 '시적 언어'라고 부른다. 시적 언어는 상징계가 기호계의 침입을 받는 언어가 되는 것이다.[24] 심리주의 비평은 프로이트 이후 본격화되었다고 할 수 있을 만큼 지그문트 프로이트(Sigmund Freud)의 정신분석학은 심리학에서는 물론 문학비평에도 획기적인 전환점을 마련해주었다.[25] 프로이트의 심리분석을 통해 독자적인 세계를 창조하는 작품의 열쇠를 탐구할 수 있다.[26] 지그문트 프로이트(Sigmund Freud)의 방어기제와 줄리아 크리스테바(Julia Kristeva)의 '말하는 주체'에서 의미화되는 시적 언어는 김명순 시적 세계관의 특징을 고찰하는 데 중요한 참조점이 될 것이다.

3. 심리묘사 중심의 전략적 사유

철학에서 '주체'는 사유하는 실체(substantia)이다. 즉 '주체'란 '주가 되는 것'이나 '복종하는 것' 그리고 '따르는 것'과 '만들어 내는 것'

---

23) 김승희, 앞의 논문, 139면.

24) 박재열, 「줄리아 크리스테바의 시적 언어와 그 실제」, 『국어문학』 제56호, 국어문학회, 2014, 98면.

25) 안나 프로이트, 김건종 옮김, 『자아와 방어기제』, 열린책들, 2015, 11~12면.

26) 홍문표, 『현대문학비평이론 - 비평의 이론과 실제』, 창조문학사, 2003, 380~410면.

이라는 가장 오롯한 의미가 남겨진다. 다시 말해, 주체는 무언가를 만들어내는 힘, 무언가를 따르게 하는 힘을 뜻한다. 그렇다면 시에서 '말하는 주체'는 시를 만들어내는 힘, 시를 고안하는 힘, 역사 속에서 시를 고안하고 생성해 내는 동력이라고 말할 수 있을 것이다. 또한 시에서 '말하는 주체'는 오로지 언어의 문제에 결부된 사유의 대상으로 시적 화자가 되며 언술 개별화의 한 방편이 된다. 이는 언술에 특수성을 부여하는 전략적 사유를 고안해내는 힘이다. 바로 이 힘이 삶의 형태도 변형시킨다고 볼 수 있다.[27)]

프로이트는 인간의 성격형성에 가장 큰 변화를 주는 것은 성숙, 외부적 욕구불만에서 오는 고통, 충동과 반대 충동의 내부적 갈등에서 비롯되는 괴로움, 개인적 부적응, 불안 등 심리적 요인으로 보았다.[28)] 여기서 '불안'이란 불길한 느낌, 우려하는 마음, 분명치 않은 두려움 등 고통스러운 감정의 체험을 말한다.[29)] 심리적 방어기제는 이런 상태의 갈등을 해소하기 위한 극복방안으로 사용할 수 있다. 자기기만이나 현실왜곡의 방어기제는 승화, 억압, 투사, 전위, 치환, 합리화, 퇴행, 반동형성, 동일시, 양가감정 등의 심리현상으로 나타난다.[30)] 무의식의 차원에서 작용하는 방어기제에는 자기기만과 현실왜곡의 두 가지 특징이 있다.

크리스테바는 상징계로 대표되는 추론적인 영역과 기호계로 대표되는 심리적 영역 사이의 상호작용을 밝혔다. 크리스테바가 연구한

---

27) 조재룡, 「말하는 주체, 시적 주체, 주체화」, 『계간 시작』, 2013, 277~304면.
28) 지그문트 프로이트, 임홍빈 · 홍혜경 옮김, 『새로운 정신분석 강의』, 열린책들, 1996, 110~115면.
29) 안나 프로이트, 앞의 책, 82면.
30) 홍문표, 앞의 책, 385~409면.

코라 세미오틱(Khora semiotique)공간에서는 예측 불가능한 '말하는 주체'의 행동이 유동적으로 분출한다. '말하는 주체'에게 코라 세미오틱(Khora semiotique)은 내면심리를 산출하거나 부정하는 장이 되기도 하는 것이다.[31] 크리스테바는 사회적 영역에서 '말하는 주체'의 의미화 실행에 의해 상징계가 기호계의 침입을 받는 언어를 '시적 언어'라고 부른다.[32] 의식과 무의식의 경계에서 출렁이는 김명순의 시적 언어 분석을 통해 '말하는 주체'의 심리적 갈등양상을 살펴보기로 한다.

1) 자아 고립, 자아 부정의 시

김명순 문학은 고백체의 특징을 드러낸다. 근대문학은 개체가 중심이 되는 문학이라는 점에서 전근대 문학과 구별된다. 고백체 문학은 근대성의 특징을 담지하는 양식이라는 점에서 근대적 의미를 규명할 수 있다.[33] 김명순은 자신의 사생활을 문학작품에 투사하여 작가의 분신이라고 규정지을 수 있는 작품을 많이 썼다. 따라서 김명순의 문학을 이해하기 위해서는 그녀의 삶에 대한 이해가 필수적이다. 김명순은 1920년대를 전후한 사회적 상황에서 벗어나지 못했다. 자신을 억압했던 제도나 남성문학가들의 횡포에 대응하기 위해 표출했던 방법이 적극적인 문학활동이었다. 김명순은 시적 화자인 '말하는 주체'가 되어 자신에게 몰아쳤던 당대 폭력적인 담론들에 맞서 끊임없는

31) 김인환, 앞의 책, 93~113면.
32) 박재열, 앞의 논문, 98면.
33) 이태숙, 앞의 논문, 314면.

창작으로 작가의 욕망을 펼쳐나간 것이다.

김명순의 작가적 의지는 외부상황에 대한 대응으로서 마지막 시기까지 지속되었다. 이는 이미 전술했듯 그녀의 자전적 글쓰기는 미숙한 시의 기법에서 비롯됐다기보다는 전략적 사유에서 발현된 것으로 볼 수 있다. 김명순은 시에 나타난 '말하는 주체'를 통해 실제 체험한 고백적 자기인식이나 자아 고립, 자아 부정의 심리적 갈등양상을 의도적으로 끊임없이 드러낸다. 김명순은 시 쓰기를 통해 시대적 담론에 대항한 것이다. 이는 외적 세계에 대한 분노의 갈등양상을 '말하는 주체'의 목소리로 끊임없이 표출한 김명순의 전략적 사유로 짐작된다.

> 뵈는 듯 마는 듯한 설움 속에/ 잡힌 목숨이 아직 남아서/ 오늘도 괴로움을 참았다/ 작은 작은 것의 생명과 같이/ 잡힌 몸이거든/ 이 설움이 아픔은 무엇이냐./ 금단의 여인과 사랑하시던/ 옛날의 왕자와 같이/ 유리관 속에서 춤추면 살 줄 믿고....../ 이 아련한 서러움 속에서/ 일하고 공부하고 사랑하면/ 재미나게 살 수 있다기에/ 미덥지 않은 세상에 살아왔었다./ 지금 이 뵈는 듯 마는 듯한 관 속에/ 생장生葬되는 이 답답함을 어찌하랴/ 미련한 나!/ 미련한 나!
>
> 「유리관 속에서」 전문[34]

이 시에서 '말하는 주체'의 갈등양상은 '관'과 '생장生葬'에 있다. '관'이나 '생장'은 갇히는 공간이다. 지금 시적 화자는 "뵈는 듯 마는 듯" 하거나 "잡히거"나 "금단이거"나 "미덥지 않거"나 "아련한 서러움

34) 맹문재 편역, 앞의 책, 56면(『조선일보』, 1924. 5. 24).

이거"나 "답답"하다는 심경을 토로한다. 이는 앞이 보이지 않는 자신의 운명에 대한 갈등양상의 내면 심리를, 외부세계를 차단하는 견고한 벽으로 형상화하는 것이다. 여기서 '유리관'은 바깥이 보이는 듯 안 보이는 듯 자유를 상실한 공간이다. 김명순을 꼼짝하지 못하게 가두는 이 '유리관'은 김명순이 극복하지 못한 운명이라고 볼 수 있다. 지금 화자의 심리적 갈등은 살아있으면서도 살아있음과 같지 않은 답답하고 설운 심정에서 발현된다. 뵈는 듯 마는 듯한 관. 그것도 유리관 속에 생으로 매장되는 '말하는 주체'는 보이는 것 같으면서도 안 보이는 것 같은 미덥지 못한 세상을 향해 어쩌지 못하는 내면의 갈등을 "미련한 나!"라고 자책하며 피해갈 수 없는 운명을 가시화하고 있다.

과거에는 "일하고 공부하고 사랑하"면 "재미나"게 "살 수 있"다고 해서 희망의 의지를 실천했지만, 지금은 "생장生葬되"는 "답답"한 운명 앞에서 바람 앞의 등불처럼 의지가 꺾여버렸음을 "미련한 나"의 좌절감으로 솔직하게 드러낸다. 이는 '말하는 주체'의 고백적 어조로 미덥지 않은 세상을 고발하는 것이다. 이런 사회문화에 잡혀 사는 자신을 '미련한 나'로 표현하는 자학에 대해 여성해방을 강조하는 역설이라는 논의[35]가 있다. 그러나 김명순은 고립의 상태에서 여성해방을 강조하기에는 힘이 부족했을 것으로 보이며, 오히려 이는 자신의 고립을 의도적으로 드러내는 전위나 치환의 방어기제가 된다.

김명순의 내부에 있으면서 자신을 구속하는 대상은 시 속에서 자리바꿈을 하게 된다. 그 자리바꿈은 자신의 분노와 공격적 에너지를

---

35) 황재군, 「김명순 시의 근대성 연구」, 『선청어문』 제28호, 서울대학교 국어교육과, 2000, 32면.

유리관 내부에 가두었다는 것을 표명함으로써 일종의 정신안전지대를 마련하는 전략이다.[36] 결국 김명순은 이루어질 수 없는 금단의 사랑을 품고, 이를 버리지 못하는 미련한 자신을 꾸짖는다. 이는 스스로 유리관 속에 고립된 자신을 전위(displacement) 또는 치환의 방어기제로 발현시키는 것이다. 위협을 많이 주는 대상에서 위협을 덜 받는 대상으로 자리를 바꾸거나 방향을 전환시키는 심리기제가 된다. 화자의 운명적 요소와 현실의 억압적 기제가 중첩된 의미를 지닌다고 볼 수 있다.

> 눈을 감으면/ 밤도 아니고 낮도 아니고/ 남빛 안개 속에 조약돌 길 위를/ 한 처녀 거지가 무엇을 찾는 듯이/ 앞을 바라보고 뒤를 돌아다 보고/ 새파랗게 질려서 보인다// 내 머리 돌리면/ 분명히 생각나는 일이 있다/ 삼 년 전 가을의 흐린 아침이었다/ 나는 학교에 가는 길 나들이에서/ 나를 향해 오는 그림자를 보았다/ 그리고 "어디를 가시오!"하는/ 그 올 맺은, 음성도 들었다// 그러나 나는 멈추는 저의 발걸음을/ 멈출 틈도 없이 쏜살과 같이/ 저의 앞을 말없이 걸어갔다/ 그리고 내 마음속에/ 겨우 삼 년 기른 파랑새를/ 그 길 너머로 울면서 놓아버렸었다/ 하나 이 명상의 때에/ 무슨 일로 옛 설움이 또 오는가,/ 새를 머물러 둘 내 가슴이 아니었다/ 매맞아 병든 병든 가슴속에/ 옛 설움아 다시야 돌아오랴
>
> 「분신」 전문[37]

36) 박경혜, 「빼앗긴 집을 찾아 헤매는 영혼의 언어 - 김명순의 시」, 앞의 책, 206면.
37) 맹문재 편역, 앞의 책, 62~63면(『조선일보』, 1924. 5. 30).

이 시는 '처녀거지'라는 비속한 이미지를 활용하여 시적 자아의 내면을 드러낸다. 여기서 '처녀거지'는 위기의식이 투영된 자기체험으로 보이는데, 가족으로부터의 소외감이나 당대 여성에 대한 뿌리 깊은 편견이 주는 실존적 불안의 표현이다. 「분신」에서 '거지'의 이미지는 김명순의 존재와 불안, 위기의식이 투사된 방어기제로 볼 수 있다. 지금 처녀거지가 처한 현실공간은 낮인지 밤인지도 분간할 수 없는 암담한 현실이다. 그녀는 사납고 잔인한 현실문제에 부딪쳐 공포에 떨고 있다. 단절된 현실에서 '말하는 주체'는 "학교에 가"는 "나들이" 길의 유년으로 돌아가게 되고, 그 과거공간에서 어쩌면 분신일지 모를 그림자를 만나고 음성을 듣지만 모두 지나쳐버리는 설움을 당하게 된다.[38]

이 시에서 주로 사용되고 있는 시의 어휘는 '말하는 주체'의 삶에 대한 의욕을 찾아보기 힘들게 한다. 새파랗게 질리거나, 흐리거나, 그림자이거나, 멈추거나, 울거나, 놓아버리거나, 매 맞거나, 병들거나, 서럽다는 암울한 색채의 어휘들은 부정적 기표역할을 담당하면서 실질적 실천으로서의 의미작용공간과 만나게 한다. 따라서 어휘는 고립적인 상태에서 독자적인 존재이유를 갖는 것이 아니라 상위 텍스트를 구성하는 요소로서 자신의 기능을 부여받게 된다. 시에서 시적 어휘는 역사적인 문화와 연결시키는 매개자의 지위를 부여받게 되는 것이다.[39] 이 시에서 김명순의 분신[40]으로 나타나는 체험 속의 '처녀거지'

38) 김정자, 앞의 논문, 23면.
39) 김인환, 앞의 책, 59~60면.
40) 김영옥, 앞의 논문 170면(실제 김명순의 삶으로 단정 짓기 어려움 부분도 있지만, 그의 삶에 대해 존재하는 여러 자료들(전술부분 참고)을 보면 작품 속에 김명순 삶의 압축적인 단면을 제시했음을 알 수 있다).

는 "새파랗게 질"려 있고 "나를 향해오는 그림자"와 "올 맺은, 음성"은 "쏜살과 같"이 사라져버렸다. '말하는 주체'는 "겨우 삼 년 기"른 파랑새를 "그 길 너머로 울"면서 "놓아버"려야 했다. 이때 '말하는 주체'는 겨우 삼 년 기른 파랑새를 울면서 날려 보내야하는 상당한 심리적 갈등을 겪었을 것이다. 그러나 '말하는 주체'는 스스로 처녀거지가 되어 "매 맞"아 "병"든 가슴속에 "새를 머물"러 둘 수 없었기 때문에 설운 가슴으로 울 수밖에 없다. 김명순은 자기 자신을 처녀거지로 인식하고 자신의 분신과 대화를 주고받으며 진실을 토로해나가고 있다. 김명순은 비록 처녀거지의 모습이 투사된 보잘 것 없는 분신이지만, 상황에 따라 '말하는 주체'의 목소리로 자아 부정을 떳떳이 표출하면서 완벽한 삶을 추구한다. 온몸을 채우는 갈망과 다시는 설움이 찾아오지 않도록 해야 한다는 갈등상황은 오히려 삶에 대한 구원의 갈구를 느끼게 해준다.

> 밤 깊으면 설움도 깊어서/ 외로움으로 우울로 분노로/ 변조해서 고만 혼자 분풀이한다/ 싹싹 번을 긋는 것은 철 없이도/ "나라야 서울아 쓰러져라/ 부모야 형제야 너희가 악마거늘"하고/ 짝짝 땅땅 찢고 두들기는 것은/ 피투성이 한 형제의 모양과 피 뿜는 내 가슴/ "이 설움 이 아픔 이 원망을 어찌하라"고/ 고만 지쳐서 잠들면/ 그 이튿날 아침까지 휴지부休止符 그러나/ 또 밤들면 다시 시작하기 쉬운 외로움의 변조라
>
> 「외로움의 변조」 전문[41]

41) 맹문재 편역, 앞의 책, 114면(『동아일보』, 1925. 7. 20).

1/ 천당 길 가려느냐/ 지옥 길 가려느냐/ 숨어질 동굴 없이/ 저주의 신세 되어/ 두 마음 품에 품고/ 천지에 아득거린다// 2/ 밤마다 꿈마다/ 물결에 젖어 울며/ 두 마음 외로운 일/ 바다에게 물으면/ 외로운 한 마음이/ 깨져서 둘이라고

「이심二心」 전문[42)]

두 시「외로움의 변조」와「이심二心」에서는 '말하는 주체'의 심경을 시에 사용된 어휘를 통해 짐작할 수 있다. 김명순의 시에서 자주 등장하는 설움, 원망, 아픔, 저주, 탄식은 어쩔 수 없는 시대적 희생양의 심경을 드러내는 단적인 표현들이다. 작가가 선택한 이 시적 어휘들은 심리적 지시대상을 직접 가리킨다. 이는 외시적 어휘로서 직접적인 현실포착을 목표로 하고 있다.[43)] '말하는 주체'의 시적 언어를 통해 코라 세미오틱(Khora semiotique)은 내면심리를 산출하거나 부정하는 장이 되기도 하는데, 이때 예측 불가능한 행동이 유동적으로 분출된다는 것을 알 수 있다.[44)]

「외로움의 변조」에서는 나라, 부모, 형제가 악마로 변하는 두려운 상황이다. 그들에게서 받는 피투성이 모습의 상처는 "외로움으로 우울로 분노"로 원망하게 되는 근본적 원인이 되고 있다. 이 외로움의 변조는 어디에서도 원망할 수 없고 잠에서 깨는 시간이면 휴지부에서 고개를 쳐들고 다시 괴롭히기를 반복하는 갈등양상이다. 시적 화자가 내면의 갈등양상을 통해 말하고 싶은 것은 주변의 핍진한 상황으로 인해

42) 맹문재 편역, 위의 책, 136면(『동아일보』, 1927. 11. 6).
43) 김인환, 앞의 책, 61면.
44) 김인환, 위의 책, 93~113면.

야기되는 설움, 아픔, 원망에서 벗어나고자 하는 굳건한 의지이다.

「이심二心」에서 '말하는 주체'는 천당 길과 지옥 길의 갈림길에서 갈등한다. 그런데 문제는 "숨어질 동굴"도 없이 "저주의 신세가 되"는 것이다. 그러니 맘에 품은 "두 마음"은 "외로운 한 마음"이 "깨져"서 "둘"이라는 대답을 바다에게서 듣게 된다. "밤마다 꿈마다 물결에 젖"어 우는 화자는 "바다에게 묻"는 것이라고 하지만 결국은 자신 스스로에게 부메랑처럼 돌아올 질문을 던진다. 두 마음을 묻는 이 질문에 대한 답은 이미 던져져 있지만, 바다에게 묻고 답을 듣는 것처럼 표현함으로써 내면적 갈등양상을 표면적으로 드러내고자 한 의도로 볼 수 있다. 여기서는 서로 상반되는 두 감정이 공존하는 양가감정의 심리상태가 자신을 방어하는 기제로 작용하게 된다는 것을 알 수 있다.

두 시 「외로움의 변조」와 「이심二心」에서 드러나는 공간은 '말하는 주체'를 부정하거나 '말하는 주체'를 산출하는 양가적 공간이 된다.[45] 양가감정이 공존하는 두 시의 양가적 공간은 '말하는 주체'의 행동이 예측 불가능하고 유동적이며 돌발적으로 분출하기도 하는 코라 세미오틱(Khora semiotique)의 장으로 볼 수 있다.

2) 식민화된 정체성, 자기 탈피의 시

식민화된 정체성은 스스로의 정체성을 타인의 힘에 의지하는 고백체의 전형적인 모습을 보여준다.[46] 김명순은 식민화된 정체성마저도

45) 김인환, 위의 책, 93~113면.

46) 식민화된 정체성은 피식민지인이나 여성의 경우에 나타나는 정체성의 성격이다. 자신에게 규정되어 있는 타자의 정체성을 스스로의 것으로 믿고 받아들이는 경

글쓰기의 전략적 사유로 활용하고, 제도권에 편입되기 위해 문학활동을 지속적으로 이어갔다. 김명순의 의도적 창작행위는 타자화를 불러온 당대의 모순을 스스로 거부하는 행위체로 작동하여 당대의 주체와 대상의 경계를 무너뜨리는 계기가 된다.[47] 그러나 그녀의 노력에 비해 현실은 호락호락하지 않았다. 김명순은 최초의 여성문학인으로 당대 문단에서 인정받고자 했던 굳은 의지를 꺾을 수밖에 없는 상황에 놓인다. 그녀는 당대 주체가 되지 못하고 주체적 위치로부터 밀려나가 대상화된다.[48] 그러나 김명순은 출생의 비천한 운명과 문학현실에 대한 분노를 열정적인 창작활동을 통해 당당하게 드러냄으로써 오히려 자기 탈피로 승화시키는 사유를 보여준다.

세상이여 내가 당신을 떠날 때/ 개천가에 누웠거나 들에 누웠거나/ 죽은 시체에게라도 더 학대하시오/ 그래도 부족하거든/ 이 다음에 나 같은 사람이 있더라도/ 할 수만 있는 대로 또 학대하시오./ 그러면 나는 세상에 다신 안 오리다/ 그래서 우리는 아주 작별합시다.

「유언」 전문[49]

나는 들었다/ 굶은 이에게는 밥 먹으란 말밖에 안 들리고/ 음부淫婦에게는 탕녀의 소리밖에 안 들리고/ 난봉의 입에서는 더러운 소리밖에 안 나오는 것을

「무제」 전문[50]

우, 자조적 자기 탈피가 된다(이태숙, 앞의 논문, 320면).

47) 노엘 맥아피, 이부순 옮김, 『경계에 선 줄리아 크리스테바』, 앨피, 2007, 10~11면.

48) 최윤정, 앞의 논문, 490면.

49) 맹문재 편역, 앞의 책, 61면(『동아일보』, 1924. 5. 29).

50) 맹문재 편역, 위의 책, 112면(『조선문단』, 1925. 7. 6).

격렬한 분노는 외적 억압에 대한 내적 저항에서 비롯되면서 현실의 억압과 대결할 수 있는 강한 의지로 변화될 수 있다.[51] 위의 두 시에서는 결연한 비극적 의지를 보여준다. 「유언」에서 '말하는 주체'의 유언은 비통하다. 시적 화자가 "개천가에 누웠"거나 "들에 누웠"다는 것은 떠돌이 삶이나 객사를 의미하는 것으로 극한의 비탄을 향해 달려가는 것인데, 거기에 한술 더 떠 "죽은 시체"에게 "학대하"라고 당부하고 있다. 게다가 "그래도 부족하"거든 "이 다음에 나 같은 사람이 있더라"도 로 확장되어 "할 수만 있는 대로 또 학대" 당하기를 항변한다. 시적 화자인 '나'는 "세상에 다"신 오지 않을 것이며 한 걸음 더 나아가 "아주 작별하"겠다는 의지로 자기 탈피의 갈등양상을 표출한다. '말하는 주체'는 조선에서 외면되고 매도되었던 외로운 투쟁을 항변하는 것이다. 이미 버림받은 자신은 보호받을 수 없는 처지인 것을 알고 있기 때문에, 자아의 울분은 "다신 안 오리"라는 결연에 찬 작별을 고하는 것이다.

4행의 짧은 시 「무제」에서도 '말하는 주체'는 굶은 이와 음부淫婦와 난봉을 통해 듣고 싶지 않은 말들만 "들었"다는 것을 피력하고 있다. "나"는 '굶은 이'와 '밥'과 '음부'와 '탕녀'와 '난봉'과 '더러운 소리'를 연계시켜 그들에게서 들은, 들을 수밖에 없는 비천한 말들에 자신의 귀를 자학하고 있다. 시적 화자의 태도는 '시'라는 텍스트 안에서 '과정 중에 있는 주체'나 '경계선에 있는 주체'가 추방해버린 대상들과 '말하는 주체'인 '나' 사이의 틈을 만든다. 김명순은 부정성과 죽음충동이 살고 있는 심연의 틈에서 질시와 질타를 받았다. 그녀는 자신에

51) 박경혜, 「어조의 분열 : 유폐와 탈주의 욕망 사이」, 앞의 책, 98면.

게 이해의 손길 하나 내미는 사람 없이 가난과 모멸 속에서 외롭게 투쟁했다. 그래서 '유언'이라는 극단적인 행동으로 학대해달라고 외친다. 이 함성은 억울한 심정과 원망의 분출이다. 사회적 모순에서 비롯된 시적 화자의 외침은 강력한 극복의지다. 이 시에서 '말하는 주체'는 이해받고 싶고 대우받고 싶은 욕망이나 충동을 억압하고, 대신 "학대하"라거나 "작별하"겠다는 반대쪽의 감정을 강조함으로써, 불안한 갈등양상을 감소시키는 방어기제가 된다.

부정성의 자리에서 이성중심의 사물이자 담보자인 통사론은 코라 세미오틱의 부정성과 죽음 충동으로 기호화된다. 크리스테바는 자기 정체성을 연기하는 것을 여성적 글쓰기의 한 특성으로 본다. 이 시에서 '말하는 주체'의 의도적인 자기 정체성 연기는 아버지의 이름을 부정하듯 나르시스적 대상이 되는 '자아'이기를 포기한다. 전 오이디푸스 단계로 돌아가고 싶은 부정성을 일으키며 다신 "세상에 오"지 않고 "작별하"겠다고 단언하는 것이다. 크리스테바는 인간이 자기 정체성을 지키기 위해 반드시 추방해버려야 하는 것을 압젝션(Abjection)이라고 부른다.[52] 압젝션(Abjection)은 혐오감을 주는 대상을 분리시켜서 던져버리는 행위[53]인데, 이 시에서 '말하는 주체'는 자신을 학대하는 세상에서 분리되지 못하고 식민화 되어버린다. '말하는 주체'는 듣기 싫어도 들을 수밖에 없는 소리에 대한 심리적 갈등양상을, 쓰디쓴 상실감의 '작별'로 드러낸다.

---

52) Kristeva, trans. by Roudiez, Power of Horror(New York, Columbia University, 1980, 2~4면 (김승희, 앞의 논문, 151면, 재인용).

53) 김승희, 위의 논문, 151~154면.

4. 내면심리 변화의 문학적 형상화

시에서 '말하는 주체'는 시인과 시 사이의 틈새를 메운다. 시의 목소리는 온전히 시인의 것이 아니다. 시의 목소리는 시라는 형식 속에서 발화된 삶의 몫이며 삶이라는 형식 속에서 발화된 언어의 울림에 할당된 자리이다. 시에서 '말하는 주체'는 담론 또는 언술이라고 말할 수 있는 세계의 한 자리가 된다.[54] 가장 주관적인 언어를 실현하는 힘이 '말하는 주체'인데, 주관적인 언어라는 것은 아직 도달하지 않은 현실에서 미지의 무엇을 지금 여기에 걸어 들어오게 하는 말이다.[55] 시에서 '말하는 주체'는 시인이 속한 과거와 현재의 응축된 맥락들이 결부되어 있다. 그리고 시인 자신은 사회, 문화, 정치, 역사, 경제 등과 같은 다기한 흐름들이 교차하는 결절점이 된다.[56]

김명순 시에 나타나는 '말하는 주체'의 심리적 갈등양상을 살펴보면 시의 이미지화를 통해 문학적 형상화를 만들어내는 것을 알 수 있다. 김명순의 작가적 의지는 외부상황에 대한 대응으로 마지막 시기까지 끊임없이 지속되었다. 그녀는 자아 고립이나 자아 부정 또는 자기 탈피의 갈등양상을 거쳐 자아를 모색하거나 자아를 초월한 창작활동을 이어간 것이다. 김명순은 외부의 시선과 부정적 담론에 폭력적으로 짓눌렸지만, 자신을 부정하던 태도까지 당당하게 드러냄으로써 자아 모색과 자아 초월의 태도로 나아간다.

---

54) 김종훈, 「시적 주체에 대하여」, 『계간 시작』, (주)천년의시작, 2014, 332면.
55) 조재룡, 「말하는 주체, 시적 주체, 주체화」, 『계간 시작』, (주)천년의시작, 2013, 285~304면.
56) 윤지영, 「시 연구를 위한 시적 주체(들)의 개념 고찰」, 『국제어문』 제39호, 국제어문학회, 2007, 159~160면.

1) 자아 모색, 자아 초월의 시

김명순은 자신과 동일시할 수 있는 대상에게 '말하는 주체'가 된다. 그녀는 내면 심리의 갈등양상을 풀어나가기 위한 모색과 초월의 창작세계를 확장해 문학적 형상화를 이루어나갔다. 김명순은 자신을 불안하게 만들거나 두렵게 만들던 것과의 경계에서 자신을 보호하기 위한 방편으로 글쓰기를 이어 갔다. 초기시의 '말하는 주체'는 자신을 억압하던 세계와 자신을 분리시켜, 자아 고립이나 자아 부정의 대상이 되었다.

김명순은 바깥세계의 괴물 같은 폭력으로부터 벗어나려는 태도를 보이며 그녀 스스로 당당한 이방인이 되었다. 그런 김명순에게 어머니의 몸은 매우 낯익은 공간이 낯선 공간으로 변하는 카니발적인 축제의 공간이며, 아주 잘 알아서 오히려 금지의 공간이 되어버린 친숙한 영토가 된다. 김명순은 환상과 쾌락의 공간이었지만 상징계로 편입하면서 이제는 추방된 출생의 땅에서 어머니와 자신의 감정을 이입할 수 있는 공간을 모색하며[57] 자아를 초월하는 창작의 끈을 놓지 않았다.

1/ 심야이다/ 사위四圍 고요하다/ 버릇이 되어, 산같이 그득 쌓인/ 책장을 치어다본다/ 하나씩 사들이던 고난을 회상한다// 2/ 그것이 모두/ - 무지無知의 원圓을 전개시키는 수밖에 없다 - / 일러온 것을/ 기氣를 가다듬고 머리를 흔들다가도/ 어머니! 고요히 부르짖고/ 천장天井을 우러러 한숨짓는다// 3/ 신성神聖을 말씀하시는 그 이마/ 검은 안경 밑에 청록색의 안광眼光/ 나의 무릎을 잊게 하시려고/ 가지가지

57) 임옥희, 「문학과 정신분석학의 '기괴한' 관계에 대하여」, 『한국고전여성문학연구』 제7호, 한국고전여성문학연구학회, 2003, 14~15면.

> 로 표정하시던/ 위엄과 사랑과 진실됨/ 당신에게로 내가 갑니다. 또한/ 오시도록 기다리옵니다// 4/ 일장一場 거룩한 장면이 지나면/ 그의 생시와 같이 하얗게 입고/ 기다란 속눈썹 아래 둥그런 눈동자/ 아름다운 코와 입모양이 한층 더 정화淨化되어/ – 애처로운 내 아기 그렇게 괴로워서 – / 꽃의 정情 같이 천장 위로 나타난다// 아름다운 꽃밭에 즐거운 시냇가에/ 오빠야 누나야 동무야 부르짖던 일/ 다 옛날이었고 그나마/ 지금은 안 계신 내 어머니/ 나와 피와 살을 나누신 그 이가/ 내 생활과 내 사랑을 아시는 듯/ 유명계幽明界를 통하여 오는 설움에/ 밤마다 때마다/ 눈물을 짓는다
>
> 「심야深夜에」전문[58)]

지금 '말하는 주체'는 심야에 그동안의 "고난을 회상하"며 상념에 젖는다. 불러도 오지 않을 어머니를 "고요히 부르짖"고, 불러도 오지 않을 것을 알기에 "천장을 우러러 한숨짓"는다. '말하는 주체'는 어머니에게로 가기도 하고 어머니가 오시도록 기다리기도 한다. 지금 '말하는 주체'는 친숙한 공간이 되는 어머니를 매개로 내면심리의 갈등 양상을 해소하고 싶은 갈망을 드러낸다. '말하는 주체'는 아름다운 꽃밭과 즐거운 시냇가에서 오빠와 누나와 동무를 부르짖으며 지금은 안 계신 어머니를 통해 밤마다 흘리는 서러운 눈물을 닦아주기를 희망하며 자신이 모색하는 앞날에 대해 위로받고자 한다.

이 시에서는 '고향'과 '어머니'를 동일시한다. '말하는 주체'는 그리움의 대상인 '어머니'를 통해 힘든 현실에서 자아를 모색하려는 태도를 보인다. 김명순이 찾아든 고향의 이미지는 대지의 이미지에 포함

---

58) 맹문재 편역, 앞의 책, 194~196면(『동아일보』, 1938. 4. 23).

되는 것으로 깊은 무의식의 심층에서 안식처로 자리한다. 고향을 찾는다는 것은 성인 심리에 내재하는 유아적 무의식을 통해 근원으로 돌아감을 의미하고 모태 회귀본능에도 연관된다.[59] 여기서 어리광을 부리거나 유년의 추억이나 고향의 향수에 젖는 경우에서 '말하는 주체'의 퇴행(regression)현상을 발견할 수 있다.[60] 이는 시 속에서 '말하는 주체'가 곤경에 처했을 때 좀 더 안전하고 즐거웠던 초기 발달 단계로 후퇴하거나 유아기적 표현을 함으로써 불안을 완화시키는 방어기제로 볼 수 있다.

> 길, 길 주욱 벋은 길/ 음향과 색채의 양안兩岸을 건너/ 주욱 벋은 길.// 길 길 감도는 길/ 산 넘어 들 지나/ 굽이굽이 감도는 길.// 길 길 작은 길/ 벽과 벽 사이에/ 담과 담 사이에// 작은 길 작은 길.// 길 길 유현경幽玄境의 길 머리 위의 길.// 길 길 주욱 벋은 길/ 음향과 색채의 양안을 전하여/ 주욱 벋은 길 주욱 벋은 길 (서울에서)
>
> 「길」 전문[61]

지금 길은 "주욱 벋"어 있다. 그것도 "음향과 색채의 양안兩岸을 건"너서 벋어 있다. 그 길은 깊고 그윽하고 오묘한 정취를 풍기는 '유현경幽玄境'의 "주욱 벋"은 길이다. 이 길은 시인이 평생을 두고 추구하려던 완성된 미래로 향한다. 지금 '말하는 주체' 앞에는 "주욱 벋"은 길이거나, "굽이굽이 감"도는 길이거나, 벽과 벽, 담과 담 사이의 제한

---

59) 황재군, 앞의 논문, 35면.
60) 안나 프로이트, 앞의 책, 98면.
61) 맹문재 편역, 앞의 책, 71~71면.

된 "작은 길이"거나 유현경幽玄境의 "머리 위의 길"이라는 대상으로 놓여있다. '말하는 주체' 앞에 펼쳐진 이 길은 세속의 길이 아닌 진리의 길이다. 그 진리의 길을 가려면 온갖 고통의 장애와 도사린 함정을 피해가야 한다.

이 "길"에는 장애와 역경을 헤치고 자아를 초월하려는 '말하는 주체'의 힘찬 의지와 패기가 깃들어 있다. "주욱 벋"은 길은 자신이 걷고 싶은 생의 길과 동일시되어 있다. '말하는 주체'는 고통스럽지만 자유를 선택해야만 갈 수 있는 선구적 유현경幽玄境의 길을 좋아하는 대상으로 모방하려는 것이다. 이때 동일시하는 대상은 '곧은 길'이 된다. 시적 화자의 심리적 갈등양상은 '그 길'과 닮아가고 싶은 동조심리 속에 감각적 이미지로 형상화되어 있다.

> 고요한 옛날의 노래여/ 꿈 가운데 걸어오는 발자취같이/ 들렸다 사라지는....../ 어머니의 노래여, 사랑의 탄식이여.// "타방 타방네야 너 어디를 울며 가니/ 내 어머니 몸 진 곳에 젖 먹으로 울며 간다"/ 이는 내 어머니의 가르치신 노래이나/ 물결 이는 말 못 미쳐 이것만 아노라.// 옛날의 날 사랑하시던 내 어머니를/ 큰 사랑을 세상에서 잃은 설움이/ 멜로디－만 황혼을 숨질 때/ 장밋빛으로 열린 들길에는 바람도 애타라.// 오래인 노래여 내게 옛말씀을 들리사/ 중략/ 오오 그 물이 내 거울이 되리다.// 무언가無言歌여 다만 음향音響이여 나를 이끌어/ 그대의 말씀 사라진 곳에/ 내 어머니 몸진 곳에 산을 넘고 물을 건너라/ 옛날의 노래여, 사라지는 울림이여.

「옛날의 노래」 부분[62]

62) 맹문재 편역, 위의 책, 82~83면.

거울 앞에 밤마다 밤마다/ 좌우편에 촛불 밝혀서/ 한없는 무료를 잊고 지고/ 달빛같이 파란 분 바르고서는/ 어머니의 귀한 품을 꿈꾸려.// 귀한 처녀 귀한 처녀 설운 신세 되어/ 밤마다 밤마다 거울의 앞에.

「기도」 전문[63)]

위 두 시 「옛날의 노래」와 「기도」는 날 사랑하시던 어머니의 노래나 귀한 품을 떠올리며 자신의 불안한 심리를 위안 받고자 하는 퇴행의 방어기제를 엿볼 수 있는 작품들이다. 먼저 「옛날의 노래」를 살펴보면, "옛날의 날 사랑하시"던 내 어머니를 통해 그늘지고 애수어린 심경을 풀어낸다. 이 시에서는 "타방 타방네야 너 어디를 울며 가"냐고 사랑의 탄식을 부르던 어머니의 노래를 상기하며 다시는 돌아올 수 없는 어머니의 "몸진 곳"에 대한 설움을 드러내고 있다. 이것은 현실에 대한 황폐함을 반증하는 의도적 전략으로, 유토피아적 향수 모티프가 '말하는 주체' 의식의 근거에 잡고 있다.[64)] 김명순 문학의 원체험을 이루는 어머니의 이미지가 시적 상상력의 중심이 되는 것이다. 「기도」에서도 마찬가지로 "밤마다 밤마"다 촛불을 밝힌 거울 앞에서 다시는 안길 수 없는 어머니의 귀한 품에 대한 귀한 처녀의 설운 신세를 한탄하고 있다. 김명순의 고독한 자화상이 부각되는 「기도」는 현재를 부정하기 위해 꿈이나 과거를 지향하는 태도를 직설적으로 보여준다.

위 두 시에서는 '퇴행(regression)'의 방어기제를 통해 자아를 초월하는 '말하는 주체'의 갈등양상을 살필 수 있다. 위 두 시에서 충동의 배열이 되는 무의식적인 기호계는 자아본능적 퇴행에서 비롯된다. 크

63) 맹문재 편역, 위의 책, 92~93면.
64) 박경혜, 「어조의 분열 : 유폐와 탈주의 욕망사이 – 김명순론」, 앞의 책, 86면.

리스테바는 기호계를 어머니의 육체공간이 지배하는 단계로 '여성적' 이라고 묘사한다. 이 코라 세미오틱의 공간 속으로 끝없는 충동의 흐름이 모여드는 것이다.[65] 전술한 두 시 「옛날의 노래」와 「기도」에서 드러나는 시적 어휘의 공간들은 옛날의 노래가 사라지는 울림이 될 뿐인 갈등의 장소가 된다. 하지만 그 갈등양상을 통해 주체가 생겨나고 자아를 구조화하거나 초월하는 역할을 하게 된다.

2) 자아 구원, 자아 극복의지의 시

김명순의 시에는 환한 색조로 다듬어진 사랑의 언어들이 보이지 않는다. '말하는 주체'는 영원한 사랑의 결합을 끊임없이 갈망한다. 하지만 그녀가 살아가는 이승의 사랑은 어렵고 고통스러울 뿐이다. 김명순은 만년청 같은 사랑을 누리고 싶은 열정이 강렬하면 할수록 난관 투성이의 사랑 앞에 좌절하게 된다. 하지만 그녀는 그것을 극복하려는 의지를 불태운다. 그녀의 자기 구원 태도나 자기 극복 의지는 강렬한 기원으로 나타난다. 이는 김명순이 느끼는 개인의 충동을 사회적으로 용인된 생각이나 행동으로 승화시키려고 하는 데서 드러난다.

귀여운 내 수리/ 사람들의 머리를 지나/ 산을 기고 바다를 헤어/ 골속에 숨은 내 맘에 오라.// 맑아가는 내 눈물과/ 식어가는 네 한숨,/ 또 구르는 나뭇잎과/ 설운 춤추는 가을나비,/ 그대가 세상에 없었던들/ 자연의 노래 무엇이 새로우랴.// 귀여운 내 수리 내 수리/ 힘써서 아프

---

65) 박재열, 앞의 책, 91~92면.

다는 말을 말고/ 곱게 참아 겟세마네를 넘으면/ 극락의 문은 자유로 열리리라.// 귀여운 내수리 내수리/ 흘린 땀과 피를 다 씻고/ 하늘 웃고 땅 녹는 곳에/ 골엔 노래 흘리고 들엔 꽃 피자/ 그대가 세상에 없었던들/ 무엇으로 승리를 바라랴.// 그때까지 조선의 민중/ 너희는 피땀을 흘리면서/ 같이 살길을 준비하고/ 너희의 귀한 벗들을 맞으라

「귀여운 내 수리」전문[66)]

이 시에서는 힘차게 비상하는 '수리'라는 대상을 통해 심리적 갈등에서 벗어나려는 의지를 승화시키고 있다. 수리는 '말하는 주체'에게 '귀여운 내 수리'와 동일시되고 있다. '수리'는 매과에 속하는 맹금류로 부리와 발톱이 날카롭고 사냥의 본능이 강하다. 그런데 '말하는 주체'는 그 맹금류의 수리에게 동료의식을 느낀다. 이는 민족이나 자신이 추락하지 않고 창공으로 날아오를 것을 믿고 있기 때문이다.[67)] 지금 '말하는 주체'에게 자연의 노래가 새롭게 들리는 것은 그대가 세상에 있어서인데, 그 "귀여운 내 수리 내 수리"가 "곱게 참"아 "겟세마네를 넘"으면 극락의 문은 "자유로 열리"리라고 예견한다. 아프거나 힘들어서 한숨이 나와도 좌절하거나 포기하지 않고 인내하면 극락이 열리고 승리할 수 있다는 것을 희망찬 어조로 예견하고 있다.

이 모든 자신감은 세상에 존재하는 '그대'로부터 비롯된다. 여기서 '그대'는 주체성과 자부심을 잃지 않는 '말하는 주체'이자 '시적 화자'이며 작가인 '시인 자신'과 동일시되고 있다.[68)] '수리'라는 대상의 감

---

66) 맹문재 편역, 앞의 책, 90~91면.
67) 맹문재 편역, 앞의 논문, 458면.
68) 프로이트, 임홍빈, 홍혜경 옮김, 『새로운 정신분석강의』, 열린책들, 1996, 87면.

각적 이미지화는 시인의 의지를 승화시키는 문학적 형상화에 일조한다. '말하는 주체'는 "곗세마네를 넘"으면 열리는 극락의 문이 광복이나 구원의 세계가 될 수도 있으므로 아파도 참고 유토피아로 나아가야한다고 부르짖는다. "하늘 웃"고 "땅 녹"는 곳과, "노래 흘"리는 골과 "꽃 피"는 들을 만나기 위해 피땀 흘려 살길을 준비해야 한다는 것이다. 승리의 평화로운 세계는 강한 의지로 고통스러운 현신을 극복해야만 맞이할 수 있는 구원의 이상향이다.

> 벗들은 산으로 가네/ 춘광春光을 따라 녹음을 따라 춘풍명월을 따라/ 이 세상을 잊어버리려고 수도원으로 가네// 중략/ 종을 댕땡 울리며 거룩한 마음으로 묵도默禱를 하러 간다지/ 이로써 한 세상을 마치려고// 그러나 벗이여/ 오게 지옥의 예찬자 사의 동지 썩은 송장들이 뭉켜있는 그 곳을 가지 말고/ 생의 예찬자 생의 개척자가 있는 우리에게로 오게/ 오게 너희들의 부모처자 동생들을 다 데리고 오게/ 삶의 나팔을 불며 굳세게 행진하는 우리들의 일터로/ 좋은 세상을 개척하려는 우리들의 싸움터로
>
> 「수도원修道院으로 가는 벗에게」부분[69)]

지금 벗들은 산에 있는 수도원으로 가고 있다. 춘광이나 녹음이나 춘풍명월을 따라 머리를 깎고 중이 되어서 수도원으로 간다. "이 세상을 잊어버리"려고 "세상의 잡념을 다 던져버"리고 "거룩한 마음으로 묵도를 하"러 가는 것이다. '말하는 주체'는 "이로써 한 세상을 마"칠 것 같다며 3연부터는 벗에게 상대높임법 '하게체'로 시종일관 일방적

69) 맹문재 편역, 앞의 책, 164면(『신동아』, 1933. 7).

명령을 하고 있다. '말하는 주체'는 벗들의 행동이 마음에 들지 않는다. 지옥과 죽음을 예찬하는 송장들이 득시글거리는 산속의 "수도원"으로 갈 것이 아니라, "삶의 나팔을 불"며 "좋은 세상을 개척하"려는 "우리들의 싸움터"로 오라고 말한다.

김명순은 다중적 상황이 내포된 존재다.[70] 여기서 '벗'은 '시인' 자신이다. '말하는 주체'는 '벗'을 힘든 현실에서 도피시키고 싶지만, 그래서는 안 될 것 같은 심리상태를 공존하는 양가감정으로 풀어낸다. 이 시에서는 힘든 상황을 외면하고 산속으로 숨고 싶은 자아를 구원하기 위해, 힘들더라도 부딪쳐서 좋은 세상을 개척하라고 자신에게 주문을 걸고 있다. '말하는 주체'는 지옥의 예찬자와 생의 예찬자가 공존하는 공간에서 갈등양상을 보인다. '말하는 주체'는 부모처자와 동생까지 다 데리고 생의 개척자가 있는 일터로 가야 한다고 외친다. 비록 그 일터가 싸움터가 될지라도 비겁하게 도망치지 말고 맞서야, 식민화된 정체성을 회복하고 죄책감에서 벗어날 수 있다는 자아 구원의 의지를 보이고 있다.

5. 결론

본고는 선행연구를 통해 김명순 시의 '말하는 주체'가 '시적 화자'이며 '시인 자신'과 동일시되는 자전적 글쓰기라는 다수의 논의를 고찰하였다. 본고는 김명순 시에 나타난 '말하는 주체'의 심리적 갈등양상

70) 최윤정, 앞의 논문, 507면.

을 고찰하기 위해, 먼저 지그문트 프로이트의 방어기제와 줄리아 크리스테바의 코라 세미오틱(Khora semiotique) 공간의 '말하는 주체'와 관련한 시적 언어를 개략적으로 살펴본 후, 김명순 자전적 글쓰기에서 특정가면을 쓴 시인이 발화를 수행하는 '말하는 주체'의 심리적 갈등양상을 고찰하였다. 이를 통해 '말하는 주체'는 시적 발화를 하는 역할의 화자 목소리를 거쳐 시인 자신의 세계관을 표명한다는 것을 규명할 수 있었다.

김명순은 1917년 『청춘』 현상문예공모에 당선된 최초의 여성시인이었고, 1925년 최초의 시집 『생명의 과실』을 간행하였다. 신여성 김명순은 사회질서를 문란하게 만드는 여성으로 타자화되고, 시대적 압박과 폭력에 시달렸다. 그러나 김명순을 옭아맨 굴레는 그녀를 문학창작의 산실로 밀어 넣은 중요한 계기로 작용한다. 1세대 신여성작가였던 김명순은 자신을 구속하던 당대 상황을 극복하기 위한 가장 큰 동력이 창작활동이라는 것을 인식하고 열정적인 창작활동을 펼쳐나갔다. 김명순은 이상적 세계로의 욕망을 시적으로 형상화하기 위해 실제체험의 갈등양상을 지속적인 글쓰기로 표출함으로써 당당한 여성주체가 되고자 했는데, 특히 중기시에서 절정을 이룬다. 이는 오히려 당대 남성지식인들에게 조롱을 당하는 계기도 됐지만, 김명순은 굳건한 자아 극복의지를 굽히지 않고 창작활동을 이어나갔다.

김명순은 '서녀출신'[71], '데이트 강간사건'[72]처럼 치부가 될 수도 있는 운명적 현실을 시속에 녹여내기가 쉽지 않았을 것이다. 그러나 그

71) 「외로움의 변조」(1925. 7. 20), 「향수」(1925. 12. 19).
72) 「무제」(1925. 7. 17)

녀는 '말하는 주체'를 통해 자아 고립이나 자아 부정의 식민화된 정체성에서 비롯된 갈등양상을 항변의 목소리로 드러내는 것을 멈추지 않는다. 이는 자기방어중심의 전략적 사유에서 비롯되는 것으로, 그 의도적인 모색은 어머니에 대한 깊은 이해를 통해 자아 구원의 글쓰기를 심화시켜 나갔다는 것을 알 수 있다. 김명순은 솔직한 체험의 자전적 시를 통해 자아 구원의식에서 민족해방 의식으로까지 자신의 시세계를 확장시켜나간 것이다.

글쓰기가 주체의 내면심리를 표현하는 것이라고 볼 때, 김명순 시에 나타난 '말하는 주체'는 자아 구원의 글쓰기를 끊임없이 추구했다는 것을 알 수 있다. 이는 그녀가 역사적, 시대적 담론의 갈등에서 빠져나올 수 있게 한 방어기제의 의도적 전략이었던 것으로 짐작된다. 또한 '말하는 주체'에서 의미화 되는 실행언어를 코라 세미오틱(Khora semiotique)의 '시적 언어'라고 볼 때, 김명순의 시적 언어는 '말하는 주체'를 통해 역사적 시대적 담론의 덫에 빠진 자아 부정이나 자아 고립의 정체성에서 자아를 극복하겠다는 굳은 의지를 꺾지 않았음을 짐작하게 해준다. 본고는 김명순의 자전적 글쓰기에 나타난 '말하는 주체'의 심리적 갈등양상을 고찰하여, 실존적 삶을 살고자한 김명순의 시적 세계관을 조명하였다는 데 그 의의가 있다.

참/고/문/헌

〈기본자료〉

• 맹문재 편역, 『김명순 전집』, 현대문학, 2009.

〈연구논문〉

• 김경애, 「작가 김명순의 삶과 기독교 신앙」, 『여성과 역사』 제17호, 한국여성사학회, 2012.
• 김기진, 「김명순 씨에 대한 공개장」, 『신여성』, 1924.
• 김동인, 『김연실전』, 문장, 1939.
• 김미영, 「1920년대 신여성과 기독교의 연관성에 관한 고찰 - 나혜석, 김일엽, 김명순의 삶과 문학을 중심으로」, 『현대소설연구』 제21호, 한국현대소설학회, 2004.
• 김승희, 「상징질서에 도전하는 여성시의 목소리, 그 전복의 전략들」, 『여성문학연구』 제2호, 한국여성문학학회, 1999.
• 김영옥, 「1920년대 여성시인 연구 - 김일엽, 김명순, 나혜석의 시를 중심으로」, 『우리문학연구』 제20호, 우리문학회, 2006.
• 김정자, 「김명순 문학의 여성학적 접근」, 『여성학연구』 제2 - 1호, 부산대학교 여성연구소, 1990.
• 김종훈, 「시적 주체에 대하여」, 『계간 시작』, (주)천년의시작, 2014.
• 남은혜, 「김명순 문학행위에 대한 연구 - 텍스트 확정과 대항담론 형상화 방식을 중심으로」, 『세계한국어문학』 제3호, 세계한국어문학회, 2010.
• 남민우, 「여성시의 문학교육적 의미 연구 - 1920년대 김명순 시

를 중심으로」, 『한국문학교육학』 제11호, 한국문학교육학회, 2003.

• 문미령, 『근대 여성의 자전적 글쓰기의 양상 및 의의』, 서강대학교 석사학위논문, 2005.
• 맹문재, 「김명순 시의 주제 연구」, 『한국언어문학』 제53호, 한국언어문학회, 2004.
• 박경혜, 「빼앗긴 집을 찾아 헤매는 영혼의 언어 – 김명순의 시」, 『문학과 의식사』, 1994.

______, 「어조의 분열 : 유폐와 탈주의 욕망 사이 – 김명순론」, 『여성문학연구』 제2호, 한국여성문학학회, 1999.

• 박주영, 「영원히 지워지지 않는 흔적: 줄리아 크리스테바의 모성적 육체」, 『비평과 이론』, 한국비평이론학회, 2004.
• 방정민, 「김명순 시의 신여성상 연구 – 엘렌 케이 사상의 수용적 측면과 능가한 측면을 중심으로」, 『인문사회과학연구』 제11 – 2호, 부경대학교 인문사회과학연구소, 2010.
• 박재열, 「줄리아 크리스테바의 시적 언어와 그 실제」, 『국어문학』 제56호, 국어문학학회, 2014.
• 서정자, 「축출, 배제의 고리와 대항서사 – 디아스포라 관점에서 본 김명순의 문학」, 『세계한국어문학』 제4호, 세계한국어문학회, 2010.
• 송명희, 「신여성의 사랑과 자유이혼 – 김명순의 나는 사랑한다」, 『국어문학』 제56호, 국어문학회, 2014.
• 신지연, 「1920년대 여성담론과 김명순의 글쓰기」, 『어문논집』 제48호, 어문학회, 2003.

- 신혜수, 「김명순의 하우프트만 문화번역 연구 - 『돌아다볼 때』와 『외로운 사람들』을 중심으로」, 『국제어문』 제69호, 국제어문학회, 2016.
- 안혜련, 「1920년대 〈여성적 글쓰기〉의 모색」, 『한국언어문학』 제50호, 한국언어문학회, 2003.
- 염상섭, 「추도」, 『신천지』, 1954.
- 윤지영, 「시 연구를 위한 시적 주체(들)의 개념 고찰」, 『국제어문』 제39호, 국제어문학회, 2007.
- 이덕화, 「신여성 문학에 나타난 근대체험과 타자의식 - 김명순을 중심으로」, 『여성문학연구』 제4호, 한국여성문학학회, 2000.
- 이민영, 「김명순 희곡의 상징주의적 경향 연구」, 『어문학』 제103호, 어문학회, 2009.
- 이태숙, 「고백체 문학과 여성주체 - 김명순을 중심으로」, 『우리말글』제26호, 우리말글학회, 2012.
- 이희경, 「여성문학의 흐름에서 본 1920년대 여성 시」, 『한국언어문학』 제48호, 한국언어문학회, 2002.
- 임옥희, 「문학과 정신분석학의 '기괴한' 관계에 대하여」, 『한국고전여성문학연구』 제7호, 한국고전여성문학연구학회, 2003.
- 전영택, 「김탄실과 그 아들」, 『현대문학』 제4호, 1955.

  ______, 「내가 아는 김명순」, 『현대문학』, 1963.
- 조재룡, 「말하는 주체, 시적 주체, 주체화」, 『계간 시작』, (주)천년의시작, 2013.
- 최윤정, 「김명순 문학 연구」, 『한국문학이론과 비평』 제60호, 한국문학이론과비평학회, 2013.

• 최혜실, 「신여성의 고백과 근대성」, 『여성문학연구』 제2호, 한국여성문학학회, 1999.
• 황재군, 「김명순 시의 근대성 연구」, 『선청어문』 제28호, 서울대학교 국어교육과, 2000.

〈단행본〉
• 권혁웅, 『시론』, 문학동네, 2010.
• 김인환, 『줄리아 크리스테바의 문학탐색』, 이화여자대학교 출판부, 2003.
• 노엘 맥아피, 이부순 옮김, 『경계에 선 줄리아 크리스테바』, 앨피, 2007.
• 메를로 퐁티, 류의근 옮김, 『지각의 현상학』, 문학과지성사, 2002.
• 안나 프로이트, 김건종 옮김, 『자아와 방어기제』, 열린책들, 2015.
• 지그문트 프로이트, 임홍빈 · 홍혜경 옮김, 『새로운 정신분석강의』, 열린책들, 1996.
• 홍문표, 『현대문학비평이론 - 비평의 이론과 실제』, 창조문학사, 2003.

(『국어문학』 제64호, 국어문학회, 2017. 3)

김명순 시에 나타난 여성의 욕망과 주체의식

김순아

1. 서론

시를 쓴다는 것은 자기를 둘러싼 현실에 어떻게 대처하느냐의 문제와 관련된다. 무엇을 쓴다는 것은 온몸을 언어로 드러내는 행위이며, 알몸인 채로 독자에게 다가가는 것과 같다. 은폐된 생의 이면을 기표화하여 드러내는 시인에게 시는 언제나 서러움의 산물이며 감추고 싶은 사물 중의 하나이다. 그럼에도 불구하고 생이 마감되는 순간까지 시쓰기를 추구하는 것은 시인들의 자기실현 문제와 맞물려 진행된다.

탄실(彈實) 김명순은 김일엽, 나혜석과 함께 한국여성문단의 서장(序章)에 해당되는 시인이자 소설가이다. 그녀는 1896년 1월 20일 평남 평양군 용덕면에서 평양 갑부인 아버지 김희경과 그의 소실인 어머니 서인숙의 장녀로 태어났다. 1907년 서울 진명학교 보통과에 입학했던 그녀는 1911년에 우수한 성적으로 졸업하였다. 이후 1913년부터 3차례 일본 유학을 다녀왔으며, 1917년 『청춘』지의 현상모집에 단편 「의심의 소녀」가 당선되어 문단에 데뷔하였다. 소설가로 출발한 그녀는 전영택의 소개로 『창조』 동인으로 활동하였으며, 1925년에는 최초의 시집 『생명의 과실』(한성도서주식회사)을 내놓기도 했다.[1] 『생명의 과실』은 우리나라 최초의 현대시집인 김안서의 『해파리의 노래』(1923)와 주요한의 『아름다운 새벽』(1924), 박종화의 『흑방비곡』(1924)에 이어 나온 것으로 한국 현대시의 선구적 역할을 담당했다.[2]

그럼에도 불구하고 남성중심의 사회는 그녀에게 그렇게 너그럽게 작가의 자리를 내주지 않았다. 기생 출신인 소실의 딸로 태어났다는 이유로 가족들로부터도 학대와 멸시에 시달려야 했고, 성장 후에는 임노월 등과의 동거설, 강간사건을 둘러싼 소문 등 끊임없는 스캔들에 휘말려야 했다. 스캔들을 일으킨 장본인들은 조혼하여 유부남이 되어 있는 신남성들이었고, 그들에 의해 강간을 당한 사건의 피해자였음에도 불구하고 김동인, 김기진, 염상섭 등 유교적 가부장제에 사로잡힌 당대 남성문인들은 그녀를 남성 편력을 일삼은, 성적으로 타락한 신여성이라고 악의적으로 매도했다. 가족에게서나, 동료문인들에게서조차 비난을 받았던 그녀는 1939년 일본으로 건너간 후 여러 가지 복잡한 사건과 생활고에 시달리다 정신병에 걸려 1951년 아오야마(青山) 뇌병원에서 생을 마감했다.[3]

---

1) 김명순, 송명희 엮음, 『김명순 작품집』, 지식을만드는지식, 2008, 11~13면 참조.
2) 정영자, 「김명순 연구 · 上」, 『월간문학』, 1987. 11, 259면 참조.
3) 김명순, 송명희 엮음, 앞의 책, 12~16면 참조.

김명순은 시와 소설뿐 아니라, 희곡 수필 등 전 장르에 걸쳐 다양한 작품 활동을 했음에도 불구하고 사생활과 관련된 편견으로 인해 당대 비평가들로부터 온당한 평가를 받지 못했다. 그녀의 작품에 대한 연구는 우리나라에서 페미니즘의 인식이 부각되던 80년대 말부터 조금씩 시도돼 왔다. 그러나 아직은 충분한 논의가 이루어졌다고 보기 어렵다. 지금까지 진행된 연구는 개별 작가론보다는 1920년대 여성시의 개괄적 이해를 위해 나혜석, 김일엽과 함께 언급[4]되고 있으며, 시보다는 소설장르에 더 치중돼 있다. 시에 대한 연구는 모성이나 근대성의 일면을 파악하는 데 한정돼 있으며,[5] 이 또한 시인의 생애 정보나 시의 원전 등 기본 자료의 검증이 불확실한 상태에서 논의된 것으로 보인다.[6] 시인의 생애와 서지를 꼼꼼히 추적하여 정리한 자료

4) 강신주, 「김명순, 김원주, 나혜석의 시」, 『국어교육』 제97호, 한국국어교육연구회, 1998 ; 김영옥, 「1920년대 여성시인 연구」, 『우리문학연구』 제20호, 우리문학회, 2006. 8 ; 이유진, 「1920년대 한국 여성시 연구 : 김명순, 김일엽, 나혜석의 시를 중심으로」, 부산외국어대학교 석사학위논문, 1996 ; 심지현, 「근대 초창기 한국 여성시 인 연구」, 『용봉어문』 제30호, 전남대학교 인문사회과학연구소, 1998 ; 신달자, 「1920년 대 여류시 연구 : 김명순, 김원주, 나혜석을 중심으로」, 숙명여자대학교 석사학위논문, 1980.

5) 정영자, 「김명순 연구 · 上」, 『월간문학』, 1987. 11 ; 김유선, 「김명순 시의 근대 적 욕망과 모성성」, 『인문사회과학연구』 제12호, 장안대학교 인문사회과학연구소, 2003 ; 맹문재, 「김명순 시의 주제 연구」, 『한국언어문학』 제53호, 한국언어문학회, 2004 ; 황재군, 「김명순 시의 근대성 연구」, 『선청어문』 제28호, 서울대학교 국어교육과, 2000.

6) 김명순의 생애정보나 텍스트를 살피는 일에는 어려운 점이 많다. 그녀의 출생에 관한 정보도 정확하게 밝혀지지 않았으며, 1927년 이경손 감독의 영화 〈광랑〉에 주연배우로 캐스팅되었다는 설 또한 최근 동명이인이라는 설이 제기되었다. 시 25편, 소설 2편, 수필 4편을 수록한 『생명의 과실』은 지금까지 그의 유일한 창작집으로 알려져 왔으나 『애인의 선물』이란 제2의 창작집을 회동서관에서 발간한 것으로 서정자에 의해 밝혀졌다. 하지만 이 창작집은 책의 뒷부분이 파손되어 발행연도가 미상이다. 기존에 김상배에 의해 묶여져 나온 창작집 『탄실 김명순 - 나는 사랑한

는 최근 맹문재에 의해 발간된 『김명순 전집』(현대문학, 2009)에서야 찾아볼 수 있기 때문이다.

이에 본고는 『김명순 전집』을 작품 분석의 텍스트[7]로 삼아 그녀의 시 의식의지향성을 자아의식, 여성해방 의식, 민족해방 의식의 세 유형으로 나누어 알아보고자 한다. 이를 위해 먼저 가부장제 사회에서 남성과 다르게 형성되는 여성의 무의식적 욕망을 언어와 관련하여 설명하는 프로이트와 라캉의 정신분석이론을 살펴볼 것이다. 거기서 시적 적용원리를 추출한 후, 그녀의 시를 구체적으로 분석하고자 한다. 이러한 접근은 그간 어느 한 국면에 국한되어 해석돼온 김명순 시를 좀 더 확장하여 바라보는 동시에 김명순 시 연구를 본격화하는 계기를 마련할 수 있을 것이다.

다』(솔뫼, 1981)는 전집의 성격을 띠고 있지만 자료적 가치는 매우 떨어진다(김명순, 송명희 엮음, 『김명순 작품집』, 지식을만드는지식, 2008, 11~13면 참조).

7) 맹문재에 의해 발간된 『김명순 전집』의 작품연보에 따르면, 김명순의 시세계는 크게 3단계로 나눌 수 있다. 그 첫째는 『생명의 과실』(한성도서주식회사, 1924)이전의 시들로 「조로의 화몽」을 비롯한 총 25편의 시다. 여기에서는 주로 자아각성의 문제가 전경화되어 나타난다. 두 번째 단계로는 시집, 『생명의 과실』(회동서관, 1930 - 추정 -)과 그 이후의 시들로 「탄실의 초몽」등 총 48편(「싸움」, 「저주」, 「분신」등 개작된 11편을 제외하면 37편이다)에 속한다. 이 시기는 시인의 시작활동이 가장 왕성했던 시기로 보이며 여성해방, 민족해방 등 저항적 시들이 주류를 이룬다. 세 번째 단계는, 『애인의 선물』의 시와 그 이후의 시들로 「석공의 노래」를 포함한 24편(개작된 「석공의 노래」를 제외하면 23편이다.)의 시들이 해당된다. 이 시기의 시들은 대부분 고향이미지를 통해 본원적 향수의 세계로 회귀하는 모습을 보인다. 본고에서 주목하는 것은 김명순 시에 내재된 시 의식(욕망)을 살피는 데 있다. 그러므로 그의 시세계를 단계화하여 통시적으로 나누기보다 그의 시적 특징에 따라 '자아의식', '여성해방 의식', '민족해방 의식'으로 나누어 그 의식의 지향성을 살필 것이다(맹문재 편역, 『김명순 전집』, 현대문학, 2009, 차례 및 연보 참조).

2. 가부장제 사회에서 형성되는 여성의 욕망

프로이트에서 라캉으로 이어져온 정신분석학은 가부장제 사회에서 여성이 보이는 육체의 마비 증상과 그 여성들의 파편화된 언어를 해석하는 것에서 시작되었다. 이 논리는 전오이디푸스적 어머니와 가부장적 상징계의 아버지 그리고 아이가 이루는 삼각구조를 토대로 한다. 프로이트와 라캉에 따르면 아이가 상징질서로 진입하기 위해, 즉 주체로 형성되기 위해서는 전오이디푸스적 어머니와 반드시 분리돼야 한다. 아버지의 법을 수용하여 오이디푸스 콤플렉스를 극복하고, 아버지의 상징질서에 진입해야만 주체가 된다. 그러나 그 주체 형성의 과정과 콤플렉스의 극복 방식은 남녀가 서로 다르다. 가부장적 사회에서 남자와 여자는 서로 다른 억압을 경험하며, 서로 다른 존재로 만들어지기 때문이다.

프로이트의 논의에서 가장 핵심적인 기준점은 '남근'이다. 남근의 유무에 의해 성차를 의식하는 순간부터 남아는 거세공포에 시달려야 한다. 그것은 전오이디푸스적 어머니에 대한 욕망을 억압하고 법과 권위를 상징하는 아버지와 자신을 동일시함으로써 극복할 수 있다. 그러나 남근이 없는 여아는 태어날 때부터 결핍된 존재다. 이미 '거세되어' 있는 여아는 (남근)부재의 원인이 어머니에게 있다고 생각하여 그녀를 비난한다. 하지만 어머니도 '거세'되어 있음을 발견하고는 아버지에게로 돌아선다. 아버지가 남근 대신 아이를 제공해 줄 수 있을 것이라 생각하고 아버지를 욕망하는 것이다. 그러나 아버지는 여아의 접근을 금지하기 때문에, 그 소망을 이룰 수 없다. 그래서 여아는 아이(아들)라는 대체된 대상을 통해 '남근'을 획득할 수 있는 어머니가 될 때까지 오이디푸스 궤적을 수행할 수 없는 결핍된 타자로 사회 속에 남게 된다.[8)] 이것이 프로이트의 성별 주체 형성에 대한 기본 해석이다.

라캉은 이러한 프로이트론을 언어학적으로 재해석하여 주체 형성의 과정을 설명한다. 그의 언어관은 소쉬르의 구조주의 언어학에 기대어 있는데, 여기서 핵심은 시니피앙(Signifiant)과 시니피에(Signifi)다. 시니피앙(기표)은 귀로 들을 수 있는 소리로서, 의미를 전달하는 외적 형식(기호)을 말하며, 시니피에(기의)는 소리로 표시되는 말의 '의미'를 뜻한다. 이를테면 우리가 꽃을 말할 때 머릿속에 떠오르는 이미지(형상)가 기표이고, 그 꽃에 내재된 '의미'가 기의가 된다. 그러나 기표는 기의를 다 담아낼 수 없다. 우리가 꽃을 말할 때 머릿속에 떠올린 꽃의 의미는 각자 다양하듯, 기표(기호)는 기의(의미)와 100% 동일하지 않다. 그래서 라캉은 기표는 기의를 지칭하지 못하고 끊임없이 미끄러진다고 말한다.

라캉에게 기표는 어머니와의 분리를 통해 받아들이는 아버지의 법이자 언어이다. 우리의 사회적 성정체성은 항상 그 언어체계 속에 구조화되어 있다. 그것을 라캉은 프로이트의 '무의식 구조(원초아 - 자아 - 초자아)'와 연결하여 상상계(거울계), 상징계, 실재계로 설명한다. 상상계는 프로이트가 말하는 원초아, 즉 아이가 어머니의 육체와 자신을 나르시시즘적으로 동일시하는 단계를 말한다. 어머니와 통합돼 있는 이 단계에서 아이의 욕구는 모두 충족되기 때문에 언어에 대한 욕구는 생겨나지 않는다. 이 만족스런 경험은 외부와 내부 세계가

---

8) 팸 모리스, 강희원 옮김, 『문학과 페미니즘』, 1999, 165면.

틈새 없이 총체를 이루는 결합의 은유이며, 욕망을 즉각적이고 확실하게 충족시키는 완벽한 조정을 의미한다. 그러나 모든 것이 충족된다는 것은 아이가 상상한 오인(誤認)의 산물일 뿐 실재가 아니다. 아이가 주체가 되려면 이 단계에서 벗어나야 한다. 하지만 상상계에서 상징계로 접어드는 '거울단계'에서 아이는 혼란을 겪게 된다. 아이는 어머니가 뭔가를 원한다는 사실을 알지만 아직 그것이 무엇인지를 해독할 수 없다. 어머니에게 존재하는 결핍은 아직 상징적으로 이해 가능한 기표로 제시되어 있지 않기 때문이다. 그 혼란은 상징계에 진입하여 벗어날 수 있게 된다.

'상징계'는 아버지로 대표되는 사회제도, 법, 언어체계의 세계를 말한다. 이 단계에서 아이는 아버지의 이름에 의해 도입된 특권적 기표(언어)를 인식하고, 어머니가 원하는 것이 '남근'이라는 상징적 해석을 얻게 된다. 이는 자신의 존재를 위협하는 실재계적 어머니에게서 도망치기 위해 가동되는 '방어적' 해석이다. 어머니가 결여한 것이 남근이라고 기표화되면 알 수 없는 불안에서 벗어날 수 있게 되는 것이다. 그러나 그 불안을 극복하는 방식은 남녀가 서로 다르다. 남아는 남근적 기표로서의 아버지를 자신과 동일시함으로써 극복할 수 있지만, 여아는 쉽게 극복하기 어렵다. 여아는 어머니가 남근적 의미에서 '거세'되어 있다고 해석함으로써 어머니를 떠나 아버지에게로 욕망을 옮기는데, 아버지의 법은 여아의 접근을 금지하기 때문에 상징계의 객체밖에 될 수 없다. 상징계의 객체인 여성은 욕망에 있어서도 주체가 아닌 객체이며, 상징계 안의 언어 주체가 되지 못한다. 이때 억압된 감정을 의식계의 기호로 표현하려 할 때, 그 언어는 기의를 지칭할

수 없는 기표, 즉 환유의 길을 따라가게 된다.[9)]

이러한 라캉의 해석은 여성/남성의 관계가 생물학적 '차이'에 의해 결정돼 있음을 주장하는 프로이트론을 뒷받침하고 있다는 점에서 여러 페미니스트들로부터 비판받고 있다.[10)] 남녀의 성차가 애초부터 결정돼 있다고 볼 때, 남근이 없는(－A) 여성은 언제나 자신의 언어가 '없는', 혹은 '보이지 않는' 존재로 살아야 하기 때문이다.[11)] 그러나 오이디푸스 담론으로 구조화된 서구 상징질서의 주체화 과정은 남성중심의 유교적 가부장제[12)] 하에서 타자화된 여성욕망을 환유적 언어로

---

9) 박찬부, 『기호, 주체, 욕망 – 정신분석과 텍스트의 문제』, 창작과 비평사, 2007, 79면.

10) 크리스테바, 식수, 이리가레이 등 프랑스의 포스트모던 페미니스트들은 프로이트와 라캉의 정신분석학에 깃든 생물학적 본질주의에 대응하여 여성은 '보이지 않기 때문에 없는' 혹은 '결핍'의 존재가 아니라, '다르게 존재'하는 혹은 '충만'한 존재임을 강조한다. 이를 위해 페미니스트들이 공통적으로 제시한 것은 전오이디푸스적 어머니의 공간이다. 이 공간은 프로이트의 '남근 발견'이나 라캉의 '상상계(거울단계)' 이전의 공간으로, 아이와 어머니가 하나로 연결되어 있는 태내의 공간(자궁)을 의미한다. 이는 하나이면서 둘로 존재하는 여성, 곧 '복수적' 주체를 드러내기 위한 장치로서, 1990년대 이후 한국 여성주의 시를 분석하는 데 많은 참조가 돼 왔다.

11) 이 문제의식을 구체화하려면 프로이트와 라캉이 간과했던 전오이디푸스적 어머니의 위상을 새롭게 탐색하는 페미니즘 논의를 살펴야 한다. 그러나 이 글에서는 그것을 앞으로의 숙제로 남겨둔 채 가부장제 사회에서 여성이 경험하는 억압과 그 억압된 욕망을 언어로 표출한 시에 주목하여 그 의미를 검토해보는 것으로 한정짓고자 한다.

12) 유교적 가부장제도 이와 마찬가지로 구성된다. 오이디푸스 구조화에서 '상상계(거울단계)'같은 어머니와의 2자 관계, 나르시시즘적 합일단계를 거친 후 아이가 어머니로부터 분리되듯이, 유교적 상징질서 안에서도 사회적 정체성을 위해 어머니와의 분리를 겪어야 하고, 아버지의 권위와 권력에 복종해야 한다. 삼강오륜(三綱五倫)과 같은 강력한 유교담론은 오이디푸스 담론에서 거세 위협과 같은 것이기에, 아들은 어머니를 배제하고 어머니를 향한 욕망을 아버지의 이름으로 대체하게 된다. 언어를 통한 주체화과정에서 아이는 또 어머니 역시 삼종지도(三從之道)라든가 칠거지악(七去之惡) 등 이미 거세되어 있는 존재임을 발견한다. 그리

표현하는 김명순 시를 분석하는 데 좋은 참조점이 된다.

3. 시에 나타난 여성의 욕망과 주체의식

김명순이 문단에 데뷔한 1910년대는 우리 사회가 봉건체제에서 개화기로 이양되는 역사적 격동기였다. 특히 3·1운동 이후 일제에 대한 우리의 저항운동은 민족역량의 배양을 목적으로 다양한 활동을 펼치게 되었는데, 그 하나는 각급 교육기관의 설치 및 국민 대다수에 대한 교육이고, 다른 하나는 각종 단체의 결성, 잡지나 일간지의 발행을 통한 민족의식을 고취하려는 활동이었다. 이를 계기로 여성들도 사회적 활동을 할 수 있는 기반이 마련되었고, 이 시기 조직적인 활동 경험과 신교육을 받은 여성들은 여성운동의 선도적 역할을 담당하게 된다.[13] 그럼에도 불구하고 남성을 중심으로 한 사회인식은 여전히 강고했다. 남성들은 신여성들의 활동을 부추기고 조장했지만, 실제로 여성들이 자유의지와 여성해방을 외치자, 그녀들을 매몰차게 외면했고, 사회는 기다렸다는 듯이 손가락질하기 시작했다.

김명순은 이러한 현실의 부조리를 몸으로 체험하며, 여기에 맞서 사회적 금기와 규정을 넘어서는 글쓰기를 지속적으로 시도해왔다. 기

하여 유교적 가부장 질서 안에서도 여성은 철저히 배제되고 가장의 권위와 아들의 권위가 중심이 된다. 특히나 딸은 아예 자식이 아닌 존재로서 처음부터 거세된 존재할 수밖에 없었다(김승희, 「상징질서에 도전하는 여성시의 목소리, 그 전복의 전략들」, 『한국 여성문학 연구의 현황과 전망』, 소명출판, 2008, 273~274면 참조).

13) 이승하 외, 『한국현대시문학사』, 소명출판, 2005, 16면.

존 사유에서 여성은 자의식을 강하게 표출해서는 안 되며, 사회나 국가라는 공적인 영역에 관심을 가져서도 안 되는 것으로 규정돼 왔지만, 김명순은 그런 일반적인 규정을 넘어 여성으로서의 자의식뿐 아니라, 여성해방 의식 · 민족해방 의식을 공개적으로 표출한다. 여기에는 가부장적 남성뿐 아니라, 식민지화된 당대 사회와 일제 파시즘에 대한 비판의식이 깃들어 있다. 그러나 시인은 그것을 공격적이고 직설적인 언어로 드러내지는 않는다. 때로 남성중심의 사회제도와 규범에 얽매인 자신을 자학하는 면모를 보이기도 하지만, 그것을 나름대로 내면화시키거나 대상과의 거리를 유지하는 방식으로 세계에 대한 거부와 부정정신을 드러낸다. 이는 초기시 이후 갈수록 정제되고 확장되는 양상으로 드러난다.

1) 자아의식

김명순의 초기시는 『생명의 과실』(1925) 이전에 씌어진 시들로서, 주로 『창조』, 『개벽』, 『동명』 등의 잡지나 신문에 발표되었던 시들이다. 이 시기 그녀의 시는 1920년대 초, 한국시의 한 흐름을 이루었던 낭만적 성향이 두드러지게 나타난다. 3.1운동 이후 새로운 삶의 양식, 혹은 시 양식을 모색하는 과정에서 집약되었던 자유시는 대상에 대한 감각적 해석과 시어의 확충, 시의 장형화, 감정의 과도한 표출 등으로 나타났는데[14], 이러한 특성이 김명순 시에도 반영돼 있는 것이다. 그러나 그녀의 시는 당대 낭만파 시가 보여준 현실도피적 성향과는 거

14) 김윤식 · 김우종 외, 『한국현대문학사』, 현대문학, 2002, 144면 참조.

리가 멀다. 시인의 감정은 남성중심의 사회제도와 규범에 의해 억눌려 살았던 여성적 자의식을 기반으로 하고 있으며, 이것은 시대와 사회에 대한 적극적인 관심에서 나오는 것이기 때문이다.

1)탄실彈實이는 단꿈을 깨뜨리고 서어함에 두 뺨에 고요히 굴러 내려가/ 는 눈물을 두 주먹으로 씻으며 백설 같은 침의寢衣를 몸에 감은 채 어깨/ 위에는 양모羊毛로 두텁게 직조한 흰 숄을 걸치고 십자가의 초혜草鞋를/ 신고 후원의 이슬 맺힌 잔디 위로 창랑滄浪히 걸어간다. 산뜩산뜩한 맨발/ 의 감각 – 저는 파초 그늘 아래에서 어깨에 걸쳤던 것을 잔디 위에 펴고/ 앉았다. 장미화의 단 향기를 깊이깊이 호흡하면서 환상을 그리면서// 2) – 중략 – // 白,"언니, 그 노래 누가 하는지 아시오? 저어 해변에 절하듯이 굽어진/ 산이 보이지요? 거기 망양초望洋草라는 이가 창백한 얼굴을 하여가지고/ 매일 노래한다오. 나는 그의 목소리만 들어도 어쩐지 눈물이 쏟아져요"// – 중략 – // "내가 꽃을 피웠을 때 담홍의 웃는 듯하던 꽃을 탐스럽게 피웠을 때/하루는 남호접이 와서 내 꽃에 머무르고 말하기를 너는 천심天心 난만히/ 울고 웃고 '자기'를 정직히 표현한다고 일러주며 후일에 또 올 터이니/ 이 해변에서 기다리라고 하시지요? 그래서 저는 10년째 하루와 같이 거/ 문고를 타며 매일 기다리지요. 그렇지만 조금도 그가 더디 오신다고 원/ 망도 의심도 아니합니다. 그러나 적적하니까 매일 노래를 합니다."하고/ 머리를 숙이며 눈물을 씻는다. 백장미도 홍장미도 연고를 모르면서 눈물/ 을 흘린다// – 중략 – // 탄실이는 눈을 번쩍 떴다. 저는 이같이 환상을 그려본 것이다./ 5월 아침바람이 산들산들 분다. 잔파潺波를 띄우고 미소하는 청공/靑空, 상쾌히 관현악을 아뢰는 대지!/ 불치의 병에 우는 탄실의 눈물...... 초엽草葉에 맺힌 이슬이 조일朝日/ 의 광채를 받

아 진주珍珠같이 빛난다.

「조로朝露의 화몽花夢」에서[15) : 필자지정

위 시는 액자시 형태의 극시로 볼 수 있다. '현실 - 꿈 - 현실'의 서사적 구조를 바탕으로, "해설 - 시 - 대화 - 시 - 해설"의 희곡적 구성을 보여주는 이 시는 133행의 장시 형태를 취함으로써 현대적 관점의 극시를 보여준다. 1)의 도입부는 '해설 - 시'의 구조로 이루어져 있으며, 2)는 백장미와 홍장미가 망양초를 찾아가 망양초의 사랑 이야기를 듣는 내용으로서, '대화 - 시 - 해설'의 구조로 이루어져 있다. 여기서 주목해 볼 것은 2)의 내용이다. 언니 "백장미"와 동생 "홍장미"는 서로를 "위하여 꿈을 꾸었"다. 홍장미의 꿈 내용은 "남호접"과의 만남을 기대하며 남호접을 기다렸으나, 그 남호접이 자신이 아닌 언니(백장미)를 찾아가더라는 이야기다. 둘이 가벼운 꿈 이야기를 나누는 도중 "어디선지 아주 참을 수 없는 슬픈 노래"가 들려온다. 그 주인공은 "망양초"다. 백장미와 홍장미는 망양초에게로 가 망양초의 이야기를 듣는다. 망양초는 백장미와 홍장미에게 "후일에 또 올 터이니 이 해변에서 기다"려 달라고 떠난 "남호접"을 "10년째 하루와 같이", "원망도 의심도 아니"하고 기다리는 자신의 얘기를 들려준다. 백장미와 홍장미는 이러한 "망양초"의 노래를 들으며 "연고도 모르면서 눈물을 흘"리게 된다. 그러나 뜻밖에도 남호접이 찾는 이는 "홍장미"다. 홍장미는 언니 백장미에게 "언니 저기 남호접이 산을 넘어 나를 찾아오나이다. 속히 돌아가십시다"라고 말하며, 남호접이 자신을 찾아올 것을 암

15) 맹문재 편역, 『김명순 전집』, 현대문학, 2009, 19~25면.

시한다. 홍장미를 아끼는 백장미는 남호접에 대한 자신의 감정을 숨기고 "나의 화원은/ 사상의 화원"이라면서 "그대의 결혼식"을 축복해 준다.

이렇게 볼 때 이 시는 남성의 대상으로서 수동적인 여성상을 보여준다고 할 수 있을 것이다. 백장미, 홍장미, 망양초는 아름답고 연약한 여성의 환유로서, 여성들의 사랑을 유린하는 "남호접"을 비판하기보다 여전히 그리워하는 듯한 태도를 보이고 있기 때문이다. 이는 2)의 '해설'에서 "불치의 병"이란 구절에서도 엿볼 수 있다. "불치의 병"은 자기감정(욕망)을 억눌러 감내하려는 태도이며, 이는 남성들이 여성에게 요구하는 방식이기 때문이다. 그러나 당대의 규범을 감안할 때, 이 시는 남성의 요구를 그대로 받아들이는 수동적 여성상으로만 볼 수는 없다. 시의 감추어진 행간에서 읽히는 것은 사랑의 "환상"에 얽매이지 않겠다는 의지이다. "눈을 번쩍" 뜬다는 것은 환상에서 깨어난다는 의미로, 실제적 의미는 여성들을 함부로 취급하는 남성의 사랑을 거부하겠다는 뜻으로 읽을 수 있다. 그러므로 이 시는 침묵이 강요되는 현실에서 시인이 택한 적극적 전략으로 파악되어야 할 것이다. 더구나 '사랑(성)'에 대한 발설은 여성을 창녀로 취급하여 축출시키는 가장 강력한 금기였다는 점에서, 시인의 인식이 당대의 관습에서 벗어나 있음을 의미한다. 이 시의 구조가 극적 형식을 취하는 것도 이와 무관하지 않을 것이다. 극적 형식을 취해 자신을 객관화함으로써 사회적 금기나 규정을 피해가려는 것이다. 이런 측면에서 이 시는 가부장적 억압에 의해 침묵해왔던 이전의 여성상과는 다른, 여성으로서의 자의식을 분명히 보여준다고 할 수 있다.

꿈나라의 애인이시여/ 지금 이 세상 아닌 감미의 노래에/ 고요히 잠든 귀를 기울였나이다// 얼마나 자유로운 조율이오리까/ 몸은 정화되어 날개를 달고/ 꽃 피운 공간을 날으려나이다// 부세를 운들 그대와 나/ 내 앞의 대로를 걷지 않고/ 그대 앞의 동굴을 찾지 않았도다// 그러나 눌리었던 우리들을/ 해방하는 노래가 들려지오니/ 우리는 꿈길을 버립시다// 애인이시여 애인이시여/ 여기 유현경의 길에/ 길이 있으니 이리 오십쇼// 애인이시여 애인이시여/ 사람 모르는 그곳에/ 길 있으니 날개를 펴십쇼.

「고혹」전문[16)]

위 시에서 시인은 "꿈나라"에 머물러 있는 "애인"들을 "유현경의 길"로 불러낸다. 여기서 "꿈나라"는 아직 의식화되지 못한, 원초적 욕망이 억압돼 있는 무의식의 세계이며, "애인"은 기존질서의 억압에 의해 눌려 사는 여성/타자를 의미한다고 볼 수 있다. "유현경(幽玄境)의 길"은 "눌리었던 우리들을/ 해방하는 노래가 들려"오는 곳이자, "사람 모르는 곳"으로서 여성욕망을 제한하고 금기하는 가부장적 규범 바깥의, 여성적 공간을 의미한다고 볼 수 있다. 시인이 이 공간으로 "애인"들을 불러내어 "날개를 펴"라고 말하는 것은 여성도 자기 꿈을 실현할 수 있음을 강조하는 것으로, 당대 인식으로 볼 때 매우 놀랄만한 시대인식을 보여준다. 당시 사회에서 여성들은 자기 삶에 대한 결정권이 없었다. 프로이트 식으로 말하자면, 가부장적 사회에서 (남근이 없는) 여성은 처음부터 없는, 꿈이 거세된 존재였다. 어렸을 때부터 여자가 되기를 교육받고 결혼해서도 일부종사의 삶을 살아야

16) 맹문재 편역, 위의 책, 29~30면.

했던 여성은 남편의 위신과 집안의 안정을 위해 자기 욕망을 억제해야 했고, 자식의 출세를 위해 자기 삶을 희생해야 했다. 남성이 지배하는 사회제도와 규범의 모순을 인지하면서도 여기에 대항할 힘이 없었기 때문에 순응하거나 타협할 수밖에 없었던 것이다.

그러나 시인은 이러한 사회규범을 그대로 받아들이려 하지 않는다. "사람 모르는 그곳에/ 길 있으니 날개를 펴"라는 것은 여성도 사회 역사적인 존재임을 분명히 자각하고 있다는 사실을 보여준다. 2연에서 "날개를 달고/ 꽃피운 공간을 날"려는 자아는 "자유"를 갈망하는 주체로서, 여성을 억누르는 사회에 대한 비판적 인식을 보여준다. 3연에서는 희생과 순종을 미덕으로 아는 여성들을 향해 "부세를 운들 그대와 나/ 내 앞의 대로를 걷지 않고/ 그대 앞의 동굴을 찾지 않았도다"라고 외치고 있다. 이는 기존질서를 수동적으로 받아들이는 여성의 삶을 비판하면서 주체적인 삶을 살아갈 것을 강조하는 것이라 할 수 있다. 그리고 4연에서는 남성들이 세운 그 "꿈길을 버리"고, "눌리었던 우리들을/ 해방하는" "유현경의 길"로 들어서기를 촉구한다. 여성이 열등한 존재가 아니라 주체적인 존재임을 적극 제기하고 있는 것이다. 이는 남성의 권위가 강고했던 당대 사회에서는 쉽게 수용되지 않았을 것이다.

그래서 시인은 겉말과 속말이 다른 이중어법을 사용하여 당대의 규범을 넘어서려 한다. "-이시여", "-이오리까", "-나이다", "-도다" 등의 서술어와 "-ㅂ시다", "-ㅂ쇼" 등의 청유형어미는 강경한 명령법을 사용하는 남성 언어와는 다른, 유순하고 공손한 여성적 어조로서, 조심스럽고 완곡한 여성적 언어를 사용하고 있으나, 그 안에는 "우리(여성)"를 억누르는 남성중심의 질서에 대한 비판을 담고 있는 것이다. 이러한 언술은 단일한 하나, 의미의 일관성을 강조하는 남성중심의 언어질서에 균열을 내는 언술방식으로서, 기존질서를 전복하는 일종의 전략으로 볼 수 있다. 그런 점에서 이 시는 남성중심의 질서에 예속돼 있는 여성들의 꿈을 깨우고 그들이 그 꿈을 실현하기를 촉구하는 시인의 욕망이 담겨 있는, 선구자적 열정을 보여주는 작품이라 할 수 있다.

> 저 서천에 밀리어지는 장막 밖에/ 옛 설움 뒤몰아 흩어지는 구름 조각들/ 행여나 잊지 마라 수인의 애소를/ 오오 동천에 홍과 황을 풀어내리는 장안에/ 탄생의 비가를 노래하는 새로운 햇발들/ 공연히 춤추지 마라 히스테릭한 춤을// 다만 고요히 보라/ 내 육안 잠깐 열리어 새때를 눈 익히나/ 물미는 모든 때, 살생의 저자를 알기 전뿐/ 다만 고요히 들어라/ 이 청자색의 언덕 위에 새로운 전설의 / 스스로 막고 스스로 갇힌 수인의 소리를// - 중략 - // 고요함만 가졌을진대/ '아모르'도 다시 내 가슴에 군림하시고/ 꿈 열매도 내 손에 둥글게 떨어진다/ 아아 때여 때여 다만 고요하다/ 나는 이 옥을 천국화할 수도 있다/ 나는 지금은 비장한 일을 안다// 언제 또 새로운 때만 오면/ 이 스스로 묶었던 결박도 끌러/ 온 세상이 비추도록 고향을 빛내리
>
> 「향수」에서[17]

이 시는 잃어버린 '고향'을 매개로 조국 해방에 대한 염원을 표출한 시이다. '고향'이나 '조국' 등에 대한 관심은 바깥의 일, 즉 공적 영역에 대한 관심으로서, 당시 여성에게는 원칙적으로 금기돼 있었다. 그

---

17) 맹문재 편역, 위의 책, 37~41면.

럼에도 불구하고 사회적 인식을 가진 자아로서 시인은 이러한 금기를 넘어 여성적 사유범위를 뛰어넘는 공적 영역의 것을 과감하게 제시한다. '장안', '살생의 저자', '갇힌 수인' 등을 말하는 화자는 '결박'을 당한 피해자로서의 여성의 모습이 아니라, 경세(警世)가의 관점을 드러낸다. 즉 주체의 입장에서 세상을 근심하는 시인 것이다. 언어구사 면에서도 온순하고 부드럽고 소극적인 여성적 어조가 아닌, "－마라", "－보라" 등 강경한 남성적 어조가 주를 이루고 있다. 이는 여성에게 허락되지 않은 것을 말하기 위해 시인이 선택한 '남장'의 형식으로서, 프로이트의 논리에 따르면 이미 거세된 어머니와 자신을 동일시하는 대신 아버지를 욕망하는 것과 같다. 즉 시인은 시적 공간 내에서 남성으로 분장하고 남성적 격정을 상상을 통해 표출하고 있는 것이다. 이러한 이중적 언술은 여성을 '없는' 것으로 파악하여, 사적 영역에 국한시켜온 남성의 금기를 피해 남성의 영역인 '바깥' 일을 발언할 수 있게 한다.

'수인', '살생의 저자' 같은 어휘들은 암담하고 어두운 일제치하의 절망적 상황을 환유적으로 표현한 것이며, '수인'은 일제치하에 감금돼 있는 조선민중으로써 "스스로" 자유를 "막고", 주권을 포기하려는 이들이라 할 수 있다. 시인은 이들을 향해 "잊지 마라 수인의 애소를", "공연히 춤추지 마라 히스테릭한 춤을"이라고 요청하면서 "살생의 저자" 같은 조국의 현실을 잊지 말라고 충고한다. 이를 통해 잃어버린 고향(조국)을 되찾고자 했던 시인은 그러나 자신의 욕망을 직접 표출할 수 없었다. 그것은 '일제'라는 거대주체가 강력한 힘으로 민중을 가두고 있었기 때문이다. 그래서 그녀는 "참혹한 자"가 있어도 "알릴 길을 어찌 못하고/ 풋남빛의 웃음으로 설움을 덮"는다고 하면서, 다만 "나는 지금은 비장한 일을 안다"하여 소극적으로 표출하고 있다. 그러나 중요한 것은 시인이 조선인으로서의 주체성을 가지고 있다는 것이며 언젠가는 해방된 조국을 맞이할 수 있으리라는 믿음을 가지고 있다는 것이다. 그리하여 "새로운 때 얼어 지는 동안" 을 기다려야 하고, "언제든지 참 새로운 때가 오면/ 곧추 묶이었던 꽃가지들도 환을" 짓고, "스스로 묶이었던 결박도 끌러/ 온 세상이 비추도록" 고향을 빛내리라고 말하는 것이다. 이는 여성에게 허락되지 않는 공적 영역, 즉 국가관이나 정치적 의미를 지닌 발화를 시도하고 있다는 점에서 가부장적 유교 이데올로기를 넘어서고 있다 할 것이다. 「향수」에 내재된 시인의 욕망은 비록 적극적인 실천의지를 보여주진 않지만, 사회 역사적 존재로서의 자아인식은 분명히 가지고 있음을 보여준다. 이러한 인식을 토대로 시인은 점차 여성해방 의식을 표출하는 방향으로 나아간다.

2) 여성해방 의식

그러나 시인을 둘러싼 강력한 사회제도와 인습, 윤리 도덕의 불합리함 등은 그리 쉽게 넘어설 수 있는 것이 아니었다. 남성들은 여성도 사회적 자아로서 자기 욕망이 있음을 인식하였음에도 불구하고, 여성이 사회적 자아로서 자기 욕망을 표출하자 그것을 가로막기 시작한 것이다.[18] 그러나 시인은 결코 좌절하여 머물러 있지 않는다. 사회적 금기는 오히려 시인의 욕망을 부추기는 힘으로 작용했고, 그 힘은

18) 이승하 외, 『한국현대시문학사』, 소명출판, 2005, 16면.

시대의 부조리를 더욱 적극적으로 비판하는 방향으로 나아가게 했다. 이런 노래들은 『생명의 과실』에서 더욱 정제되고 적극적인 방식으로 표현된다.

> 조선아 내가 너를 영결할 때/ 개천가에 고꾸라졌던지 들에 피 뽑았던지/ 죽은 시체에게라도 더 학대해다오/ 그래도 부족하거든/ 이다음에 나 같은 사람이 나더라도/ 할 수만 있는 대로 또 학대해보아라/ 그러면 서로 미워하는 우리는 영영 작별된다/ 이 사나운 곳아 사나운 곳아
>
> 「유언」 전문[19)]

위 시는 1924년 5월 29일 『조선일보』에 실었던 시를 개작하여 『생명의 과실』에 실은 시이다. 개작 전에는 "세상이여 내가 당신을 떠날 때"라고 하여 조금 완곡한 표현을 사용하는 데 반해, 여기에서는 "조선아 내가 너를 영결할 때"라고 하여 보다 구체적이고 적극적인 표현을 사용하고 있다. 여기서 주목해 볼 것은 시인이 조선을 "너"로 지칭하며, "내가 너를 영결할 때", "죽은 시체에게라도 더 학대해다오"라는 표현이다. 자신이 나고 자란 조국을 "너"로 전락시키며, 내가 "영결"해야 할, "사나운" 곳으로 표현하는 이 시적 발상 속에는 사회문화적 금기를 위반하려는 의도가 도사리고 있다. 죽음은 유한한 인간이 경계해야 할 가장 강력한 금기의 상징이다. 라캉에 따르면 금기가 욕망을 만들며, 욕망은 억압을 본질로 한다. 억압은 프로이트에 의하면, 생명충동(쾌락원칙)과 죽음충동(현실원칙)의 갈등에서 생기는데, 죽

---

19) 맹문재 편역, 앞의 책, 95면.

음충동은 자아를 억압하는 (현실의)금기에서 나오며, 생명충동(쾌락원칙)은 그 금기를 넘어서려는 욕망에서 나온다. 이렇게 볼 때, 이 시 「유언」은 오히려 생명을 보존하려는 위반의 욕망을 표현한 것이라 할 수 있다. 위반은 죽음(A)을 벗어나 생명(B)을 얻기 위해 죽음(A)을 도구로 삼는 특징을 가지는데, 이러한 위반의 정신은 여성에게 특히 억압적인 당시 "조선"의 시대상황에서 나온 것이기도 하다.

이 시가 씌어질 당시 '조선'은 유교적 가부장질서와 일본제국주의 질서가 동시에 작동했던 시기였다. 이 상황에서 여성은 이중 삼중의 고통을 겪을 수밖에 없었다. 유교전통에서도 가족과 사회, 국가라는 거대 질서 안에서도 늘 소외돼 있었던 여성은 자신의 조국(조선)이 식민지화된 상황에서, 피식민지 국민으로서 고통을 받을 뿐 아니라, 자국의 남성 · 사회질서부터도 억압받게 되기 때문이다. 시인이 '조선'을 "너"로 전락시키며, "개천가에 고꾸라"져 "피 뽑"더라도 "죽은 시체에게라도 더 학대해다오"라고 대항하는 것은 여성으로서 시인 삶이 그만큼 고통스럽고 억압적이었음을 의미한다. 시의 언어가 환유적으로 표현되는 것도 이와 무관하지 않다. 환유는 존재의 본질, 혹은 근원과 일체화될 수 없다는 사유의 표현으로서, 여기서는 죽음을 연상시키는 "피", "시체" 등의 단어로 제시된다. 그러나 그 죽음은 완전한 종말로 끝나지 않는다. "이 다음에 나 같은 사람이 나더라도/ 할 수만 있는 대로 또 학대해보아라"는 구절은 세상이 아무리 "학대"해도 자신과 같은 사람(여성)은 다시 태어날 것이며, 이는 역설적으로 자신을 학대하는 세상에 굴하지 않겠다는 의지를 보여주는 것이라 할 수 있다. 이는 가부장적 상징질서("사나운"시대)가 부여한 (여성) 정체성을 거부하면서, 그 질서를 위반하려는 여성해방 정신을 분명히 보여주는 것이라 할 수 있다.

> 길바닥에, 구르는 사랑아/ 주린 이의 입에서 굴러 나와/ 사람의 귀를 흔들었다/ '사랑'이란 거짓말아.// 처녀의 가슴에서 피를 뽑는 아귀야/ 눈먼 이의 손길에서 부서져/ 착한 여인들의 한을 지었다/ '사랑'이란 거짓말아// 내가 미덥지 않은 미덥지 않은 너를/ 어떤 날은 만나지라고 기도하고/ 어떤 날은 만나지지 말라고 염불한다/ 속이고 또 속이는 단순한 거짓말아.// 주린 이의 입에서 굴러서/ 눈먼 이의 손길에 부서지는 것아/ 내 마음에서 사라져라/ 오오 '사랑'이란 거짓말아!
>
> 「저주」전문[20)]

이 시 또한 1924년 5월 28일 『조선일보』에 실었던 것을 『생명의 과실』에 개작하여 실었던 시다. 개작 전에는 "내 마음에서 사라져라/ 아! 목숨이 끊어지더라도"라고 하여 여운을 남기는 반면, 개작 후에는 "내 마음에서 사라져라/ 오오 '사랑'이란 거짓말아!"라고 하여 사랑에 대한 불신과 저주를 더욱 강조하여 나타낸다. 사랑에 대한 그녀의 불신과 저주는 김유방과 임노월 등 그녀와 관계를 맺었으나 정신적 동반자로서의 역할을 거부한 남성들로부터 비롯된 것[21)]으로 보인다. 프로이트의 논리에 따르면, 이러한 남성들의 배신은 (남근이 없

---

20) 맹문재 편역, 위의 책, 75면.

21) 그녀는 평양출신 화가 김유방에게 정조를 유린 당한 후, 일본 유학중에는 와세다 대학의 임노월과 동거하였고, 그 외에도 장교를 비롯한 여러 남자들과 관계를 맺었다. 그렇지만 상대남들은 그녀의 신여성으로서의 효용성과 대상성에 탐욕을 드러내었지, 그녀가 원하는 정신적 동반자의 역할을 거부하였다(최명표, 「소문으로 구성된 김명순의 삶과 문학」, 『현대문학이론연구』 제30호, 현대문학이론학회, 2007, 223면 참조).

는) 여성으로부터 자신의 남근을 잃지 않으려 여성(어머니)을 배제하고, 사회적 법과 규범을 상징하는 아버지와 동일시하려는 것과 같다. 반면 (남근이 없는) 여성은 애초부터 결핍된 존재로서, 그 결핍을 메우려 (남근을 가진) 다른 대상을 욕망한다. 그러나 그 욕망은 완전한 충족이 불가능하며, 나/너의 일체화를 이루는 '사랑'도 불가능하다. 이것을 깨닫는 순간 사랑은 모두 '거짓'임을 알게 된다. 시인은 이것을 몸으로 체득하고 그 인식을 격정적인 어조와 "~거짓말아"로 반복되는 병치구문을 통해 표현하고 있다.

제1연에서 시인은 '사랑'이 "(욕망에) 주린 이의 입에서 굴러 나와/ 사람의 귀를 흔"드는 "거짓말"이라고 말하고 있다. 여기에는 지금껏 "거짓"된 사랑을 깨닫지 못하고 남성의 말에 쉽게 유혹당한 자신의 어리석음에 대한 반성이 담겨 있다. 제2연에서는 사랑을 "착한 여인"에게 "한을" 짓는 것으로 표현하며, 여성은 거짓 사랑의 유혹으로부터 피해를 당하는 피해자적 입장에서, 남성은 "처녀의 가슴에서 피를 뽑는 아귀"로 진술한다. 제3연은 "미덥지 않은" 사랑이지만, "어떤 날은 만나지라고 기도하고/ 어떤 날은 만나지지 말라고 염불"하는 갈등의 심리를 드러낸다. 그러나 그 갈등은 결국 "속이고 또 속이는" 불신의 연속으로 귀결된다. 4연은 거듭된 불신으로부터 더 이상 사랑의 피해를 당하지 않으려고 애쓰는 강한 각오와 다짐을 보여준다. "눈먼 이의 손길에서 부서지는 것아/ 내 마음에서 사라져라"고 외치고 있다. 이러한 언술은 남성의 상징질서 밖에서 자기 욕망을 탐색하는 데까지는 나아가지 못했지만, 욕망을 가진 여성을 처벌했던 당대의 풍습을 감안할 때, 기존 통념을 넘어서는 전복적인 것이며, 남성 위주의 사랑이 가진 모순을 분명히 인식하고, 그 (거짓)사랑을 거부하고 있다는 점에서 기존질서의 금기를 위반하는 해방의 욕망을 표현한 것으로 읽을 수 있을 것이다.

> 뵈는 듯 마는 듯한 설움 속에/ 잡힌 목숨이 아직 남아서/ 오늘도 괴로움을 참았다/ 작은 것의 생명과 같이/ 잡힌 몸이거든/ 이 설움 이 아픔은 무엇이냐./ 금단의 여인과 사랑하시던/ 옛날의 왕자와 같이/ 유리관 속에서 춤추면 살 줄 믿고/ 이 아련한 서러움 속에서/ 일하고 공부하고 사랑하면/ 재미나게 살 수 있다기에/ 미덥지 않은 세상에 살아왔었다./ 지금 이 뵈는 듯 마는 듯한 설움 속에/ 생장되는 이 답답함을 어찌하랴/ 미련한 나! 미련한 나!
>
> 「유리관 속」전문[22)]

이 시 또한 1924년 5월 24일 『조선일보』에 발표되었던 시로 『생명의 과실』에 개작되어 수록한 것이다. 개작 전에는 "유리관 속에 춤추면 살 줄 믿고…/ 이 아련한 서러움 속에서/ 일하고 공부하고 사랑하면"이라고 하여 자신의 감정을 그대로 노출하고 있으나, 개작 후에는 "유리관 속에서 춤추면 살 줄 믿고/ 일하고 공부하고 사랑하면"이라고 하여, "이 아련한 서러움 속에서"의 한 행이 빠져 있다. 이는 자기감정을 절제하려는 일종의 장치로서, 당대 사회에서 여성의 감정표출이 여전히 쉽지 않았음을 의미한다. 가부장적 인식이 완고했던 당시 여성은 삶이 그랬듯 그 목소리와 언어도 갇혀 있었다. 여성들이 공식적으로 글을 쓸 수 있는 기반은 마련되었지만, 그 이면에는 여전히 보이지 않는 억압이 있었던 것이다. "유리관", "잡힌 목숨", "잡힌 몸",

22) 맹문재 편역, 앞의 책, 96면.

"생장(生葬)" 등의 환유는 남성중심의 사회에서 여성의 삶이 얼마나 고통스러운 것이었는지를 잘 보여준다. 시인에게 "유리관 속"은 "금단의 여인과 사랑하시던/ 옛날의 왕자와 같이" 자유롭게 사랑을 나눌 수 있는, 새로운 세상을 기대할 수 있는 꿈의 공간이었다고 할 수 있다. 그러나 그 "유리관"은 누군가가 "일하고 공부하고 사랑하면 재미나게 살 수 있다기에" 믿었던, 아직은 "미덥지 못"한 곳이다. 시인은 그 속에서 자신을 여전히 "잡힌 목숨", "잡힌 몸"으로 인식하고 있으며, "뵈는 듯 마는 듯한 설움 속에/ 생장되는" 존재로 느끼고 있기 때문이다.

"설움"과 "괴로움", "답답함"은 이러한 현실과 이상의 불일치에서 생겨난 감정으로서, 다른 각도로 보자면 "미덥지 못"한 세상에서 억눌러야 하는 시인의 욕망을 의미한다고 할 수 있다. 이 욕망은 "설움"과 "아픔"을 담고 있기에, 시적 분위기를 무겁게 몰고 간다. 너무 무거워서 폭발 직전에 있는 감정의 몸부림으로 느껴진다. 시의 자조와 한탄적 어조로 비치는 것도 이 때문일 것이다. 이렇게 볼 때, "잡힌 몸"은 아직 자기 욕망을 맘껏 표출할 수 없는 불임의 "몸"과 같다고 할 것이다. 그러나 거꾸로 접근해 볼 때, 이 시에 담겨 있는 구속, 억압, 불안의 심리는 억압을 억압으로 인식하고 있다는 점에서 건강한 정신이 깃들어 있다고 할 수 있다. 가부장적 권위에 억눌린 여성이 깨어 있다면 당연히 아픔과 설움, 답답함을 느낄 수밖에 없다. 그런 의미에서 시에 내재된 갈등과 소외의식은 깨어 있는 여성 정신의 징후로 보이며, 이것을 글쓰기 한 것은 남성 권위에 대한 저항의 의미를 지닌다고 할 수 있다. 가부장제의 문화에서 주변적이고 변두리적 존재인 여성이 자신의 언어를 찾는 행위는 기존체제와 권위에 대한 도전의 의미요, 중심부를 해체시키는 행위의 하나이기 때문이다. 이런 점에서 이 시는 근대인습에 잡혀 생장(生葬)되어가는 삶에서 벗어나, 생장(生長)적이고 자유로운 삶을 살고자 하는 여성해방 의식을 보여준다고 할 것이다.

3) 민족해방 의식

이렇게 사회 약자로서의 여성해방 의식을 노래한 김명순은 나아가 조국의 독립과 민족의 자존을 찾기 위해 저항하며 시대적 아픔과 현실에 대해 거침없는 비판을 쏟아놓기도 한다. 이는 『생명의 과실』에서부터 『애인의 선물』이후까지 이어진다. 「싸움」과 「귀여운 내 수리」, 「고구려성을 찾아서」는 일제 치하에서 조국 독립을 염원하는 유일한 여성 저항시로 보인다.

> 늙은 병사가 있어서/ 오래 싸웠는지라/ 온몸에 상처를 받고는 싸움이 싫어서/ 군기를 호미와 괭이로 갈았었다./ 그러나 밭고랑은 거세고/ 지주는 사나우니/ 씨를 뿌리고 김을 매어도/ 추수는 없었다.// 이에 늙은 병사는/ 답답한 회포에 졸려서/ 하루는 총을 쏘는 듯이 가위를 눌렸다.// 아 - 이상해라 이 병사는/ 군기를 버리고 자다가/ 꿈 가운데서 싸웠던가/ 온몸에 멍이 들어 죽었다.// 사람들이 머리를 비틀었다/ 자나 깨나 싸움이 있을진대/ 사나죽으나 똑같을 것이라고/ 사람마다 두 팔에 힘을 내뽑았다.
>
> 「싸움」전문[23]

---

23) 맹문재 편역, 위의 책, 75면.

이 시는 1924년 5월 19일 『조선일보』에 실었던 시를 『생명의 과실』에 개작하여 수록한 시다. 개작 전 3연으로 씌어졌던 이 시는 개작 후 5연으로 나뉘어져 있으며, 말줄임표, 의문사 등이 삭제되고 좀 "늙은 병사"의 서사를 좀 더 구체적으로 서술하고 있다. 이는 식민지 착취 하에서의 가난과 빈곤에 대한 인식이 좀 더 구체화되었던 당대의 인식과도 무관하지 않을 것이다. 1925년 카프의 결성과 함께 주창되던 사회주의 사상은 하층민의 빈곤에 대한 관심 등 당대 문인들이 현실 문제에 깊숙이 관여하는 현상을 만들어 내었는데,[24] 김명순 시 또한 이러한 사회적 관심과 영향으로부터 자유롭지 못했던 것으로 보인다. 물론 카프문학은 김명순 시의 본령이 아니다. 그녀의 시는 어떤 획일적인 틀에 맞추어 단언할 수 없는 다양한 주제를 다채롭게 그려낸다. 이 시는 그 중 하나로서, 식민지 착취 하에서 이중으로 고통을 겪어야 했던 조선민중에 대한 관심을 보여준다. "늙은 병사"는 일제라는 거대 상징체계와 거기에 공모한 "지주"들에게서 몇 겹으로 배제 당했던 힘없는 타자로서의 당대 조선인의 삶을 상징적으로 보여준다.

일제에 맞서 "오래 싸웠"고 "온몸에 상처를 받고는 싸움이 싫어서/군기를 호미와 괭이로" 바꾼 "늙은 병사"는 일제의 폭력에 맞선 "싸움"을 그만두고 생존과 직결되는 농사일로 전향한 인물이다. 시인은 전향의 이유를 "싸움이 싫어서"라고 말하고 있지만, 그것은 주체(늙은 병사)의 의지가 만들어낸 적극적 행위가 아니라, 싸울 힘이 없는 (늙은) 상황에서 선택한 희생자의 의미에 더 가깝다. 희생자로서 "늙은 병사"는 농사를 지어도 현실적 폭력과 가난에서 벗어날 수는 없다.

24) 김윤식 · 김우종 외, 앞의 책, 161면 참조.

"거센" "밭고랑", 사나운 "지주"는 일제의 수탈에 의해 황폐해진 식민지 농촌과 폭력의 주체(일제)에 대한 환유적 표현으로서, 당대 민중들의 억압적인 삶을 그대로 보여준다. 이런 상황에서 "회포에 졸려" 잠을 자는 "병사"는 괴로운 현실에서 벗어나려는 현실 도피적 태도를 보여준다고 할 수도 있다. 그러나 꿈속에서도 그는 다시 "싸"우다 "온몸에 멍이 들어 죽"는다. 이것은 "병사"로서의 저항의식을 버리지 않았음을 암시한다. 마지막 연에서 그의 "머리를 비틀"어 깨우며 "자나 깨나 싸움이 있을진대/ 사나죽으나 똑같을 것이라" "두 팔에 힘을 내뽑"는 사람들은 생존을 위한 처절한 투쟁, 혹은 항일정신을 가진 당대의 민중들이자, 시인 자신의 모습으로서 부정적 현실에 대응하는 강한 저항의지를 보여준다. 그러나 다음 시는 조금 다르다.

귀여운 내 수리/ 사람들의 머리를 지나/ 산을 기고 바다를 헤어/ 골속에 숨은 맘에 오라.// 맑아 가는 내 눈물과/ 식어 가는 네 한숨,/ 또 구르는 나뭇잎과/ 설운 춤추는 가을나비,/ 그대가 세상에 업었던들/ 자연의 노래 무엇이 새로우랴// 귀여운 내 수리 내 수리/ 힘써서 아프다는 말을 말고/ 곱게 참아 겟세마네를 넘으면/ 극락의 문은 자유로 열리리라// 귀여운 내 수리 내 수리/ 흘린 땀과 피를 다 씻고/ 하늘 웃고 땅 녹는 곳에/ 골엔 노래 흘리고 들엔 꽃 피자./ 그대가 세상에 업었던들/ 무엇으로 승리를 바라랴.// 그때까지 조선의 민중/ 너희는 피땀을 흘리면서/ 같이 살 길을 준비하고/ 너희의 귀한 벗들은 맞아라.

「귀여운 내 수리」 전문[25)]

---

25) 맹문재 편역, 앞의 책, 90~91면.

이 시는 조국해방에 대한 열망을 담고 있으면서도, 현실에 정면 도전하는 저항시는 아니다. 그보다는 "조선의 민중"들이 함께 피땀 흘리면서 함께 살 길을 준비하라는 권유가 더 강조돼 있다. 주목되는 것은 민중들을 대하는 시인의 태도가 여성 특유의 모성성을 보이고 있다는 점이다. 그것을 구체적으로 드러낸 것이 바로 "골"이다. "골"은 산과 산 사이 깊숙이 패어 들어간 지점으로써 '열려 있는 여성 몸(자궁)'과도 같은 곳이다. 이는 프로이트나 라캉이 배제(분리)해야 한다고 믿었던 전오이디푸스적 어머니의 위상을 새롭게 재발견한 것과 같은 것으로, 동양의 노자사상과도 통한다. "골"은 노자에 의하면 여성의 상징이다. 노자는 '골짜기는 죽지 않는다. 이것을 감은 암컷이라고 한다. 감은 암컷의 문을 일컬어 천지의 뿌리라고 한다(谷神不死 是謂玄牝 玄牝之門 是謂天地根 : 『도덕경』 6장)'라고 하여 여성적인 것의 영원함, 깊음을 골짜기 상징에서 추출하고 있다. 시인이 이러한 자연의 여성성을 모성의 화신으로 비유하고 있는 것은 매우 놀랄만한 것이라 할 것이다. 모성적 존재로서 "민중"을 포용하려 하려는 태도는 여성을 남성과 대등한 입장에서 바라볼 때 나오는 것이며, 시인이 살았던 당대사회에서 이러한 여(모)성성은 통용될 수 없었기 때문이다.

여성의 모성성은 자기 안에 타자를 받아들일 때 발휘된다. (임신과 출산을 할 수 있는)여성은 자기 안에 타자를 받아들이고 내보냄으로써 비로소 어머니가 될 수 있는 것이다. 모성으로서의 여성은 타자를 배제 · 분리시키는 남성과 달리, 이 세상에 존재하는 모든 것들을 받아들이고 수용한다. "수리", "구르는 나뭇잎", "가을나비" 등은 작고 연약하고 버려진 것들에 대한 환유적 표현으로서, 시인은 이 모든 것들을 소중하게 생각하고 받아들이면서 그것들이 '새롭게' 태어나기를 염원한다. "그대가 세상에 업었던들/ 자연의 노래 무엇이 새로우랴"는 구절에는 "그대", 즉 타자들을 소중하게 생각하는 마음이 깃들어 있다. 그런데 그 소중한 것들을 보존하거나 다시 태어나(출산)게 하는 일은 쉽지 않다. 여성이 자식을 낳을 때 죽음과 같은 고통이 따르듯이, 자식도 어미의 자궁에서 나올 때 고통을 겪어야 한다. "겟세마네"는 그런 시련과 고통을 거쳐야 하는 장소로서, 그곳을 "넘"어야 "극락"과 같은 세계가 열린다는 것이다. 그 극락세계가 바로 "하늘 웃고 땅 녹는" "골엔 노래 흘리고 들엔 꽃 피는"세계이자, 해방된 조국이라고 할 수 있다.

시인은 이를 강조하기 위해 3연에서 "귀여운 내 수리 내 수리/(중략)/ 그대가 세상에 업었던들/ 무엇으로 승리를 바라랴"와 같이 동일한 구조를 변용하여 반복적으로 제시한다. "그대=조선(조국)"의 소중함을 다시 한 번 일깨우면서, "조선의 민중/ 너희는 피땀을 흘리면서/ 같이 살 길을 준비하고/ 너희의 귀한 벗들을 맞"으라고 강조하고 있는 것이다. "라", "랴"로 반복되는 명령조와 설의적 어조는 이전 시에서 보이는 절규나 한탄적 어조와는 다른, 밝은 어조로서 새로운 삶에 대한 가능성, 희망을 노래하는 음악적 리듬을 형성한다. 그런 점에서 이 시는 모성적 포용성을 통해 당대 민중들의 힘든 삶을 위무하고 해방된 조선을 염원했던 시로서, 당대 남성시뿐 아니라 현대 여성시와 비교해서도 결코 뒤지지 않는 시적 성취를 보여준다고 할 것이다.

어떤 자는 고구려성 옛터를 찾아서 거닐며 우네/ 이것은 옛날 우리들의 할아버지가 사시던 곳/ 살다가 함락당하여 무너진 성의 자취라고/ 쓸쓸한 와편 ㅁ기운 성벽 깨진 솥 토기/ 이것을 한 낱 두 낱 주우며 우네// - 중략 - // 자, 벗들아 파편을 주우며 울기는 너무 약한 짓이다/ 풀잎을 뜯으며 새소리를 들으며 흐르는 구름을 바라보며/ 전설을 되풀이 하기는 너무나 힘없는 짓이다/ 우리는 여기서 느끼세/ 힘을 믿세/ 힘을 내서 일하세

(일천삼백여 년 전 우리들의 할아버지의 늠름한 기상을 그려보면서, 6월 4일, 만주 무순에서)

「고구려성을 찾아서」에서[26)]

이 시는 『애인의 선물』 이후의 시로 1933년 8월 『신동아』에 발표되었던 시다. 이 시기는 일제가 만주사변을 시발로 하여 조선에 대한 병참기지화 및 황민화정책을 본격적으로 실시했던 때로 우리 민족사에서 가장 불행했던 시기였다. 일제에 대한 저항운동은 철저한 탄압국면으로 접어들었고,[27)] 작가들은 조선총독부의 강한 검열을 당하며 삭제 · 복자 · 게재금지에 시달려야 했다. 이로 인해 잠정적으로 붓을 꺾기도 했다. 그러나 김명순은 이런 극한 상황에도 불구하고 현실 참여적인 작품을 쓰고 있다. 시인은 일제의 탄압에 의해 피폐해진 조선의 상황을 외세에 "함락당하여 무너진", "고구려"의 상황에 빗대어 "일천삼백여 년 전 우리들의 할아버지의 늠름한 기상"을 떠올려 조선 민중의 기상 회복을 외치고 있다. 고구려가 함락되었을 때도 어떤 이는 "옛터를 찾아서 거닐며" 울었고, "쓸쓸한 와편 ㅁ기운 성벽 깨진 솥토기/ 이것을 한 낱 두 낱 주우며"울었지만, "파편을 주우며 울기는

26) 맹문재 편역, 위의 책, 165면.
27) 강재언, 『일제하 40년사』, 풀빛, 1984, 130면 참조.

너무 약한 짓"이라며, "힘을 믿"고 "힘을 내서 일하"자고 독려하고 있는 것이다.

여기에는 삶의 고통에 좌절하여 현실로부터 도피하려하거나, 과거를 그리워하며 돌아가려는 과거 추수적 삶에 대한 비판의식이 깃들어 있다. 이미 "무너진 성"터, "파편을 주우며 우"는 그 울음 안에는 잃어버린 것에 대한 그리움과 되돌아갈 수 없는 절망의 심리가 깃들어 있다. 그러나 좌절과 절망에 빠져 있어서는 새로운 미래에 대한 가능성은 사라지고 만다. 그래서 시인은 다시 한 번 반복하여 강조한다. "전설을 되풀이 하기는 너무나 힘없는 짓이"라고. 지금 조선의 상황이 함락된 옛 "고구려성"처럼 폐허와 같지만, "우리는 여기서 느"껴야 한다고, 우리 스스로의 "힘을 믿"고 "힘을 내서 일하"면 충분히 이 난국을 헤쳐 나갈 수 있다고 강조하는 것이다. 그런 점에서 이 시는 외세에 저항하여 민족의식을 회복하려는 적극적 대항 의지를 보여 주는 시이며, 당시(1930년대) 우리 사회가 지닌 갈등과 고민, 식민지적 질곡에 허덕이는 생활상을 시에 수용 · 표출한 작품이 아주 드물다[28]는 점을 감안할 때, 기존에 알려진 여느 시인의 저항시보다도 훨씬 강한 역사의식과 국가의식을 보여주는 작품이라 할 수 있다.

3. 결론

이상과 같이 본고는 한국 현대 여성시의 서장을 열어준 김명순의

28) 김윤식 · 김우종 외, 앞의 책, 223면 참조.

시세계를 시의식과 관련하여 알아보았다. 그녀의 시에 내재된 의식이 어디에서 출발하며, 무엇을 지향하는지를 살피기 위해 가부장제 사회하에서 형성되는 여성 욕망을 무의식과 관련하여 설명하는 프로이트와 라캉의 논의를 참조하였다. 프로이트와 라캉에 따르면 인간이 사회적 주체가 되려면, 전오이디푸스적 어머니와 반드시 분리되어야 하며, 아버지의 상징세계로 편입되어야 한다. 상징계 안에서 남성은 아버지와의 동일시를 통해 주체가 될 수 있지만, 여성은 아버지의 거부로 인해 상징계 안에서도 늘 타자로 머물러 있을 수밖에 없다. 이때 여성 욕망은 억압되며 그 억압(금기)이 또 다른 욕망을 만든다. 김명순 시에서 이러한 욕망은 가부장제에서 여성에게 금기한 사회 · 역사적 관심을 표출하는 방식으로 드러나는데, 여기서는 그 특징을 자아인식, 여성해방의식, 민족해방의식으로 유형화하여 살폈다.

첫째, 자아인식은 『생명의 과실』이전의 초기시에서 찾았다. 「조로의 화몽」, 「고혹」, 「향수」 등에서는 개인의 사랑과 그리움을 감상적으로 그려내기도 하지만, 대부분 비합리적 남성 지배의 현실에서 억압된 여성의 자의식을 보여주고 있다. 그러나 이때까지의 시는 『생명의 과실』이후에 비해 다소 거친, 습작 수준에 머물러 있다고 할 수 있다. 하지만 차후 시인은 스스로 작품을 개작하여 감정을 절제하고 시대현실을 좀 더 구체적으로 제시하는 방향으로 나아간다. 『생명의 과실』에 실려 있는 시들은 시인이 자기 시를 새롭게 개작하여 의미를 강화해 제시된 것으로, 남성지배로부터 벗어나려는 여성해방 의식을 좀 더 뚜렷하게 보여준다. 시 「유언」, 「저주」, 「유리관 속」에는 여성/타자로 규정되기 이전의, 한 인간으로서 자유롭지 못한 여성의 한을 조선사회의 구조적 모순에 정면 도전하는 방식을 보여준다. 셋째, 민족해방의식은 「싸움」, 「귀여운 내 수리」, 「고구려성을 찾아서」 등에서 찾아볼 수 있는데, 좌절과 절망 속에 빠져 있는 민중들을 일깨워 조국해방 의식을 고취시키려는 태도를 보여준다.

이러한 김명순 시는 여성이 단순히 생물학적 성의 존재에 머무르는 것이 아니라, 사회적이고 역사적인 존재라는 사실을 자각했다는 점에서 중요한 의미를 가진다. 물론 언어의 형식적 측면에서는 아직 세련되고 완성된 미학을 보여주지는 못하고 있으나, 그 내용은 남성들로부터 칭찬 듣는 것에 만족하는 기존의 수동적 여성상을 자기 삶의 주체로서 살아가려는 의지를 보이고 있다는 점에서 주체적으로 판단하고 행동하려는 실천성을 띤 것이라 할 수 있다. 따라서 그녀의 시는 여성적 자의식에 기반한 여성해방 · 조국해방을 외친 구체적이고 실제적인 산물로 볼 수 있다. 이런 점에서 김명순은 남성이 절대적으로 지배하던 당시의 문단상황에서도 결코 뒤지지 않았던 여성시인이자, 시대적 사명을 근간으로 한 주체의식이 뚜렷했던 시인으로서, 한국 현대문학사 및 여성시사의 발전에 중대한 역할을 담당했다고 할 수 있다. 그런 의미에서 김명순이 남성 편력의 대명사로 전락한 몽환적 여성시인이라는 기존 평가는 수정되어야 하며, 그녀의 작품에 대한 논의는 차후 더 다양한 방식으로 새롭게 재조명되어야 할 것이다.

참/고/문/헌

〈기본자료〉

- 김명순, 맹문재 편역, 『김명순 전집』, 현대문학, 2009.

〈연구논문〉

- 강신주, 「김명순, 김원주, 나혜석의 시」, 『국어교육』 제97호, 한국국어교육연구회, 1998.
- 강연안, 「자크 라캉 : 언어와 욕망」, 『포스트모더니즘과 포스트구조주의』, 현암사, 1996.
- 김영옥, 「1920년대 여성시인 연구」, 『우리문학연구』 제20호, 우리문학회, 2006. 8.
- 김유선, 「김명순 시의 근대적 욕망과 모성성」, 『인문사회과학연구』 제12호, 장안대학교 인문사회과학연구소, 2003.
- 맹문재, 「김명순 시의 주제 연구」, 『한국언어문학』 제53호, 한국언어문학회, 2004.
- 박혜영, 「은유와 환유의 언어학적, 정신분석학적 해석에 대한 이론적 고찰」, 『덕성여대논문집』 제16호, 덕성여자대학교, 1987.
- 배은경, 「개인의 주체성 형성에 대한 이론적 고찰 - G. H. Mead의 사회심리학과 J. Lacan의 정신분석을 중심으로」, 서울대학교 석사학위논문, 1993.
- 신달자, 「1920년대 여류시 연구 : 김명순, 김원주, 나혜석을 중심으로」, 숙명여자대학교 석사학위논문, 1980.
- 심지현, 「근대 초창기 한국 여성시인 연구」, 『용봉어문』 제30호,

전남대학교 인문과학연구소, 1998.
- 이미선, 「자크 라캉의 사랑학」, 『인문학연구』 제1호, 경상대학교 인문과학연구소, 1995.
- 이유진, 「1920년대 한국 여성시 연구 : 김명순, 김일엽, 나혜석의 시를 중심으로」, 부산외국어대학교 석사학위논문, 1996.
- 정영자, 「김명순 연구 · 上」, 『월간문학』, 1987. 11.
- 최명표, 「소문으로 구성된 김명순의 삶과 문학」, 『현대문학이론연구』 제30호, 현대문학이론학회, 2007.
- 황재군, 「김명순 시의 근대성 연구」, 『선청어문』 제28호, 서울대학교 국어교육과, 2000.

〈단행본〉
- 강재언, 『일제하 40년사』, 풀빛, 1984.
- 김명순, 송명희 엮음, 『김명순 작품집』, 지식을만드는지식, 2008.
- 김윤식 · 김우종 외, 『한국현대문학사』, 현대문학, 2002,
- 김욱동, 『은유와 환유』, 민음사, 2007.
- 박찬부, 『기호, 주체, 욕망 – 정신분석과 텍스트의 문제』, 창작과비평사, 2007.
- 서인숙, 『씨네 페미니즘의 이론과 비평』, 책과길, 2003.
- 전정구 · 김영민, 『문학이론연구』, 새문사, 1989.
- 이승하 외, 『한국현대시문학사』, 소명출판. 2005.
- 레이먼 셀던, 현대문학이론연구회 옮김, 『현대문학 이론』, 문학과지성사, 1990.
- 마단 사럽, 김혜수 옮김, 『알기 쉬운 자끄 라깡』, 백의, 1995.

- 브루스 핑크, 맹경현 옮김, 『라캉과 정신의학』, 민음사, 2004.
- 자크 라캉, 권택영 옮김, 『욕망이론』, 문예출판사, 1994.
- 질베르 디아트킨, 임진수 옮김, 『자크 라캉』, 교문사, 2000.
- 맥락과 비평 심포지엄 자료집, 「라깡과 90년대 한국문학」, 1998.

김명순 시의 신여성상 연구
—엘렌 케이 사상의 수용적 측면과 능가한 측면을 중심으로—

방 정 민

1. 들어가는 말

한국 문학사에서 1920년대는 유럽에서 새로운 사조가 유입되면서 근대문학이 본격화되는 등 문학사적 의미가 큰 시기다. 그러나 단지 문학사적 의미만 큰 것이 아니라 새로운 시대를 향한 사회적 요구가 거센 시기였다. 근대를 향한 사회 변화의 기운이 고조되던 때 근대교육이 확산되면서 여성들도 그 이전과는 다른 세계인식을 가지게 되었다. 일제 강점기라는 민족의 어려운 여건 속에서도 여성교육이 확대된 1920년대는 신여성이라는 새로운 여성군을 배출하였다. 삼종지도, 칠거지악 등에 복종해야만 했던 여성들이 비로소 자아를 각성하고 남녀평등의 의미를 깨닫기 시작했던 것이다.

서양 선교사들이 세운 교육기관과 일본 유학 등에서 서구의 문화를 수용하고 근대정신을 배운 신여성들은 가장 먼저 연애를 받아들였다. 연애야말로 개인의 자유와 권리를 가장 잘 반영하는 시대정신이었으며 나아가 사회 진보와 변화를 이끄는 선진적인 것으로 받아들여졌다. 신여성들에게 엘렌 케이의 사상이 널리 유포되면서 그의 사상을 본받고 실천하려는 경향이 두드러졌는데 김명순은 이런 사회적 배경 속에서 탄생한 한국 문학사에서 최초의 신여성이자 여성작가다.

김명순(1896. 1. 20~1951. 6. 22)은 평양 갑부인 아버지 김희경과 그의 소실 어머니 김인숙의 장녀로 태어났다. 어머니가 기생 출신 소실이라는 사실은 김명순 본인에게 콤플렉스[1]로 작용할 뿐만 아니라 평생 그녀를 옥죄는 주홍글씨 같은 낙인으로도 작용한다. 그녀는 1917년에 『청춘』지의 현상문예에 단편 「의심의 소녀」가 당선되어 문단에 데뷔했다. 1907년 진명여학교를 거쳐 1913년, 1920년 두 차례 일본유학길에 오르고 1921년 말부터 『개벽』에 작품 발표를 하며 문단활동을 본격화하였다. 주요 작품으로 소설, 「의심의 소녀」, 「칠면조」(1921), 「탄실이와 주영이」(1924), 「돌아다볼 때」(1925), 「손님」(1926), 「모르는 사람같이」(1929) 등이 있으며 시, 「동경」, 「창궁」, 「거룩한 노래」, 「유언」, 「귀여운 내수리」, 「분신」 등이 있다. 지금까지 밝혀진 김명순의 작품은 시 84편, 소설 19편, 수필, 평론 20편, 희곡 2편 등이 있으며, 창작집 『생명의 과실』, 『애인의 선물』이 있다.

---

1) 김명순, 송명희 엮음, 『김명순 작품집』, 지식을만드는지식, 2008, 11면.

이처럼 김명순은 남성작가에 비해 뒤지지 않는 문학적 성과를 남겼지만 많은 남성 작가들은 그녀의 불확실한 전기적 사실과 왜곡된 사생활을 부각하며 악의적이고 부정적으로 그녀를 평가하였다.[2] 서출이라는 신분적 사실을 자유연애와 연관시켜 방종하고 타락한 여자로 김명순을 악평한 것이다. 이에 반해 김명순에 대한 긍정적 평가는 김명순에 대한 전기적 측면의 부정적 시각에서 벗어나 김명순의 문학세계를 리얼리즘과 페미니즘 시각으로 해석하려는 시도에서 출발하였다.[3] 이는 부정확한 전기적 사실로 김명순을 부정적으로 평가하려는 태도를 지양하고 시대를 앞서간 김명순의 문학성과 실천을 높이 평가한 것이고, 또한 작품분석으로 냉정하게 김명순을 평가한 것이다. 이는 90년대 이후 페미니즘의 영향으로 김명순을 재평가한 연구가 주류를 이룬다.

2) 김기진, 「김명순 씨에 대한 공개장」, 『신여성』, 1924. 11, 46~50면 참조 ; 김동인, 「적막한 예원 : 탄실 김명순」, 『매일신보』, 1941. 9. 21 ; 전영택, 「내가 아는 김명순」, 『현대문학』, 1963. 2, 251~254면 참조 ; 염상섭, 「추도」, 『신천지』, 1954. 1 ; 김윤식, 「인형의식의 파멸」, 『한국문학사논고』, 법문사, 1973, 228~254면 참조.

3) 신달자, 「1920년대 여류시 연구」, 숙명여자대학교 석사학위논문, 1980 ; 서정자, 「일제강점기 한국여류소설연구」, 숙명여자대학교 석사학위논문, 1987 ; 정영자, 「한국여성문학연구」, 동아대학교 박사학위논문, 1988 ; 김정자, 「김명순문학의 여성학적 접근」, 『여성학연구』제2호, 부산대학교 여성학연구소, 1990 ; 김유선, 「김명순 시의 근대적 욕망과 모성성」, 『인문사회과학연구』제12호, 장안대학교 인문사회과학연구소, 2003 ; 맹문재, 「김명순 시의 주제 연구」, 『한국언어문학』제53호, 한국언어문학회, 2004 ; 황재군, 「김명순 시의 근대성 연구」, 『선청어문』제28호, 서울대학교 국어교육과, 2000 ; 남은혜, 「김명순 문학 연구」, 서울대학교 석사학위논문, 2008.

2. 신여성의 등장배경과 그 역사적 의의

신여성이라는 말은 서양의 근대 산물이다. 근대의 개념과 시기는 아직까지 논란이 되고 있지만 서양의 자본주의와 민주주의가 결합한 형태로 발전한 것은 누구도 부인할 수 없는 사실이다. 자본주의가 발전하면서 일자리는 늘어나고 노동력은 턱없이 부족하였다. 이 문제를 해결하기 위해 여성의 노동력이 필요하였고, 여성들은 공사 이분법(남성은 공적부분인 사회에서 일하고 여성은 사적부분인 가정에서 가사일 잘 하도록 하는 가부장제)에서 벗어나 남성들과 같이 사회에서 일하게 되었다. 사회에서 일하던 여성들(공장에서 노동력 착취당하며 일하던 여성들이 아니라 고등교육을 받은, 이른바 화이트 컬러 여성)은 자연히 민주주의를 배우게 되고 그 의미, 즉 인권의 소중함, 자아, 권리 같은 개념을 알게 된다. 이런 역사적 배경에서 탄생한 신여성은 다른 여성보다 모든 면에서 앞서가는 매력적인 이미지를 갖게 되었다. 이 같은 신여성이라는 개념은 서양에서 일본을 통하여 한국에 수입되었다.

그러나 당시 한국의 현실은 국권 상실의 상태였기 때문에 신여성이라는 개념은 민족해방이나 항일과 뗄 수 없는 관련을 맺고 있었다. 19세기 말부터 시작된 여성들의 개화운동은 외세의 침략 위협으로 위기에 놓인 국권을 지키려는 구국운동에서 출발하였다. 여성 교육의 필요성을 주장하며 사립학교를 세워 직접 운영한 여성단체의 지도자들은 구국운동에 남녀가 평등하게 참여해야 한다는 의식 하에 민족의식을 강조하였다. 따라서 여성교육은 일부 개화 여성들의 개인적인 지위향상만을 위한 것이 아니라 민족의 주권상실을 막고, 독립된 국권을 회복하기 위한 필요성에서 제창된 것[4)]이다.

이런 시대 배경 아래 1920년대 초 한국사회에는 자아실현을 꿈꾸며 사회진출을 모색하는 한편 자신의 목소리를 공개적으로 내기 시작한 여성들이 나타났다. 이들은 근대교육기관을 거쳤다는 공통된 경험을 가지고 있었는데, 한국사회는 '신여성'이라는 이름으로 이들을 다른 여성들과 구분 지으려는 시도와 함께 그들과 관련된 다양한 담론들을 생산하기 시작한다.[5)]

1920년대 접어들어 신여성이라는 개념은 대중적으로 친숙한 단어가 된다. 사람들마다 신여성이라는 개념을 조금씩 다르게 사용하고 있었지만 신여성이 될 수 있었던 조건은 근대적 교육의 수혜 여부에 의해 일차적으로 결정되었고, 투철한 사회의식의 소유 유무여부를 가지고 있으면서 참된 여성을 가리키기도 하였지만 30년대를 거치면서 교육의 유무와 상관없이 단발과 양장으로 대표되는 서구적인 외양을 가지고 있는 여성들 또한 '신여성' 혹은 '모던 걸'이라고 불렀다.[6)] 즉 신여성이란 단지 근대적 교육을 받은 부르주아 여성만을 지칭하는 것이 아니라 학교를 다니지 않아도 문자해독 능력정도를 갖춘 노동계급 여성에서부터 기생이나 창기까지 여러 유형의 여성들을 아우르는 광범위한 개념이었다고 볼 수 있다.[7)]

이런 신여성들은 자신들의 문제 즉 한국여성의 현실에 눈을 돌리게

---

4) 신을하, 「나혜석의 문학적 실천 양상 연구」, 전남대학교 석사학위논문, 2004, 14면.
5) 이유진, 「김명순 소설 연구 – 신여성으로서의 글쓰기 방식과 작가의식을 중심으로」, 영남대학교 석사학위논문, 2008, 10면.
6) 최혜실, 『신여성들은 무엇을 꿈꾸었는가』, 생각의 나무, 2000, 160~168면 참조.
7) 조은 · 윤택림, 「일제하 신여성과 가부장제 – 근대성과 여성성에 대한 식민 담론의 재조명」, 『광복50주년 기념논문집』 제8호, 한국학술진흥재단, 1995, 186면.

되고, 그러던 중 일본에 수입된 엘레 케이 사상에 깊은 영향을 받게 된다. 봉건적 인습에서 벗어나 자신의 행복을 찾고자 하는 여성들에게 자유연애, 결혼관은 새로운 충격이었다. 엘렌 케이는 연애란 종교와 마찬가지로 인간을 행복하게 만드는 강한 힘을 갖고 있다고 주장했다. 정신적 육체적으로 완전한 사랑이 있는 커플만이 결혼할 수 있으며 그들의 사랑에 의한 결합은 우수한 이세를 낳는다. 그러나 사랑은 영원한 것이 아니므로 사랑이 식으면 결별이 불가피하다. 다시 말해 이혼도 자유로워야 한다고 주장했다. 합법적 결혼이라 해도 생명 없는 연애로 유지되는 부부는 부도덕한 것[8]이라고 주장한다. 그래서 결혼 상대의 선택은 완전히 당사자의 의지에 달린 것이며, 사회에 봉사할 권리와 책임으로 연애의 자유에 대한 권리도 당연히 요구될 수 있는 것이라고 설명한다. 따라서 엘렌 케이의 자유연애론은 삼종지도, 칠거지악 등 봉건적 질서에 억압당해 온 한국 신여성들에겐 일종의 여성해방이자 새로운 생명의 탄생을 의미했다. 개인의 인격 존중, 개성의 자각, 여성 해방으로 인식된 자유연애는 근대적 이상[9]으로 통했으며, 신교육을 받은 신여성들에게는 누구나 따라야 하는 도덕과 새로운 사상으로 받아들여졌다.[10]

그러나 이런 신여성의 등장은 기존의 봉건적인 가치관과 충돌했을 뿐만 아니라 봉건적 의식을 버리지 못한 신식남성들에게 큰 위협으로 인식되기도 했다. 여성 해방을 주장한 신여성들에게 남성지식인들은

---

8) 천성림, 「모성의 발견 - 엘렌케이와 1920년대의 중국 - 」, 『동양사학연구』 제87호, 동양사학회, 2004, 196~197면 참조.

9) 김은희 · 안혜련 · 안노 마사히데 외, 『신여성을 만나다』, 새미, 2004, 171면.

10) 김경일, 『여성의 근대, 근대의 여성』, 푸른 역사, 2004, 125~126면 참조.

가혹할 정도로 비난과 조롱의 시선을 보냈다. 새로운 사상이나 가치관이 한 사회에 자리잡기까지 성별과 계층간 갈등은 필수불가결한 일이었던 것이다. 이 때 자유연애 및 자유결혼, 자유이혼을 표방하고 실천했던 김명순, 나혜석, 김일엽 등 1세대 신여성이 비판의 주요 대상이 된다. 이들은 자유연애를 통한 여성해방을 추구하였지만 남성지배 사회는 그들을 근대적 개인으로서 수용할 만큼 근대적인 모습을 갖추고 있지 못하였다. 그러나 당시 신여성이라는 개념은 단순한 헤게모니 쟁탈을 넘어서는 의미가 있었다. 그것은 한국사회가 일제의 식민지배에 있었다는 것이다. 자유연애와 신여성은 분명 근대의 산물로서 새로운 사회로의 이행을 촉구하는 것이기는 했지만, 근대가 제국주의의 탈을 쓰고 있는 것임을 알아차리는 신여성은 많지 않았다. 일본을 통해서 들어온 근대와 그 하위 개념인 신여성과 자유연애는 제국주의가 허락하는 선에서 인정받을 수 있는 것이었으며 결국 제국주의의 희생양이 되고 만다. 즉 신여성들 일부분은 친일파로 변하거나 민족해방 의식이 없는 한계를 보이는 것이다.[11] 그러나 본 연구의 대상인 김명순은 단순한 여성 해방을 넘어선 민족 해방을 부르짖으며 항일시

---

11) 물론 신여성만 친일로 돌아선 것은 아니다. 남성 신지식인(당시 '모던 보이'라고 불렀다)들도 대부분 친일로 돌아섰다. 따라서 일본 유학을 한 신지식인 중 많은 수가 친일로 돌아선 것이다. 일제 식민지 하 민족 해방운동은 의병전쟁과 애국계몽운동으로 나뉘는데, 의병전쟁을 주장하는 쪽 대부분은 구지식인들이고 애국계몽운동을 주장하던 쪽은 대부분이 일본 유학을 한 신지식인들이었다. 그러나 여성해방 운동이 그러하듯 당하는 피해자 입장에서는 가해자 주장에 대응하는 논리를 펼쳐야 하는데 당시 신지식인들 대부분이 일제가 허락하는 한에서 해방운동을 하자고 주장하는 한계를 보인다. 결국 일본제국주의의 논리에 흡수되고 마는 한계를 노출하는 것이다(강신주, 「김명순, 김원주, 나혜석의 시」, 『국어교육』 제97호, 한국어교육학회, 1998).

를 많이 남겼다. 따라서 자아발견(여성해방)과 제국주의의 모습을 한 근대의 이중성마저 뛰어 넘은 김명순은 진정한 신여성이라 할 수 있을 것이다.

3. 김명순 시의 신여성상

1) 자유연애와 여성해방

엘렌 케이 사상에 영향을 받은 신여성들, 특히 김명순은 자유연애를 봉건적인 사회제도의 저항으로, 그리고 억압받았던 여성의 자아를 발견하는 수단으로 생각했다. 기존의 구질서에서 벗어난 새로운 이론과 행위였다. 그러나 김명순은 당대 남성작가들의 비난처럼 탕녀는 아니었다. 즉 자유연애의 사랑은 영육이 일치되는 낭만적 사랑을 의미하는 것이지 성적인 쾌락만을 쫓는 육체적 성(sex)을 의미하는 것이 아니었다. 김명순에게 자유연애는 불합리한 결혼제도를 타파하는 근대정신의 발로였으며 봉건적 사회제도의 해체를 통한 여성해방을 의미한다. 따라서 그는 시에서 자유연애를 끊임없이 추구한다. 그러나 봉건적 잔재가 남아있던 당시 사회는 그녀의 생각을 받아줄 수 없었다. 또한 남성 신지식인이 조혼으로 대부분 기혼자였다는 사실은 김명순이 추구하는 자유연애의 사랑을 방해하게 되고 그로 인해 그녀는 탄식을 하게 된다.

북방의 처녀가 남방을 생각하면/ 울렁 줄렁 달린 밀감밭을/ 허울 벗은 몸으로 지나더라도/ 명주옷을 입고 임을 만나러 가듯이/ 가슴이 두근두근거려서,/ 첫 일월에 우레 소리가/황금의 열매를 딴다지요//북방의 처녀가 남방을 생각하면/…(중략)…/ 임이 오신다 마신 듯이/ 심란한 한숨이 쉬어져서/ 초사월의 비가 푸르른 잎을 궁글고/ 빨간 꽃을 떨어트린다지요/ 북방의 처녀가 남방을 생각하면/ 초가집 처마 아래 우산 걷어/ 우두커니 서서 눈물짓더라도/ …(중략)…/ 초저녁에 불 비친 미닫이가 열리고/ 책 상 앞의 석상이 움직인다지요

「남방(南邦)」일부[12]

「남방」은 남쪽을 그리워하는 낭만적인 서정시이다. 세 연이 완벽하게 수미상관의 미를 갖추고 있으며 민요풍의 리듬을 가진다. 이 시가 보여주는 남쪽에 대한 선호는, 김명순의 고향이 평양인 것과 남쪽 지방에 연인이 있었음을 시사한다. 주렁주렁 달린 밀감, 빨간 동백꽃으로 상징되는 남쪽지방의 그리움은 아래 연으로 내려갈수록 '가슴이 두근거려서'→ '심난한 한숨이 쉬어져서'→ '우두커니 서서 눈물짓더라도'처럼 감정이 점차 고조되고 있으며 그 이전에 보이던 사랑에 대한 저주나 증오 같은 격렬한 감정은 보이지 않는다.[13]

시가 자기 독백적인 성격이 강한 문학 장르라는 점을 감안한다면 위 시는 김명순이 생각하는 자유연애, 즉 사랑에 대한 감정을 솔직담백하게 읊은 것이다. 조선의 내방가사처럼 여성의 지고지순한 사랑, 기다림과 외로움을 안고 사는 한의 정서가 이 시에서는 보이지 않는

12) 김명순, 맹문재 편역, 『김명순 전집』, 현대문학, 2009, 57~58면.
13) 이이남, 「김명순 문학 연구 - 주제와 작가의식을 중심으로」, 울산대학교 석사학위논문, 2003, 44면.

다. 비록 민요풍의 형식을 취하긴 하였지만 봉건적 여인의 한의 정서가 아닌 신여성으로서 사랑을 당당하게 기다리는 정서가 베여있다. 전체적인 분위기도 어둡지 않고 밝을 뿐만 아니라 적극적으로 사랑하는 님을 기다려서 사랑을 이루겠다는 의지도 엿보인다. '황금의 열매를 딴다지요', '푸르른 잎을 궁글고', '초저녁에 불 비친 미닫이가 열리고', '책상 앞의 석상이 움직인다지요' 등에서 밝고 적극적인 사랑을 하고 있거나 할 것이라고 말하고 있다.

> 두 이파리로 폭 싸서/ 빨간 열매를 기르는 만년청/ 영원한 결합이 있다 뿐입니다//서로 그리는 생각은 멀리멀리/ 천 필 명주 길이로 나뉘어도/ 겹겹이 접어 그넷줄을 꼬지요// 하물며 한 성안에 사는 마음과 마음/ 오다가다 심사 다른 것은/ 꽃과 잎의 홍(紅)과 청(靑)이지요
>
> 「만년청(萬年靑)」전문[14]

위 시의 화자는 영원한 사랑의 결합을 끊임없이 갈망하고 있으며 사랑에 대한 자아의 열정은 '빨간 열매를 기르는 만년청'처럼 순홍색과 순청색의 강렬한 색조로 표현된다. 그런데 만년청 같은 사랑을 누리고 싶은 열정이 강렬하면 강렬할수록 그가 살아가고 있는 이승의 사랑은 어렵고 고통스러운 난관투성이의 사랑이다.[15] 그래서 '천 필 명주실이 나뉘'고 '그넷줄을 꼰'다고 그 아쉬움을 표현했다. 그러나 화자는 비탄이나 원망의 자조적 화법으로 말하지 않는다. '꽃과 잎의 홍과 청'이라는 차이를 말하면서 사랑은 사람마다 개성과 다양성이

---

14) 김명순, 맹문재 편역, 앞의 책, 125면.
15) 김정자, 앞의 논문, 59면.

있기에 일방적이면 안 되고 서로를 존중해야 한다는 의미로도 해석된다. 어떤 대가나 구속을 배제하는 순수한 사랑을 노래하고 있는 이 시는 엘렌 케이의 영육이 일치된 완전한 사랑, 서로를 존중하는 성숙한 사랑을 말하고 있다.

> 뵈는 듯 마는 듯한 설움 속에/ 잡힌 목숨이 아직 남아서/ 오늘도 괴로움을 참았다/ 작은 작은 것의 생명과 같이/ 잡힌 몸이거든/ 이 설움이 아픔은 무엇이냐/ 금단의 여인과 사랑하시든/ 옛날의 왕자와 같이/ 유리관 속에서 춤추면 살 줄 믿고/ 일하고 공부하고 사랑하면/ 재미나게 살수 있다기에/ 미덥지 않은 세상에 살아왔었다/ 지금 이 뵈는 듯 마는 듯한 설움 속에/ 생장(生葬)되는 이 답답함을 어찌하랴/ 미련한 나!/ 미련한 나!
>
> 「유리관 속에」 전문[16)]

김명순이 이상적으로 생각하는 사랑은 20년대 한국현실에서는 실행되기 힘든 것이었다. 그러나 그녀는 그런 현실에 좌절하지 않고 자유연애에 기반한 사랑을 여성해방으로 확대시킨다. 사랑의 깊은 수렁에 빠져 살아 있으면서도 살아 있음과 같지 않은 답답하고 설운 심정이 이 시의 주된 정조다. 금단의 사랑을 품고, 이를 버리지 못하는 미련한 자신을 힐책하고 자학하는 원한이 시 속에 투영되어 있다. 시는 '유리관 속', '미덥지 않은 세상' 등 여성 질곡의 인습적 조선에서 '잡힌 목숨', '잡힌 몸', '금단의 여인' 등에서 알 수 있듯 여성 지위는 개차반이어서 '뵈는 듯 마는 듯한 설움', '괴로움', '생장(生葬)되는 이 답답

16) 김명순, 맹문재 편역, 앞의 책, 96면.

함'의 여성 고뇌는 깊을 수밖에 없다 한다. 즉 여성도 '일하고 공부하고 사랑하며 재미나게 살 수 있다'는 여성에 대한 근대적 자각이 팽배하지만, 실제로 아직도 전근대적 인습에 매몰된 여성은 '잡힌 목숨', '금단의 여인'이 되어 '설움', '괴로움', '아픔', '답답함'을 겪어야 했다.

이런 사회 문화를 작가는 '미덥지 않은 세상'이라 고발하고 이 사회 문화에 잡혀 사는 자신을 '미련한 나'라고 표현함으로써 자학하지만 이에는 역설로 여성질곡의 이 사회 문화를 풍자하여 여성 해방을 강조하고 있다. 이 여성 해방의 강조는 '생장되는 이 답답함을 어찌하랴'에서 절정을 이룬다.[17]

2) 모성과 어머니에 대한 향수

김명순은 소설에서는 어머니에 대해 부정적으로 서술하는 반면, 시에서는 모성과 어머니에 대한 향수를 노래하며 어머니를 긍정적으로 묘사하고 있다. 이는 소설이 산문인 점, 즉 자아와 세계와의 대결에서 사회의 구조적 모순을 비판하는 반면, 시는 자아의 고백적 성격이 짙기 때문이다.[18]

신여성 김명순은 엘렌 케이에 영향을 많이 받았는데, 엘렌 케이 사상의 특징은 모성주의로서, 이는 정신과 육체는 같은 실재의 일면이라는 일원적 신념이다. 엘렌 케이는 여성이 여성된 까닭은 모성에 있

17) 황재균, 「김명순 시의 근대성 연구」, 『선청어문』 제28호, 서울대학교 국어교육과, 2000, 32면.

18) 슈타이거는 서사적 언어는 표상하고, 서정적인 언어는 정조를 재현한다고 했다(슈타이거, 이유영 · 오현일 옮김, 『시학의 근본개념』, 삼중당, 1978, 142면).

다고 보고, 어머니로서의 충분한 기능을 다하지 못하면 여성은 어떤 다른 일을 하든지 결코 훌륭한 일을 했다고 볼 수 없다며 여성의 모성을 강조하였다.[19] 다시 말해 엘렌 케이의 모성주의는 모성이야말로 어머니됨의 근본 이유이자 어머니의 위대한 본능이라는 것이다. 따라서 모성은 인간존재의 근원적 향수이자 안식처다. 이런 위대한 모성을 받지 못한 어린이는 결국 정신적 결핍이 생길 수밖에 없는데, 바로 김명순 시에 나타난 어머니에 대한 향수는 그녀의 유년시절 모성의 부재에서 비롯되었다. 김명순은 어머니가 기생 소실출신이라는 것에 심한 콤플렉스를 느껴 어머니를 멀리하였다고 한다. 거기다가 12세에 어머니는 세상을 떠나고 만다.[20] 따라서 모성을 충분히 경험하지 못한 김명순에게 어머니는 자신의 근원적 상처이자 향수로 자리 잡는다. 다시 말해 엘렌 케이의 모성주의를 김명순이 실천한 것은 아니지만 유년시절 어머니의 부재로 모성을 제대로 받지 못한 그에게 어머니는 근원적 향수였던 것이다.

김명순이 추구한 자유연애는 남성작가와 한국사회에 남아있는 강인한 봉건적 인습에 의해 처절히 패배했다. 그래서 그는 유년기의 모성을 안식처로 삼고 모성에 대한 향수의 세계에로 도주하게 된다. 그는 근원적 고향을 모성에서 찾았고 현실이 힘들수록 어머니에 대한 향수와 모태에의 회귀본능을 노래하였다. 즉 모성과 어머니에 대한 향수는 그가 현실에서 어렵고 힘겨울 때 찾을 수 있는 근원적 안식처

---

19) 이화형 · 유진월, 「서구 연애론의 유입과 수용 양상」, 『국제어문』 제32호, 국제어문학회, 2004, 218면.

20) 김명순의 어머니가 소실인지 기생인지가 아직 분명히 밝혀지지 않았고 논란도 많다.

요 고향 같은 휴식처이다.

> 고요한 옛날의 노래여/ 꿈 가운데 걸어오는 발자취같이/ 들렸다 사라지는....../ 어머니의 노래여 사랑의 탄식이여.// "타방 타방네야 너 어디를 울며 가니/ 내 어머니 몸 진 곳에 젖 먹으러 울며간다"/ 이는 내 어머니의 가르치신 노래이나/ 물결 이는 말 못 미쳐 이것만 아노라.// 옛날의 날 사랑하시든 내 어머니를/ 큰사랑을 세상에서 잃은 설움이/ 멜로디 - 만 황혼을 숨질 때/ 장밋빛으로 열린 들길에는 바람도 애타라.// 오래인 노래여 내게 옛 말씀을 들리사/ 어린이의 설움 속에 이끌어 들이소서/ 불노초로 수놓은 초록 옷을 입히소서/ 그러면 나는 만년청의 빨간 열매 같으리다.// …(중략)… 무언가(無言歌)여 다만 음향이여 나를 이끌어/ 그대의 말씀 사라진 곳에/ 내 어머니 몸 진 곳에 산을 넘고 물은 건너라/ 옛날의 노래여, 사라지는 울림이여.
>
> 「옛날의 노래」 부분[21)]

이 시에서 '물결 이는 말 못 밑'과 '장밋빛으로 열린 들길'은 자유 애정의 패배의 현실이다. '물결 이는 말 못 밑'은 천진한 여성에게는 익사의 위험이 도사리는 곳이고, '장밋빛으로 열린 들길'은 여성을 유혹하는 '넓은 문'으로 상징된다. 작가는 이 위험하고도 타락할 수 있는 넓은 세계에서 자유 애정에 패배하고 드디어 고향이자 어머니인 향수에 젖는다. 즉 '타방 타방네야 너 어디를 울며 가니/ 내 어머니 몸 진 곳에 젖 먹으러 울며간다'의 옛날 어머니가 들려주신 노래를 상기하고 이런 어머니의 말씀이 다시 있다면 그 말씀대로 살려 한다. '그

---

21) 김명순, 맹문재 편역, 앞의 책, 82~83면.

러면 나는 만년청의 빨간 열매 같으리라'의 대목이 그 예라 할 수 있다.[22)]

유년시절 어머니의 부재는 김명순에게 내향적으로 자아를 확대시키는 계기가 된다. 아무리 어머니가 보잘 것 없는 존재였고 전근대적 인물이었다고는 하나 어머니는 그 자체로 안식처요 자신의 삶의 근원적 존재다. 모성을 충분히 받지 못한 김명순은 세상에서 힘들고 고단할수록 더욱 모성에 대한 향수로 침잠하는 경향을 드러내었다. 그가 가장 활동을 왕성하게 하던 20년대 중반부터 그의 시가 모성을 꿈꾸고 어머니에 대한 향수를 노래하게 된 이유다. '큰 사랑을 잃은 설움', '어린이의 설움'이 더욱 그러한 심정을 나타낸다. 어릴 적 콤플렉스이자 피하고 싶었던 어머니가 이제 자애로운 모습으로 등장하며 그런 어머니를 그리워하게 된다. 모두가 나를 괴롭히고 나에게 등을 돌릴 때 마지막 품어주는 곳이 영원한 고향인 어머니이기 때문이다. '옛날의 노래여, 사라지는 울림이여'하며 애타게 모성을 갈구하고 있다.

> 힘 많은 어머니의 품에/ 머리 많은 처녀는 웃었다./ 그 인자한 뺨과 눈에/ 작은 입 대면서/ 그 목을 꼭 끌어안아서/ 숨 막히시는 소리를 들으면서.// 차디 찬 어머니의 품에/ 머리 많은 처녀는 울었다/ 그 냉락(冷落)한 어머니를 보고/ 어머니 어머니/ 우왜 돌아가셨소 하고 부르짖으며/ 누가 미워서 그리했소 하고 울면서.// 춘풍에 졸던 탄실이/ 설한풍에 흑흑 느끼다/ 사랑에 게으르든 탄실이/ 학대에 동분서주하다/ 여막에 줄 돈 없으니/ 돌베게 베고 꿈에 꿈을 꾸다.// …(중략)…청댑싸리 둘러 심은 푸른 길에/ 누군지 그의 손을 이끌다/ 그러나 그는 호

22) 황재군, 앞의 논문, 36면.

올로였다.

「탄실의 초몽」부분[23)]

어긋난 현실에서 어머니와의 추억이 화자에게 악몽으로 현몽되기도 하는데, 이런 악몽 뒤에서 여전히 화자는 혼자로서 어머니와의 추억을 애틋해 하고 있다. 이처럼 화자에게는 현실이 서어하면 서어할수록 어머니와의 추억에 대한 향수는 깊어진다. 「탄실의 초몽」에서 화자의 서어한 현실에서의 갈등은 2, 3연에서 강렬하게 서사화 된다. 특히, 3연의 '춘풍에 졸던 탄실이/ 설한풍에 흑흑 느끼다'는 유년기 온포에서 지냈던 화자가 지금 거친 세파에 극도로 고독에 빠져 있음을 보여주는데, 이 갈등은 이 시 창작동기가 된 것으로 평화롭던 어머니에 대한 추억의 향수에로 작가(화자)를 도주하게 하고 있다.[24)]

혼자라고 여길 때, 세상의 풍파에 짓이겨지고 고통스러울 때 우리는 어머니를 찾는다. 김명순도 마찬가지였다. 비록 어머니의 가르침을 따르지 않았지만 그의 기억 속에 내재하는 모성의 이미지는 현실이 고통스러우면 고통스러울수록 그녀를 끌어당겨 그에게 어떤 것에 의해서도 훼손되지 않는 원초적 행복감에 젖어들게 한다. 그것은 인간의 보편 심리현상이고 모성의 근원적 힘이기 때문이다. 김명순은 현모양처의 삶을 살지 않았기에 엘렌 케이의 모성주의를 전적으로 따른 것은 아니다. 그러나 김명순은 현실에서 힘들수록 모성에 기대어 어머니를 그리워하고 있다. '울었다', '부르짖으며' 등의 표현과 어조는 이를 잘 보여주고 있다. 이런 점에서 김명순의 시에 나타난 모성과

23) 김명순, 맹문재 편역, 앞의 책, 101~102면.
24) 황재군, 앞의 논문, 37면.

어머니에 대한 향수는 유년 모성의 부재에서 비롯하였는데, 모성과 어머니됨을 강조한 엘렌 케이의 모성주의를 미묘한 지점에서 만나고 있는 것이다.

> 1
> 심야이다/ 사위(四圍)가 고요하다/ 버릇이 되어, 산같이 그득 쌓인/
> 책장을 치어다본다/ 하나씩 사들이던 고난을 생각한다//
> 2.
> 그것이 모두/ _ 무지(無知)의 원(圓)을 전개시키는 수밖에 없다_
> 일러온 것을/ 기를 가다듬고 머리를 흔들다가도/ 어머니! 고요히 부르짖고/ 천장을 우러러 한숨짓는다
> …(중략)…
> 5
> 아름다운 꽃밭에 즐거운 시냇가에/ 오빠야 누나야 동무야 부르짖던 일/ 다 옛날이었고 그나마/ 지금은 안 계신 내 어머니/ 나와 피와 살을 나누신 그이가/ 내 생활과 내 사랑을 아시는 듯/ 유명계(幽明界)를 통하여 오는 설움에/ 밤마다 때마다/ 눈물을 짓는다
>
> 「심야에」 일부[25]

1938년 『동아일보』에 발표된 작품이다. 말년에 쓴 작품으로 차분하게 쓰여진 수작이다. 깊은 밤 생각하면 과거는 다 부질없고 후회스럽다. 현실의 시공계로부터 모두 단절되어 어디고 갈 곳 없게 된 시인이 갈 수 있는 곳은 어머니의 자궁이고 무덤뿐이다. 욕망의 끝인 것이

---

25) 김명순, 맹문재 편역, 앞의 책, 194~196면.

다. 이제 시인은 고향과 어머니를 동일시하고 어머니와 무덤을 동일시한다. '고향=어머니=요람=무덤'의 등식이 성립되는 제 3의 공간 속으로 들어가는 것이다. 전반기의 시에서 어머니가 그리움의 대상이고 도피처였다면 말기시에 나타나는 어머니는 요람이며 자궁이며 무덤인 것이다.[26)]

김명순의 말기 시라서 그런지 차분하고 과거회상적이다. 삶을 정리하며 '고난을 회상'한다. 살아온 삶이 어쩌면 '무지의 원'을 전개시키는 것일지도 모른다면서 동양의 일원론적 사고를 보여준다. '위엄과 사랑과 진실됨'인 어머니에게로 '내가 가고' 당신이 '오라'고도 한다. 인생이 '일장의 거룩한 장면'이라며 '속눈썹 아래 둥그런 눈동자', '코와 입이 더 정화'되어 '천장에 나타난다'고 한다. 지난하게 고생스럽고 고통스러웠던 삶을 반추하며 이제 모든 것을 놓고 어머니에게로 가고자 한다. 고통과 외로움이 없는 세상, 억압과 비난이 없는 세상인 어머니의 세계로 돌아가고자 한다. 그 어머니는 '내 생활과 사랑을 아시는 듯' '눈물을 짓는다'. 바로 어머니는 존재의 근원이고 요람인 것이다. 파란만장한 삶을 정리하며 쓴 이 시에는 어머니에 대한 향수가 더욱 진하게 묻어 나온다.

자유연애와 여성해방, 모성과 어머니에 대한 향수는 김명순 시의 신여성상 중에서 엘렌 케이 사상의 수용적 측면이라 할 수 있다.

---

26) 김유선, 앞의 논문, 455면.

3) 항일과 민족 해방

자유로운 문화와 자국의 역사가 비참하게 희생을 당하던 20년대의 지식인들의 정신적 지주는 “시간의 흐름 속에서 차지하는 자기의 위치와 자기가 속해 있는 시대에 대한 극히 날카로운 의식”[27]이라고 볼 수 있다. 그런데 1920년대를 포함 일제시대 여성시의 맹점으로 익히 알려진 사실 중에 하나가 역사적 인식의 부족, 또는 역사인식이 작품에 투영되지 못한 점이다.[28] 신여성이라고 자처하던 문학가들은 서구에서 유입된 엘렌케이즘이나 콜론타이즘 등 페미니즘 사상에 심취하나 그것이 제국주의의 탈을 쓴 근대라는 점을 간과하였다. 그 어떤 사상이나 운동도 식민지라는 왜곡된 역사와 현실에서는 진정으로 실현될 수 없으며 그 진실성을 의심받을 수밖에 없다. 진실한 문학가라면 시대의식과 역사의식이 있어야 하며 왜곡된 역사나 현실에 저항할 수 있는 용기가 있어야 한다. 그런 점에서 20년대를 포함 일제시대 많은 신여성과 신지식인들은 일제 식민치하라는 역사적 현실을 외면하거나 일제가 허용하는 한에서 해방운동을 하자는 소극적 자세를 취하였다. 그 결과 급기야 상당수의 신지식인들은 친일로 돌아서고 만다.

김명순의 시가 다른 신여성이나 신지식인들의 시에 비해 전혀 그 가치가 뒤떨어지지 않는 이유는 그의 시가 민족해방의식을 추구하고 있다는 점이다. 김명순은 신여성으로서 비록 엘렌케이즘 등 페미니즘

---

27) 신달자, 앞의 논문, 18면.

28) 물론 여성시만 그런 것이 아니라 일본유학 출신 신지식인의 사상은 전반적으로 역사인식이 부족했다. 다만 20년대 신여성인 나혜석은 나름대로 항일의식이 있었다.

사상을 받아들여 실천하였으나 거기에 머무르지 않고 엘렌 케이를 넘어서는 면모를 보인다. 제국주의의 피해국민으로서, 문학가로서 제국주의 폐해에 저항하고 민족해방을 부르짖는 시를 많이 남김으로써 제국주의를 고발하지 않은 엘렌 케이 사상의 한계를 넘어서고 있다. 따라서 김명순은 진정한 신여성 문학가이자 선각자이며, 그의 시는 새롭게 재조명되어야 한다.

> 늙은 병사가 있어서/ 오래 싸웠는지라/ 온몸에 상처를 받고는 싸움이 싫어서/ 군기를 호미와 괭이로 갈았었다.// 그러나 밭고랑은 거세고/ 지주는 사나우니/ 씨를 뿌리고 김을 매어도/ 추수는 없었다.// 이에 늙은 병사는/ 답답한 회포에 졸려서/ 날마다 날마다 낮잠을 자더니/ 하루는 총을 쏘는 듯이 가위를 눌렸다.// 아 - 이상해라 이 병사는/ 군기를 버리고 자다가 / 꿈 가운데서 싸웠던가/ 온몸에 멍이 들어 죽었다.// 사람들이 머리를 비틀었다/ 자나 깨나 싸움이 있을진대/ 사나 죽으나 똑같을 것이라고/ 사람마다 두 팔에 힘을 내뽑았다.
>
> 「싸움」 전문[29]

일제는 1912년 토지조사사업, 1920년 산미증산계획을 통해 조선 민중의 땅을 약탈해갔으며 조선의 양곡을 강탈했다. 농지개량, 농기구 개선 등으로 생산량은 늘어났으나 수탈량이 몇 배로 증가하여 조선 민중의 삶은 더욱 피폐해져갔다. 그 결과 조선 민중은 생명을 연명하기도 힘들어 만주, 간도나 연해주 등으로 이주할 수밖에 없었다. 삶과 그 터전을 통째로 빼앗겨 버린 것이다.[30]

---

29) 김명순, 맹문재 편역, 앞의 책, 74면.
30) 한국역사연구회, 『한국 역사』, 역사비평사, 1992, 317~321면 참조.

이 시는 한 늙은 병사의 생을 따라가며 민족이 당하는 수난을 보여주고 있다. 삶이 힘겨워 저항을 포기해보아도('군기를 호미와 괭이로 갈았었다') 결국 '추수는 없'고 '온몸에 멍이 들어 죽'는 일 밖에 없음을 보여줌으로써 일제에 대한 강한 저항을 표면화하고 있다. 이 시는 규칙적인 4행 1연으로 된, 5연의 자유시다. 1~4연은「싸움」이후 식민지인의 절망적 피폐 상황과 한민족 몰락의 처참상을 사실적으로 고발하고, 5연에서는 이럴 바에는 민족의 이름으로 침략자 타도에 궐기하자('사람마다 두 팔에 힘을 내뽑았다')는 김명순의 각성이 내연되어 있다. 이런 시각에서 이 시를 '민족적 상실감을 바탕으로 현실을 리얼하게 고발 비판하여 일제에 저항하자'는 항일시로 해석하는 것은 타당하다. 따라서 이 시는 민족적 저항, 항일을 리얼하고 힘 있게 그리고 있는 저항시이다.

귀여운 내 수리/ 사람들의 머리를 지나/ 산을 기고 바다를 헤어/ 골속에 숨은 내 맘에 오라.// 맑아 가는 내 눈물과/ 식어 가는 네 한숨,/ 또 구르는 나뭇잎과/ 설운 춤추는 가을 나비,/ 그대가 세상에 없었던들/ 자연의 노래 무엇이 새로우랴.// 귀여운 내 수리 내 수리/ 힘써서 아프다는 말을 말고/ 곱게 참아 겟세마네를 넘으면/ 극락의 문은 자유로 열리리라.// 귀여운 내 수리 내 수리/ 흘린 땀과 피를 다 씻고/ 하늘 웃고 땅 녹는 곳에/ 골엔 노래 흘리고 들엔 꽃 피자/ 그대가 세상에 없었던들/ 무엇으로 승리를 바라랴.// 그때까지 조선의 민중/ 너희는 피땀을 흘리면서/ 같이 살길을 준비하고/ 너희의 귀한 벗들을 맞아라.

「귀여운 내 수리」전문[31)]

---

31) 김명순, 맹문재 편역, 앞의 책, 90~91면.

'수리'는 매과의 수리속(屬)에 속하는 맹금으로 힘이 세고 부리와 발톱이 크고 날카롭다. 김명순이 그 '수리'를 '내'와 같다고 동료의식을 나타낸 것은 민족이 결코 추락하지 않고 언젠가는 창공으로 날아오를 것이라고 믿고 있기 때문이다. 그리하여 '곱게 참아 겟세마네를 넘으면/ 극락의 문은 자유로 열리리라.'고, 아프고 힘들어도 좌절하거나 포기하지 않고 인내하면 민족해방의 날은 열릴 것이라고 예견하고 있다. 그러므로 끝 부분에서 '그때까지 조선의 민중/ 너희는 피땀을 흘리면서/ 같이 살길을 준비하고/ 너희의 귀한 벗들을 맞아라.' 라고 민족단결을 역설하고 있는데, 많은 공감대를 형성한다. 민족의 주체성과 자부심을 살려주고 있는 것이다.[32)]

「귀여운 내 수리」는 아주 직설적으로 조선의 민중을 언급하며 '피땀을 흘리면서' '같이 살 길을 준비하고' '귀한 벗을 맞아라'고 말한다. 조선 민중의 의식 전환과 더 높은 기상을 소리 높여 주문하고 있는 것이다. 그리하여 아무리 고통스러워도 피땀을 흘리며 승리하자고 강하게 저항을 부르짖고 있다. 일제의 탄압과 검열이 삼엄하던 시대 용기있게 일제에 저항하자고 했던 김명순은 어떤 남성작가나 신여성보다 민족의식과 민족해방에 열정적이었고 선구적이었다.

어떤 자는 고구려성 옛터를 찾아서 거닐며 우네/ 이것은 옛날 우리들의 할아버지가 사시던 곳/ 살다가 함락당하여 무너진 성의 자취라고/ 쓸쓸한 와편(瓦片) (꺽)기운 성벽 깨진 솥 토기/ 이것을 한 날 두 날 주우며 우네/ 아아 쓸쓸한 참말/ 우리들의 할아버지가 계시던 곳 성

32) 맹문재, 앞의 논문, 458면.

> 이 이렇게 불붙고 무너져/ 끊기고 패이고 부서져 비에 씻길 줄/ 부서져 이렇게 쓸쓸한 풀만 무성한 줄/ 이 풀 성한 고적을 거닐며 우리가 전설을 외우게 될 줄/ 외우며 옛일을 그려 울게 될 줄!//…(중략)… 자, 벗들아 파편을 주우며 울기는 너무나 약한 짓이다/ 풀잎을 뜯으며 새소리를 들으며 흐르는 구름을 바라보며/ 전설을 되풀이하기는 너무나 힘없는 짓이다/ 우리는 여기서 느끼세/ 힘을 믿세/ 힘을 내서 일하세
>
> 「고구려성을 찾아서」 부분[33)]

「고구려성을 찾아서」는 우리나라 역사에서 가장 강성했던 고구려 역사를 반추하며 비참한 현실을 희망으로 바꾸자고 역설하고 있다. 따라서 시 전체 분위기가 갈수록 활기차고 확신에 차 있다. '우리가 전설을 외우게 될 줄', '외우며 옛일을 그려 울게 될 줄' 하는데 이는 '너무나 약한 짓이다'라고 한다. 즉 시인은 현실적 삶의 고통에 매몰되는 삶의 태도와 현실을 도피하는 삶, 그리고 과거 회상적 삶을 비판한다. 이 시는 기존에 알려진 여느 시인의 저항시보다도 훨씬 역사와 국가의식이 돋보[34)]인다. 현실이 괴롭고 고통스럽다고 망연자실하지 말 것이며, 더욱이 옛일을 회상만하며 나약한 모습을 보이지 말고 서로 이 시점에서 현실을 자각하고 '느끼'자고, 우리의 '힘을 믿'자고, '힘을 내서 일하'자고 강조한다. 바로 민족의 의식을 일깨우고 미래로 나아가자고 말하고 있는 것이다. 그리하여 민족해방을 이루자고 용기를 북돋우고 있다. '고구려성'이라는 제목은 일제에 대한 저항의 의미

33) 김명순, 맹문재 편역, 앞의 책, 165~166면.

34) 이유진, 「1920년대 한국 여성시 연구」, 부산외국어대학교 석사학위논문, 1996, 66면.

를 담고 있고 외세에 저항한 우리 민족의 적극적 대항의지를 상징하고 있는 것이다. 이처럼 김명순은 직설적인 어법으로 박진감 있게 해방이라는 희망의 메시지를 말하기도 하고 강한 저항의식으로 대항하자고 강조하기도 한다. 이 점에서 김명순을 민족과 조국을 염려한 지성적, 민족적 신여성이자 시인이라 할 수 있다.

따라서 김명순 시에 나타난 항일과 민족해방은 김명순 시의 신여성상 중에서 엘렌 케이 사상을 넘어선 측면이라 할 수 있다.

4. 김명순 시에 나타난 신여성상의 의미와 한계

구한말기에서 일제 초기에 형성된 신여성층은 1920년대에 활발히 사회에 진출하여 여성해방운동을 펼치게 된다. 신여성들은 여성해방이론을 통해 이제껏 도외시되었던 여성문제에 대해 관심을 갖기 시작했다.[35] 신여성들은 자신들의 문제 즉 한국여성의 현실에 눈을 돌리게 되고, 그러던 중 엘레 케이 사상에 깊은 영향을 받게 된다. 봉건적 인습에서 벗어나 자신의 행복을 찾고자 하는 여성들에게 엘렌 케이의 자유연애, 결혼관은 새로운 충격이었다. 엘렌 케이의 자유연애론은 삼종지도, 칠거지악 등 봉건적 질서에 억압당해 온 한국 신여성들에겐 일종의 여성해방이자 새로운 생명의 탄생을 의미했다. 개인의 인격 존중, 개성의 자각, 여성 해방으로 인식된 자유연애는 근대적 이

35) 황수진, 「한국근대 소설 속에 나타난 신여성상 연구」, 건국대학교 박사학위논문, 1999, 1면.

상으로 통했으며, 신교육을 받은 신여성들에게는 누구나 따라야 하는 도덕과 새로운 사상으로 받아들여졌다.

김명순은 최초의 신여성으로 여성해방을 몸소 실천하였을 뿐만 아니라 그의 시에서 여성해방을 노래하였다. 페미니스트 엘렌 케이에 영향을 받은 그의 시는 자유연애를 주창하였고 이는 곧 여성해방을 의미하는 것이었다. 그리고 그의 시는 모성에 대한 그리움, 즉 어머니에 대한 향수를 많이 노래하였다. 유년 시절 어머니의 부재와 어머니에 대한 콤플렉스로 인해 그는 어머니를 그리워하게 되는데, 이는 모성, 즉 어머니가 존재의 근원이자 안식처이자 마음의 고향이기 때문이다. 다음으로는 지식인으로서 역사인식과 왜곡된 현실에 저항한 것이다. 일본 제국주의에 맞서 민족해방을 부르짖음으로써 민족의식을 일깨우려 노력하였다. 이 점은 엘렌 케이를 넘어서는 진정한 지식인으로서의 역할에 충실한 것이기도 하였다. 그의 시에 나타난 신여성상의 새로운 면모이기도 하다.

그러나 김명순은 정치적, 경제적 여성해방보다는 성의 해방에 집착했다. 이는 일제 식민주의의 억압적인 정치상황에서 정치적, 경제적 여성해방을 추구한다는 것이 근본적으로 불가능했기 때문인데, 그래서 그는 개개인이 실천할 수 있는 사적 영역에서의 성의 해방을 이슈로 삼았다. 하지만 김명순은 개인의 섹슈얼리티에 작용하는 남성 지배의 거대한 권력체계를 제대로 통찰하지 못했다.[36] 공적 영역에서의 성의 해방 없이 사적영역에서의 여성의 성 해방은 공염불에 불과하기 때문이다. 그만큼 그가 이해한 페미니즘은 피상적 수준이었다. 그래

36) 김명순, 송명희 엮음, 『김명순 작품집』, 지식을만드는지식, 2008, 21~22면 참조.

서 그의 시는 허공에 불러대는 메아리와도 같았다. 또한 김명순의 여성해방론은 당시 시대상에 대한 전망을 확보하지 못한 채 여론의 비난 속에서 비극적인 종말을 맞을 수밖에 없었다. 우선 여성에게만 정절을 강조하는 형식상의 일부일처제가 존재하는 한 자유연애에 내재해 있는 남성본위의 성격이 극복되기 어렵기 때문이다.

따라서 김명순의 시에 나타난 한계는 그의 사상의 한계, 그의 시의 한계일 수도 있지만, 그 당시 시대가 봉건적적인 잔재를 버리지 못한 한계이기도 하다. 무엇보다도 이기적이고 이율배반적인 남성작가들의 감정에 치우친 그에 대한 비난 때문에 그는 그의 사상을 마음껏 펼칠 수 없었으며 온전한 정신상태를 유지할 수 없었다.

5. 나오는 말

김명순은 최초의 신여성으로 엘렌 케이 사상을 반영한 시를 많이 썼다. 김명순은 자유연애를 봉건적인 사회제도의 저항으로, 그리고 억압받았던 여성의 자아를 발견하는 수단으로 생각했다. 기존의 구질서에서 벗어난 새로운 이론과 행위였다. 김명순에게 자유연애는 불합리한 결혼제도를 타파하는 근대정신의 발로였으며 봉건적 사회제도의 해체를 통한 여성해방을 의미한다. 따라서 그는 시에서 자유연애를 끊임없이 추구한다.

김명순 시에 나타난 어머니에 대한 향수는 유년시절 모성의 부재에서 비롯되었다. 모성을 충분히 경험하지 못한 김명순에게 어머니는 자신의 근원적 상처이자 향수로 자리 잡는다. 그는 근원적 고향을 모성에서 찾았고 현실이 힘들수록 어머니에 대한 향수와 모태에의 회귀 본능을 노래하였다. 즉 모성과 어머니에 대한 향수는 그가 현실에서 어렵고 힘겨울 때 찾을 수 있는 근원적 안식처요 고향 같은 휴식처이다.

1920년대 여성시의 맹점으로 익히 알려진 사실 중에 하나가 역사인식의 부족이라는 점이었다. 그 어떤 사상이나 운동도 식민지라는 왜곡된 역사와 현실에서는 진정으로 실현될 수 없으며 그 진실성을 의심받을 수밖에 없다. 진정한 문학가라면 역사의식과 민족의식이 있어야 하며 왜곡된 역사나 현실에 저항할 수 있는 용기가 있어야 한다. 김명순의 시가 다른 신여성이나 신지식인들의 시에 비해 전혀 그 가치가 뒤떨어지지 않는 이유는 그의 시가 민족해방의식을 추구하고 있다는 점이다. 김명순은 신여성으로서 비록 엘렌케이즘 등 페미니즘 사상을 받아들여 실천하였으나 거기에 머무르지 않고 엘렌 케이를 넘어서는 면모를 보인다. 제국주의의 피해국민으로서, 문학가로서 제국주의 폐해에 저항하고 민족해방을 부르짖는 시를 많이 남김으로써 제국주의를 고발하지 않은 엘렌 케이 사상의 한계를 넘어서고 있는 것이다. 따라서 김명순은 진정한 신여성 문학가이자 선각자이며, 그의 시는 새롭게 재조명되어야 한다.

참/고/문/헌

〈기본 자료〉

- 김명순, 맹문재 편역, 『김명순 전집』, 현대문학, 2009.
- 김명순, 송명희 엮음, 『김명순 작품집』, 지식을만드는지식, 2008.

〈연구논문〉

- 강신주, 「김명순, 김원주, 나혜석의 시」, 『국어교육』 제97호, 한국어교육학회, 1998.
- 김경희, 「한국 현대 소설의 모성성 연구」, 조선대학교 박사학위논문, 2005.
- 김기진, 「김명순 씨에 대한 공개장」, 『신여성』, 1924. 11.
- 김동인, 「적막한 예원 : 탄실 김명순」, 『매일신보』, 1941. 9. 21.
- 김영옥, 「1920년대 여성시인 연구 - 김일엽, 김명순, 나혜석의 시를 중심으로」, 『우리문학연구』 제20호, 우리문학회, 2006.
- 김유선, 「김명순 시의 근대적 욕망과 모성성」, 『인문사회과학연구』 제12호, 장안대학교 인문사회과학연구소, 2003.
- 김윤식, 「인형의식의 파멸」, 『한국문학사논고』, 법문사, 1973.
- 김정자, 「김명순문학의 여성학적 접근」, 『여성학연구』 제2호, 부산대학교 여성학연구소, 1990.
- 남은혜, 「김명순 문학 연구」, 서울대학교 석사학위논문, 2008.
- 맹문재, 「김명순 시의 주제 연구」, 『한국언어문학』 제53호, 한국언어문학회, 2004.
- 박죽심, 「근대여성 작가의 자기 표현 방식 - 나혜석, 김명순, 김일

엽을 중심으로 - 」,『어문논총』 제32호, 중앙어문학회, 2004.
• 송지현,「근대 초창기 한국 여성시인 연구」,『용봉논총』 제30호, 전남대학교 인문과학연구소, 2001.
• 서정자,「일제강점기 한국여류소설연구」, 숙명여자대학교 박사학위논문, 1987.
• 신달자,「1920년대 여류시 연구」, 숙명여자대학교 석사학위논문, 1980.
• 신을하,「나혜석의 문학적 실천 양상 연구」, 전남대학교 석사학위논문, 2004.
• 신지연,「1920년대 여성 담론과 김명순의 글쓰기」,『어문논집』 제48호, 민족어문학회, 2003.
• 염상섭,「추도」,『신천지』, 1954. 1.
• 윤광옥,「근대형성기 여성문학에 나타난 가족 연구 - 김명순, 나혜석, 김일엽을 중심으로」, 동덕여자대학교 박사학위논문, 2008.
• 이명선,「근대의 신여성 담론과 신여성의 성애화」,『한국여성학』 제19 - 2호, 한국여성학회, 2003.
• 이유진,「1920년대 한국 여성시 연구」, 부산외국어대교 석사학위논문, 1996.
• 이유진,「김명순 소설 연구 - 신여성으로서의 글쓰기 방식과 작가의식을 중심으로」, 영남대학교 석사학위논문 2008,
• 이이남,「김명순 문학 연구 - 주제와 작가의식을 중심으로 - 」, 울산대학교 석사학위논문, 2003.
• 이화형 · 유진월,「서구 연애론의 유입과 수용 양상」,『국제어문』 제32호, 국제어문학회, 2004.

- 전영택, 「내가 아는 김명순」, 『현대문학』, 1963. 2.
- 정영자, 「한국여성문학연구」, 동아대학교 박사학위논문, 1988.
- 조은 · 윤택림, 「일제하 신여성과 가부장제 – 근대성과 여성성에 대한 식민 담론의 재조명」, 『광복50주년 기념논문집』 제8호, 한국학술진흥재단, 1995,
- 채성주, 「근대 교육 형성기의 모성 담론 연구」, 고려대학교 박사학위논문, 2006.
- 홍창수, 「서구 페미니즘 사상의 근대적 수용 연구」, 『상허학보』 제13호, 상허학회, 2004.
- 황수진, 「한국근대 소설 속에 나타난 신여성상 연구」, 건국대학교 박사학위논문, 1999.
- 황재군, 「김명순 시의 근대성 연구」, 『선청어문』 제28호, 서울대학교 국어교육과, 2000.
- 千聖林, 「모성의 발견 – 엘렌케이와 1920년대의 중국 – 」, 『동양사학연구』 제87호, 동양사학회, 2004.
- 히로세 레이코, 「일본의 신여성과 서양여성해방사상 – 엘렌 케이 사상의 수용을 둘러싸고」, 『여성과 역사』 제5호, 한국여성사학회, 2006.

〈단행본〉

- 김경일, 『여성의 근대, 근대의 여성』, 푸른역사, 2004.
- 김은희 · 안혜련 · 안노 마사히데, 『신여성을 만나다』, 새미, 2004.
- 최혜실, 『신여성들은 무엇을 꿈꾸었는가』, 생각의 나무, 2000.

• 한국역사연구회, 『한국 역사』, 역사비평사, 1992.
• (E)슈타이거, 이유영 · 오현일 옮김, 『시학의 근본개념』, 삼중당, 1978.

(『인문사회과학연구』 제11－2호, 부경대학교 인문사회과학연구소, 2010. 10)

김명순 시에 나타난 '피'의 상징성 연구

정 진 경

1. 문제제기 및 연구사

김명순은 당대사회에서 불순한 피를 가진 존재로 매도된 시인이다. 기생 출신의 소실[1]이라는 어머니의 천한 혈통과 일본 유학 중에 발생한 강간사건[2]은 거대한 남성적 권력체계의 지탄 요인이 되었다.

---

1) 송명희는 "동아일보(1081. 10. 9)에 의하면 드라마 작가 구석봉(具錫棒)이 최근 김명순의 넷째 동생 김기성(金箕成, 서울 거주, 77)과 셋째 여동생 김영순(金英淳, 부산 거주, 78)을 직접 만나 김동인의「김연실전」에 나오는 모델은 김명순이 아니며, 첩 출신 소실의 서녀가 아니라 평양의 명문 가정에서 엄연히 8남매의 맏이로 태어났다는 것을 확인한 바 있다."라고 하였다(김명순, 송명희 편, 『김명순 작품집』, 지식을만드는지식, 2009, 12면).

2) "금명순씨에게는 그때 허혼된 애인한분이 잇섯다. 후일 리X씨서랑이 된 륙군대위 리XX씨가 즉 그이엇다. 그는 이 애인을 맛나려 동경으로 건너갓다. (…중략…) 이 청년사관과 수륙만리를 제비가티 나라온 아릿다운 소녀사이에는 불멸의 불이 붓

이러한 배경에는 김명순이 제도적인 결혼을 거부하고 정신적인 소통을 원하는 자유연애를 지향하는 신여성이라는 이유도 작용했다. 김명순이 처한 환경적 요소와 의식적 요소는 당대사회가 쉽게 수용할 수 있는 것이 아니었다. 당시 사회가 신여성을 수용할 만큼 충분히 개화되지 않은 탓도 있지만 그들 스스로도 유교적 이데올로기에서 해방되지 못해 심리적 갈등 상황에 처해 있었다고 할 수 있다. 그런 만큼 김명순의 시적의식에는 직 · 간접적으로 작동하는 집단적 페르소나, 즉 유교적 가치관과 남성이데올로기가 투사되어 있을 것으로 유추된다. 한 여성으로서 김명순의 진취적인 사고와 행동은 사회적 지탄으로부터 자유로울 수가 없었다. 유교적 가치관과 남성이데올로기에 의해 규정된 불순한 존재, 즉 집단의 질서를 훼손하는 존재라는 지탄과 고통 속에 시달렸다고 볼 수 있다.

김명순의 시적 관심은 주로 '근대 신여성으로서의 자아와 정체성에 관한 인식' 그리고 '제도권 내에서의 남녀평등에 관한 문제' '사회적 자각으로 인한 민족의식' '모성적 회귀를 통한 재생의 의지' 등에 있었다. 하지만 주제의 진취성과는 다르게 시적 정서는 자학적이고 한탄조이며, 소극적인 자아로 많이 형상화된다. 특히 여성의 사회적 자아를 다루는 시적 태도는 능동적이지만 개인적 자아를 다루는 시적

기 시작함이 오히려 떳떳하다. 그차の천, 심いですか, 천いですか?」라 함이 업결에 금낭입에서 흐른 말이라. 그러나 그 일인청년은 하도 수상하여 그 소녀를 끄을고 나와 몸을 뒤지니 거기에는 유서 세 통이 떠러저 나왓. 금낭은 녀성의 최후의 일선까지 유린을 당하고 버리엇노라고 진술하엿스나 리씨의 답은 사랑하는 사이는 되엇스나 정조에 손은 아니 미첫다고 하엿다. (…중략…) 딴말이나 그의 사실은 중서 이지조가 쓴 「여등の배후より」중 주영이가 그 「모델」이란 일설도 잇섯다."「新女性總觀(2) 百花爛漫의 己未女人群」, 『삼천리』 제16호, 삼천리사, 1931. 6. 1.

태도는 아주 소극적이다. 정신적으로 갈망하는 이성적인 사고와 환경으로부터 비롯된 현실적 사고의 양면성을 보여주는 측면이라 할 수 있다.

김명순 시에 대한 연구는 소설에 비해 많지 않다. 그동안 김명순의 연구는 전기적인 사실과 관련된 페미니즘 관점이나 근대성의 관점으로 주로 평가되어 왔다. 시 연구 또한 이러한 관점[3]을 크게 벗어나지 않는다. 문학 1세대인 나혜석과 김일엽, 김명순을 근대적 관점에서 고찰하고 있는 김미영은[4] 그들에게 신여성이라는 표피적인 평가와 의미를 부여하는 데에 그치고 있다. "시가 근대라는 관점에서 냉정히 평가되어야 함에도 불구하고"[5] 문학1세대들인 근대 신여성을 페미니즘 관점에서만 평가한 연구자들은 김명순의 문학사적 위치에 대한 평가를 간과하고 하고 있다. 김정자[6]는 김명순의 많은 작품이 한국문학사에서 제외된 것을 두고 연구자들이 김명순 작품의 객관적인 가치보다는 전기적인 요소에 집착한 탓이라 보고 있다. 김명순 작품을 주로 여성학적 관점에서만 분석하고 있어, 문학사적인 평가는 미비하

3) 김유선, 「김명순 시의 근대적 욕망과 모성성」, 『인문사회과학연구』 제12호, 장안대학교 인문사회과학연구소, 2003 ; 황재군, 「김명순 시의 근대성 연구」, 『선청어문』 제28호, 서울대학교 국어교육과, 2004.

4) 김미영, 「1920년대 신여성과 기독교의 연관성에 관한 고찰 - 나혜석, 김일엽, 김명순의 삶과 문학을 중심으로」, 『현대소설연구』제21호, 한국현대소설학회, 2004 ; 심지현, 「근대 초창기 한국 여성 시인 연구」, 『용봉어문』제30호, 전남대학교 인문과학연구소, 2002 ; 강신주, 「김명순, 김원주, 나혜석의 시」, 『국어교육』제97호, 한국어교육학회, 1998 ; 김영옥, 「1920년대 여성시인 연구」, 『우리문학연구』제20호, 우리문학회, 2006. 8 ; 신달자, 「1920년대 여류시 연구 : 김명순, 김원주, 나혜석을 중심으로」, 숙명여자대학교 석사학위논문, 1980.

5) 맹문재 편역, 『김명순 전집』, 현대문학, 2009.

6) 김정자, 「김명순 문학의 여성학적 접근」, 『여성학연구』 제2 - 1호, 부산대학교 여성학연구소, 1990.

다고 할 수 있다.

이러한 문제를 넘어서려는 연구자가 맹문재[7]라 할 수 있다. 그는 김명순을 남녀평등을 지향하고, 민족해방 의식을 확장시킨 시인이라 평가하였는데, 근대적 시점에 쓴 김명순의 시를 문학사적인 논리로 분석했다는 데에 의의를 갖고 있다.

연구사를 보면 알 수 있듯이 김명순의 연구는 페미니즘 관점에 편향해 있다. 불순한 존재로 지탄을 받았음에도 불구하고 이러한 문제를 사회학적 관점에서 다룬 연구는 없다. 한 시인의 시적 의식은 개인의 작품이기는 하지만 사회와의 관계 속에서 형성된 의식이 반영되어 나타난다. 김명순 시에서는 '피'의 상징성이 당대사회와의 관계 속에서 형성된 시적 의식이라고 할 수 있다. 일반적으로 '피'의 의미나 상징성은 집단적 페르소나와 관련이 있어, 유교적 가치관과 남성이데올로기의 폭력을 상징화하는 데 적합했으리라 본다. 그런 점에서 김명순 시에 나타나는 '피'의 상징성 고찰은 당대사회와 김명순의 내적 관계를 규명하는 필연적 과제라 할 수 있다. 그래서 이 논문은 김명순 시에 나타나는 '피'[8]의 상징적 양상을 통해서 그 의의를 알아보는 것

7) 맹문재, 「김명순 시의 주제연구」, 『한국언어문학』 제53호, 한국언어문학회, 2004.
8) 현재까지 발굴된 김명순의 시는 96편이다. 김명순의 시에서 피 이미지가 나타나는 시는 「환상」(『신여성』제1-2호, 1923. 10), 「언니 오시는 길에」(『조선일보』, 1925. 2. 16), 「내 가슴에」(『조선일보』, 1924. 5. 27), 「저주」(『조선일보』, 1924. 5. 28), 「사랑하는 이의 이름」(『조선일보』, 1924. 7. 12), 「외로움의 부름」(『생명의 과실』), 「귀여운 내수리」(『생명의 과실』), 「들리는 소리」(『생명의 과실』), 「외로움의 변조」(『동아일보』, 1925. 7. 20), 「고구려성을 찾아서」(『애인의 선물』이후 시) 모두 10편이다. 김명순의 시는 개작되어 발표되거나 중복되어 실린 시들이 있다. '피' 이미지가 나타나는 시 중에서도 「사랑하는 이의 이름」는 개작되어 한 번 더 발표되었다. 맹문재 편역, 앞의 책, 참조. 이 책을 논문의 시 텍스트로 한다.

을 목적으로 한다.

2. 시에 나타난 '피'의 상징적 양상

전기적 사실로 볼 때 김명순 시의 '피' 이미지에는 유교적 가치관과 남성이데올로기와의 관계적 사고가 투사되어 있다. 피가 가진 의미나 상징성은 집단적 페르소나와 관련이 되어 있는데, 윌라이트에 의하면 이는 사회에서 선과 악의 두 가지 요소로 작용한다.

선의 요소로서 피는 주로 긍정적인 의미를 갖는데 혈통이나 주술적인 효과를 내는 것 등을 뜻한다. 혈통을 통해 상속되는 피는 그 사회의 권위나 여러 형태의 권력을 상징한다. 그리고 붉은 색의 대용물로 사용되는 피는 주술적인 효과를 가지고 있으며 각종 제의에서 피를 제단에 바치는 것은 이와 같은 맥락에서 이해할 수 있다. 하지만 부정적 요소로서의 피는 사회 내에서 주로 불길한 의미로 사용되는데 이는 금기와 관련되어 있다. 금기의 성격으로서 피는 과도하게 흘리면 죽음의 상징으로도 통용된다. 또한 자연적인 논리 하에서는 어떤 서약을 어기면 초래된다고 여겨지는 무서운 벌과도 결부되어 있다. 부정적인 요소로서의 '피'는 주로 폭력과 관련된 공포와 금기라 할 수 있다.[9]

김명순 시에서 '피'는 주로 부정적인 의미로 많이 나타난다. 이는 김명순의 출신성분과 일본 유학 중의 강간사건 그리고 신여성으로서

---

9) 필립 윌라이트, 김태옥 옮김, 『은유와 실재』, 한국문화사, 2000, 121~122면.

의 행동과 의식에 대한 사회적 지탄이 반영된 탓인 듯하다. 김명순 시에서 '피'는 개인적 시적 화두의 상징화라기보다 당대사회와의 관계성 속에 배태한 시적 의식이라 볼 수 있다. 사회적 지탄과 폭력에 시달린 심리적 상황은 주로 여성과 사회, 인간 본연의 존재성 문제로 많이 상징화된다.

1) 여성적 이니시에이션 차단과 희생양 '피'

김명순 시에서 '피'가 가지는 상징성 중 하나가 여성적 이니시에이션이 차단된 희생양의 양상이다. 김명순은 정신적인 소통을 원하는 자유연애를 지향하였지만 어머니로 인한 천한 출신의 성분과 강간사건은 여성으로서의 존재성을 부정하는 요인으로 계속 작용했다. 여성으로서의 존재성 부정은 한 사회에서 여성이 새로운 존재를 거듭날 수 있는 결혼이라는 이니시에이션(통과의례)을 차단하는 요인으로 이어진다.

> "일본 유학 중에 만난 평양 출신의 리소위라는 사람이 아오야마 연병장에서 김명순을 강제로 범한다. 그러나 리소위는 그와 결혼하려는 김명순의 청을 거절한다. 이에 행방불된명된 김명순이 스미다가와에서 투신 자살 소동을 일으켰고 이것이 유학생 신문에 실려 조선의 매일신보에까지 보도된 사건이었다."[10]

---

10) 임종국 · 박노준, 『흘러간 성좌 – 오늘을 살고 간 한국의 기인들』, 국제문화사, 1966, 133~134면.

김명순은 여성으로서의 순결성을 훼손한 강간사건으로 인해서 사회적으로 결혼을 허용할 수 없는 존재로 인식된다. 강간사건의 당사자로 알려진 리소위와 김명순은 결혼을 하려 했으나 거절을 당한다. 엄밀히 따지면 이 사건은 강간사건이 아니라 혼인빙자간음[11]이다. 결혼을 전제로 한 것이었지만 그 책임과 지탄이 김명순에게로만 쏟아졌다. 김우종의 말처럼 김명순은 "東仁을 비롯한 위선적 양반의 후예들의 횡포와 그것을 받아주던 사회인습에 희생된 거나 다름이 없었다."[12]

강간으로 알려진 이 사건은 김명순 자의는 아니었지만 혼전에 처녀성의 순결을 유지해야 한다는 사회적 관습을 깨트렸다. 이유와 상관없이 당시 사회에서 처녀성 순결의 훼손은 금기로 통용되고 있었다. 처녀성의 훼손은 자연스럽게 불결한 여성으로 인식되고, 모성성을 획득할 자격의 상실로 이어졌다. 모성의 불결함으로 연결되는 처녀성은 월경과 출산의 피와 관련이 있다. 불결한 피는 한 사회에서 종족의 삶 · 죽음 · 사춘기, 결혼의 육체성뿐 아니라, 종족의 건강과 체력이라는 일반적 개념과 결부되어, 인류학적 개념의 이니시에이션(initiation. 성년식)을 거칠 수 있는 자격과 관련되어 있다. 때문에 처녀성 훼손은 종족 유지와 관련된 출산과 모성성의 부정으로, 결혼이라는 통과의례에 대한 자격을 상실한다.[13] 불결한 존재로서 김명순은

---

11) 일반적으로 다른 문헌에는 이 사건을 강간사건으로 명기되어 있다. 삼천리의 내용에서 주목 할 것은 리소위시와는 허혼한 사이였으며, 두 사람이 사랑하였다고 되어 있다. 엄밀하게 말하면 강간사건이라기보다 혼인빙자간음이라 할 수 있다.

12) 김우종, 『한국 현대 소설사』, 성문각, 1982, 285면(김정자, 앞의 논문, 45면 재인용).

13) 죠르주 바따이유, 조한경 옮김, 『에로티즘』, 민음사, 2008, 15면 참조.

종족의 건강성에 위배되는 존재로 치부되어 자격을 상실했다고 할 수 있다. 강간의 당사자인 남성에게조차 결혼을 거부당한 김명순은 이후 남성들에게 유희의 대상이 될 뿐 결혼 대상자가 되지 못한다.

이런 공동체 내 폭력과 남성의 폭력으로 인해 김명순은 여성적 존재성에 대한 회의와 심리적 공포를 겪는다. 이런 심리적 트라우마(trauma)가 시에서 사랑을 유린하는 남성들을 원망하는 불결한 '피'로 상징화된다.

가만히 자라는 마음의 풀을
베어버릴 힘이 없어서
소월이 소월이 흔한 이름을
피로 쓰고 피로 지워서
후원나무 그늘에 심었다

「사랑하는 이의 이름으로」일부(『조선일보』, 1924. 7. 12)

인용 시를 보면 "소월"이라는 이름으로 표상되어 있는 여성들의 존재를 '피'로 형상화" 한다. "피로 쓰고 피로 지"우는 이름은 사회적으로 명명되는 자신의 존재성이 훼손되었다는 점에서 힘을 잃은 여성들이다. 혈서는 신체의 외부로 나온 피로 쓴다. 신체의 외부로 나온 피는 죽은 피로 불결한 여성을 뜻한다. 여성들에게는 사랑하는 사람이 전부이지만 남성들에게는 "흔한 이름", 즉 유희적 대상의 한 사람일 뿐이다. 사회에서 인정하는 결혼의 방식이 아니라 스스로 배우자를 선택하는 자유연애는 남성들에게 이용만 될 뿐이다. 사랑이라는 이름으로 자행되는 남성들의 폭력 속에서 처참하게 망가진 여성의 존재성을 "피"로 상징화한 것이다.

사랑에 대한 자학적인 이런 정서는 평소 김명순이 '애정 없는 결혼생활은 매음'이라 생각하여 제도적 결혼을 거부한 것과는 괴리가 있는 것이다. 실제로 그녀 자신도 강간사건 때 전통적인 여성의 태도를 취했다. 이 사건이 난 후에 리소위에게 결혼을 거절당하자 시도한 자살사건이 그것이다. 김명순은 이상적인 상대를 만났다고 생각한 반면 리소위는 그녀를 유희 상대로 생각했던 것 같다. 김명순은 결혼이라는 이니시에이션을 통해 새로운 존재로 거듭나고 싶었지만 자신이 사랑한 남성도, 사회도 그것을 용납하지 않았다.

이러한 현실의 보상심리로 나타난 것이 그녀의 다른 시들에 나타나는 모성 이미지들이다. 바타이유는 "삶을 부정할 여지가 없는 객관적인 두 양상이 생식과 죽음"[14]이라고 한다. 생식하고자 하는 인간의 욕망은 "잃어버린 연속성에 대한 향수"로 연결되어 있어 덧없이 소멸하는 개체로 떠다니는 현재의 상황을 견디지 못한다. "[15] 이러한 향수가 육체의 에로티즘과 심정의 에로티즘, 신성의 에로티즘 등으로 나타난다고 한다. 김명순 시에서의 심리적 에로티즘이나 모성성 회귀의 정서들은 이와 같은 맥락에서 이해할 수 있다. 그녀는 신성한 영역의 어머니, 여성으로서의 새로운 존재성을 갖고 싶었을 것이다. 통과하지 못한 이니시에이션 저 너머에 있는 금지된 영역에 대한 갈망이 모성의 이미지라 할 수 있다.

하지만 남성들은 이러한 여성들을 '향기로운 여성의 이데올로기'[16]

---

14) 위의 책, 110면

15) 위의 책, 15면.

16) 콘스탄스 클라센 외, 김진옥 옮김, 『아로마 - 냄새의 문화사』, 현실문화연구,

를 강화하는 희생양으로 만들고 있다. 이것은 남성들이 원하는 순종적이고 아름다운 혹은 모성으로서의 여성적 존재인데 이러한 가치관을 거부하는 신여성은 사회적 제물이 되었다고 할 수 있다. 신여성이 '향기로운 여성의 이데올로기'라는 제단에 바쳐지는 희생양이라는 것을 보여주는 것이 아래 시라 할 수 있다.

> 처녀의 가슴의 피를 뽑는 아귀餓鬼야
> 눈먼 이의 손길에서 부서져
> 착한 여인들의 한을 지었다
> '사랑'이란 거짓말아
>
> 「저주」일부(『조선일보』, 1924. 5. 29)

김명순은 "사랑이란 거짓말"로 "처녀의 가슴의 피를 뽑는" 남성을 "아귀"로 은유한다. 남성들은 자신과 사랑한 여성의 가슴에 비수를 꽂는다. 신여성으로서 김명순은 남성과 정신적인 소통을 원하는 자유연애를 지향하기는 했지만 이성 간의 관계를 유희적으로 생각하는 '사랑놀음'이 목적은 아니었다. 가문을 혈통을 잇기 위한 성의 역할, 생물학적인 존재성만을 인정하는 여성의 사회적 지위를 개선하여 남성과 동등한 위치로 가고자 하는 의식에서 비롯되었다고 할 수 있다. 이러한 사고와 행동을 용납할 수 없는 사회와 남성들은 신여성과 어울리면서 그들의 사회적 지위는 인정하지 않았다. 좀 더 자유로운 유희의 대상으로 생각할 뿐 진정한 결혼의 동반자로 생각하지 않았다.

2002, 213면.

때문에 김명순의 강간사건은 여성들을 통제하는 사회적 제물로서 적당했다. 한 여성을 사회적으로 매장하는 행위는 특정한 제물로 어떤 문제를 해결하려는 희생양 메커니즘이라 할 수 있는데 대상을 공포로 몰아넣는 폭력적 심리가 내재되어 있다. 어떤 대상에 대한 박해의 한 전형이라 할 수 있다.

제단에 바쳐지는 제물은 두 가지 성격이 있는데 스스로 현실세계와 초월적인 세계를 연결하는 매개자가 되고자 하는 것과 한 집단의 문제를 짊어지고 강압적으로 바쳐지는 희생양이 있다. 어떤 의미든 간에 지라르는 이러한 것을 "신화를 만드는 집단살해의 만장일치"[17]라고 부른다. 집단 내의 의식을 조종하는 군중심리학을 내포하고 있다.

그런 점에서 김명순을 집중적으로 지탄하는 남성의 행위에는 여성들을 통제하려는 마녀사냥의 심리가 내포되어 있다. 정작 처녀성을 훼손한 것은 남성인데, 사회적 지탄과 그 폭력성으로 인한 공포는 여성의 몫이 되는 것이다. 남성들은 여성의 처녀성을 파괴하는 폭력적인 존재인 동시에 결혼이라는 통과의례를 차단하는 주범이 되고 있다. 그러한 점에서 가슴에서 쏟아지는 "피"는 남성들의 비수에 의해 쏟아지는 희생의 피로, 처녀성의 순결이라는 이데올로기로 가해지는 폭력을 상징화한 것이라 할 수 있다.

2) 사회적 죽음과 공포의 '피'

불순한 피를 가진 존재라는 김명순에 대한 사회적 인식은 단순히

17) 르네 지라르, 김진식 옮김, 『희생양』, 민음사, 1998 참조.

출신성분과 여성성에 대한 부정에 그치지 않는다. 남성들의 폭력적인 인식은 그녀가 남긴 문학적 평가의 부정으로 이어진다. 모든 면에서 남성들에게만 관대한 유교적 가치관이 신여성에게는 가혹하게 적용되는 불합리한 상황으로 연결된다는 것을 당시의 기록을 보면 알 수 있다.

> 다시 요령만 간단히 말하면 그는 평안도 사람의 기질(썩 잘 이해 하지는 못하나마)인 굳고도 자가 방호하는 성질이 많은 천성에 여성 통유(通有)의 애상주의를 가미하여갖고 그 위에다 연야 문학서류의 페인트칠을 더덕더덕 붙여놓고 의붓자식이라는 환경으로 말미암아 조금은 구부정하게 휘어져 가지고 (이것이 우울하게 된 까닭이다) 처녀 때에 강제로 남성에게 정벌을 받았다는 이유가 있기 때문에 히스테리가 되어가지고 문학 중독으로 말미암아 방분(放奔)하여졌다는 것이다. 그리고 이것들 제 요소를 층층으로 쌓아놓은 그 중간을 끼어 뚫고 흐르는 것이 외가의 어머니 편의 불순한 부정한 혈액이다. 이혈액이 때로 잠자고, 대로 굽이치며 흐름을 따라서 그 동정(動靜)이 일관되지 못한다. 그리하여, 이 동정이 그의 시에, 소설이, 또한 그의 인격으로 나타난다.[18)]

당대 남성들에 의해 김명순은 '불순한 부정한 혈액'으로 매도당하고 있다. 인용문에서 알 수 있듯 "어머니 편의 부정한 혈액이 그의 인격으로 나타난다"고 사람들이 생각할 만큼 사회적 계층을 표상하는 신분적 혈통을 인정을 받지 못했다. 사회적 신분에 대한 부정적 인

18) 홍정선 편, 『김팔봉 문학전집』, 문학과지성사, 1989, 592면.

식은 김동인의 「김연실전」(『문장』, 1939~1941)의 모델이 되면서 왜곡된 것이기는 하지만, 당대 남성들의 신여성에 대한 비판도 한몫을 하였다. 김기진은 「김명순 · 김원주에 대한 공개장」(『신여성』, 1924. 11)을 통해 그들의 문학을 매도하면서, 김명순을 불순 부정한 혈액을 지닌 "히스테리"를 지닌 여성으로 규정했다. 염상섭은 「감상과 기대」(『조선문단』, 1925. 7)라는 글에서 당시의 여류 문사들을 "자유연애의 진의를 왜곡하는 타락한 자유연애의 사도로 비난"[19]을 했다. 당대의 문헌을 통해 밝혀진 여류 문사들의 사고와 행동은 남성들에 의해 왜곡된 부분이 있어 진위를 확인할 길은 없으나[20] 어쨌든 당시의 남성들이 김명순의 혈통적 부정이나 여성적 부정을 문학적 평가로 연결했다는 것을 알 수 있다.

이러한 사회적 죽음은 시에서 미래의 삶도 죽은 시간으로 인식하는

---

19) 송명희, 앞의 책, 14~15면 참조.

20) 최근 연구에 따르면 여화배우 김명순과 작가 김명순이 동명이인이라는 설이 제기되었다(남은혜, 「김명순문학연구」, 서울대학교 석사학위논문, 2008〈송명희, 재인용 14면〉). 하지만 만일 김명순이 동일인일 경우 성적 도덕성의 문란은 가중해진다고 할 수 있다. "「별건곤」1932년 11월호에 수록된 '카페여급 언파레드'의 경우, ……영화배우 출신의 카페걸이었던 김명순을 "말괄량이 김명순, 성미 까다로운 김명순, 바람둥이 김명순"이라는 구절이 있다(장유정, 『다방과 카페, 모던보이의 아지트』, 살림, 2008). 이 문헌은 문학인 김명순이 아니라고 하더라도 김동인이 언급한 "망양초라는 사람은 뒷날 내 소설(김연실전)의 주인공이라고 세상에서 추정하는 사람으로 ……네가 페밀리 호텔에서 놀아날 떼에 곁방에 있던 金惟邦의 리베로 몇 번, 보았던, 그 전에 林盧月의 리베로 대한 일이 있어서 좀 쑥스러운데도 불구하고 얼굴 붉히지 않고 나를 대하였다." 뒷이야기지만 그는 매일신보사에 며칠 있다가 퇴사하여 한 때 독일 유학 가겠다고 독일어를 배운 金箕를 찾아다니다가 師弟間 이상한 관계가 생겨, 그 때 또 다른 친구(남자)와의 사이에 三角關係에 격투까지 있었다는 말을 들었다." (김동인, 「文壇 三十年史」, 新天地 〈김정자 논문 5면 재인용〉)는 문헌은 어쨌든 김명순의 자유분방한 연애를 언급한 것이라고 할 수 있다.

'피'로 상징화한다.

> 내 어두운 무대 위에 한숨짓다.
> 나는 무수한 검붉은 아이들에게 묻노라.
> 오오 허공을 잡으려던 설움들아,
> 분노에 매맞아 부서진 거울 조각들아,
> 피 맞아 피에 젖은 아이들아
> 너희들은 아직 따뜻한 피를 구하는가.
> 아아 너희들은 내 마음의 아픈 아이들.
> 그렇듯이 내 마음은 피 맞아 깨졌노라
> 내 아이들아 너희는 얼음에서 살 몸.
> 눈 내려 녹지 말고 북으로 북행하여.
> 얼어서 붙어서 맺히고 또 맺혀라
>
> 「내 가슴에」부분(『조선일보』, 1924. 5. 27)

김명순은 자신에 내려진 사회적 죽음으로 인해 미래 시간이 절망적 상황임을 보여준다. "내 마음의 아픈 아이들" 은 "피 맞아 피 젖은" 존재로서 모성적 존재를 상실한 미래의 심리적 표상이라 할 수 있다. 김명순은 여성으로서의 정체성을 다시 찾고자 하지만 "따듯한 피"는 "검붉은" 존재로 변했기 때문에 다시 찾을 희망 따위는 없다. 인간에게 내재된 본능 중 하나가 자신의 존재를 이어가려는 연속성의 감정이다. 자신을 이어나갈 혈통이 단절되었다는 공포스러운 미래만이 있다는 것을 의미한다.

이러한 내면적 자아는 거울 이미지를 통해서도 알 수 있는데 "분노에 매 맞아 부서진 거울 조각들"이다. 일반적으로 거울은 이상적 자아를 상징한다. 김명순의 이상적 자아는 거울에 비춰 볼수록 파편화 되어 스스로를 찌르는 가혹한 형벌을 받고 있다. 이러한 가혹한 형벌은 자신이 몸담고 있는 집단에 의해 자행된 것으로, 두 번에 걸쳐 나오는 "피 맞아"라는 말이 이를 상징한다. 결국 김명순에게 정신적인 외상을 주는 실체는 "피에 젖게" 내리치는 혈연적 공동체이다. 집단의 피는 "얼음"이고 상처받은 여성들은 "얼음에서 살 몸"으로 표현된 것으로 보아 집단도 여성도 죽은 존재임을 상징화 한 것이다. 일반적으로 물은 맑은 상태로 흐를 때만 재생의 의미를 갖는다. 흐르지 않는 얼은 물이나 썩은 물은 죽음을 상징한다. 그러므로 '얼음'으로 상징화된 공동체와 "얼음에서 살 몸"인 여성들은 재생의 의미를 갖지 못한다. 이런 냉혈적인 사회에 적응하는 방법은 더한 혹한 속에서 견디는 현실이다. 그래서 김명순은 여성들에게 "눈 내려 녹지 말고 북으로 북행하여/ 얼어서 붙어서 또 맺혀라"라고 하는 것이다. 원망과 한의 심리적 극치를 보여준다고 할 수 있다.

미래의 시간이 절망적임을 인식하는 김명순의 시적 의식은 거의 저주에 이르고 있다. 원망이 깊어 집단이 와해되기를 바라는 의식이 담긴 것이 아래 시이다.

> 밤 깊으면 설움도 깊어서
> 외로움으로 우울로 분노*로
> 변조해서 고만 혼자 분풀이한다
> 싹싹 번을 긋는 것은 철없이도
> "나라야 서울아 쓰러져라
> 부모야 형제야 너희가 악마거늘"하고

짝짝 땅땅 찢고 두들기는 것은
피투성이 한 형제의 모양과 피 뿜는 내 가슴
"이 설움 이 아픔 이 원망을 어찌하라"고
고만 지쳐서 잠들면
그 이튿날 아침까지 휴지부(休止符) 그러나
또 밤들면 다시 시작하기 쉬운 외로움의 변조라**

「외로움의 변조」전문(『동아일보』, 1925. 7. 20)[21]

이 시에는 혈연으로 이루어지는 집단, 가족과 나라에 대한 원망이 구체적으로 나타나 있다. 김명순은 자신의 "설움" 이 "깊어서 외로움으로/ 우울로 분노로" "변조해서" "분풀이 한다"는 말을 한다. 이 말은 김명순이 당대사회에서 얼마나 고립이 되어 살아가고 있으며 심리적 고통을 받고 있는가를 보여주는 측면이다. 혈연 공동체를 이루는 "나라"와 "서울" 그리고 "한 형제"들을 악마라고 부르며, "피투성이 한 형제의 모양"으로 형상화하고 있다. 현실 사회 속에서 '피'는 좀 더 불길한 의미로 상징화되는데 피는 과도하게 흘리면 죽음을 초래하기 때문에 죽음의 상징이다. 남성적 질서의 사회는 힘을 쟁취하기 위해서 서로 싸우는 폭력이 난무한 세계, "형제"라는 말에서 보여주듯 집단 내에서도 서약이 깨트려져 무서운 종말이 올 것이라 보고 있다.

남성적 질서에 대한 원망은 결국 현 사회가 가진 체제와 가치관이 와해되기를 바라는 김명순의 간절한 소망이다. 이런 바람은 유교적

---

21) * 원문에는 '夏鬱로 憤怒'로 되어 있으나 오식인 듯.
** 원문에는 '쉬와운 調變로라움'으로 되어 있으나 조판 과정의 오류인 듯.
맹문재 편역, 앞의 책, 114면.

가치관과 남성이데올로기가 바뀌지 않는 한 자신의 상황이 나아지지 않을 거라는 의식 때문이라 할 수 있는데 그것의 원인을 없애고자 하는 심리가 반영된 것 '피'의 상징화라 할 수 있다.

3) 인간적 혈통 부정과 불순한 '피'

김명순의 사회적 죽음과 미래 시간에 대한 절망은 남성적 질서와 체계가 와해되기를 바라는 마음을 넘어, 인간을 창조한 신에 대한 원망으로 나아간다. 미천한 존재, 불결한 존재라는 인식을 만든 남성이데올로기는 인간의 성(性)을 남자와 여자로 만든 창조주의 혈통적 계보에서부터 잘못되었다는 것을 불순한 '피'의 상징성을 통해 보여준다.

제1의 소리가 나를 부른다
죄를 지은 인종人種의 말세末世여
더러운 피와 피가 뭉키어
시기猜忌 많은 네 형상을 지었다

…(중략)…

제6의 소리는 크게 대답한다
우리는 죄의 죄를 받고
벌의 벌을 받고 우는
종의 종인 사람들이다

…(중략)…

제8의 소리는 다시 대답한다
나의 주主여 조물주여
당신은 무엇 땜에
우리들을 그같이 지었습니까?

「들리는 소리」일부(『김명순 전집』, 현대문학, 2009)

김명순은 인간 자체의 '피'가 불순하다는 것을 기독교에서 창세기 신화를 패러디하면서 비판한다. 인간이 존재하는 과정을 기록한 문헌인 창세기 신화는 7일로 구성이 되어 있지만 김명순은 8일째 날을 상징하는 제8의 소리로 확장한다. 성경에 따르면 인간은 제일 마지막 날인 6일 째에 만들어지고, 7일 째는 쉬는 날이다. 김명순은 현실에서는 없는 날을 설정해 놓았는데 제8의 소리로 상징화 된 8일째 날은 신의 일정에는 없는 시간, 인간의 죄악이 시작된 시점으로 해석을 할 수 있다. 더 엄밀히 말하면 여성이 지은 죄악으로 인해서 징벌이 시작된 시점이다.

시어로 암시된 부분을 가지고 유추해 보면 이 시는 여성의 정체성에 대한 이야기이다. 제 6의 소리를 통해 암시되어 있는 "우리는 죄의 죄를 받고/ 벌의 벌을 받고 우는/ 종의 종인 사람들이다." 여성들은 이브에게서 비롯된 죄로 인해 끊임없이 벌을 받고 출산을 통해 죄를 지은 종족을 낳는 것이다. "죄를 지은 인종" "더러운 피와 피가 뭉키어" "시기 많은 네 형상"을 만드는 존재가 인간인 것이다. 김명순은 인간이 근원적으로 원죄를 가진 혈통으로 보고 있다. 창세기의 성적 차별에 대한 원망은 인간을 죄악으로 몰아넣은 "주(主)"라는 조물주에 대한 원망으로 확장되고 있다. 이는 조물주가 인간을 만들 때 남성과 여성을 이분화하고, 죄의 원천적인 공간인 에덴동산을 만들었기 때문이다.

기독교의 창세기 신화를 은밀히 따져보면 남성이데올로기가 개입되어 있다. 이브가 신의 금기를 깨뜨린 이후 여자는 현실적 고통을 제공한 죄인이며 현실에서 영원히 죄를 낳는 존재로 전락해 있다. 에덴동산에 만든 금기의 계율인 선악과와 금기의 경계를 넘으라고 끊임없이 유혹을 하는 뱀의 존재는 죄를 잉태할 수밖에 없는 교묘한 신의 함정이라 할 수 있다. 이러한 함정 속에 빠진 이브로 인해서 여성은 남성에게 통제되고 경계해야 될 대상으로 인식되었다.

이러한 김명순의 인식 속에는 생물학적으로 인간을 구분해 놓은 창조주에 대한 원망이 들어 있다. 애초의 경계가 차별을 만들고, 차별이 현재 자신의 상황을 만들었다고 생각하고 있다. 이것은 현실에서 자신을 억압하는 남성 이데올로기가 창세기부터 시작된 집단적 페르소나라고 생각하고 있다. 문화인류학자인 프레이저는 원형을 여러 가지 의식을 통해서 세대 간에 물려주는 사회적 현상으로 기술했다. 처음 생긴 원초적 심상(primordial image)이 재현, 작용의 과정을 거쳐 집단적 사고로 존재한다. 보편적인 성질을 가진 원형이라도 집단적인 소재가 개성적인 요소와 함께 개인의 의식 속에 내포되어 있기 때문에 창세기 신화는 남성적 질서의 원형이라 할 수 있다. "더러운 피"는 인간의 생물학적 존재성부터 잘못되었다는 비판적 시각, 남성적 질서를 만든 인류와 역사 자체를 비판하는 의식이라 할 수 있다.

인류와 역사의 부정은 세계를 정화하여 새로운 존재와 세계를 갈망하는 '피'로 상징화된다.

> 일부사람들은 다 못가에 아득거려
> 피를 잃고 넘어질 때
>
> 풍랑은 모든 영혼을 살아 쳐가고
> 부패는 모든 육체를 점령하다
>
> 여기 새로운 세상에 봄이 오다
> 여인은 낳지 않고 남인男人은 기르지 않고
> 원근遠近 선악善惡 미추美醜를 폐지한 때가
> 우리들 마음속으로부터 오다
> 여기 새로운 봄의 기꺼운 때가 오다
> 동굴洞窟의 암류暗流가 태양을 향해 노래하고
> 시냇물이 종다리 노래를 어우를 때가
> 우리들 마음속으로부터 오다
>
> 「환상」일부(『신여성』제1-2호, 1923. 10)

이 시에서 원형적 존재로서 인간의 피는 육체의 부패를 통해 소멸된다. 생명의 죽음에는 소멸과 신생의 이중의 의미가 들어 있다. 육체의 세계는 끝나지만 영혼을 통해 또 다른 세계로 나아간다. 세계의 확장을 물을 통해서 하고 있는데 불순한 '피'를 "못가"에서 소멸하게 하여 재생하려는 의지를 보인다. "물속에 들어간다는 것은 우주의 생성

이전의 단계로 회귀하는 것"[22]이다. 물의 상징성은 정화의 기능과 생명을 지속시키는 기능을 함께 갖는 그 복합적 속성에서 보편적인 호소력을 자아낸다. 그래서 물은 순결과 새 생명을 상징하며, 기독교 세례 성사에서는 이 두 의미가 합해진다.[23] "피를 잃고/ 넘어"져야 "새로운 세상이 봄이" 온다는 말은 기존의 세계가 모두 소멸해야 새로운 세상이 온다는 것을 의미한다. 이것은 현재의 세계에서는 희망이 없음을 보여주는 것이다. 사회체계와 이데올로기를 바꾸지 않는 한 자신에게 규정된 불순한 존재라는 인식을 떨쳐낼 수 없다고 여겨 성의 사회적 기능과 역할을 전복하려 한다. "여인은 아기를 낳지 않고, 남자는 기르지 않고, 원근, 선악, 미추가 폐지"된 세계를 갈망하는 심리를 통해 알 수 있듯이 현존의 가치체계를 모두 무너뜨리고 싶어 한다. 그러지 않고서는 "동굴의 암류", 즉 유교적 가치관이나 남성 이데올로기가 "태양을 향해 노래"할 수 없는 것이다. 남성들이 유일하게 인정하는 여성의 존재성, 생명을 잉태하는 모체(母體)로서의 기능을 없어져야 새로운 존재로 거듭날 수 있다고 본다. 근원적인 인간의 가치체계와 존재성이 모두 소멸해야 새로운 존재로 거듭나고, 새로운 세계가 온다고 보고 있다.

22) 시몬느 비에른느, 이재실 옮김, 『통과제의와 문학』, 문학동네, 1996, 50면.
23) 필립 윌라이트, 앞의 책, 125~126면 참조.

4. 결론

이상과 같이 김명순 시에 나오는 '피'의 양상들은 유교적 가치관과 남성이데올로기 아래에서 생긴 존재성의 문제와 관련이 있다는 것을 알 수 있다. 김명순이 처한 환경적 요인과 신여성으로서의 의식과 행동은 당대사회와 남성들에게는 허용될 수 없는 것이었다. 이로 인해 김명순은 당대사회에서 여성으로서의 존재성뿐만 아니라, 사회적 존재성까지 불순한 것으로 규정된다. 이러한 사회적 존재성으로 인해 김명순의 시적 의식은 현실의 전복뿐 아니라, 인간의 존재성 자체를 부정하는 의식으로까지 나아간다. 김명순의 개인사와 사회적 현실의 관계 속에서 '피'로 상징화된 시적 의식은 다음과 같이 정리할 수 있다.

먼저 이니시에이션의 차단과 여성적 이데올로기의 제물로 삼는 희생양의 '피'로 상징화된다. 이는 당대 남성들은 어떻게 김명순을 불순한 여성으로 몰고 갔는지, 결혼이라는 이니시에이션을 차단했는지를 보여주는 측면이다. 남성들의 비수에 쏟아내는 '피'는 향기로운 여성의 이데올로기라는 제단 앞에서 행해지는 폭력행위를 상징화한 것이라 할 수 있다.

다음은 여성적 존재의 부정은 사회적 죽음으로 이어져 미래의 시간을 절망하는 공포의 '피'로 상징화한다. 이는 사회적 폭력으로 인한 심리적 공포가 원망으로 변주된 측면이다. '공포'의 피는 김명순의 사회적 죽음에 대한 원망이 유교적 가치관과 남성이데올로기가 와해되기를 바라는 심리의 변주를 상징화한 것이다.

마지막으로 인류의 역사와 혈통을 부정하는 불순한 '피'로 상징화된다. 이는 현세계의 질서와 사회적 체계를 바꾸지 않는 한 희망을 가질 수 없음을 보여준 측면이다. 불순한 '피'는 남성적 질서를 만든 창조주에 대한 원망, 원형적인 의미의 집단적 페로소나의 비판을 상징화한 것이다.

김명순 시에 나타나는 '피'의 상징성은 견고한 유교적 가치관 남성이데올로기가 당시 신여성의 삶과 존재성에 어떠한 영향을 미치는가를 알 수 있는 측면이다. 특히 인간으로서 존중되어야 할 존재성이 천한 신분이라는 것과 진보적인 사고를 가졌다는 이유로 부정되고, 그들을 희생양 삼아 사회적 죽음을 언도했다는 것을 알 수 있다. 이로 인해 김명순은 유교적 가치관과 남성적 질서를 전복하기를 간절하게 희망했다는 것을 알 수 있다.

결국 김명순에 시 나타나는 '피'의 상징성은 인간으로서의 존재성과 생물학적 존재성 그리고 사회적 존재성을 규정화한 남성이데올로기에 대한 문제제기이며 인류 역사에 대한 전복의식이라 할 수 있다. 이러한 점에서 의의를 가진다고 할 수 있다.

참/고/문/헌

〈기본자료〉

- 김명순, 송명희 편, 『김명순 작품집』, 지식을만드는지식, 2009.
- 맹문재 편역, 『김명순 전집』, 현대문학, 2009.

〈연구논문〉

- 강신주, 「김명순, 김원주, 나혜석의 시」, 『국어교육』제97호, 한국어교육학회, 1998.
- 김미영, 「1920년대 신여성과 기독교의 연관성에 관한 고찰 - 나혜석, 김일엽, 김명순의 삶과 문학을 중심으로」, 『현대소설연구』 제21호, 한국현대소설학회, 2004.
- 김영옥, 「1920년대 여성시인 연구」, 『우리문학연구』 제20호, 우리문학회, 2006.
- 김유선, 「김명순 시의 근대적 욕망과 모성성」, 『인문사회과학연구』 제12호, 장안대학교 인문사회과학연구소, 2003.
- 김정자, 「김명순 문학의 여성학적 접근」, 『여성학연구』 제2-1호, 부산대학교 여성학연구소, 1990.
- 맹문재, 「김명순 시의 주제연구」, 『한국언어문학』 제53호, 한국언어문학회, 2004.
- 박죽심, 「근대 여성작가의 자기표현 방식 : 나혜석, 김명순, 김일엽을 중심으로」, 『어문논총』 제32호, 경북어문학회, 2004.
- 신지연, 「1920년대 여성담론과 김명순의 글쓰기」, 『어문논집』 제48호, 민족어문학회, 2002.

- 송호숙, 「식민지 근대화와 신여성 최초의 여류소설가 김명순 - 자유연애주의의 비극」, 『역사비평』 제19호, 역사비평사, 1992.
- 이태숙, 「고백체 문학과 여성주체 - 김명순을 중심으로 」, 『우리말글』 제26호, 우리말글학회, 2002.
- 안혜련, 「1920년대 〈여성적 글쓰기〉의 모색 - 나혜석, 김명순, 김원주를 중심으로」, 『한국언어문학』 제50호, 한국언어문학회, 2003.
- 조미숙, 「지식인 여성상의 사적고찰 - 여성작가들의 작품을 중심으로」, 『한국문학연구』 제28호, 동국대학교 한국문학연구소, 2005.
- 조성희, 「서사를 통해 발현되는 자아와 세계의 간극 고찰 - 김명순 서사의 치유가 실패한 원인을 중심으로」, 『겨레어문학』제37호, 겨레어문학회, 2006.
- 허미자, 「근대화 과정의 문학에 나타난 성의 갈등구조연구 : 김명순 나혜석 김원주 중심으로」, 『연구논문집』 제34호, 성신여자대학교, 1996.
- 황수진, 「한국 근대 소설 속에 나타난 신여성상 연구」, 건국대학교 박사학위논문, 1999.
- 황재군, 「김명순 시의 근대성 연구」, 『선청어문』 제28호, 서울대학교 국어교육과 2004.

〈단행본〉

- 김준오, 『시론』, 삼지원, 2004.
- 마광수, 『상징시학』, 철학과 현실사, 2007.

- 임종국 · 박노준, 『흘러간 성좌 – 오늘을 살고 간 한국의 기인들』, 국제문화사, 1966.
- 홍정선 편, 『김팔봉 문학전집』, 문학과지성사, 1989.
- 르네 지라르, 김진식 옮김, 『희생양』, 민음사, 1998 참조.
- 미르치아 엘리아데, 이재실 옮김, 『이미지와 상징』, 까치, 2005.
- 시몬느 비에른느, 이재실 옮김, 『통과제의와 문학』, 문학동네, 1996.
- 에른스트 카시러, 오향미 옮김, 『인문학 구조내에서 상징형식 개념 외』, 책세상, 2002.
- 죠르주 바따이유, 조한경 옮김, 『에로티즘』, 민음사, 2008.
- 필립 윌라이트, 김태옥 옮김, 『은유와 실재』, 한국문화사, 2000.
- 칼 융, 설영환 옮김, 『무의식 분석』, 선영사, 2005.
- 콘스탄스 클라센 외, 김진옥 옮김, 『아로마 – 냄새의 문화사』, 현실문화연구, 2002.

  ______, 한국융연구회, 『원형과 무의식』, 솔, 2002.

〈기타〉

- 「신녀성총관(2) 백화란만의 기미녀인군」, 『삼천리』 제16호, 1931. 6. 1.

찾/아/보/기

필자 소개 / 소설

송명희(宋明姬)

고려대학교 국어국문학과 대학원에서 박사학위를 취득했다. 2010년 마르퀴즈 후즈후 세계인명사전에 등재되었으며, 〈한국문학이론과 비평학회〉와 〈한국언어문학교육학회〉 회장, 부경대학교 인문사회과학연구소 소장을 역임했고, 부경대학교 국어국문학과 교수, 문학예술치료학회 회장을 맡고 있다.

저서에 『타자의 서사학』, 『젠더와 권력 그리고 몸』, 『페미니즘 비평』, 『인문학자 노년을 성찰하다』가 문화체육관광부의 우수학술도서로 선정되었다. 『미주지역한인문학의 어제와 오늘』이 대한민국학술원 우수학술도서로 선정되었다.

『여성해방과 문학』, 『문학과 성의 이데올로기』, 『이광수의 민족주의와 페미니즘』, 『탈중심의 시학』, 『섹슈얼리티 · 젠더 · 페미니즘』, 『현대소설의 이론과 분석』, 『시읽기는 행복하다』, 『이양하 수필전집』, 『소설서사와 영상서사』, 『여성과 남성에 대해 생각한다』, 『김명순 소설집 - 외로운 사람들』, 『수필학의 이론과 비평』, 『페미니스트 나혜석을 해부하다』, 『한국문학의 담론분석』, 『캐나다한인 문학연구』, 『문학을 읽는 몇 가지 코드 』등 40여권의 저서가 있다.

박산향(朴山香)

부경대학교 국어국문학과에서 박사학위를 취득했고, 동아대학교 기초교양대학 조교수로 재직하고 있다.

저서로 『김말봉 소설의 여성성과 대중성』(푸른사상, 2015)이 있으며, 주요 논문으로는 「「무진기행」의 체험공간과 장소정체성」, 「『이슬람 정육점』으로 본 가족의 해체와 재구성」 등이 있다.

부산문인협회, 부산아동문학인협회, 푸른아동청소년문학회에서 활동하고 있으며, 동화책으로 『가면놀이』, 『공주와 열쇠공』, 『나는 그냥 나』 등이 있다.

이미화(李美花)

부산대학교 국어국문학과 대학원에서 박사학위를 취득했다. 현재 부산대학교, 동서대학교에서 강의를 하고 있다.

저서에 『박경리 『토지』와 탈식민적 페미니즘』, 『자기표현과 글쓰기』가 있다.

「박범신 『은교』에 나타난 노년의 섹슈얼리티 연구」, 「박화성 소설의 탈식민적 페미니즘 연구 - 『벼랑에 피는 꽃』을 중심으로」, 「박경리 『토지』에 나타나는 생태학적 특성 연구 - 영성적 에코페미니즘을 중심으로」, 「홍석중 〈황진이〉에 나타나는 수사학적 특성 연구」를 비롯해 다수의 논문이 있다.

류진아(柳珍娥)

부경대학교 국어국문학과 대학원에서 「근대 여성소설에 나타난 여성 폭력 연구」로 박사학위를 취득했다. 부경대학교와 부산가톨릭대학교에서 강사를 하고 있다.
연구 논문으로 「나혜석의 급진적 페미니즘 연구」, 「공선옥의 〈폐경전야〉와 김훈의 〈언니의 폐경〉의 상호텍스트성 연구」, 「김승옥 소설에 나타난 여성인식 연구: 현상학적인 장소개념을 중심으로」, 「근대 여성 폭력 연구 – 김명순, 나혜석, 김일엽을 중심으로」, 「성폭력 사건에 나타난 폭력 양상 연구」가 있으며, 『여성학, 행복한 시작』을 공동 집필하였다.
현재 여성의전화 성폭력 상담소에서 성폭력 피해자 상담 전문위원으로 활동하고 있으며, 여성주의상담을 공부하고 있다.

정혜경(鄭惠京)

부산대학교 국어국문학과 대학원 박사과정 졸업하고, 동의대학교 기초교양대학 문학인문교양학과에 재직하고 있다.
논문 모음집 『텍스트에 나타난 여성 정체성의 변모과정』, 『텍스트에 나타난 인물과 사회의 연관성 연구』, 『글쓰기 이론서 다양한 글쓰기의 이론과 실제』,
수필집 『천사들의 편지』, 장편소설 『죽은 나무는 그늘이 없다』, 『칠월의 눈』, 『야누스의 도시』, 『사라진 이름』, 중단편소설집 『맨해튼의 꽃신』, 『나사말의 노래』, 『방울토마토』, 연작장편 『바람고개의 봄』 등이 있다.
부산소설문학상, 부산여성문학상, 봉생문화상(문학부문)을 수상하였다.

희곡

이상우(李相雨)

고려대학교 국어국문학과를 졸업하고, 같은 대학원에서 박사학위를 취득했다.
영남대학교 국어국문학과 교수, 컬럼비아대학 동아시아언어와 문화학과 방문교수, 메이지대학 문학부 객원교수 등을 역임했고, 현재 고려대학교 문과대학 국어국문학과 교수로 재직 중이다.
한국극예술학회 회장을 역임했고, 현재 한국연극평론가협회 이사, 국립극단 이사, 고려대학교 국제한국언어문화연구소 소장 등을 맡고 있다.
저서로 『연극속의 세상읽기』, 『유치진연구』, 『우리연극100년』(공저), 『근대극의 풍경』, 『세기말의 이피게니아』, 『식민지극장의 연기된 모더니티』 등이 있다.
편서로 『홍해성연극론전집』(공편), 『함세덕』, 『한국현대희곡선』 등이 있고, 역서로 『연극의 즐거움』(공역), 『제국의 수도, 모더니티를 만나다』(공역), 『영화, 대동아를 꿈꾸다』(공역) 등이 있다.

김남석(金南奭)

고려대학교 국어국문학과와 동대학원 국어국문학과를 졸업하고, 2003년 「1960~70년대 문예영화 시나리오의 영상 미학 연구」로 박사학위를 받았다. 2005년부터 부경대학교 국어국문학과 교수로 재직하고 있으며, 현재 부산에 살고 있다. 부경대 인문사회과학연구소 소장을 맡고 있다.

1999년 중앙일보 신춘문예서 『여자들이 스러지는 자리 - 윤대녕 론』으로 문학평론에 당선되었고, 2007년 동아일보 신춘문예에서 『경박한 관객들 - 홍상수 영화를 대하는 관객의 시선들』로 영화평론에 당선되었으며, 꾸준하게 연극평론을 쓰려고 노력하고 있다.

저서로는 『조선의 여배우들』, 『조선의 대중극단들』, 『조선의 대중극단과 공연미학』, 『조선의 영화제작사들』 등이 있고, 평론집으로 『비평의 교향악』, 『어려운 시들』, 『빛의 유적』, 『빈집으로의 귀환』 등이 있다.

시

김영미(金英美)

공주대학교 국어교육과와 이화여대 대학원 국문학과에서 공부했다.

『안서시의 텍스트 연구』, 『CIS 고려인 문학사와 론』(공저), 『김춘수의 무의미시』(공저), 『한국현대시인론』(공저), 『시대를 건너는 시의 힘』(공저) 등의 저서를 내었다.

또한 「단시의 정형성과 그 비교문학적 접근-하이쿠 · 선시 · 한국 현대시」, 「여백의 역설적 발언-김종삼론」, 「재러시인 리진 시 연구」, 「죽은 자에게 말걸기」, 「절정의 수직과 고체성」, 「한 근대시인의 오뇌와 그 궤적」, 「30년대, 한국 근대시의 트라이앵글」 등 다수의 논문을 발표하였다.

현재 공주대 재외한인문화연구소 소장, 한국문학이론과비평학회 부회장 등을 맡고 있으며, 공주대 국어교육과에 재직 중이다.

배옥주(裵玉珠)

부경대학교 국어국문학과 대학원에서 박사학위를 취득하였다.

부경대학교에 출강하고 있다.

2008년 『서정시학』 신인상 당선으로 등단하였으며, 부산문화재단 지원으로 발간한 시집

『오후의 지퍼들』이 있다.
《시와 문화》 기획의원이며, 〈내가 주목하는 한 편의 시〉를 연재 중이다.
한국시인협회, 부산작가회의와《서정시학회》,《응시》 시동인으로 활동하고 있다.

김순아(金順雅)

부경대학교 대학원에서 문학박사 학위를 취득했다. 현재 부경대학교에서 강사로 활동하고 있다.
시집으로 『푸른 파도에게』, 『겹 무늬 조각보』, 『슬픈 늑대』, 에세이집으로 『기억 저편의 풍경』, 저서에 『현대 여성주의 시로 본 '몸'의 미학』, 『젠더와 문화』, 『우리, 유쾌한 호통(好通)의 방식들』이 있다.

방정민(方正珉)

부경대학교 국어국문학과에서 박사학위를 취득했으며, 경북대 문학치료학과 박사과정 수료, 부산대 예술문화영상학과 박사과정을 수료했다. 현재 동명대학교 초빙교수로 재직하고 있다.
저서에 『인생과 철학과 예술』, 『나는 루저다』, 『시 창작법과 이론』, 『서정주 시에 나타난 시간과 미적 특징』 등이 있고, 주요 논문으로는 「이창래 소설 〈네이티브 스피커〉 연구」, 「이연화 희곡에 나타난 폭력과 에로티시즘 연구」, 「한강 소설 〈몽고반점 연구〉 - 라캉의 욕망이론을 중심으로」, 「한국 현대 생태시에 나타난 노장사상 연구」, 「서정주 시에 나타난 동양적 시간의식 연구」 등이 있다.
시집으로 『상처 많은 집』, 『풍경 없는 풍경』, 『인생, 그리고 나의 시』 등이 있다.

정진경(鄭鎭璟)

2000년 《부산일보》 신춘문예 시로 등단하고, 2012년 부경대학교 국어국문학과 대학원에서 박사학위를 취득했다. 부경대학교 기초교양교육원 강사로 일하고 있다.
평론집 『가면적 세계와의 불화』, 연구서 『후각의 시학』, 시집 『알타미라 벽화』, 『잔혹한 연애사』, 『여우비 간다』가 있다.
현재 부산작가회의 회원으로 활동하고 있다.

근대 최초의 여성작가 김명순 등단 100주년 기념 연구

김명순에게 신여성의 길을 묻다

초판 인쇄 | 2017년 6월 12일
초판 발행 | 2017년 6월 12일

(공)저자 소설 : 송명희, 박산향, 이미화, 류진아, 정혜경
회곡 : 이상우, 김남석,
시 : 김영미, 배옥주, 김순아, 방정민, 정진경

책임편집 윤수경

발 행 처 도서출판 지식과교양
등록번호 제 2010 - 19호
주 소 서울시 도봉구 쌍문1동 423 - 43 백상 102호
전 화 (02) 900 - 4520 (대표) / 편집부 (02) 996 - 0041
팩 스 (02) 996 - 0043
전자우편 kncbook@hanmail.net

ISBN 978-89-6764-079-8 93810 **정가** 30,000원